KNAUR

Brooke Robinson

DIE DOLMETSCHERIN

Ihre Übersetzung
entscheidet
über das Urteil

Aus dem Englischen
von Alice Jakubeit

KNAUR

Die englische Originalausgabe erschien 2023 unter dem Titel
»The Interpreter« bei Harvill Secker / Random House UK.

Besuchen Sie uns im Internet:
www.knaur.de

Aus Verantwortung für die Umwelt hat sich die Verlagsgruppe
Droemer Knaur zu einer nachhaltigen Buchproduktion verpflichtet.
Der bewusste Umgang mit unseren Ressourcen, der Schutz unseres
Klimas und der Natur gehören zu unseren obersten Unternehmenszielen.
Gemeinsam mit unseren Partnern und Lieferanten setzen wir uns
für eine klimaneutrale Buchproduktion ein, die den Erwerb von
Klimazertifikaten zur Kompensation des CO_2-Ausstoßes einschließt.
Weitere Informationen finden Sie unter: www.klimaneutralerverlag.de

FSC www.fsc.org
MIX
Papier | Fördert gute Waldnutzung
FSC® C083411

Deutsche Erstausgabe November 2023

Ein Imprint der Verlagsgruppe Droemer Knaur GmbH & Co. KG, München

Redaktion: Kerstin Kubitz
Covergestaltung: Sabine Kwauka
Coverabbildung: Collage von Sabine Kwauka
unter Verwendung von Motiven von Arcangel und Shutterstock
Satz: Sandra Hacke, Dachau
Druck und Bindung: CPI books GmbH, Leck
ISBN 978-3-426-52990-4

2 4 5 3 1

PROLOG

Ein kräftiger Stoß gegen den Türgriff, und die Messingfalle zieht sich zurück ins Schloss.

»Tut mir leid, eigentlich haben wir geschlossen.« Eine junge Frau hinter der Ladentheke regt sich unnötig auf.

Ich trete ein und lasse den Blick über die Regale an der Tür wandern.

»Viktorianische Ausstattung – es schließt nie richtig, außer ich sperre mit Schlüssel ab. Tut mir leid.« Ihre Worte fliegen auf mich zu; ich schmettere sie ab.

Zu meinen Füßen lehnt eine Tafel, auf der mit rosa und smaragdgrüner Kreide die Öffnungszeiten stehen. Bevorstehende Veranstaltungen sind aufgelistet, Autorengespräche und Spielgruppenstunden. Aufkleber in Form von Löwen und Elefanten sprenkeln die sauberen weißen Wände.

»Wir öffnen um neun. Falls Sie morgen wiederkommen möchten?« Sie spricht jetzt laut, mit weit geöffnetem Mund und gedehnten Vokalen für den Fall, dass ich zurückgeblieben bin oder kein Englisch verstehe. Meine Finger tanzen über die Waren, während meine Absätze auf den Holzboden knallen.

Die Lampen im Eingangsbereich des Geschäfts sind ausgeschaltet; erst nach einem weiteren Schritt in den Laden hinein wird mein Gesicht richtig angeleuchtet. Ich lasse mir Zeit, gehe an den Stoffbüchern für Babys vorbei und verweile bei einem Tisch mit Puzzles. Die junge Frau ist hinter der Theke hervorgekommen und spielt an einer Schnur mit bunten Fähnchen herum, die von der Decke herabhängt.

»Ich werde nur bis sechs bezahlt, und ich habe den Computer schon heruntergefahren«, sagt sie. »Ich kann Ihnen also nichts verkaufen.«

Einen Kinderbuchladen kann ich nicht während der Geschäftszeiten aufsuchen, wenn sich dort Eltern und Kinder aufhalten. Vor einigen Wochen bestellte ich online ein Gartenbuch. Als es geliefert wurde, riss ich das Paket gleich an der Tür auf. In dem Buch steckte ein Werbelesezeichen: Machen Sie Ihrem Kind zu Weihnachten das Geschenk des Lesens. *Darunter waren die fünf meistverkauften Kinderbücher des Jahres untereinander abgebildet. Es fühlte sich an wie das Gummiband, das ich als Kind am Handgelenk trug und das die Au-pair schnappen ließ, wenn sie mich beim Nägelkauen ertappte. Schnapp. Das Lesezeichen fiel mir aus der Hand und landete in einer Pfütze, die vom Regen des Vortags geblieben war. Heute, drei Wochen später, liegt es noch immer dort. Wenn ich morgens das Haus verlasse, schließe ich die Augen und steige darüber hinweg.* Machen Sie Ihrem Kind zu Weihnachten das Geschenk des Lesens. *Mein Blick fiel nur ganz kurz darauf, doch das genügte.*

Den ganzen Tag schon denke ich daran, wie ich ihm aus James und der Riesenpfirsich *vorlas, einem meiner eigenen Lieblingskinderbücher. Es war Sommer, und wir saßen im Garten, zwischen uns einen Steingutteller mit weißen Pfirsichschnitzen. Hat ihm seither jemand vorgelesen? Das frage ich mich immer wieder. Ich denke, ich kenne die Antwort, aber die Frage nagt weiter an mir. Weihnachten naht. Wie soll ich bis zum neuen Jahr überleben?*

»Ich werde nur bis sechs bezahlt«, wiederholt die junge Frau.

Es ist zwanzig nach sechs. Ich ziehe einen einzelnen Geldschein aus meiner Handtasche, den neuen Fünfzigpfundschein mit Alan Turing, und halte ihn in der ausgestreckten Hand, bis sie zu mir kommt.

»Ist das …«, sagt sie und nimmt ihn.

»Überstunden«, sage ich.

»Wow. Ich denke, ich kann den Computer wieder einschalten.« Sie sieht Turing liebevoll in die zweidimensionalen roten Augen.

»Er ist an einer Zyanidvergiftung gestorben«, erzähle ich ihr und überfliege die Bücher beim Buchstaben K. »Es ist ein außerordentlich langsamer und qualvoller Tod. Der ganze Körper verkrampft sich. Dann ein Blutschwall, Erbrechen, Galle – bis einem schließlich

der Sauerstoff ausgeht. Aber erst, nachdem man darum gebettelt hat, es möge ein Ende haben.«

Sie weicht zurück und prallt beinahe gegen einen riesigen Wo ist Walter?-Aufsteller. Ich lege den Kopf schräg, um die Bilderbücher zu betrachten, eines über einen Wombat, ein anderes mit einem Krokodil auf dem Einband. Mit dem Daumen drücke ich auf die fadenscheinigen Buchrücken, die so leicht brechen.

»Suchen Sie etwas Bestimmtes?«, fragt sie, und bei der letzten Silbe bricht ihre Stimme.

Es gibt einen berühmten Comic, in dem der Schurke versucht, eine akustische Waffe zu bauen. »Der Fall Bienlein«, sage ich. »Es ist ein Tim-und-Struppi-Band.«

»Ich sehe kurz nach, ob wir den haben.« Die junge Frau huscht hinter die Theke. »Ich weiß, dass wir Tim in Tibet und einen der Hardcover-Sammelbände haben.«

Schall ist eine Welle, die Luft, Flüssigkeiten, feste menschliche Körper durchdringen und Druck aufbauen kann. Man hat ausgerechnet, dass 240 Dezibel vonnöten sind, um einen menschlichen Kopf platzen zu lassen. Wenn ich einen Wunsch frei hätte, würde ich dich so töten wollen.

»Nein, leider nicht«, sagt sie enttäuscht und fragt sich zweifellos, ob sie das Geld jetzt zurückgeben muss. »Ich kann es für Sie bestellen. Hat es eine Woche Zeit?«

Ich würde mir einen bösen Wissenschaftler mit wirrem Haar wünschen, der das gern tun würde. Ein Wort, mehr wäre nicht nötig. Kopfhörer auf deinen Ohren, die dich mit 240 Dezibel beschallen, nicht mit Musik, sondern Sprache; ein Wort, so lange wiederholt, bis du stirbst. Nur ein Wort.

»Nein«, erwidere ich und wende mich zur Tür. »Ich werde es anderswo finden.« Als ich an der Tür bin: »Behalten Sie das Geld.«

Ein falsches Wort am richtigen Ort kann genügen, um zu töten.

Doch das weißt du bereits, nicht wahr?

1

Ich zucke nicht immer zusammen, wenn das Telefon klingelt, aber als heute ELLIOT SCHULE im Display erscheint, fällt mir der noch unangetastete Kaffee aus der Hand. Mit einer Handvoll Servietten beseitige ich schnell die größte Sauerei, bevor ich den Anruf annehme.

»Elliot geht es gut, aber Sie müssen ihn abholen.« Der Kaffeeautomat der Barista keucht und spuckt, und ich verlasse das Café, um besser hören zu können. »Wie schnell können Sie hier sein?« Die Stimme gehört der Schulsekretärin.

»Als ich ihn vor einer Stunde zur Schule gebracht habe, ging es ihm gut. Ich verstehe nicht, wie es ihm so schnell schlecht gehen kann.« Es ist Elliots erster Tag in der zweiten Klasse. Er mag die Schule nicht, ist aber heute, ohne groß zu quengeln, hingegangen.

»Es tut mir leid, Revelle«, sagt die Sekretärin, und es klingt, als meinte sie es auch so. »Das kommt sicher ungelegen. Sind Sie bei der Arbeit?«

»So gut wie.«

»Es ist unsere Regelung, für den Fall, dass er etwas Ansteckendes hat, wissen Sie?«

Durch die Scheibe winke ich der Kellnerin entschuldigend zu. »Ich komme«, sage ich und gehe im Eilschritt die Fleet Street entlang, halte ein Black Cab, ein klassisches Londoner Taxi, an und nenne dem Fahrer die Adresse von Elliots Schule. Lydia, der Sozialarbeiterin, zufolge hat er schon dreimal die Grundschule gewechselt – bei jeder neuen Pflegefamilie ein neues Klassenzimmer mit unvertrauten Gesichtern. Ich hätte sie um Erlaubnis bitten können, ihn auf die Schule bei mir in der Nähe zu schicken, aber ich beschloss zu warten, bis die Adoption abgeschlossen ist. Ich wollte nicht vermessen sein, wollte das Schicksal nicht herausfordern.

Wenn die Adoption durch ist, muss ich Lydia bei einem Schulwechsel – oder sonst etwas – nicht mehr um Erlaubnis bitten.

Unterwegs durchsuche ich rasch die Kontakte in meinem Telefon nach jemandem, der an einem Montagmorgen nicht im Büro ist. Andere würden ihren Partner anrufen und fragen, ob er heute von zu Hause arbeiten könnte. Sonst würden sie es bei den Großeltern probieren. Ich habe keinen Plan B.

Als wir in Greenwich sind, bitte ich den Fahrer, das Taxameter laufen zu lassen. Elliot und die Schulsekretärin stehen schon da und warten, mein Sohn mit aufgekrempelten Ärmeln und dem Schulrucksack auf dem Rücken. *Mein Sohn.* Diese Worte stellen sich von selbst ein; nicht erzwungen, ausnahmsweise nicht befremdlich. Unwillkürlich lächle ich. »Hey, Batman, dir geht's nicht gut?« Ich gehe vor ihm in die Hocke.

»Mir tut ein bisschen der Hals weh.« Elliot klammert sich an mein Bein.

»Ehrlich, heute Morgen war noch alles in Ordnung«, sage ich und erinnere mich an seine letzte Sommererkältung vergangenen Monat, aber seitdem ging es ihm gut. »Stimmt doch, Schatz?«

Elliot zuckt die Achseln und holt Draggie, den noch nie gewaschenen Drachen, aus seinem Rucksack – eine Krücke, für die er wahrscheinlich zu alt ist. Sollte ich darauf bestehen, ihn zu waschen? Tun Eltern so etwas? Ich habe keine Zeit, darüber nachzudenken, während ich ihn ins Taxi setze. 9:27 Uhr.

Elliot liebt diese Taxis. Er möchte vorn sitzen, und ich versuche, ihm zu erklären, dass das gefährlich ist, ohne mich in grausigen Details über Autounfälle und was da passieren kann zu ergehen, während mir grässliche Bilder durch den Kopf schießen. Elliot neben mir blickt unverwandt aus dem Fenster, und ich scrolle noch einmal durch meine Kontakte.

»Der Gurkenturm. Draggie wird den Gurkenturm besiegen!«, erklärt Elliot dem Wolkenkratzer mit dem Beinamen The Gherkin den Krieg.

Jetzt bin ich bei L, dann M, und als ich ganz unten bei T ankomme, weiß ich immer noch nicht, wer Elliot nehmen könnte.

»Bestimmt wird er das.« Es gibt absolut niemanden, den ich anrufen könnte.

9:53 Uhr. Der Wagen biegt in die Newgate Street ein. Während wir an einer Ampel warten, schaltet der Fahrer das Radio ein, und nach drei Worten ist mir klar, worüber die Sprecher diskutieren.

»Verzeihung, könnten Sie das ausschalten?« Unmittelbar vor der Gerichtsverhandlung möchte ich keine Kommentare und Meinungen zum Fall hören. Nicht bei diesem Fall, es ist zu deprimierend.

Der Fahrer mustert mich im Rückspiegel und schaltet das Radio mit einem Knurren wieder aus. Dieser Strafprozess beherrscht den Londoner Äther. Seine Moleküle haben in diesem Monat die Lkw-Abgase und die sonstige Luftverschmutzung verdrängt, sodass die Menschen ihn mit jedem Atemzug in sich aufnehmen.

»Batman«, sage ich und ziehe ihn sanft vom Fenster weg. »Hättest du Lust, heute mit mir zur Arbeit zu kommen?«

Er ist unsicher.

»Oh, schau, da drüben, da ist ein Schwogelvarm«, sage ich und deute aus dem Fenster.

Elliot schnaubt. »Ein Vogelschwarm!«

»Du bist zu gut darin«, sage ich. Heute Morgen blieb uns beim Frühstück keine Zeit für die von mir vorbereitete Runde Spoonerismen.

»Du …« Gespielt angewidert lasse ich den Mund offen stehen. »Du nohrst doch nicht etwa in der Base?«

»Ich bohre *nicht* in der Nase.« Er lacht.

Vor drei Monaten kaufte ich an dem Wochenende, bevor er zu mir kam, ein Buch mit Kinderwitzen. Ich lernte so viele wie möglich auswendig, vergaß dann aber, sie mir einzuteilen, und hatte sie am Ende unserer ersten gemeinsamen achtundvierzig Stunden alle aufgebraucht. Vielleicht war das ganz gut so. Kinder merken es, wenn man sich zu sehr bemüht.

Als wir uns Old Bailey, dem Zentralen Strafgerichtshof, nähern, wird das Taxi durch Menschentrauben auf der Straße aufgehalten. »Verdammter Zirkus«, sagt der Fahrer. »Sie steigen wohl besser hier aus.«

Presseleute, Schaulustige, Kameras, Übertragungswagen und Zelte verdecken den Eingang des Gerichts. Als ich die Taxitür öffne, dringt sofort der Lärm der Menschenansammlung herein.

Warum musstest du dir ausgerechnet heute was einfangen?, denke ich bei mir und streiche Elliot eine Locke hinters Ohr. 9:57 Uhr. Das Team der Verteidigung sucht sicher schon nach mir. Als wir zur Tür gehen, schiebt Elliot seine Hand in meine.

Vier ehrenamtliche Zeugenbegleitpersonen drücken sich am Eingang herum. Alle Mann an Deck am letzten Tag eines nervenaufreibenden Prozesses. »Ich bin die Dolmetscherin«, sage ich zu einer von ihnen. »Gerichtssaal dreizehn.«

»Eine der Geschworenen steckt im Verkehr fest«, sagt sie. »Es herrscht mal wieder Old-Bailey-Zeit, Sie haben also noch etwa zehn Minuten.«

»Danke«, sage ich.

»Ist das Ihr Sohn?«

»Normalerweise montags in der Schule.« Könnte sie sich um ihn kümmern, während ich im Gerichtssaal bin? Wenn sie nicht gerade nervöse Zeugen beruhigt – nein, das geht nicht. »Keine Sorge, er kommt nicht mit rein«, sage ich.

»Bisschen jung für Berufserfahrung.«

Ich zwinge mich zu lachen.

Sie schlägt einen anderen Ton an. »Kinder dürfen nicht ins Gebäude.«

»Ich weiß. Ich habe jemanden benachrichtigt. Sie werden zusammen draußen warten«, sage ich. Sie nickt zustimmend, während mir allmählich die Knie weich werden. »Eine Freundin«, sage ich und deute auf mein Mobiltelefon, als wäre das ein Beweis, als stammten die angenommenen Anrufe nicht von Elliots Arzt und seiner Schule; als wären die Textnachrichten persönlich und nicht automatische Benachrichtigungen meiner Bank. Was soll ich nur mit ihm machen?

Zwei Minuten bis zum Beginn der Verhandlung. Ich habe mir schon gedacht, dass das irgendwann passiert, aber nicht bei meinem ersten Einsatz, seit ich Elliot in Pflege habe, nicht bei einem so bedeutsamen Fall. Bei einem Fall, der vertagt werden könnte, wenn ich nicht komme. Dieses Verbrechen hält die Nation in Atem mit seinen Themen »Klasse« und »Privilegien«, der Luxuskarosse und dem toten Baby. Sie brauchen die beste Dolmetscherin. Sie brauchen mich.

Wieder sehe ich auf mein Telefon, hoffe auf ein Wunder, auf einen Anruf seiner Lehrerin, die sich für ihren Irrtum entschuldigt und sagt, dass sie jeden Moment hier ist und ihn wieder mit in die Schule nimmt.

»Ich weiß nicht, was ich tun soll«, sage ich der Ehrenamtlichen.

»Ihre Freundin ist nicht hier?«

»Ich müsste schon drin sein. Aber mein Sohn wurde heute aus der Schule nach Hause geschickt.« Mein flehentlicher Tonfall sagt ihr, dass diese Freundin niemals kommen wollte.

»Guten Morgen, Fremde«, höre ich hinter mir eine vertraute Stimme.

»Arkam«, sage ich und drehe mich um. »Hallo.« Er ist einer der wenigen Wachmänner bei Gericht, deren Namen ich kenne.

»Multitasking heute Morgen, was?« Er grinst Elliot an.

»Ich versuch's, aber …«

»Keine Kinder im Gebäude«, sagt er sanft.

»Genau.«

»Ich kann eine Weile auf ihn aufpassen. Aber nicht weitererzählen.« Arkam zwinkert.

Unmittelbar vor Elliot habe ich hier bei einem dreimonatigen Mordprozess gearbeitet. Bei so langen Einsätzen fühlt sich das Dolmetschen vorübergehend fast wie eine normale Arbeit an; man geht jeden Morgen in dasselbe Gebäude und sieht dieselben Menschen.

»Danke. Sie sind meine Rettung.«

»Kein Problem.«

»Ich weiß nicht, was ich sonst gemacht hätte. Das ist Elliot. In seinem Rucksack hat er ein paar Sachen, mit denen er sich beschäftigen kann.« Ich stecke Elliot mein Telefon in die Tasche.

»Danach gibt's einen Cupcake, versprochen«, sage ich zu ihm. Dann in ernsterem Ton: »Sei brav, ja?« Das elterliche Bedürfnis, Grenzen zu setzen und Manieren zu lehren, obwohl ich eigentlich nur will, dass er mich mag. »Hab dich lieb.«

»Hab dich lieb«, erwidert Elliot. Während ich auf die Eingangstür zugehe, versuche ich zu vergessen, dass eine frühere Pflegemutter ihm beigebracht hat, so zu reagieren.

Die Geschworenen wirken erschöpft. Auf den Zuschauerrängen blicken untröstliche Angehörige, Jurastudenten und die schlicht Neugierigen geradeaus, zu Boden oder an die Decke – dies ist einer der wenigen Orte auf Erden, an denen die Zerstreuung mittels Mobiltelefon nicht gestattet ist. Im Sommer kann es selbst in den neuen Gerichtssälen schweißtreibend schwül werden, manchmal sogar unerträglich. Nun tönen Seufzer und das Schniefen der Angehörigen des mutmaßlichen Opfers durch den Saal, dann wird es still.

Der Tag beginnt. Es ist ein komplexer Fall von verkehrsgefährdendem Fahren. Meine Augen beschäftigen sich sofort mit den Händen des Prozessanwalts der Verteidigung. Sein Rücken ist gerade, das Kinn erhoben, und seine Handbewegungen beschränkt er auf offene, entspannte Gesten. »Schildern Sie uns bitte, was Sie am fraglichen Abend gesehen haben.« Alles an ihm drückt Autorität und Redlichkeit aus.

Ich sitze neben der elegant gekleideten Zeugin und atme die abgestandene, nach altem Leder riechende Luft ein, während ich auf meinen Einsatz warte.

»Wer hat den Notruf getätigt?«

Die Mittdreißigerin beantwortet die Fragen des Anwalts kurz und bündig, und es ist kein Problem, ihr Italienisch ins Englische zu übersetzen. Sie versteht recht gut Englisch und braucht meine Übersetzungen in ihre Muttersprache eigentlich gar nicht.

»Wie würden Sie das Geräusch beschreiben?«

Während ich die Fragen und Antworten vom Italienischen ins Englische, vom Englischen ins Italienische dolmetsche, halte ich den Blick auf die sauberen, rosigen Handflächen des Anwalts gerichtet, die keine Spur von Schweiß aufweisen.

Die Frau, deren Aussage ich dolmetsche, war im vergangenen Juni als Touristin in London und am Abend der mutmaßlichen Straftat in der Oper. Aus reinem Pech sah sie den Unfall mit an und ist heute auf Vorladung der Verteidigung hier, um eine Zeugenaussage zu machen.

»Und was haben Sie gesehen, als Sie näher herangegangen sind?«

Nach *Madame Butterfly* kehrte meine Zeugin zu ihrem Mietwagen auf dem Parkplatz der Oper zurück und beobachtete, wie die Angeklagte ihren 150 000 Pfund teuren Mercedes-SUV zurücksetzte und eine Angehörige des Bewirtungspersonals rammte. Dann fuhr die Angeklagte davon. Die Anklage lautet auf verkehrsgefährdendes Fahren, Fahrerflucht und Tötung eines gesunden Ungeborenen – das im fünften Monat schwangere Opfer hat überlebt, ihr ungeborenes Kind nicht. Die Verteidigung behauptet, die Angeklagte habe nicht bemerkt, dass sie jemanden angefahren habe, geschweige denn eine Schwangere, und die Aussage der italienischen Touristin scheint das zu stützen. Anscheinend ist Unwissenheit bei Fahrerflucht die beste Verteidigung. Die Presse sagt in diesem pikanten Prozess mit seiner glamourösen fünfzigjährigen Angeklagten, der Erbin eines Energieunternehmens mit einem Haus in Knightsbridge, im schwerwiegendsten Anklagepunkt der Kindstötung einen Freispruch voraus. Aus juristischer Sicht ist dieser Vorwurf fast unmöglich zu beweisen; kaum jemals wird jemand dafür verurteilt, ein ungeborenes Kind getötet zu haben. Ich lasse den Blick auf der Angeklagten ruhen. Sie trägt ein dunkelblaues Kostüm und winzige Ohrringe, die das Licht reflektieren, wenn sie den Kopf dreht. Ich hätte es heute Morgen im Taxi nicht ertragen, Radio zu hören, weil ich wusste, sie würden sagen, dass sie freigesprochen wird.

In manchen der Fälle, bei denen ich dolmetsche, kann ich wirklich nicht beurteilen, wie die Entscheidung der Geschworenen oder des Richters ausfallen wird. Heute erscheint mir meine Anwesenheit hier sinnlos. Die Verteidigung scheint sich ihrer Sache sehr sicher zu sein – ich vermute, sie brauchen diese Zeugin gar nicht, um ihre Argumentation zu stützen. Und der Anklagevertreter kämpft jetzt, an den letzten Prozesstagen, sichtlich darum, seine Resignation zu verbergen. Meine Zeugin könnte natürlich eine ihrer Antworten verpatzen oder vom Kurs abkommen und der Verteidigung mehr schaden als nutzen. Doch das wird vermutlich nicht geschehen.

»Wann haben Sie bemerkt, dass die Frau schwanger war?« Ich wiederhole diese Frage mit absoluter Genauigkeit auf Italienisch. Dann die Antwort auf Englisch. Für mich müssen die Worte allesamt gleich schmecken. Ich sage, was von mir verlangt wird. In diesem Saal habe ich keine eigenen moralischen Grundsätze. Ich bin eigentlich nicht hier. Das ist es, was ich mir sagen muss. An manchen Tagen, bei manchen Aufträgen, muss ich mich daran erinnern, bis mir wieder klar ist, worin meine Aufgabe besteht. Ich wette, die Angeklagte kommt mit allem außer der Fahrerflucht davon. Doch das darf mich nicht kümmern.

Es ist jetzt zwanzig Minuten her, seit ich Elliot draußen zurückgelassen habe.

Die Fragen reißen nicht ab. Dann sind es fünfundzwanzig Minuten, seit ich Elliot zurückgelassen habe. Er hat mein Telefon und weiß, wie man es benutzt. Aber wen sollte er anrufen? Im Stillen gehe ich meine Kontakte durch, bis ich bei D bin: Mittlerweile gibt es dort keinen Eintrag mehr. Doch es ist zwecklos, sich mit »Was wäre, wenn?« aufzuhalten.

Falls die Anklage die Zeugin auch nur halb so lange befragt wie die Verteidigung, werde ich insgesamt fast eine Stunde im Gerichtssaal festsitzen. Was ist, wenn Arkam seinen Posten verlassen muss? Irgendjemand könnte bereits dem Jugendamt gemeldet haben, dass am Old Bailey ein kleiner Junge mit dem schmutzigsten Spielzeug der Welt sitzen gelassen wurde.

Das Kreuzverhör beginnt. Ich übersetze so schnell, dass die italienischen Worte miteinander kollidieren, und spare so ein paar Sekunden ein.

»Keine weiteren Fragen, My Lord«, sagt der Anwalt. »Die Zeugin ist entlassen.«

Meine Pumps fliegen über den Boden.

Pause. Der Gerichtssaal leert sich ins Foyer. Alle müssen zur Toilette, wollen etwas trinken oder sich verstohlen ein Eis holen. Ich dränge mich durch das Gewühl zum Ausgang.

»Wo haben Sie Italienisch gelernt? Ihre Aussprache ist sehr gut.« Die Zeugin hat sich in meine Blickachse geschoben.

»Danke.« Ich weiche ihrem Blick aus. Ich muss nach draußen. Ich muss ihn finden.

»Waren Sie schon einmal in Vomero in Neapel?« Die Frau strahlt. »Meine Heimatstadt.«

»Nein.«

»Die Pizza ist die beste im ganzen Land.«

Ich recke den Hals, um an der Leibesmitte der Frau vorbei durch die Tür nach draußen blicken zu können. Rechts vom Eingang sehe ich eine Gruppe von Menschen, aber keine Spur von Elliot.

»Sie sollten Neapel besuchen«, sagt die Frau. »Man wird Sie für eine Einheimische halten.«

»Entschuldigen Sie mich.« Ich sause an ihr vorbei, schiebe mich durch die dichten Trauben von Schaulustigen und Gerichtsangestellten, bis ich die Stelle erreiche, wo ich Elliot und Arkam zurückgelassen habe.

Sie sind fort.

2

Ich muss Elliot finden, doch ein Mann stellt sich vor mich und packt mich am Ellbogen. »Ich habe Sie da drin gesehen«, sagt er. »Ich habe alles gehört, was Sie gesagt haben.« Ich erkenne ihn von den Titelblättern der Zeitungen und Zeitschriften an der Supermarktkasse wieder. Seine Augen wirken verblasst, als wären sie mit hellen Wasserfarben auf sein ausgemergeltes Gesicht aufgemalt. Wahrscheinlich hat er nichts Richtiges mehr gegessen, seit seine Frau verletzt wurde und sein ungeborenes Kind starb.

»Mein herzliches Beileid«, sage ich und bereue meine Wortwahl – das ist ein Standardsatz, den er wahrscheinlich zehnmal am Tag hört. Was kann ich sonst sagen? Eigentlich sollte ich überhaupt nicht mit ihm sprechen.

»›Es war *dunkel*‹«, imitiert er die Stimme der Angeklagten. »›Vielleicht habe ich einen anderen Wagen gestreift. Gewiss keinen *Menschen*.‹«

Seine Frau hat ihr Baby verloren, sie kann keine Kinder mehr bekommen und wird ihre Beine nie mehr gebrauchen können. Das Leben, das sie geplant hatten – in einem einzigen Augenblick zerstört. Ich muss an das georgische Wort für schwanger denken, das »zwei Seelen haben« bedeutet. Es gibt einen polnischen Ausdruck, der »du bist in Hoffnung« bedeutet. Vielleicht werden sie adoptieren? Dafür sind sie womöglich zu gebrochen. Der Adoptionsprozess kann zermürbend sein, und eine Adoption ist keine Garantie für ein Happy End. Mit einem mulmigen Gefühl frage ich mich, wo Elliot sein könnte. »Es stimmt nicht – was Sie da drin gesagt haben.« Er schüttelt den Kopf. »Sie sind eine *Lügnerin*.«

Ist er zweisprachig? Mein Magen krampft sich zusammen. Er behauptet, ich hätte irgendeinen Teil der Aussage falsch übersetzt.

»Sir, ich versichere Ihnen, ich habe mit absoluter Genauigkeit gedolmetscht.« Was meint er? Nichts an dieser Zeugenaussage stellte eine besondere Herausforderung dar; da war nichts, was man hätte falsch auslegen können. Andere Dolmetscher machen ein bisschen Ordnung. Sie lassen die Hintergrund-Ahhhs und -Hmmmms weg, übersetzen eine Passiv- mit einer Aktivkonstruktion, weil es einfacher ist – sie halten sich nicht sklavisch an die Berufsordnung; sie sehen den Sinn nicht. Aber ich mache so etwas nie. Ich habe in meiner Laufbahn einen Fehler gemacht, einen einzigen Fehler, und das wird nicht noch einmal vorkommen. Der Preis ist zu hoch.

Sein Blick zuckt von der Decke zu mir. Der Mann, der da vor mir steht, ist desorientiert und braucht Hilfe, aber ich muss zu Elliot. Ich entziehe ihm meinen Arm und drehe mich auf dem Absatz um. Ich muss einen anderen Wachmann finden und nach Arkam fragen.

»Arkam?«, rufe ich. »ELLIOT!« Die Angst in meiner Stimme erregt Aufmerksamkeit. »Haben Sie einen sechsjährigen Jungen gesehen? Blondes lockiges Haar, in Schuluniform?«, frage ich alle, die in Hörweite sind. »Elliot!«

»Sie sind Mutter.« Der Mann des mutmaßlichen Opfers taucht wieder bei mir auf. »Arbeiten Sie auch für Kindsmörder?«

»Ich arbeite für die Gerichte«, sage ich. »Ich habe heute nicht für die *Verteidigung* gearbeitet, das versichere ich Ihnen.« Wir Gerichtsdolmetscher werden oft zur Verteidigung gezählt, aber ich bin Freiberuflerin; ich bin nirgendwo angestellt. Meine Aufträge erhalte ich über die Übersetzungs- und Dolmetschagentur Exia Translation and Interpreting Services, die im Augenblick den Vertrag mit dem Justizministerium hat.

»Wenn Pädophile einen Dolmetscher brauchen, helfen Sie denen? Sprechen ihre Lügen für sie aus und sehen zu, wie sie damit durchkommen?«

Ihre Lügen. Er stellt nicht meine Übersetzung infrage, er redet von der Frau, deren Aussagen ich gedolmetscht habe. Jetzt sieht er mich kaum noch an. Er ist wütend und verletzt und weiß nicht, wohin damit. Ich bin ein gutes Ziel, eben weil er weiß, dass ich keine Schuld trage – ganz wie der Hedgefonds-Manager, der bei einem schlechten Geschäft eine Million Pfund verliert, den Mann anschreit, der sein Sandwich macht. Aber damit kann ich mich jetzt nicht befassen, solange ich Elliot suche.

Ich kehre ihm den Rücken zu und rufe: »ELLIOT!« Da. Links vom Ausgang. Ein anderer Wachmann. Ich laufe zu ihm.

»Hab ihn gefunden.« Eine leise Stimme hinter mir lässt mich wie angewurzelt stehen bleiben. »Er ist da drüben bei Ihren *Freundinnen.*« Zwischen den Menschen hindurch sehe ich undeutlich Elliots Rucksack und dann sein Gesicht. Er futtert fröhlich eine Tüte Chips. Ich drehe mich um, um meinem Helfer zu danken, und stelle fest, dass es wieder er ist: der Ehemann des mutmaßlichen Opfers.

»Oh, Gott sei Dank, *vielen Dank*«, sage ich.

Elliot steht draußen bei zwei Frauen. Eine von ihnen ist vor ihm in die Hocke gegangen und lächelt, während er mampft. Sie tupft ihm den Mund mit einer Serviette ab. Die Angeklagte. Elliot ist bei der Erbin, der Fahrerflüchtigen. Der trauernde Vater betrachtet diese heimelige Szene, mit den Händen dieser Frau auf meinem Sohn.

»Sie sind also heute nicht aufseiten der Verteidigung, was?«, murmelt der Mann leise, aber ich weiß, er will, dass ich ihn höre.

»Es ist nicht das, wonach es aussieht; sie sind nicht meine Freundinnen«, erkläre ich ihm. »Das ist mein Sohn, aber sie kenne ich nicht. Ich bin neutral, das versichere ich Ihnen.«

Es kann schwer für die Menschen sein, uns als neutral zu sehen. Im Gerichtssaal sitzen wir Knie an Knie mit der Person, deren Äußerungen wir dolmetschen. Wir beugen uns zu demjenigen und flüstern ihm oder ihr ins Ohr. Wenn der Klient der Angeklagte ist, sitzen wir dicht neben ihm auf der Anklagebank wie ein Mitverschwörer und zur Sicherheit aller anderen abgeschottet im Acrylglaskasten.

»Sie sind korrupt«, sagt er leise. »Sie sind alle korrupt.« Er schlägt sich mit den Fäusten an die Stirn, bis eine Frau – eine Freundin oder Verwandte – ihm den Arm um die Schultern legt. Ich glaube nicht, dass dieser Mann absichtlich jemanden verletzen würde, aber zugleich hat er nichts zu verlieren, und das macht ihn gefährlich. Ich stürze zu Elliot und drehe mich im Laufen noch einmal um, um mich zu vergewissern, dass der Mann mir nicht folgt.

»Elliot, wo warst du denn? Wo ist Arkam?« Mein Ärger auf den Wachmann ist mir anzuhören.

»Tut mir leid!«, sagt eine der Frauen. »Mir war klar, sobald wir uns ein paar Schritte entfernen, geht die Verhandlung natürlich zu Ende, und Sie kommen heraus und suchen nach ihm.« Sie klingt atemlos. »Elliot musste zur Toilette. Sie lassen Kinder nicht ins Gericht, deshalb bin ich mit ihm in ein Café gegangen. Ich hoffe, Sie haben sich nicht zu viele Sorgen gemacht.« Die Hand, mit der ich Elliots festhalte, ist schweißnass, und mein Herz hat sich noch nicht wieder beruhigt. Arkam hätte Elliot unter keinen Umständen mit einer Fremden mitgehen lassen dürfen. Was hat er sich dabei gedacht?

»Es tut mir leid, dass ich dich allein lassen musste«, sage ich zu Elliot und drücke seine Hand. »Das kommt nicht wieder vor.«

»Ich bin Sandra«, stellt die Frau sich vor. »Ich habe mich mit dem Wachmann und Elliot unterhalten, während ich auf meine Chefin gewartet habe.« Sie blickt zur Angeklagten, die sich ein paar Schritte entfernt hat und jetzt mit ihren Anwälten spricht.

Ein Anwalt in einem blauen Hemd redet auf die Erbin ein. Er spricht schnell. Von hier aus kann ich ihn nicht verstehen, aber ich merke, dass sie ihm nicht zuhört; ihr Blick wandert umher, als befände sie sich auf einer langweiligen Party und suchte nach einem interessanteren Gesprächspartner. Ich habe sie gestern Abend im Fernsehen gesehen, als sie gerade mit hoch erhobenem Kopf aus dem Gerichtssaal kam – nicht die übliche Angeklagte, die verschämt das Gesicht unter der Jacke vor den Kameras verbirgt. Sie ist nicht verlegen, man sieht es an ihrer Körpersprache. Keine Demut angesichts des Unheils, das sie angerichtet hat. Ich schätze, sie sucht nach den Kameras, deshalb drückt sie sich am Eingang herum. Sie glaubt an einen Freispruch, und dieser Prozess macht sie berühmt.

»Ich bin Revelle«, sage ich, als mir klar wird, dass ich mich noch nicht vorgestellt habe. »Danke, dass Sie sich um ihn gekümmert haben, Sandra.«

»Wir haben uns gegenseitig Gesellschaft geleistet, nicht wahr?« Sandra geht vor Elliot in die Hocke, und sie lächeln sich an.

»Ja«, stimmt Elliot zu.

Es gefällt mir, dass sie nichts zu seinem Aussehen gesagt hat. So viele Fremde maßen sich an, auf unser grundverschiedenes Aussehen einzugehen. »Es ist so hell, fast weiß!«, sagen sie und befingern sein Haar. »Keine Angst, wenn er älter wird, dunkelt es nach.« Oder ein andermal: »Da wird sein Vater wohl ein Albino sein!« Vielleicht ist er das.

»Falls Sie mal wirklich einen Babysitter wollen«, dringt Sandras Stimme in meine Gedanken, »ich bin auf Silver Balloon. Die Kinderbetreuungs-App – benutzen Sie die? Sandra Ramos. Allerdings habe ich nur sonntags Zeit, den Rest der Woche arbeite ich für …« Sie deutet mit dem Kopf auf die Erbin.

»Sie arbeiten sieben Tage?«, frage ich.

»Deshalb bin ich in Großbritannien. Um zu arbeiten. Und auf so nette Kinder aufzupassen, ist eigentlich keine Arbeit.«

»Danke für den Tipp mit der App. Wie Sie sehen, habe ich die Kinderbetreuung noch nicht im Griff.« Elliot hält ein Blatt Papier hoch.

»Was ist das?«

»Das bin ich«, sagt er. »Sandra hat es gemalt, als wir gewartet haben.«

Es ist eine Bleistiftskizze von Elliot. Sandra zuckt die Achseln.

»Ich zeichne gern. Das hält mich von Facebook fern.« Ich verstehe nicht viel von Kunst, aber die Skizze ist sehr gut.

»Sie sind wirklich talentiert«, sage ich. »Elliot, du hast Danke gesagt, oder?«

»Klar.« Sie hat seine großen Augen gut eingefangen und seine dichten Locken hervorgehoben.

Aus dem Augenwinkel sehe ich die Erbin zu uns kommen, und Sandra bedeutet Elliot, das Bild an sich zu drücken.

»David Hockney hat wieder zugeschlagen«, sagt die Erbin und kichert über ihren eigenen Witz. Hockney war hauptsächlich Maler, das weiß sogar ich. Wenn sie schon gemein sein will, könnte sie sich wenigstens einen passenderen Bezug einfallen lassen. Die Erbin sieht mich an und sagt nach kurzem Stutzen: »Sie waren da drin unsere Dolmetscherin. Danke.« *Unsere.*

Ich lächle matt und nicke. Natürlich glaubt sie, dass ich für sie arbeite. Im Lauf der Jahre hatte ich viele Angeklagte, die mit mir wie mit einer verlässlichen Vertrauten im Team der Verteidigung plauderten. Sie erzählten mir alles über die Arbeit ihrer Frau oder das Aktenportfolio ihres Bruders oder fragten mich nach meiner Meinung zu den Leiden ihrer Mutter. Ein besonders gesprächiger Spanier erörterte gern mit mir die Probleme des öffentlichen Nahverkehrs in London – in einem früheren Leben war er Stadtplaner gewesen –, und eines Morgens auf der Anklagebank stimmte ich ihm zu, dass die U-Bahn an diesem Tag furchtbar gewesen sei, und erwähnte versehentlich meine Haltestelle. Somit wusste ein Mann, der des zweifachen Mordes angeklagt war, grob, wo ich wohnte. Ich war froh, als er verurteilt wurde.

»Gehen wir!«, sagt die Erbin zu Sandra und klatscht in die Hände. Aus der Nähe kann ich sehen, dass sie einen kunstvoll geflochtenen Zopf trägt, wie ein kleines Mädchen. Einen solchen Zopf kann man sich nicht selbst flechten. Hat sie sich den heute Morgen von Sandra machen lassen? Welche Arbeiten muss Sandra wohl für sie verrichten?

»Wo ist der Wagen? HALLO?« Dann stolziert sie davon, und es ist klar, dass Sandra ihr hinterhereilen soll.

In einer Geste der Solidarität hebe ich die Augenbrauen. »Was für eine reizende Chefin Sie da haben.«

»Ich hoffe, sie verliert den Prozess«, flüstert Sandra und legt einen Finger an die Lippen. »Ich muss gehen. Auf Wiedersehen, Elliot.«

Dann ist Sandra fort, und ich gelobe mir, dass ich Elliot nicht noch einmal so aus den Augen lassen werde.

Zu Hause suchen wir nach einem Platz für Sandras Zeichnung. Elliot will sie in Bestlage aufhängen, an seiner Schranktür, wo er sie morgens als Erstes sieht, wenn er wach wird. Er fühlt sich offensichtlich besser, und morgen geht er hoffentlich wieder frohgemut zur Schule. Seine Hand taucht tief in die Keksdose ein, und er klebt mit der Nase an meinem Tablet, auf dem Zeichentrickfilme laufen. Er ist ruhig und konzentriert, zufrieden damit, sich allein zu beschäftigen, was man nicht von allen Kindern in seinem Alter sagen kann, wie ich weiß. Ich frage mich, welchen Anteil die ererbten Gene an seiner Persönlichkeit haben. Ist seine Selbstständigkeit ein Bewältigungsmechanismus aus seinen frühen Jahren – überleben, indem man sich aus dem, was um einen herum geschieht, ausklinkt? Ich weiß, dass es in seiner leiblichen Familie Probleme mit Substanzmissbrauch gab, bevor er in staatliche Obhut kam. Von unserer Sozialarbeiterin Lydia habe ich eine Mappe mit diversen Formularen und Berichten bekommen, die Elliots Geschichte erzählen. Einiges davon habe ich gelesen, und so kenne ich seine Hauptprobleme, aber ich bin nicht so weit gegangen, jeden einzelnen Polizeibericht, jede Dokumentation eines besorgniserregenden Vorfalls zwischen seinen Eltern zu lesen. Mir ist klar, dass Elliot nicht als unbeschriebenes Blatt zu mir kommt, aber wenn ich in allen Einzelheiten wüsste, wie sein Familienleben war und was er durchgemacht hat, würde ich ihn anders behandeln. Das weiß ich. Als tragischen Sozialfall, der repariert werden muss, anstatt wie ein richtiges Kind. Mein Kind. Ich will nicht in jeder seiner Gesten ein Trauma sehen, wenn ich ihn beim Essen beobachte, oder zwanghaft nach Verhaltensweisen Ausschau halten, in denen sich frühere Erfahrungen manifestieren. Dies ist seine zweite Chance. Deshalb liegt die Mappe in einer abgeschlossenen Schublade meines Schreibtisches, und ich denke, ich werde mir überlegen, wie alt er sein sollte, bevor ich sie ihm gebe, falls er das alles selbst lesen möchte.

Ob Elliot Sandra gesagt hat, dass ich nicht seine leibliche Mutter bin? Neulich hat er es im Bus einer Frau erzählt, die sich über den Gang zu ihm beugte und ihm ein Kompliment zu seinem NASA-T-Shirt machte. Immerhin nennt er mich Mum. Als er zum ersten Mal zu mir kam, sagte Lydia mir, dass ich damit rechnen solle. Manche Adoptivkinder benötigen Jahre, bis sie ihre neuen Eltern Mum und Dad nennen, und manche tun es nie. Elliot war bekannt dafür, dass er es bei seinen früheren Pflegefamilien schnell getan hat. Es hat etwas mit Bindung zu tun. Natürlich höre ich es gern, wenn er das sagt. Ich wünschte bloß, Lydia hätte mir nicht erzählt, dass er es immer so macht.

»Wie geht's dir, brauchst du etwas?« Ich verstrubbele ihm das Haar. Er schüttelt den Kopf, ohne den Blick vom Tablet zu heben.

Solange Elliot beschäftigt ist, sollte ich etwas Nützliches tun, zum Beispiel die Wäsche machen, beschließe ich. Die Adoptionsvermittlungsstelle bietet Beratung zu den praktischen Aspekten der Aufnahme eines Kindes aus dem Fürsorgesystem an, aber niemand erklärt einem die ganz simplen Grundlagen des Elternseins. Jetzt, wo ich plötzlich für einen Sechsjährigen verantwortlich bin, ohne auf Erfahrung oder Hilfe zurückgreifen zu können, muss ich sehen, dass ich in diesem Punkt schleunigst aufhole. Ich betrachte den überquellenden Wäschekorb und sortiere Elliots Kleidung. Das erste T-Shirt ist unten von Grasflecken gesäumt, und seine schwarze Hose ist stellenweise schlammverkrustet. Normale Mütter wüssten jetzt, was zu tun ist, weil sie auf ihre Erfahrungen aus den ersten Lebensjahren zurückgreifen können. Heißes Wasser für diese Flecken, kaltes für jene. Auf meinem Laptop suche ich nach »Grasflecken Entfernung« und öffne Tab um Tab. Zwischendurch fällt mein Blick immer wieder auf meinen Unterarm. Die roten Fingerabdrücke, die der trauernde Vater dort hinterlassen hatte, sind längst verblasst, doch ich kann sie noch spüren oder bilde es mir ein. Ich entdecke einen Kratzer, aber ich glaube, den habe ich mir selbst beigebracht in meiner Panik, Elliot zu finden.

Ich befolge den Rat einer Blogger-Mami außerhalb von Toronto, die behauptet, eine Autorität im Mixen von Mimosas und in allen Wäschefragen zu sein. Ein Teil weißer Branntweinessig auf einen Teil Wasser. Dreißig Minuten einweichen lassen, dann rubbeln und ausspülen. Wiederholen. Habe ich überhaupt Essig da? Woher weiß ich, ob es der richtige ist? Ich denke daran, wie es brennen würde, wenn ich etwas davon auf meinen Arm tropfen ließe. Erst drei Monate, und ich hätte Elliot fast verloren. Wenn ich Arkam in den nächsten Minuten nicht gefunden hätte, wäre ich zur Polizei gegangen. Die hätte eine spezielle Warnmeldung herausgegeben und Elliot vielleicht innerhalb weniger Stunden gefunden, aber dann wäre er zurück zur Adoptionsvermittlung gekommen und jemand anderem gegeben worden. Ich installiere die Silver-Balloon-App auf meinem Telefon und suche Sandra Ramos. Genau das brauche ich: Ihr Profil als Babysitterin hat Dutzende von begeisterten Besprechungen. Da bin ich ein wenig beruhigt. Meine leichtsinnige Entscheidung, ihn heute in der Obhut des Wachmanns zu lassen, war nicht so riskant, wie sie hätte sein können.

Ich stecke Elliots gesamte Kleidung in den Frontlader und wähle den längsten, heißesten Waschgang.

Was denkt der trauernde Mann von heute Morgen wohl von mir? Sein ungeborenes Kind ist bei einem tragischen Unfall gestorben, und hier bin ich, eine untaugliche Mutter mit einem gesunden Kind, das ich eindeutig nicht verdient habe; es ist ungerecht. Er ist davon überzeugt, dass die ganze Sache ungerecht ist – das Gerichtsverfahren, meine Arbeit für die gefühllose Erbin, wobei ich in dieser Hinsicht nichts falsch gemacht habe. In einem Punkt hat er allerdings recht: Ich würde tatsächlich für einen Kindsmörder oder einen mutmaßlichen Pädophilen dolmetschen, falls das von mir verlangt würde. Wir Dolmetscher wissen vorab häufig nichts über den Prozess, bei dem wir arbeiten werden. Es kann sogar sein, dass wir nicht wissen, für wen wir sprechen – das Opfer oder den Angeklagten, eine Zeugin oder eine am Boden zerstörte Angehörige des Opfers. Wir können nicht mitten in einer polizeilichen Vernehmung oder einem Gerichtsverfahren weggehen, weil wir beschließen, dass wir dem Schuldigen, für den wir dolmetschen sollen, nicht helfen wollen. Wir müssen sämtliche Vorbehalte herunterschlucken und weitermachen. Wenn du merkst, dass dich etwas verstört, nimm deinen Widerwillen mit nach Hause und bewältige ihn in deiner Freizeit. Ich weiß, dass es so sein muss. Falls ich jemals auf der anderen Seite des Justizsystems stehen sollte, würde ich von allen Beteiligten reine Professionalität erwarten.

Als die Waschmaschine durchgelaufen ist, ist eines von Elliots T-Shirts auf die Hälfte geschrumpft, und die Grasflecken sind so leuchtend grün wie zuvor.

Am nächsten Morgen rumort es in London, als bekannt wird, dass sich die Jury in dem Prozess wegen verkehrsgefährdenden Fahrens zur Urteilsfindung zurückgezogen hat. Auf dem Fußweg zum Krankenhaus wechsele ich auf meinem Telefon von Radio 1 zu Spotify. Ich will nur Musik und auf keinen Fall etwas über die Erbin hören oder über den trauernden Vater nachdenken.

St Thomas: ein öffentliches Krankenhaus mit einem Fünf-Sterne-Blick über London. Ich nehme die Treppe und betrachte auf dem Weg nach oben die Westminster Bridge und die sich drehenden Kabinen am London Eye. Nachdem ich mich angemeldet habe, schreibe ich REVELLE LEE auf ein Namensschild für Besucher und gehe in die Kardiologie. Ein Russisch sprechender Mann ist wegen einer Herzkrankheit in Behandlung, und als ich an die Theke des Pflegepersonals trete, flattert mir selbst das Herz in der Brust. Medizinische Aufträge sind mir nicht so lieb. Einmal musste ich einem Mann sagen, dass seine Frau im Sterben liegt, und als ich die Worte auf Hindi ausgesprochen hatte, war sie schon tot. Bei der Arbeit für Polizei und Gerichte hat man das Gefühl, dass zumindest Aussicht auf Gerechtigkeit besteht, dass das Unrecht vielleicht korrigiert wird und die schuldige Person ihre gerechte Strafe erhält. Bei der Gesundheit gibt es keinen Schuldigen. Wen will man bestrafen, wenn der Täter der eigene Körper ist?

In der Kardiologie werde ich einem Mann mit klammer Hand und kreideweißem Gesicht vorgestellt. Er freut sich, mich zu sehen, ist erleichtert, in seiner Muttersprache ausdrücken zu können, wie elend er sich fühlt. Der Arzt mir gegenüber hält den Zustand seines russischen Patienten nicht für ernst. Ich wiederhole dem Mann die Worte des Arztes, und er hebt erleichtert die Hände zum Himmel. In gesprochenem Russisch wird für »Arm« und »Hand« dasselbe Wort verwendet – potenziell gefährlich in manchen Situationen. Ich glaube, einer Britin, die in Italien lebte, wurde letztes Jahr unnötigerweise eine Brust abgenommen, nachdem ihre ärztlichen Unterlagen aus Wales falsch übersetzt worden waren. Einem Spanier wurde in Schottland die falsche Niere entfernt, weil der Dolmetscher in der Einverständniserklärung einen Fehler gemacht hatte.

Die Besprechung mit dem Kardiologen endet, und ich gehe nach Hause. Unterwegs kaufe ich ein, und nachdem ich in der Küche meine Einkäufe ausgepackt habe, vereinbare ich für Elliot einen Termin beim Friseur. Als ich ihn von der Schule abhole, sprudelt er über vor Geschichten über den abgebrochenen Zahn einer Lehrerin und den gebrochenen Arm eines anderen Lehrers und dass es da irgendeinen lustigen Zusammenhang geben müsse, und ich denke den ganzen Abend nicht an die Arbeit. Wir essen und sehen uns eine Spielshow an, und nachdem Elliot zu Bett gegangen ist, läuft das Fernsehen weiter im Hintergrund, während ich meine E-Mails abrufe. Das Urteil in dem Fahrerfluchtprozess habe ich ganz vergessen. Aber dann kommen die Spätnachrichten.

3

Nicht schuldig.

Nicht schuldig im Hauptanklagepunkt der Kindstötung. Die Erbin wird wegen verkehrsgefährdenden Fahrens und Fahrerflucht eine Geldbuße zahlen und bestimmte Auflagen erfüllen, etwa gemeinnützige Arbeit leisten, aber das ist auch alles. Ich habe den Ton des Fernsehers leise gestellt, um Elliot nicht zu wecken. Das ausdruckslose Gesicht der Angeklagten ist groß auf dem Bildschirm, und neben ihr steht selbstzufrieden der geschmeidige Verteidiger. Ein Beben in der Stimme der Nachrichtensprecherin verrät den Abscheu, den sie nicht vollständig im Umkleideraum abgelegt hat. Ich frage mich, in welchem Maße die Aussage der italienischen Zeugin den Ausgang des Verfahrens beeinflusst hat. Als der trauernde Vater gezeigt wird, gespenstisch hohlwangig, schalte ich aus, bevor sein Blick mich erreicht. Ich versuche, ihn und den Prozess aus meinen Gedanken zu löschen, schüttele die Worte durcheinander und spüle sie fort.

Ich hoffe, sie verliert den Prozess. Ich muss an das denken, was Sandra am Old Bailey sagte, bevor sich unsere Wege trennten. Warum sagt sie so etwas, bei einem Prozess, in dem es um so viel geht? Sandra muss die Frau für schuldig in allen Anklagepunkten halten. Menschen wie diese Erbin zeigen sich vor ihrem Personal oft unverstellt; in Gegenwart von Kellnerinnen, Fahrern, Reinigungspersonal – allen, bei denen sich die Verstellung ihrer Meinung nach nicht lohnt – kommt das wahre Ich hinter der gesitteten Fassade zum Vorschein. Sandra kennt diese Frau wahrscheinlich und weiß, wozu sie fähig ist.

Ich hätte mir diese Woche eine vollständige Nachrichtensperre verordnen sollen. Beim Gerichtsdolmetschen tauche ich normalerweise nur zu meinem Einsatz auf, und wenn das Verfahren endet, bin ich schon beim nächsten Auftrag. Bei der Urteilsverkündung bin ich in der Regel nicht dabei, außer der Klient ist der Angeklagte; der Ausgang des Verfahrens geht mich nichts an. Ich habe schon früh gelernt, nicht neugierig zu sein. Wie ein Verfahren ausgeht, kann ich ohnehin nicht beeinflussen, also lasse ich los. Doch bei einem Fall wie diesem – wie kann man da vermeiden, etwas darüber zu hören?

Den Schlaf kann ich wohl vergessen, daher nutze ich die Gelegenheit, meine Gerichtsrechnungen für dieses Steuerjahr zu sortieren. Die Dokumente enthalten nicht viele Informationen, eigentlich nur verschiedene Variationen von *Southwark Crown Court, 5. Juni, Die Krone gegen Fernandez*; für Einzelheiten zu diesen Einsätzen muss ich mein Gedächtnis bemühen. Hier ist ein Fall, an den ich mich erinnere: Rechnung Nummer 38575 – in einer Polizeiwache in East London sollte ich für einen portugiesischen Touristen dolmetschen, der im Naturschutzgebiet Walthamstow Wetlands menschliche Überreste – einen Fuß – gefunden hatte. Ich erinnere mich verschwommen, damals in Zeitungsberichten gelesen zu haben, der Fuß habe zu einer vermissten Frau aus Bethnal Green gehört. Ob jemand verhaftet wurde, habe ich nie erfahren. Ich kann mich nicht einmal an den Namen der Frau erinnern.

Bei Google suche ich mit verschiedenen Kombinationen von »Fuß gefunden Walthamstow Wetlands« nach diesem Fall. In einem Artikel in *The Telegraph* steht, ein Mann aus East London sei wegen des Mordes an einer achtundzwanzigjährigen Frau verhaftet worden. Mein Blick fliegt zum Ende des Artikels: Anklage fallen gelassen, Verdächtiger auf freiem Fuß, der Fall anscheinend unaufgeklärt. Ich verbrachte damals sechs Stunden damit, für den portugiesischen Touristen zu dolmetschen, seinen Fund zu beschreiben, seine Erschütterung, seine Angst, die Übelkeit, die in ihm aufstieg, als er begriff, was er da vor sich hatte (einen menschlichen Fuß, anscheinend weiblich) und was das bedeutete, und es kam mir nie in den Sinn, hinterher in Erfahrung zu bringen, ob sie den Mörder gefunden hatten oder nicht. Es darf mir nicht in den Sinn kommen. Ich mache meine Arbeit, spreche die Worte und gehe nach Hause. Das darf ich nie vergessen. Ich weiß, dass mich die grausamen Details mancher Strafverfahren verfolgen würden, wenn ich nicht achtgäbe. Sie würden sich in mir ansammeln, ein sich anreicherndes, langsam wirkendes Gift, so als leckte man an einer Bleistiftspitze. Also gebe ich acht: Ich bin aus Teflon. Die Worte, die ich dolmetsche, wandern direkt von meinem Ohr zu meinem Mund, werden ausgesprochen und verschwinden spurlos. Ich wiederhole die Worte, ohne sie zu verstoffwechseln, schlucke die Sätze als Ganzes herunter und versuche sicherzustellen, dass sie mein Inneres nicht berühren. Obwohl ich in der ersten Person spreche und jede Geschichte, jede Handlung, jedes Ereignis, jede Angst und jedes Gefühl des Klienten als »ich, ich, ich« wiedergebe, so gesprochen, als wären wir ein und dieselbe Person.

Eine weitere Erinnerung steigt auf. Ein Fall von Vergewaltigung und Mord; eine Jugendliche, die vor ein paar Jahren bei sich zu Hause getötet wurde. Der Angeklagte, der Nachbar des Mädchens, nannte seinen Polnisch sprechenden Chef als Leumundszeugen, und ich wurde von der Verteidigung beauftragt, für ihn zu dolmetschen. Der Mann bescheinigte seinem Angestellten überzeugend einen guten Charakter, aber die Beweise schienen trotzdem gegen ihn zu sprechen, und jetzt sitzt der Angeklagte sicher im Gefängnis. Mein Laptop meldet eine niedrige Akkuladung, und ich schließe hastig das Ladekabel an. »Old Bailey Jugendliche Vergewaltigung Mord.« Seite eins der Suchergebnisse, Seite zwei. So viele Vergewaltigungen mit anschließendem Mord, aber nicht die, nach der ich suche. Seite drei, vier. Ein Bild des Angeklagten, angefertigt von einem Gerichtszeichner; ich erkenne sein selbstgefälliges Grinsen wieder.

Freispruch.

Klapp den Laptop zu, sage ich mir. Das ist überhaupt nicht hilfreich. Ich weiß, es ist nur eine Frage der Statistik, ein Zufall, dass das Urteil speziell in diesen Fällen »nicht schuldig« lautete. Manchmal siegt die Gerechtigkeit, manchmal nicht. Sie könnten unschuldig gewesen sein. Ich muss *einen* Fall mit einer Verurteilung finden, und dann höre ich auf.

Draußen röhrt ein Motorrad vorbei, das Motorengeräusch ist in der Stille der Nacht wie eine Explosion. Letztes Jahr wurde ich einmal nach Mitternacht zu einer Polizeiwache in North London gerufen, um für eine Russisch sprechende Estin zu dolmetschen, die von einem Mann auf einem Moped durch die Straßen des Wohnviertels Muswell Hill gejagt worden war. Eigentlich sprach sie ausgezeichnet Englisch, aber der Vorfall hatte sie in solche Panik versetzt, dass ihr Verstand Zuflucht bei ihrer ersten Sprache suchte. »Muswell Hill Moped Sextäter.« Ich finde ihn.

Schuldig.

Na bitte.

Ich habe das getan. Ich habe nicht für das Opfer gearbeitet, ich war neutral, doch ich habe dabei geholfen, eine detaillierte Aussage aufzunehmen, eine konkrete, klare Zeugenaussage, und ich gehörte zu der Gruppe von Menschen, die diesen Mann überführten und der Gerechtigkeit zum Sieg verhalfen. Aber dieses Nachverfolgen, dieses Interesse am Urteil, darf mir nicht zur Gewohnheit werden.

In meinem Terminkalender mache ich mir eine Notiz zu dem Fahrerfluchtfall, damit ich später kontrollieren kann, ob ich korrekt bezahlt wurde, und schlage ihn wieder zu.

In der Exia-App sichte ich die verfügbaren Dolmetscheraufträge für den Rest der Woche. Es gibt eine Reihe von Gerichtsverhandlungen außerhalb Londons – die Londoner Gerichte ertrinken noch immer im Rückstau aus der Pandemie und den darauf folgenden Anwaltsstreiks –, aber ich möchte nicht zu weit fahren müssen und riskieren, dass ich Elliot zu spät abhole. Am Sonntag brauchen sie jemanden bei einer geschäftlichen Tagung in Watford. Das könnte etwas sein, einfach und unspektakulär; genau das, was ich nach heute brauche, und, entscheidend, ein deutlich höherer Stundensatz als die Arbeit für Gerichte. Es würde bedeuten, auf einen Tag des Wochenendes mit Elliot zu verzichten, zum ersten Mal, seit er bei mir ist. Aber das wäre es wert, wenn es mir ermöglicht, bei meinen Aufträgen unter der Woche wählerischer zu sein, und so dazu beiträgt, dass ich Elliot immer rechtzeitig von der Schule abholen kann. Ich wechsele zur Silver-Balloon-App und sehe nach, ob Sandra Ramos an diesem Sonntag verfügbar ist. Ist sie, und ich buche sie. Ich muss arbeiten, daher muss ich meinen Sohn zeitweise bei anderen Menschen lassen, und sie hat sich im Umgang mit Elliot bereits bewährt. Ich werde diese geschäftliche Tagung übernehmen. Vielleicht macht der Moderator ein paar schlechte Witze. Dann habe ich womöglich sogar Spaß dabei.

Um kurz vor ein Uhr nachts bin ich immer noch zu rastlos, um zu schlafen. Irgendwo in einer Schublade habe ich ein Beruhigungsmittel, aber ich will mich nicht so außer Gefecht setzen, dass ich Elliot nicht höre, falls er nachts nach mir ruft. Ich lade mir einen russischen Film auf meinen Laptop herunter und stelle italienische Untertitel ein; zwei Sprachtrainings zum Preis von einem. Außerdem zwingt mich das, mich zu konzentrieren und nicht mehr über heute nachzudenken. Schließlich nehme ich noch einen Auftrag morgen früh in einer Anwaltskanzlei im Zentrum Londons an – das ist unkomplizierter, als zum Gericht zu fahren –, dann mache ich es mir gemütlich und sehe mir den Film an.

Da. Unwillkürlich bin ich stolz, dass es mir nicht entgangen ist. Ich habe einen Fehler in den italienischen Untertiteln entdeckt. Derjenige, der diese Untertitel verfasst hat, kennt offenbar den Unterschied zwischen dem russischen Wort für »hellblau« und dem für »dunkelblau« nicht. Ein peinlicher Anfängerfehler. Ich spule zum Ende des Films vor und notiere mir den Namen des Unternehmens, das die Untertitel geliefert hat. Als ich eine Kontaktadresse gefunden habe, verfasse ich eine E-Mail, um die Leute über ihren

Fehler in Kenntnis zu setzen. Dann lösche ich den Entwurf wieder. Sie sind besser dran, wenn sie es nicht wissen.

Dieser Teil Londons ist mir nicht übermäßig vertraut, aber ich gebe zu, dass dies eine relativ gute Straße zu sein scheint. Sie liegt innerhalb der Pufferzone für die Welterbestätte, und die Häuser sind alle georgianisch und anständig, wenn nicht sogar makellos restauriert. Ich trage eine adrette Hose, Stiefel und eine schlichte, taillierte Bluse. Für mein Londoner Stadtviertel wäre ich zu leger gekleidet, doch hier in Greenwich passe ich mich so gut ein, glaube ich. Meine Nase klebt an der Fensterscheibe, und mit den gewölbten Händen schirme ich die Augen ab. Durch den Spalt zwischen den Vorhängen sehe ich Parkettböden und viel Holz. Hinter dem Haus scheint ein beengter, trostloser Hof zu liegen. Die Schlafzimmer müssen sich im Obergeschoss befinden. Ich lege den Kopf in den Nacken und betrachte noch einmal das Haus als Ganzes.

*Die gemauerte Türzarge und die Holztür selbst sind in einem kraftlosen Gelb gestrichen. Es gibt Blumenkästen, die Blätter in der Hitze vertrocknet. Ich gehe weiter zum zweiten Erdgeschossfenster und halte das Auge an die Lücke zwischen den Vorhängen. Begierig nehme ich den Raum in mich auf und stelle mir vor, wie er hier spielt. Meine rechte Hand krabbelt in den Blumenkasten neben mir und reißt aus eigenem Antrieb eine Pflanze heraus, mit Wurzel und allem. Diese Tat befreit etwas in mir. Ich werfe die tote Pflanze in den Rinnstein – ich glaube nicht, dass es jemand gesehen hat – und blicke wieder durchs Fenster. Drei Häuser weiter steht ein Zu-ver-*kaufen-*Schild, was mir zum Vorteil gereicht. Für einen zufälligen Beobachter muss ich in Sachen Immobilien unterwegs sein. Ich bin mir sicher, dass Passanten mich so sehen: Sie werden sich vorstellen, mein Mann sei bei der Arbeit, meine beiden Kinder, eins von jeder Sorte, seien in der Schule, während ich auf der Suche nach unserem Traumhaus den Markt sondiere und unsere potenziellen Nachbarn sorgfältig überprüfe. Nichts Verdächtiges. Dieses Zimmer hat kahle* *weiße Wände und ist bar jeder echten Persönlichkeit, bar jeden Lebens. Ich sehe keine Kinderbücher. Dennoch wäre mir lieber, er wäre hier als bei dir.*

Ich wende mich ab. Du und er, ihr seid am anderen Ende der Stadt, und meine Anwesenheit hier erfüllt keinen Zweck. Ich verlasse seine ehemalige Straße und gehe bergauf auf das Observatorium zu. Das ist mehr Bewegung, als ich normalerweise bekomme, und mein Herzmuskel bringt sein Missfallen zum Ausdruck. Auf halbem Weg nach oben muss ich stehen bleiben. Ich stütze die Hände auf die Knie und atme schwer durch den Mund. Touristen überholen mich und weisen einander aufgeregt auf St Paul's, The Shard, die O2-Arena hin. Als ich oben ankomme, wende ich der Aussicht den Rücken zu. Ich bin nicht nach Greenwich gekommen, um die Stadt zu bewundern, aber weswegen bin ich hier? Wenn ich einen Wunsch frei hätte.

Da drüben ist der Nullmeridian, und wie erwartet steht jemand breitbeinig über der Linie und posiert für ein Foto. Die Menschen kommen bloß hierher, um gleichzeitig auf beiden Seiten der Markierung zu stehen. Sie möchten sich in zwei Zeitwelten aufspalten, zu begriffsstutzig, um zu wissen, dass das nicht funktioniert. Denn man kann dieser Welt nicht entfliehen, niemand kann das; auf beiden Seiten der Zeit fühlt sich alles genau gleich an, das weiß ich. Ich bin immer noch ich, du bist immer noch du, er ist nicht mein.

Ich höre sie, bevor ich sie sehe. Es ist ein Wochentag außerhalb der Schulferien, natürlich macht irgendeine Schülergruppe einen Ausflug hierher. Das ist etwas, was ich geflissentlich meide – Kinderbuchläden, Museen, alles Pädagogische –, doch heute Morgen verspürte ich den unwiderstehlichen Drang, an die Wunde zu rühren. Eine Schar Kinder in Schuluniform kommt in Sicht, und ich merke, dass es mir gut geht, ich kann das ertragen, denn sie sind alle gleich, sie bedeuten mir nichts, anonyme kleine Körper, nicht auseinanderzuhalten, geschmolzene Bonbons, die zusammenkleben. Wenn mein Sohn unter ihnen wäre, würde er herausragen, als würde er auf einer dunklen Bühne von einem einzelnen Scheinwerfer angestrahlt.

Zwei Lehrerinnen mit Leuchtwesten versuchen, die Kinder zu hüten, aber ihre Fähigkeiten haben Grenzen. Man könnte ohne Weiteres ein Kind – jedes dieser Kinder – verschwinden lassen. Dann stößt ein kleines Mädchen gegen mein Bein, wirft einen Blick in mein Gesicht, kreischt erschrocken und läuft zu einer Lehrerin. Mittlerweile trage ich keinen Spiegel mehr bei mir, aber ich kann mir vorstellen, in welcher Verfassung ich bin und wie das Mädchen mein Gesicht später seinen Freundinnen beschreiben wird. Es geht mir doch nicht gut in Gegenwart dieser Kinder. Hierherzukommen war töricht. Ich wende mich vom Observatorium ab und gehe, so schnell ich kann, den Hügel hinab. Meine Stiefel rutschen über das nasse Gras; jeden Augenblick … beinahe stürze ich, beinahe lasse ich einen unkontrollierbaren Schrei heraus.

Mein Telefon klingelt.

Die Nummer ist unterdrückt. »Hallo?« Ich bin außer Atem.

»Nehmen Sie einen Anruf aus dem Gefängnis Bronzefield an?« Es ist eine Frauenstimme. Ich antworte nicht sofort. Ein Krampf hat meinen Bauch befallen; er zieht sich zu einem festen Knoten zusammen.

»Ich habe hier eine Insassin, die versucht, mit Ihnen Kontakt aufzunehmen.«

»Meine Schwester«, sage ich. Ich wusste, dass dieser Tag kommen würde. Wenn ich einen Wunsch frei hätte. *Wenn Wünsche verteilt werden, kann ich bitte noch einen haben? Mit zwei Wünschen könnte ich euch beide töten. »Ja«, sage ich. »Stellen Sie sie durch.«*

4

Am Sonntag trifft Sandra um halb neun bei uns ein. Elliot freut sich riesig, sie wiederzusehen, und zieht sie in sein Zimmer, um ihr zu zeigen, wo wir ihre Zeichnung aufgehängt haben.

»Haben Sie gut hergefunden?«, frage ich sie.

»Ich kenne diese Straße sogar. Manchmal gehe ich in die katholische Kirche um die Ecke. Eine Freundin wohnt nicht weit von hier.«

Ist der Gottesdienst nicht normalerweise sonntagmorgens? Ich hoffe, sie verpasst ihn nicht meinetwegen. »Oh, wären Sie sonst jetzt dort?«

»Schon gut, ich kann im Moment sowieso nicht zur Kommunion gehen. Zu viele Sünden, die ich dem Pfarrer nicht gebeichtet habe.« Sie lacht.

Was würde in Sandras Augen Buße verlangen? Vielleicht ist sie unterwegs hierher auf eine Ameise getreten. Die Liste ihrer Verfehlungen dürfte sich sehr von meiner unterscheiden.

»Sie könnten mit Elliot hingehen«, sage ich. »Falls Sie ihn dazu bringen, so lange still zu sitzen.«

Sandra lächelt und winkt ab. »Was für eine Arbeit machen Sie heute?«

»Irgendeine geschäftliche Tagung in Watford.« Ich denke an den ungewöhnlich hohen Stundensatz, der mir zugesagt wurde, und wie bitter nötig ich ihn habe. »Es geht um ›flexible Kunststoffe‹, was das auch sein mag. Einer der Referenten ist Spanier.« Ich würde sie gern nach der Gerichtsverhandlung fragen, ich würde gern wissen, was sie über das Urteil denkt, aber ich weiß nicht, wie ich das Thema taktvoll anschneiden soll. »Wie war Ihre Woche?«, frage ich stattdessen. Bevor sie antworten kann, zerrt Elliot Sandra zum Tablet und besteht darauf, dass sie ihm bei einem Spiel zusieht.

»Meine Tochter ist genauso. Fern vom Bildschirm überlebt sie nicht lange.«

»Sie haben eine Tochter?«

»Tala. Sie ist neun. Sie ist auf den Philippinen.« Sicher arbeitet Sandra deshalb als Haushaltshilfe in Großbritannien. Als hätte sie meine Miene gedeutet: »Ich bin seit fünf Jahren in London. Ich hoffe, in ein, zwei Jahren kann ich zurück nach Hause. Sobald ich genug Geld angespart habe, um Tala auf eine gute weiterführende Schule zu schicken.«

Also hat Sandra die Philippinen verlassen, als ihre Tochter drei oder vier war. Wie oft kann sie sie sehen? Einmal im Jahr? Ob die Erbin sie auch nur über Weihnachten nach Hause fahren lässt? Sie vermisst sie bestimmt schrecklich. Ich hätte Angst, dass mein Kind sich gar nicht mehr an mich erinnert, geschweige denn, mich noch liebt. Ich kann mir nicht vorstellen, dass man diese verlorenen Jahre je wettmachen kann. Und wie würde die Wiedervereinigung aussehen? Dein Kind begegnet dir scheu und distanziert, euer Umgang ist ein einziger Eiertanz, und du fragst dich, ob es für immer so bleiben wird. Fünf Jahre, die Sandra und Tala genommen wurden. Mehr als sechs fehlen Elliot und mir.

»Waren Sie schon einmal auf den Philippinen?«, fragt Sandra.

»Nein.« Gleich darauf fällt mir ein, dass meine Mutter dorthin reiste, als sie im sechsten Monat mit mir schwanger war. Noch bevor ich geboren war, begann sie, mich durch die Welt zu schleifen.

Unser erster Umzug ins Ausland führte nach Porto, wo meine Mutter den Sommer über ein Humangeografieseminar hielt. Sie hatte ihre Dissertation in London beendet, und die auf zwei Jahre befristete Forschungsstelle lief aus. Das war üblich, erklärte sie mir – damals sieben Jahre alt –, dass junge Menschen zu Beginn ihrer akademischen Laufbahn für mindestens zwei Jahre ins Ausland gehen mussten, bis sie so viel Berufserfahrung hatten, dass man ihnen eine Vollzeitstelle an einer Londoner Universität anbot. Ich verstand das Unterschwellige dessen, was sie sagte, nicht; ich dachte, von Portugal würden wir im September zurück nach England gehen.

Sie nahm eine auf ein Jahr befristete Mutterschaftsvertretung an einer Madrider Universität an, dann kamen ein weiterer Einjahresvertrag in Warschau und eine Zweijahresdozentur in Berlin. Ich ging mit den Kindern von Diplomaten und Managern multinationaler Unternehmen auf internationale Schulen und lernte die jeweilige Landessprache, indem ich Kindersendungen anschaute und die Texte auf Kekspackungen las, während meine Mutter Überstunden machte. Immer wieder fragte ich sie nach dieser festen Stelle an einer Londoner Universität. Sie sagte, der Grund für ihre Probleme, einen langfristigen Vertrag zu bekommen, sei, dass sie eine Frau war und die akademische Welt, insbesondere die Geografie, eine Männerdomäne, von Dinosauriern geleitet, die ihre Plätze nur widerwillig räumten. Ein klassischer rosa Blazer von Chanel wurde zu ihrer Uniform und lag stets sorgfältig gefaltet obenauf in ihrem Handgepäckkoffer, wenn wir wieder einmal umzogen.

»Ich habe als Kind in zwölf verschiedenen Ländern gelebt«, erzähle ich Sandra. »Deshalb bin ich heute nicht mehr sonderlich erpicht aufs Reisen.«

»Das verstehe ich.«

»Tja, Sie können sich gern im Kühlschrank und in der Speisekammer bedienen. Gläser und Tassen sind im Schrank über dem Kühlschrank. Teller und Schüsseln links von Ihnen«, erkläre ich ihr und deute darauf. »Dann bis heute Nachmittag.«

»Ich wünsche Ihnen einen schönen Tag.«

»Danke, Sandra. Hab dich lieb, Elliot.«

»Hab dich auch lieb«, sagt er. Ich analysiere seinen Tonfall und frage mich, ob er heute anders war. Ich komme zu dem Schluss, dass dem so ist, und bin überzeugt, dass Elliot es heute wirklich so gemeint hat, aber kaum habe ich die Tür hinter mir geschlossen, ändere ich meine Meinung.

Die Tagung endet um vier Uhr, und ich fahre direkt nach Hause. »Flexible Kunststoffe« klang ja recht harmlos, aber ich musste für einen Geschäftsmann dolmetschen, in dessen Präsentation es darum ging, wie man die staatlichen Vorschriften rund um das Recycling abbauen kann. Setzt »Mitwirkung am Tod des Planeten« auf die Liste meiner Verfehlungen. Auf einer der U-Bahn-Linien gibt es eine vorübergehende Störung, sodass die Heimfahrt zwanzig Minuten länger dauert.

»Nochmals danke«, sage ich zu Sandra, als ich zu Hause bin, und werfe meine Tasche auf den Esstisch. »Tut mir sehr leid, dass ich später komme.« Mir fällt auf, dass sie sogar ein bisschen aufgeräumt hat, während ich fort war.

»Überhaupt kein Problem«, sagt sie. »Es hat Spaß gemacht.« Ich nehme mir vor, in der App ein höheres Trinkgeld einzustellen.

»Und natürlich bekommen Sie die zusätzliche Zeit bezahlt. Sag Sandra auf Wiedersehen, Elliot.« Ich lege ihm die Hand auf die Schulter, aber er schüttelt sie ab.

Sandra nimmt ihre Tasche und ihre Strickjacke vom Sofa. »Es war mir ein Vergnügen.« Elliot packt einen ihrer Ärmel und hält ihn mit beiden Händen fest.

»Bleib!«, sagt er zu ihr. »Das Spiel ist noch nicht zu Ende. Wir haben noch ein paar Minuten.«

»Er hat auf dem Tablet Fußball gespielt«, erklärt Sandra. »Ich war die Jubeltruppe.« Sandra geht vor Elliot in die Hocke. »Deine Mama spielt mit dir zu Ende. Ich spiele nächstes Mal wieder mit.«

»Nein!«, schreit er so laut, wie ich es bei ihm noch nie erlebt habe. Wieder zieht er an Sandras Strickjacke.

»Ich verspreche es dir.« Sanft versucht sie, seine Finger zu lösen. »Nächstes Mal.«

»Bleib!«

»*Elliot*«, sage ich. »Ihr hattet einen schönen Tag zusammen. Jetzt muss Sandra nach Hause.«

»Nein!« Er stampft mit beiden Füßen auf und stößt ein enttäuschtes Heulen aus. Sandra gelingt es, seine Hand von ihrem Jackenärmel zu lösen.

»Es tut mir so leid«, sage ich zu ihr. »Ich weiß nicht, warum er das macht.«

»Er war den ganzen Tag so ein braver Junge«, erwidert sie.

Elliots Wangen sind vor Wut gerötet. »Sandra soll bleiben!« Dann nimmt er das Gerät und schleudert es gegen die Wand.

»O mein Gott, *Elliot!*« Ich hebe es auf. »Entschuldigen Sie, Sandra – das ist mir sehr unangenehm. Das hat er noch nie gemacht.«

»Vermutlich sollte ich mich geschmeichelt fühlen.« Sie kichert und schleicht sich hinaus, während Elliot mit dem Rücken zu ihr steht und mit der flachen Hand auf die Sofalehne schlägt. Als die Tür hinter Sandra ins Schloss fällt, merkt er, dass sie fort ist.

»Ich will mehr mit *Sandra* spielen!« In einem wütenden Mundwinkel sammelt sich Spucke. Er will Sandra. Ich bin nicht nett genug. Mit mir macht es keinen Spaß.

»Sie kommt ein andermal wieder. Ich freue mich, dass du einen schönen Tag mit ihr hattest, aber sie musste nach Hause. Komm, wir setzen uns.« Ich lasse mich im Schneidersitz auf dem Boden nieder und hoffe, dass er es mir nachmacht. »Ich spiele mit dir.«

Elliot nimmt das Tablet und schleudert es noch einmal gegen die Wand. Dabei verfehlt er nur knapp meinen Kopf. Jetzt ist das Display gesprungen. Ich denke daran, was es kosten wird, es reparieren zu lassen, und schließe die Augen.

»Elliot! Du hättest mir wehtun können.«

»Gut!« Sein Schrei geht in ein Kreischen über, das die nächsten zehn Minuten anhält, während Elliot wie ein Hurrikan durchs Wohnzimmer fegt und ich versuche, ihn und die Möbel zu schützen. Die Nachbarn können ihn bestimmt hören. Falls jemand die Polizei ruft, wird die das Jugendamt kontaktieren, und dann bricht Lydia den Adoptionsprozess garantiert ab.

»Elliot, bitte.« Ich darf nicht die Beherrschung verlieren und ihn meine Panik sehen lassen. »Setz dich. Sag mir, was du machen möchtest. Hast du Hunger? Wir können etwas spielen – was du willst.«

»Sandra soll zurückkommen!« Als ich nach seiner Hand greife, dreht er sich weg.

»Bitte schrei einfach nicht – du musst nicht schreien. Ich kann dich auch so hören, ich höre dir zu.« Das Küchenfenster ist einen Spaltbreit geöffnet – ich stürze hin und schließe es ganz, damit der Lärm drinnen bleibt. Mein Blutdruck steigt rasant, aber ich weiß, ich muss versuchen, entspannt zu bleiben, und Elliot erlauben, seine Wut auszuagieren. Elliot wollte, dass Sandra bleibt. Er wollte, dass ich heute nicht nach Hause komme und Sandra sich statt meiner um ihn kümmert.

»Sollen wir Pizza bestellen?«, frage ich in heiterem Ton, allerdings gefährlich kurz davor, die Fassung zu verlieren. Vielleicht muss er sich ein bisschen abreagieren. »Oder wir könnten spazieren gehen.« Nein, vor die Tür zu gehen ist keine gute Idee. Wenn dieser Wutanfall in der Öffentlichkeit weitergeht, ruft womöglich irgendwann wirklich jemand das Jugendamt.

Jetzt hält er das zerbrochene Tablet in der Hand, und aus dem Lautsprecher dröhnt das Gebrüll des computersimulierten Fußballpublikums. »Nein! Das ist nicht *richtig*«, schreit er das Gerät an, oder vielleicht auch sich selbst, ich weiß es nicht. Ich zucke zusammen.

»Wir könnten irgendetwas anderes spielen? Mit deinem Lego oder etwas anderem?« Ich gehe einen Schritt näher zu ihm.

»*Nein.*«

Da ziehe ich mich in die Küche zurück. Die Abstände zwischen seinen Unmutsbekundungen werden immer größer, irgendwann hören sie ganz auf. Es geht ihm besser, wenn ich nicht im Raum bin. Vielleicht ist es gut, dass er das Gefühl hat, bei mir einen Wutausbruch bekommen zu können. So einen Auftritt hätte ich mir bei meiner Mutter niemals erlaubt.

Was hält Sandra von mir als Mutter? Sie war liebenswürdig, doch sie muss bemerkt haben, dass ich angesichts von Elliots Wutanfall wie ein Reh vor Autoscheinwerfern war und keinerlei mütterliche Kompetenzen erkennen ließ. Ich habe keinen Plan für den Fall, dass das noch einmal passiert. Als er mich beinahe mit dem Tablet k. o. geschlagen hätte, habe ich versucht, ihn mit Pizza zu bestechen, Herrgott noch mal. Was ist, wenn er so etwas bei Lydias nächstem Besuch auch macht?

Mir ist klar, was jetzt passieren wird. Anstelle des korrekten mütterlichen Verhaltens werde ich besonders nett zu ihm sein, werde ihn alles tun oder sagen lassen, nur um ihn bei Laune zu halten. Ich möchte, dass unsere Beziehung funktioniert. Sie muss einfach funktionieren.

In seinem Alter wollte ich meine Mutter unbedingt beeindrucken. Das ging so, bis ich etwa sechzehn war. Ich sorgte dafür, dass ich in möglichst vielen Schulfächern ausgezeichnete Noten bekam, und lernte beim Licht einer Taschenlampe bis in die frühen Morgenstunden. Damit ruinierte ich mir die Augen und brauchte mit zwölf bereits eine Brille für die Weitsicht. Das wird er bei mir niemals nötig haben.

Ich spähe aus der Küche um die Ecke und stelle fest, dass Elliot trotz des gesprungenen Displays in sein Computerspiel vertieft ist, sodass ich mich an ihm vorbei in mein Schlafzimmer schleichen kann. Mein Schreibtisch mit der abgeschlossenen unteren Schublade und der Mappe der Sozialarbeiterin darin steht vor dem Fenster. Ich streiche mit dem Daumen über den Schlüssel, aber ich öffne die Schublade nicht. Ich weiß, dass Elliot lieb und sensibel ist, aber schlechte Tage wird er immer wieder haben, und ich werde damit fertigwerden.

5

Der Reparaturladen am Bahnhof ist nicht viel größer als eine Telefonzelle. Ich lasse Elliot vor mir hineingehen und lege das defekte Tablet auf die Theke.

»Sie möchten nur das Display ersetzen?«, fragt der junge Mann, hält das Gerät hoch ins gelbliche Licht und kneift die Augen zusammen.

»Ja, bitte.« Während der Woche hatte ich keine Zeit, um hierherzukommen. Elliot ist hauptsächlich wegen Zeichentrickfilmen und seinem Fußballcomputerspiel an dem Tablet interessiert, aber auch für einige seiner Hausaufgaben ist es nützlich, deshalb müssen wir es reparieren lassen.

»45,99 Pfund«, sagt der Mann. Es ist noch teurer, als ich befürchtet hatte. Er lächelt ein bisschen, blickt aber zur Deckenlampe.

»Obwohl es nur ein kosmetischer Schaden am Display ist?« Elliot streckt die Hand nach einer Vitrine mit Telefonen aus, und ich halte ihn zurück. Wenn schon die Reparatur eines Displays so teuer ist, kann ich es mir nicht leisten, dass er hier drin irgendetwas kaputt macht, auch wenn ich weiß, er täte es nicht mit Absicht. Seit dem Wutanfall am vergangenen Wochenende ist er wieder ganz der alte fröhliche Elliot.

»Trotzdem, ja.«

»Okay, danke.« Ich nehme das Gerät wieder an mich. »Dann versuche ich es woanders.«

»Ich fürchte, das kostet hier in der Gegend überall so viel. Ich arbeite hier nur. Ich setze die Preise nicht fest. Tut mir leid«, sagt er.

Es ist halb zehn, und um zehn müssen wir in Elliots Schule sein. Wenn wir für heute fertig sind, werden die meisten Reparaturwerkstätten geschlossen sein, und ich will nicht den ganzen Samstag mit Elliot von Laden zu Laden ziehen, nur um zehn Pfund zu sparen.

»45,99 Pfund?«, frage ich.

Er zögert, dann: »Wahrscheinlich kann ich es mit vierzig Pfund abrechnen.«

»Danke. Das ist sehr nett.«

Elliot winkt dem Tablet zum Abschied zu, und wir fahren zur Schule.

Elliots Schule, so steht es im letzten Newsletter, *strebt nach einem Fünf-Sterne-Schulgarten in der Kategorie »Grundschulen der Royal Horticultural Society«!* Dazu gehören Pflanzenverkäufe und Kompostspendestellen, das Kochen von Rhabarber aus dem Schulgarten in der Frühstücksgruppe, Unterricht in der Gestaltung von Blumentöpfen mit aufgemalten Gesichtern für Erbsenpflanzen und Herr-und-Frau-Kresse-Pflanzen sowie Besuche von berühmten Igeln und seriösen Recyclingexperten. Vor allem aber bedeutet es, die Eltern dazu zu zwingen, an den Tagen, an denen es heißt: *Lasst eure Erwachsenen gärtnern!*, unbezahlte Arbeit zu leisten. Ich kann Wildblumen nicht von Unkraut unterscheiden, aber ich möchte, dass Elliot Interesse an Gartenarbeit hat – an allem. Ich möchte, dass er Freunde hat. Also sind wir beide hier an einem Samstag an der Schule. Im nächsten Trimester, nach der Adoption, möchte ich ihn an einer Schule anmelden, die näher an unserer Wohnung liegt, aber falls er sich hier wirklich einlebt und bleiben möchte, könnten wir auch umziehen und etwas im Einzugsgebiet dieser Schule mieten.

An einem Samstag durchs Schultor zu gehen, hat etwas von einem geheimen Backstage-Rundgang. Abgesehen von einem kurzen Treffen mit den Lehrkräften, als Elliot zu mir zog, war ich seit meiner eigenen Kindheit nicht mehr auf einem Schulgelände. Von den Kindern handbemalte Steine säumen den Weg, und blaue Spielgeräte dominieren das Gelände. Auf der Erde liegen verirrte Tennisbälle, und in einer Ecke stehen Schaukeln; alles ist im Miniaturformat. Jemand hat einmal gesagt, die Welt der kleinen Mädchen erscheine nur Erwachsenen klein; für sie selbst ist natürlich alles normal groß.

»Okay, Eltern!«, sagt die flotte Vorsitzende des Lehrer-Eltern-Vereins, kurz PTA. »Ich werde Sie in zwei Gruppen einteilen. Diese Mamas und Papas hier …« Sie deutet auf eine Gruppe, die an der Birke steht. »Würden Sie bitte die Beete und Rabatten machen? Die Samen müssen ausgebracht werden, und die Hochbeete müssen umgegraben und für die Bepflanzung vorbereitet werden.« Die Eltern holen sich kleine Spaten und verschwinden im hinteren Teil des Schulgeländes. »Alle anderen –«, fährt die Vorsitzende fort, »unsere Blumenzwiebeln müssen in der vorbereiteten Erde links von Ihnen eingepflanzt werden. Das hätte eigentlich im August passieren müssen, deshalb müssen sie heute endlich unter die Erde. Also dann. Los geht's!«

Ich nehme einen Sack Dünger und folge meiner Gruppe. Ich habe das Gefühl, dass das Wetter bald umschlägt, und frage mich, ob dies unser letztes sonniges Wochenende in diesem Jahr sein wird. Als einer der Väter von seiner Liebe zu Krokussen und Hyazinthen schwärmt, nicke ich, als wüsste ich genau, was er meint. Elliot spielt mit den anderen Kindern am Teich, beaufsichtigt von zwei Instagram-bereiten PTA-Müttern, deren Kleidung man ansieht, dass sie nicht vorhaben, heute in Kontakt mit einer Pflanze zu kommen. Zumindest sind sie hier – das ist es, woran ihre Kinder sich erinnern werden. Ich musste dabei erwischt werden, wie ich Schwefelsäure ins Aquarium goss, um meine Mutter mit einem drohenden Schulverweis in meine Schule zu locken. Ein winziger Spritzer gelangte unter einen Fingernagel, und ich biss mir auf die Zunge, bis ich Eisen schmeckte, während ich zum Wasserhahn rannte. Ich werfe einen Blick auf den fraglichen Finger – die Narbe ist noch fünfzehn Jahre später sichtbar, wenn man weiß, wo sie ist.

»Mein Sohn ist Matthew, in dem Manchester-United-Trikot«, sagt eine Frau zu mir. Ich müsste mich aus der Vorstellungsrunde an ihren Namen erinnern, aber heute habe ich frei und lasse meine Zuhörfähigkeiten in den Hintergrund gleiten.

»Elliot ist meiner«, sage ich. »Der mit den Locken.«

»Woher kommen Sie? Ich kann Ihren Akzent nicht einordnen.«

»Ich bin Britin – eigentlich. Mein Akzent ist ein Mischling. Ich bin in vielen verschiedenen Ländern zur Schule gegangen. Auf internationalen Schulen.«

»Ah. Ich bin Lehrerin. An einer katholischen weiterführenden Schule in Shepherd's Bush. Deshalb lege ich am Wochenende die Hundeleine ab.« Sie schüttelt ihr Haar, und eine grün angesprühte Strähne fliegt in die Luft.

»Dafür müssen Sie womöglich nachsitzen«, sage ich.

»Muss ich doch schon, oder? Oder was ist das hier?« Sie lässt die Schaufel über ihrem Kopf kreisen und lacht. Sobald ich ihren Namen herausfinde, lade ich Matthew zum Spielen zu uns ein. »Was machen Sie beruflich, Revelle?«

»Ich bin Dolmetscherin.«

»Und für wen dolmetschen Sie?«

»Für Gerichte, Polizei, Krankenhäuser. Manchmal bei geschäftlichen Tagungen.«

»Sie sind also zweisprachig?«

»Polyglott.« Ich bedecke eine Narzissenzwiebel mit Dünger.

»Wie schade, ich dachte schon, Sie wollten polygam sagen.« Sie zwinkert. »Und wie viele Sprachen sprechen Sie?«

Ich lasse mir einen Sekundenbruchteil mehr Zeit, damit ich ihr auch die richtige Zahl nenne. »Ich spreche zehn Sprachen.«

»Mannomann, Sie sollten bei der UN sein oder so, anstatt schwarze Ränder unter den Fingernägeln zu bekommen.« Sie reibt sich Erde von den Händen. »Welche zehn?«

»Spanisch, Portugiesisch, Italienisch, Polnisch, Russisch, Dari, Hindi, Ungarisch, Französisch.«

»Und Ihr Englisch ist nicht mal übel.« Sie lacht. »Was ist das Interessanteste, was Sie je gedolmetscht haben?«

Sicher würden ihre Augen aufleuchten, wenn ich ihr erzählte, dass ich beim Prozess der Erbin gedolmetscht habe. Stattdessen wendet sich mein Verstand einem Mordverdächtigen zu, der sein Opfer, einen Mann, über eine Dating-App kennengelernt hatte. Auf der Polizeiwache gestand er das Verbrechen und wirkte dabei mit seinen geschmeidigen, eleganten Gliedern wie eine Katze, die ihrer Besitzerin ein überfahrenes Tier zum Geschenk macht. Die Polizei hatte die Kleidung des Ermordeten, nicht aber seine sterblichen Überreste gefunden. Obwohl die trauernden Eltern ihn anflehten und man ihm sogar eine Strafmilderung in Aussicht stellte, weigerte sich der Mörder, zu verraten, wo sich die Leiche befand. Insgesamt acht Stunden sprach ich für ihn in diesem niedrigen Vernehmungsraum, wiederholte sein Geständnis, die detaillierte Schilderung, wie er sein Opfer gefoltert hatte. Ich vergaß mich, wie es einem passieren kann, wenn man so lange als jemand anderes spricht. Die Muskel- und Gelenkschmerzen meines eigenen Körpers schwanden dahin. Ich war seine Stimme, sein Spiegel, sein Klon. Ich wurde er. Mir war klar, dass der Klient mich eigentlich abstoßen müsste – sogar die Kriminalbeamten waren sichtlich betroffen über das Verbrechen. Aber tatsächlich genoss ich diesen Einsatz. All das, was ich in meinem richtigen Leben nie sagen, nie tun, mir nie zu denken gestatten würde, wurde an diesem Tag mit meiner Stimme ausgesprochen. Verbotene Worte vibrierten in meinen Mandeln, in meinem gesamten Körper. Schauspieler spielen in Filmen doch auch Bösewichte, nicht wahr? Sind das nicht angeblich die allerbesten Rollen?

Diese Frau wäre vielleicht fasziniert, wenn ich ihr von diesem Fall erzählte, aber sie könnte genauso gut abgestoßen sein, und das wäre das Ende unserer potenziellen Freundschaft. Diese Freundschaft ist nicht für mich, rufe ich mir in Erinnerung, sondern für Elliot.

»Tja, das war eher eine Übersetzung als ein Dolmetschauftrag«, sage ich. »Aber vor Kurzem habe ich das Gerichtsprotokoll eines

Asylverfahrens geprüft – ein Afghane, der in Großbritannien bleiben wollte. Wenn ich den Fehler seines Dolmetschers nicht bemerkt hätte, hätte der Richter ihn wohl nach Afghanistan zurückgeschickt, und er wäre wahrscheinlich von den Taliban getötet worden.«

»Du liebe Güte. Ich habe ja *gesagt*, Sie sollten bei der UN sein.«

Der Dolmetscher hatte das Wort für »Ehepartner« mit dem für »Geschäftspartner« verwechselt. Es war niemand im Gerichtssaal, der beide Sprachen beherrschte, daher fiel der Fehler nicht auf. Der Dolmetscher muss nervös gewesen sein. Wörter zu verwechseln, ist bei manchen Menschen eine Reaktion auf Stress, ebenso wie erhöhter Blutdruck, Muskelanspannung, Verhaspeln, unkontrollierbares Zittern. Das ist keine Entschuldigung. Bedeutung kann so leicht falsch ausgelegt werden, aber jeder vertraut darauf, dass wir alles richtig machen. Der Dolmetscher bei dieser Verhandlung war ein Paschtune, und der Asylbewerber gehörte zu den Hazara – zwei Völker in einem blutigen Konflikt –, daher fragte ich mich unwillkürlich, ob der Fehler Absicht war. Der Dolmetscher erhielt eine Disziplinarstrafe und wurde aus dem Register der Dolmetscher und Übersetzer für den öffentlichen Dienst entfernt, aber falls er wirklich versucht hatte, den Mann in den Tod zu schicken, ist das wohl kaum eine gerechte Bestrafung. War er wirklich bereit, diesen Asylbewerber der Folter durch die Taliban zu überlassen? Vielleicht hat er sich die Konsequenzen seiner Handlung nicht völlig klargemacht – dass ein falsches Wort im Gerichtssaal über das Schicksal einer Person entscheiden kann. Wie tödlich ein Laut sein kann – etwas Immaterielles, nur ein im Rachen erzeugter Lufthauch. Worte können so gewalttätig wie Pistolenkugeln sein: Ein einziges genügt.

Ich steche meinen Spaten in die Erde und stoße auf einen Stein. »Also ist Ihr Matthew ein richtiger Fußballfan, ja?«, frage ich die Mutter des Jungen.

»O ja, von Man U, das Trikot hat er von seinem Onkel. Ist ein bisschen eine Vaterfigur.« Meine Gartenarbeit wird immer unproduktiver, je länger ich mich mit Matthews Mutter unterhalte. Ich sage mir noch einmal, dass ich das nur für Elliot mache – ich schließe eine Freundschaft für ihn, nicht für mich. Eines Tages vielleicht, aber noch nicht jetzt. Dieses Recht habe ich mir noch nicht verdient.

»Elliot und ich sind auch allein.« Dann hastig: »Verzeihen Sie, ich sollte nicht so vorschnell sein.« Ich weiß, beim Thema »Alleinerziehende« muss ich vorsichtig sein. Für die meisten Menschen ist es nicht das Leben, das sie für sich geplant hatten, sondern etwas, das sie bewältigen, etwas, womit sie sich arrangiert haben.

»Nein, Sie haben recht. Ja, ich bin alleinerziehend. Mein Bruder ist ein viel besserer Vater als Matthews leiblicher Vater.« Sie verdreht die Augen. Ich fühle mich aufgefordert mitzumachen, einen Kommentar über Elliots Vater, meinen Ex-Partner, abzugeben.

»Ich adoptiere ihn«, sage ich. »Allein.« Es ist eine Entscheidung. Ich bin nicht verlassen worden, ich will es so.

»Oh, gut gemacht. Das ist richtig beeindruckend.«

»Elliots Mutter?« Eine PTA-Mutter taucht vor mir auf.

»Ja«, sage ich.

Ihre Miene ist angespannt.

»Ist alles in Ordnung mit ihm?«

»Nein, es ist *nicht* alles in Ordnung.«

Elliot kommt um die Ecke und saust hinter mich.

»Was ist denn los?«, fragt die neu gewonnene Freundesmama.

Ich schlinge die Arme um meinen Sohn.

»Elliot hat gerade Nemo getötet«, sagt die PTA-Mutter.

»Was?«

»Den Schulgoldfisch. Er hat ihn aus dem Wasser geholt und getötet – vor den anderen Kindern.«

Elliot schlägt den Kopf an meine Seite. Wenn ich als kleines Mädchen ungefähr in Elliots Alter oder ein bisschen älter in Schwierigkeiten kam, wurde meine Mutter immer außerordentlich ruhig, ging zu ihrem Kleiderschrank und drehte ganz leicht den

Kopf nach hinten, um sich zu vergewissern, dass ich ihr auch folgte. Sie stellte die Trittleiter auf und holte ihren Rollkoffer vom obersten Regal. Und sie begann zu packen. Langsam, aber methodisch nahm sie T-Shirts, Socken, Winter- und Sommerschlafanzüge aus den Schubladen und packte sie in kleinen Stapeln in den Koffer. Flache Schuhe kamen auch hinein und die Toilettenartikel, die auf ihrer Kommode standen – Parfüm, Gesichtscreme, Haarbürste. Als sie das zum ersten Mal tat, fragte ich sie, was sie da mache, und sie sagte bloß, sie gehe weg; sie werde anderswo leben. Neugierig wartete ich ab, was als Nächstes in den Koffer käme. Ich wusste nicht, dass Weggehen möglich war. Ich hatte von Kindern gehört, die wegliefen, hatte in Büchern davon gelesen und es in Filmen im Fernsehen gesehen, aber nie von Erwachsenen, schon gar nicht in Familien, in denen es nur eine Erwachsene gab. Mit dieser Pack-Nummer hat sie es in meiner Kindheit dreimal versucht. Ich weiß heute nicht mehr, womit ich es ausgelöst hatte, aber wenn ich versprach, es nicht wieder zu tun, stellte sie den Koffer ab und willigte ein zu bleiben. Die Trittleiter wurde zusammengeklappt und im Wohnzimmer an die Wand gelehnt – ihre Brücke zur Freiheit, nur halb vom Fernseher verdeckt. Wenn ich morgens zum Frühstück hereinkam, war diese Trittleiter das Erste, was ich sah, und abends vor dem Zubettgehen das Letzte.

»Ich verstehe nicht«, sage ich zu der PTA-Mutter.

»Der Fisch ist …« Sie beugt sich zu mir und flüstert, damit die Kinder nichts hören. »Er hat mit einem Stock in ihm gestochert, bis sein kleiner Kopf ab war.«

»Was?« Ich pralle zurück. »Die Kinder müssen irgendein Spiel gespielt haben oder …« Letzte Woche kam Elliot einmal nach Hause und erzählte mir, er habe den Kindern an diesem Tag gesagt, ich sei seine »neue, aber richtige« Mutter. Ich weiß nicht, was er ihnen über seine früheren Pflegefamilien erzählt hat oder ob die Kinder überhaupt verstehen, was eine Pflegefamilie ist. Seitdem wird er gehänselt, und auf dem Pausenhof wurden ihm ein paar Streiche gespielt. Ich weiß, er würde das nicht tun. Er übt keine Rache.

»Sie haben ihn *gesehen.*« Die PTA-Mutter deutet auf zwei brav wirkende Jungen.

»Vielleicht war es ein Unfall. Die Jungen hatten eine Meinungsverschiedenheit. Elliot würde Nemo niemals absichtlich aus dem Teich holen und töten.«

»Ich denke, es ist am besten, wenn Sie mit Elliot für heute nach Hause gehen.« Die flotte PTA-Vorsitzende kommt näher und wedelt mir mit ihren Gartenhandschuhen vor dem Gesicht herum. Keine Unterstützung von Matthews Mutter; sie ist bereits auf Abstand gegangen. »Das ist Tierquälerei. Wir werden das am Montag dem Schuldirektor melden müssen.«

»Jetzt warten Sie doch mal«, sage ich. Wenn das dem Direktor gemeldet wird, berichtet er garantiert Lydia davon, wenn sie das nächste Mal anruft und sich nach Elliots Fortschritten erkundigt.

Elliot kann das nicht getan haben. Er hat Angst vor Fischen, vor ihren schleimigen Augen. Einer unserer ersten gemeinsamen Ausflüge führte ins Aquarium, und schon beim ersten Becken rannte er schreiend davon.

»Elliot, was ist passiert? Hast du dem Fisch wehgetan?«, frage ich.

Er verzieht das Gesicht, und Tränen laufen ihm über die Wangen. Er schüttelt den Kopf, holt Draggie aus seinem Rucksack und drückt den Stoffdrachen an die Brust.

»Doch, *hat* er!«, sagt einer der Jungen. Der andere saugt an seinen Zähnen. Ihre Anklage wird von Wort zu Wort lauter. Laut zu werden ist eine Taktik, mit der Lügen vertreten werden. Das erlebe ich ständig in polizeilichen Befragungen.

»Setzen wir uns doch alle zusammen und finden heraus, was wirklich passiert ist«, schlage ich vor.

Kinder und Eltern aus beiden Gärtnergruppen scharen sich um die PTA-Vorsitzende. Sie beschäftigen sich mit Blumentöpfen, aber ihr Hauptanliegen ist ganz klar, das Drama nicht zu verpassen. Im Prinzip ist es ein dreißigköpfiger Mob gegen zwei. Ich sehe zu Matthews Mutter, doch sie weicht meinem Blick aus. Selbst wenn man Freunde hat, wird man im Stich gelassen.

Wie kann ich diese Leute davon überzeugen, dass Elliot das nicht getan hätte? »Ehrlich. Er würde das einfach nicht tun.« Dann wiederhole ich es empört und hilflos.

»Es ist besser, wenn Sie gehen«, sagt die Vorsitzende. Ich will mit ihnen darüber streiten, aber vor allem will ich Elliot vor ihnen schützen. Meine Hände zucken bei der Vorstellung, dass diese Sache eine bleibende Wirkung auf ihn hat, eine weitere Kindheitserinnerung an Zurückweisung.

Elliot zieht mich zum Schultor, und ich lasse mich ziehen. Meine Arme beben vor Zorn, durch sämtliche Arterien und Venen strömt entflammtes Blut.

»Ich hab das nicht getan, Mum«, sagt er, sobald wir um die Ecke und außer Sicht sind.

Ich packe seine Schultern. »Ich weiß, Batman. Schon gut. Wir brauchen die nicht. Keinen von denen. Machen wir etwas, das Spaß macht.« Meine erste mütterliche Schulherausforderung, und ich habe spektakulär versagt.

»*Die* haben den Fisch rausgeholt.« Er spricht stockend und klingt weinerlich. »Ich habe versucht, Nemo zu retten. Wie Batman es machen würde.«

Ich halte ihn fest, bis sein Gesicht wieder trocken ist.

Ich habe ausschließlich negative Gedanken. Als 2019 der Film Joker *herauskam, ging ich zu Fuß zum Kino auf der Curzon Street und kaufte eine Eintrittskarte für die Vorstellung um vierzehn Uhr. Einige Jahre zuvor war es bei einer Vorstellung von* The Dark Knight Rises *in Amerika zu einem Amoklauf gekommen, und bei diesem neuen Film hatte es im Vorfeld einige »glaubwürdige Androhungen« von Folgemassakern gegeben. Die Nervosität schwappte über den großen Teich, und in Großbritannien wurden bei allen Vorführungen von* Joker *besondere Sicherheitsmaßnahmen ergriffen. Am Eingang des Kinos öffnete ich meine Krokodilleder-Clutch und zeigte dem Personal das Innenfutter: keine Schusswaffe.*

Ich setzte mich in die erste Reihe und hatte mein Popcorn aufgegessen, als die Trailer vorbei waren. Ich könnte behaupten, ich hätte den Film wegen des klugen intertextuellen Dialogs mit dem Scorsese-/De-Niro-Film The King of Comedy *sehen wollen, aber ich werde dich nicht beleidigen. Eine Woche zuvor hatte ich zufällig die zweite Hälfte des Trailers gesehen, eine Autoplay-Werbung auf der Homepage der* Financial Times. *Mein Bildschirm fror ein, ich konnte nicht weiter nach unten scrollen, und da hörte ich Joaquin Phoenix sagen:* Ich habe ausschließlich negative Gedanken. *Ich hätte es nicht exakt so formuliert, aber als ich es laut und unbeschönigt ausgesprochen hörte, wurde mir klar: ich auch, Joaquin Phoenix; neuerdings habe ich ausschließlich negative Gedanken. Und wer könnte es mir verdenken?*

In dem Film geht es um einen einsamen jungen Mann, der unbedingt Comedian werden möchte. Er wird angegriffen, und er bekommt eine Schusswaffe, um sich zu verteidigen, und er stellt fest, dass seine wahre Begabung nicht die Comedy, sondern die Gewalt ist. Er wollte sich in einer Sache hervortun, bei etwas Mildtätigem und Gutem, doch die Gelegenheit dazu blieb ihm verwehrt, und so war er gezwungen, etwas anderes zu werden. Es ist furchtbar traurig, was sie mit ihm gemacht haben. Es ist unverzeihlich.

In Saal 2 des Curzon Mayfair fühlte ich mich ihm verbunden. Du weißt, warum, nicht wahr? Ich wollte selbstlos, fürsorglich und absolut hingebungsvoll sein, aber das hast du mir verwehrt. Und nun weiß ich nicht, was ich mit mir anfangen soll. Allerdings kommen mir allmählich ein paar Ideen. Wenn du willst, simplifiziere es und nenne es Rache. Rache ist etwas Natürliches. Schimpansen tun es. Elefanten, Wildhunde, selbst Tiger haben schon Wilderer und grausame Naturpark-Ranger gejagt. Wenn ein Makak angegriffen wird und der Angreifer zu stark ist, als dass er ihn überwältigen könnte, wird er sich rächen, indem er sich an einen der schwächeren Verwandten des Angreifers hält.

Wir kamen zu der mittlerweile berüchtigten Schießerei in der U-Bahn, und der einzige andere Zuschauer verließ den Saal. Zugegeben, es war recht drastisch. Ich mag auch keine Gewalt, aber ich wende den Blick nicht ab. Die Menschen denken, das *sei schwer – drastische Gewaltdarstellungen anzuschauen. Ich versichere dir, das ist* nicht *schwer. Schwer ist es, wenn einem ein Kind, ein heiß geliebtes, unschuldiges kleines Kind, weggenommen wird und man nicht weiß, was aus ihm geworden ist. Stell dir das vor, stell dir vor,* damit *müsstest du leben. Schießereien könnte ich mir den ganzen Tag anschauen.*

Sie hatten dem Joker die Hoffnung genommen, seinen Lebenszweck. Mir auch. Ich hatte den ganzen Saal für mich allein, also habe ich es laut ausgesprochen: Ich verstehe dich.

6

Den Rest des Vormittags verbringen wir im Park in Greenwich, dann spazieren wir am Fluss entlang und essen dabei dicke Fritten aus der Tüte. Elliot lässt von jeder Fritte ein Stück übrig, das er den Möwen zuwirft. Vorher pustet er darauf, damit es nicht zu heiß für sie ist. Ich habe unter einem Daumennagel immer noch Erde, die sich nicht entfernen lässt.

»Guck«, sagt Elliot und geht in die Hocke. »Münze!« Auf dem Weg am Fluss liegt eine Kupfermünze. Er hebt sie auf und rollt sie über die flache Hand. »Da steht fünf drauf.«

»Fünf Eurocent. Hast du die schon?«, frage ich.

»Glaub nicht. Das ist eine richtig, richtig gute.« Er gibt sie mir, damit ich sie verwahre, bis wir zu Hause sind. In seinem Zimmer hat er eine Sammlung von rund zwei Dutzend Münzen, die er am Fenster aufgereiht hat. Es ist ein Hobby, das er bei seiner vorigen Pflegefamilie begonnen hat. Anscheinend müssen die Münzen zufällig draußen gefunden werden; wenn jemand sie ihm gibt, zählt das nicht.

»Die Leute haben nicht mehr viel Bargeld bei sich«, erkläre ich ihm. »Als ich in deinem Alter war, hat man fast täglich eine Münze auf der Straße gefunden. Heutzutage muss man richtig gut sein, wenn man Münzen sammelt.«

»Ich bin gut!« Er rennt voraus, den Blick auf den Boden gerichtet.

Ich frage mich, ob der Vorfall von heute Vormittag schon vergessen ist, und hoffe, dass am Montag, wenn er zur Schule geht, nicht alles wieder hochkommt. Was hätte meine Mutter getan? Die anderen Eltern, die in ihren Augen fade und beschränkt gewesen wären, wahrscheinlich mit Vorträgen über Kinderpsychologie überfahren und ihnen gedroht, sie zu verklagen, während sie mich da rausgezerrt hätte. Allerdings wäre sie niemals freiwillig in meine Schule gekommen, insofern spielt das keine Rolle. Richard wäre vielleicht hingegangen. Er wäre definitiv hingegangen.

Später, als Elliot im Bett ist, denke ich immer noch an Richard.

Hi, Richard, tippe ich und lösche es wieder; zu informell. *Lieber Richard.* Niemand fängt eine Textnachricht so an. Ich entscheide mich für *Hallo* – das O wie ein großes Loch –, danach eine neue Zeile. Meine Antwort kommt eine Woche zu spät. Es ist fast Mitternacht. Ich bin völlig erledigt und muss bald ins Bett, und in diesem Zustand kann ich diese Nachricht so schmerzfrei wie möglich verschicken: im Zwielicht des Beinahe-eingeschlafen-Seins, halb betäubt, nicht mehr ganz da.

Sofort klingelt mein Telefon, ein Videoanruf. Es ist Richard. Er weiß, dass ich wach bin. Ich muss drangehen.

»Hi, Revelle.«

»Wie spät ist es bei dir?«

»Gegen halb sieben Uhr morgens.«

»Tut mir leid, dass ich dir letzte Woche nicht geantwortet habe.« Als ich unsere beiden Gesichter in Quadraten nebeneinander auf meinem Telefon sehe, wird mir klar, dass wir einander gar nicht mal so unähnlich sind. Auch er hat einen etwas dunkleren Teint und glattes dunkles Haar – wir könnten verwandt sein. Er ist um die sechzig – fast dreißig Jahre Altersunterschied; er könnte auf jeden Fall mein Vater sein. Ich versuche, mir seine Körpergröße vor Augen zu führen, das letzte Mal, dass ich neben ihm stand, aber ich finde keine solche Erinnerung.

»Ich wollte dich nur über die Nachlasssituation unterrichten«, sagt er. »Das Ergebnis ist, dass sie keinerlei letztwillige Verfügung hinterlassen hat. Wir haben eigentlich nie darüber gesprochen. Ich denke, die Leute machen ein Testament, wenn sie gemeinsame Kinder haben, nicht wahr? Wenn man sich erst mit fünfzig kennenlernt, scheint das nicht wichtig zu sein.«

»Das macht mir nichts, Richard, ich will nichts haben.« Das

habe ich ihm schon einmal gesagt. »Geldmäßig ist alles in Ordnung bei mir, ich brauche es nicht.« Ich sage das in zuversichtlichem, liebenswürdigem Ton, weil ich an all die verräterischen Anzeichen für eine Lüge denke, die ich zu erkennen gelernt habe. Nichts verrät mich.

»Ich habe es einem Anwalt übergeben – einem Neuseeländer hier in Singapur. Ich fürchte, das wird eine sehr langwierige Angelegenheit. Ich halte dich auf dem Laufenden.«

»Alles klar, okay.« Ich bezweifle, dass Richard und ich noch Anlass haben, miteinander zu sprechen, wenn diese Sache erst geregelt ist, und es überrascht mich, wie enttäuscht ich darüber bin.

»Ich habe deine Dankeskarte bekommen, und den Wein.« Er lächelt und beugt sich näher zur Kamera. »Das war nett von dir.«

»Das Paket hat ewig gebraucht bis zu dir. Ich hätte besser ein Geschäft bei dir vor Ort beauftragen sollen.«

»Also hat alles geklappt? Der kleine Mann ist jetzt bei dir?«

»Ja.« Ich habe keine Lust, Richard das komplizierte Adoptionsprozedere zu erklären.

»Jetzt ist er bestimmt schon im Bett.« Er möchte Elliot sehen. Ich mag Richard, aber ich war Anfang zwanzig, als er mit meiner Mutter zusammenkam, und wir haben bisher noch nicht einmal im selben Land gelebt, ich kenne ihn also eigentlich nicht. Wir hatten in diesen dreizehn Monaten seit ihrem Tod mehr Kontakt als in den neun Jahren ihrer Beziehung davor. Jetzt, da meine Mutter nicht mehr lebt, hatte ich eigentlich nicht vor, ihm Elliot vorzustellen; ich sah darin keinen Sinn. »Tja. Schick mir ein Foto von ihm, um die Zeit zu überbrücken, bis ich ihn mal sehe.«

»Klar.« Ich hoffe, er meint nicht jetzt sofort. Ich will Elliot niemandem präsentieren, solange noch die Möglichkeit besteht, dass er nicht mein Sohn wird; das Foto würde womöglich noch Jahre, nachdem Elliot jemand anderem gegeben wurde, in den Tiefen von Richards Computer herumdümpeln; das Kind, das ich kurz hatte, zum digitalen Gespenst geworden.

»Und wie läuft es mit der Arbeit? Dolmetschst du noch?«

»Ja. Es ist immer ziemlich viel zu tun.«

»Gut.« Er spricht langsam, um die Zeit zu füllen, weil ich kaum etwas zu dieser Unterhaltung beitrage. Ich bin müde, und ich weiß nicht, welche Form diese Beziehung annehmen soll. »Solange es dir Spaß macht.« Tut es das? »Spaß« ist vielleicht nicht das richtige Wort.

»Ich könnte nichts anderes machen«, erkläre ich ihm.

»Unsinn.« Er tut es als Bescheidenheit ab, aber ich weiß, dass es nur wenige andere mögliche Beschäftigungen für eine Person gibt, deren einzige Qualifikation die Beherrschung einer großen Anzahl von Fremdsprachen ist. Au-pair? Bis vor Kurzem hatte ich keinerlei Erfahrung mit Kindern. Auslandsvertrieb? Ich bin keine geborene Netzwerkerin. Diplomatin? Ich würde die Prüfungen für den öffentlichen Dienst niemals bestehen, weil ich keine Allrounderin bin. Ich habe jede Dolmetsch- und Übersetzungsprüfung mit Auszeichnung bestanden, aber bei mir geht diese Begabung auf Kosten von Rechen- und visuellen Fähigkeiten sowie räumlichem Vorstellungsvermögen. Sprachlehrkraft an einer weiterführenden Schule? Ich kann nicht gut erklären. Flugbegleiterin? Ich bin in meiner Kindheit ständig umgezogen. Jetzt will ich nur noch an einem festen Ort leben. Auf dem Stellenmarkt gelten Fremdsprachen als Ergänzung, als Bonus, der irgendeine andere Hauptqualifikation aufwertet. Sie sollen nicht alles sein, was man der Welt zu bieten hat, sollen sich nicht zu einem ganzen Leben summieren.

»Deine Mutter hat immer gesagt, du hättest auch eine akademische Laufbahn einschlagen können«, sagt Richard und grinst wie ein stolzer Onkel nach drei Gin an Weihnachten. Natürlich hat sie versucht, mich zu überreden, eine Doktorarbeit in Linguistik zu schreiben, ihr in die akademische Welt zu folgen und *ordentlich Geld mit deiner Begabung zu verdienen*. Es gebe viele Universitäten, fuhr sie dann fort, an denen die Zugangsvoraussetzungen nicht so hoch und die geforderten Leistungsstandards *erreichbar* seien. Erreichbar für mich. Ich wollte diesen Weg nie einschlagen. Für mich sind Sprachen etwas Lebendiges, nicht etwas, das man um der Wissenschaft willen analysiert und untersucht. Für mich ist es eine Fähigkeit, die man erwirbt, um sie in der realen Welt einzusetzen. Man kann ein Theaterstück oder ein Drehbuch lesen und analysieren, um herauszufinden, was es aussagen soll, aber so wird man es niemals *kennen* und ganz bestimmt nicht *fühlen*, denn es ist gemacht, um von Menschen gesprochen zu werden, und kann schriftlich höchstens einen verwischten Eindruck hinterlassen.

»Ich muss Schluss machen«, sage ich zu Richard. »Hier ist es schon ziemlich spät.«

»Ja, mach das, leg dich hin. Der Kleine weckt dich bestimmt früh.« Er lächelt in sich hinein. »Du lässt mich wissen, wenn du noch etwas brauchst?«

»Sie werden nicht noch einmal mit dir sprechen müssen.«

»Ich habe nicht die Referenz gemeint – ich meine … bei irgendetwas.«

»Oh.« Beinahe hätte ich mich gar nicht um eine Adoption beworben. Ich wusste nicht, wen ich als Referenz angeben sollte. Es musste jemand sein, mit dem ich nicht verwandt war, und da ich schon auf eigenen Füßen stand, als er meine Mutter kennenlernte, und sie am anderen Ende der Welt lebten, wurde Richard akzeptiert. Ich weiß nicht, was meine Mutter ihm über meine Kindheit erzählt und wie sie ihm erklärt hat, dass ich als Erwachsene meine Besuche und Anrufe auf ein Minimum beschränkte. Er schrieb der Adoptionsvermittlungsstelle einen großzügigen ganzseitigen Brief, in dem er übertrieb, wie oft wir uns in den zehn Jahren seiner Beziehung mit meiner Mutter gesehen hatten, und den Eindruck vermittelte, er kenne mich viel besser, als es in Wirklichkeit der Fall war. Er schrieb, ich sei klug und einfallsreich, großzügig und »fähig zur Vergebung«. Ich habe versucht, das zu ignorieren. Ich sollte einfach dankbar für das sein, was er für mich getan hat, und mich nicht auf diese eine winzige Kleinigkeit fixieren. Aber diese Worte lassen mir keine Ruhe, und ich will wissen, ob das eine absichtliche Spitze war. »Und wegen der Referenz …«

»Ja?« Er klingt so hoffnungsvoll. Er möchte nicht, dass das Telefonat endet. Falls ich zu viel in diese Bemerkung hineingelesen habe, werde ich ihn kränken, ich werde das hier vermasseln. Vielleicht will ich es gar nicht wissen.

»Ich wollte nur sagen – danke noch mal. Für alles, was du getan hast, um mir bei der Adoption zu helfen.«

»Wenn du noch irgendwas brauchst, lass es mich wissen.« Warum hat er überhaupt eingewilligt, mir diese Referenz zu schreiben? Hinterher musste er in einem Gespräch seine Behauptungen über mich noch einmal bekräftigen, es war also keine geringe Bitte. Tat ich ihm leid, weil meine Mutter vor Kurzem gestorben war und ich in Schuldgefühlen ertrank, da ich mich nicht von ihr verabschiedet hatte? Machte seine eigene Trauer ihn anfällig und nachgiebig und bereit, allem zuzustimmen, nur um sich abzulenken? Er muss sich gefragt haben, warum ich ausgerechnet ihn darum bat. Es wirkt verzweifelt. Er muss gewusst haben, dass ich ganz offensichtlich sonst niemanden habe. Entweder hat er Mitleid mit mir, oder er hält mich für einen einsamen Sonderling, oder beides. Ich hatte eine Freundin, Doreen, die mir eine fantastische Empfehlung geschrieben hätte. Sie wäre die beste Referenz gewesen, aber wir haben seit acht Jahren nicht miteinander gesprochen und werden es vermutlich nie mehr tun.

Richard wartet darauf, dass ich noch etwas sage. Das letzte Mal, dass wir miteinander telefonierten, war unmittelbar vor seinem Gespräch mit der Adoptionsvermittlungsstelle vor vielen Monaten. Er fragte mich, wie lange ich schon über eine Adoption nachdenke, und ich sagte ihm die Wahrheit – bis zu ihrem Tod war es mir nie in den Sinn gekommen. Ich war mir ganz sicher, dass er mich als Nächstes fragen wollte, warum genau ich ein Kind adoptieren wolle, aber dann schloss er den Mund und nickte, und es kamen keine weiteren Fragen.

Richard glaubt mich zu kennen. Er glaubt, er versteht, warum ich das mache.

»Hab keine Scheu«, wiederholt er sein Angebot. »Alles, was du brauchst. Frag einfach.«

Rede weiter mit mir, sagt sein Blick. Ich sollte mir mehr Mühe mit ihm geben. Als ich nicht zu der Beerdigung, die er organisierte, nach Singapur fliegen wollte, war er verständnisvoll. Ich suche nach einer netten Anekdote aus meiner Kindheit, die ich ihm erzählen kann. Danach könnte ich ihm Gute Nacht sagen und auflegen. Aber mir fällt keine ein. Stattdessen denke ich daran, wie man Englischlernenden das Wort »grief« – Trauer – beibringt: Der Schwerpunkt liegt auf dem langen I in der Mitte, aber es ist das F, das ewig anhält. Ich spreche es mir leise vor und schmecke den Buchstaben, der hinter meinen Schneidezähnen festsitzt.

»Wie war das?« Richard hat mich gehört.

Ich verabschiede mich rasch und beende das Telefonat.

Nach acht Monaten in Mailand teilte meine Mutter mir mit, dass wir im nächsten Schuljahr nach Russland ziehen würden.

»Ich komme nicht mit«, sagte ich ganz nüchtern. »Ich bleibe in Italien.«

»Ach ja?« Sie war amüsiert.

Ich hatte seit der zweiten Klasse in South London keine echte Freundin mehr gehabt. Ich war erschöpft davon, so ungefähr jedes Jahr die Neue in der Klasse zu sein, wieder allen alles erklären und mich anstrengen zu müssen, damit eine neue Gruppe von Kindern mich mochte. Also hörte ich auf, es zu versuchen. Ich war nicht faul; ich dachte nur praktisch. Ich wusste, wenn ich Freundschaften schloss, bedeutete das, mir ein Leben für mich vorzustellen an diesem Ort, an dieser Schule, mit diesen Leuten, und diese Vorstellung würde ich nur wieder löschen müssen, wenn meine Mutter ankündigte, dass wir erneut umzogen. Ich wusste nicht, wann oder wohin wir in den kommenden Jahren umziehen würden. Ich hatte keine Kontrolle darüber, kein Mitspracherecht. Man lernt, ohne Beziehungen mit anderen Menschen und ohne Pläne zu leben, damit man das Bild, das man sich von seiner Zukunft macht, nicht ständig wieder korrigieren muss. Meine Beharren darauf, in Italien zu bleiben, ließ meine Mutter für den Rest des Tages mit einem spöttischen Grinsen im Gesicht herumlaufen.

Richard ist ein netter Mann, aber wir sind nicht verwandt oder befreundet; eigentlich sind wir nichts füreinander. Wir teilen weder einen Namen noch eine DNA und jetzt nicht einmal mehr eine Bezugsperson.

7

Ich werde früh wach, weil ich Rückenschmerzen habe. Vor zwei Monaten traten scheinbar aus heiterem Himmel stechende Schmerzen im unteren Rücken auf; es muss daran liegen, dass ich mich mehr bewege, ständig hinter Elliot herrenne, im Park nach der Schule Fußball mit ihm spiele. Das Gärtnern in der Schule gestern mit dem vielen Bücken war auch nicht hilfreich. Auf YouTube durchsuche ich Physiotherapiekanäle und Videos nach Dehnübungen, die mir helfen könnten. Auf dem Teppich vor meinem Bett versuche ich, eine Brücke zu machen, aber das scheint es nur zu verschlimmern. Das nächste Video startet, und die Physiotherapeutin spricht direkt in die Kamera:

Diese Patienten sprachen nicht auf die Behandlungen an, und ihre Schmerzen hatten keine körperlichen Ursachen. Ich hatte eine Patientin, bei der die Schmerzen im unteren Rücken begannen, kurz nachdem man bei ihrer Schwester unheilbaren Krebs diagnostiziert hatte. Weder die Medikamente, noch die Physiotherapie und nicht einmal ein chirurgischer Eingriff konnten ihr helfen – ihre Rückenschmerzen hatten mit Schuldgefühlen zu tun. Der Zusammenhang zwischen Schmerzen, körperlichen Einschränkungen und Schuldgefühlen ist ein noch nicht ausreichend erforschtes Teilgebiet der Medizin, wird aber von der Mehrheit der Ärzte zunehmend in Betracht gezogen.

Das klingt nach alternativer Medizin, und ich hatte noch nie viel für Behandlungen übrig, deren Wirksamkeit nicht erwiesen ist. Trotzdem sehe ich mir das Video bis zum Ende an. Die Physiotherapeutin darin ist etwa in Doreens Alter – nicht in ihrem jetzigen Alter, sondern in dem, das sie bei unserer letzten Begegnung hatte. Sogar ihre Stimme klingt ähnlich. Erinnere ich mich wirklich an die Stimme einer Frau, die ich acht Jahre lang nicht gehört habe, einer Frau, die ich überhaupt nur ein gutes halbes Jahr lang kannte? Es muss eine falsche Erinnerung sein. Ich klappe den Laptop zu und nehme zwei Paracetamol.

Bald regt sich Elliot, und wir frühstücken. Es ist der zweite Sonntag hintereinander, an dem ich ihn allein lasse, um zu arbeiten. Er freut sich darauf, Sandra wiederzusehen, deshalb ist es für ihn nicht schlimm, und nach gestern hat er ein bisschen Spaß verdient.

Ich warte bis neun Uhr, dann rufe ich sie an: Sie nimmt nicht ab, auch nicht um zehn nach neun oder um Viertel nach neun, und um neun Uhr dreißig rufe ich den Kundendienst der Silver-Balloon-App an. Sie wollen versuchen, einen anderen Babysitter in der Gegend zu finden, aber ich will Elliot nicht bei irgendjemandem lassen, nicht nach dem, was am Old Bailey passiert ist. Jetzt komme ich zu spät zu meinem Einsatz. Es ist nichts Ungewöhnliches, dass Dolmetscher einen Auftrag absagen – die Ungewissheit in diesem Beruf geht in beide Richtungen –, aber ich halte meine Verpflichtungen immer ein und habe noch nie in letzter Sekunde einen Rückzieher gemacht. Heute könnte das erste von vielen Malen sein, dass mir keine andere Wahl bleibt, nun, da ich Elliot habe. Es ist mir peinlich, Exia anrufen und mich entschuldigen zu müssen. Als ich auflege, habe ich die Schultern hochgezogen – weitere Stiche im unteren Rücken. Sandra muss verschlafen haben. Nein, um diese Uhrzeit sicherlich nicht: Es ist nach zehn. Es hat sich irgendetwas ergeben, und sie hat es sich anders überlegt. Ich würde niemals einfach nicht zur Arbeit erscheinen. Offensichtlich ist sie eine windige Person. Sie kann es nicht vergessen haben, denn wir haben diese Buchung erst gestern vorgenommen, und sie sagte, sie sei froh über die Arbeit. Windig, wetterwendisch und zu rücksichtslos, um mich auch nur anzurufen.

Elliot ist angekleidet und satt. Sein Rucksack ist gepackt für den Fall, dass Sandra mit ihm nach draußen geht. »Sie kommt nicht«, erzähle ich ihm und höre Reste des Ärgers in meiner Stimme, auf

Sandra natürlich, nicht auf Elliot. Er ist wahrscheinlich an so etwas gewöhnt – von seinen leiblichen Eltern im Stich gelassen zu werden, Leute, die nicht auftauchen oder ihre Versprechen nicht einhalten. Er soll erfahren, dass es nicht an ihm liegt, und er sollte mehr von den Erwachsenen in seinem Leben erwarten, er sollte Besseres verlangen. »Ich soll dir von ihr sagen, dass es ihr sehr leidtut«, füge ich rasch hinzu. »Sie hatte sich schon so gefreut, dich wiederzusehen, aber es geht ihr heute nicht gut.« Ich erinnere mich an seinen Wutanfall, als Sandra beim letzten Mal gehen wollte, und an das kaputte Tablet.

»Oh«, sagt er und findet noch Nutella an seinen Fingern. »Na ja.« Nicht allzu betroffen.

»Also bleibe ich heute bei dir.«

»Okay.« Auch diese Neuigkeit scheint ihn kaltzulassen.

»Magst du Schiffe?« Bestimmt ist seine vorige Pflegefamilie mit ihm im Schifffahrtsmuseum in Greenwich gewesen. »Boote?« Er weiß es nicht genau, aber er wirkt interessiert. Wenn ich heute schon nicht arbeiten kann, müssen wir an diesem schönen warmen Sonntag nicht in der Wohnung hocken.

Wir fahren mit der U-Bahn zur London Bridge und gehen von da aus zu Fuß zur HMS *Belfast*, dem Museumsschiff, wo wir Leitern hinaufklettern und durch schmale Luken spähen. Es gibt dort Wachsfiguren, die so lebensecht sind, dass Elliot darauf beharrt, sie seien Seeleute aus alten Zeiten, die zum Leben erwacht seien. Wir machen einen Rundgang durch den Maschinenraum und ziehen weiter in die Kombüse mit Rezepten aus den 1930er-Jahren an den Wänden und Nachbildungen alter Mehldosen. Elliot drückt auf jeden Knopf und dreht an jedem Rad, an das er herankommt, aber als ich ihn frage, ob er schon einmal auf einem Schiff war, gibt er keine klare Antwort. Ich verspüre einen Hauch von Eifersucht, als ich in Erwägung ziehe, dass jemand anders vielleicht schon vorher ein solches Schiff mit ihm besichtigt hat, vielleicht sogar ein besseres.

Elliot lässt die Hand über einen Geschützturm gleiten, während ich in der Infobroschüre blättere und erkenne, wohin ich ihn hier gebracht habe. Die HMS *Belfast* war ein Kriegsschiff. Es wurde in der Arktis und in Korea eingesetzt und war das zweite Schiff, das bei der Landung in der Normandie das Feuer eröffnete. Menschen sind hier drin gestorben und haben von hier aus andere getötet. Sie haben unvorstellbare Gräuel mit angesehen; der Stoff, der einen ein Leben lang quält.

Was ist Elliot widerfahren, bevor er in staatliche Obhut genommen wurde? Im Allgemeinen scheint es ihm gut zu gehen, aber was für ein geheimes Trauma steckt in ihm? Wenn die Behörden ein Kind aus seiner Familie nehmen, soll das eigentlich nur eine vorübergehende Maßnahme sein, damit die leiblichen Eltern oder andere nahe Verwandte Gelegenheit haben, ihre Probleme zu lösen. Während die Kinder in Pflege sind, halten sie häufig Kontakt mit ihren leiblichen Eltern, im Rahmen von beaufsichtigten Besuchen in Anwesenheit einer Sozialarbeiterin. Diese Begegnungen finden in der Regel in der Gemeindeverwaltung statt, in kleinen Räumen, die verzagt seufzen, sobald man sie betritt. Ich weiß es, denn ich war in einem dieser Räume.

Wenn ich an meinen Raum denke, habe ich den Gestank der Zigaretten in der Nase, die die Bauarbeiter unten auf der Straße rauchten, und meine Lunge füllt sich mit dem schwarzen Schimmel, der sich die Wände hinaufzog. In meinem Raum gab es einen Stapel Plastikstühle in einer Ecke, Leuchtstoffröhren, die keine Lust hatten zu leuchten, und einen Teppich, der so schmutzig war, dass sogar die Flecken noch Flecken hatten. Ich wollte unbedingt professionell wirken und hätte beinahe das Frühstück, das ich nicht gegessen hatte, wieder von mir gegeben. Stumm saß ich auf meinem Stuhl und versuchte zu tun, was von mir erwartet wurde. Meine Beine zuckten, meine Haut in der neuen Kleidung, meinem ersten billigen Businesskostüm, juckte.

Elliot ist aller Wahrscheinlichkeit nach auch einmal in einem solchen Raum gewesen. Es gibt da also diese gemeinsame Erfahrung. Vielleicht schützt Elliots Gedächtnis ihn, löscht die Erinnerungen, so wie meines es in meiner Kindheit tat.

Wir gehen von Bord und beschließen, auf dem Heimweg einen Abstecher zu Pizza Express zu machen. Unterwegs findet Elliot zu seiner Freude einen schmutzigen Penny und lässt ihn in meine Tasche fallen. »Den müssen wir sauber machen, bevor er bei dir auf die Fensterbank darf«, sage ich.

»Ein Cola-Bad!«

»Genau. Cola lässt diese Münze wieder glänzen.« Was hat Elliot an den Wochenenden und in den Schulferien gemacht, bevor er in staatliche Obhut kam? War ihm der Unterschied zwischen Woche und Wochenende klar, oder brachte jeder neue Tag einfach nur mehr vom Selben? Wir steigen in einen Bus, der gleich darauf an einer Ampel steht, gefangen im Wochenendverkehr. Ich beobachte die Fußgänger, die die Straße überqueren. Wenn wir uns in solchen großen Menschenansammlungen bewegen, betrachte ich unwillkürlich die Gesichter der Fremden, ihre Wangenknochen und Nasenrücken, ihr Haar und ihre Augenfarbe und suche nach Elliots Gesichtszügen; nach möglichen unbekannten Cousins, Tanten oder sogar entfremdeten Geschwistern.

Um sechs Uhr abends gibt es noch immer keine Entschuldigung von Sandra. Erneut versuche ich, sie anzurufen, obwohl ich nicht erwarte, dass sie den Anruf annimmt. Wahrscheinlich ghostet sie mich jetzt. Diesmal läutet ihr Telefon nicht einmal. Ich gebe auf. Aber dann erscheint ihr Gesicht auf dem Bildschirm. Dem Fernsehschirm. Ich lasse mein Glas fallen, und Wasser ergießt sich über den Esstisch. Sandra ist in den Nachrichten. Das Wasser breitet sich aus und tropft zu Boden, und ich lasse es geschehen. Langsam stehe ich auf. Wenn ich näher an den Fernseher herangehe, werden die Bilder anders wirken, und die Worte des Nachrichtensprechers werden sich verändern. Ich bin zu weit weg und verstehe alles falsch. Ja, das ist es. Aber jetzt stehe ich dicht vor dem Gerät, und Sandras Gesicht ist immer noch dort.

Die Polizei sucht nach dem Mörder der ausländischen Hausangestellten Sandra Ramos, 42, die tot im Haus ihrer Arbeitgeberin in Knightsbridge aufgefunden wurde. Ich mache lauter und gehe näher an den Fernseher heran, noch näher. Die Hand mit der Fernbedienung ist fettig von der Pizza. *Ermordet.* Ich höre es noch einmal. Meine Ohren spielen mir einen Streich, so wie das Gehirn die Bilder korrigieren und umdrehen muss, weil das menschliche Auge alles verkehrt herum sieht. *Mordkommission.* Das kann nicht wahr sein. Meine Füße sind wie angewurzelt, so als hätte ich die Pausentaste betätigt, aber nicht für den Fernseher, sondern für mich.

»Was machst du da?« Eine Stimme. Elliot.

Da kommt Leben in mich, und ich schalte hastig aus, bevor er aufblicken und mich fragen kann, warum seine Babysitterin in den Nachrichten ist. »Wie läuft's bei dir da drüben?« Ich gehe zu ihm zurück und versuche zu verhindern, dass meine Stimme bricht. Er malt Batman – er dachte ja, er würde heute mit Sandra malen. »Meinst du, du bist da noch eine Weile beschäftigt?«

Ein Grunzen, das »Ja« bedeutet.

»Das ist gut. Mal schön weiter.«

Ich habe schon bei Mordprozessen und Vernehmungen von Personen gedolmetscht, die des mehrfachen Mordes verdächtigt wurden. Aber da sind die Opfer in gewisser Weise abstrakt, Namen auf einem Blatt Papier, keine ganz echten Menschen, niemals jemand, den ich persönlich kenne; nur so kann ich meine Arbeit machen. Sandra kam nach Großbritannien, um ihrer Tochter ein besseres Leben zu ermöglichen, und das ist dabei herausgekommen.

Im Internet suche ich nach ihrem Namen. Die Pressemitteilung der Polizei muss ich dreimal lesen, bis ich die Worte richtig erfasst habe. Dann arbeite ich mich durch sämtliche Nachrichtenlinks auf der ersten Seite der Suchresultate. Sandra wurde gestern Abend tot in dem Haus in Knightsbridge aufgefunden, in dem sie arbeitete. Man fand ihre Leiche am unteren Ende der Küchentreppe. Der Sturz hat sie getötet, aber die Polizei behandelt es als Mord. Die Tür zum Garten hinter dem Haus stand offen, und Glasscherben in der Küche und am oberen Treppenabsatz deuten auf einen Kampf hin. Das Verbrechen wird als Einbruchsversuch bezeichnet, der aus dem Ruder gelaufen ist. Sandra muss schreckliche Angst gehabt haben.

Ich trage die Reste meiner Pizza in die Küche und werfe sie dann mitsamt Teller in den Mülleimer; es fühlt sich alles an wie mit Grauen kontaminiert. Ich wische das verschüttete Wasser auf, dann sprühe ich Desinfektionsmittel auf den Esstisch und reibe fieberhaft in Kreisen über die Tischplatte, bis ich von den Ausdünstungen ganz benommen bin. Ich war heute so selbstgerecht, als ich im Stillen dachte, dass *ich niemals* einfach nicht zur Arbeit erscheinen würde, und mir dazu gratulierte, dass *ich* meine Verpflichtungen *immer* einhalte, unter allen Umständen. In gewisser Weise war ich sogar erleichtert, als Sandra nicht auftauchte. Die Vorstellung, dass Elliot sich am Ende des Tages wieder weigern würde, sie gehen zu lassen, war unerträglich gewesen. Das Stück Pizza, das ich gegessen habe, liegt mir wie Blei im Magen. Sandras neunjährige Tochter. Was wird nun aus ihr?

Ich setze mich wieder und lese die Artikel noch einmal. In einem Bericht steht, dass nichts gestohlen wurde. Warum sollte jemand in ein herrschaftliches Haus in Knightsbridge einbrechen und dann nichts stehlen? In der *Times* steht, die offene Gartentür weise keine Spuren gewaltsamen Eindringens auf. Warum sollte jemand eine Hausangestellte töten? Ein Fremder als Täter ergibt keinen Sinn. In diesem Artikel steht, die Erbin sei zu Hause gewesen. Ich öffne einen neuen Tab in meinem Webbrowser und lese, dass sie zur Tatzeit im Obergeschoss war und über Kopfhörer Musik hörte. Sie bekam nichts mit und fand die Leiche ihrer Hausangestellten ein paar Stunden später. Die Musik war so laut, dass sie nicht hörte, wie Glas zerschlagen, geschrien, gekämpft wurde? Ein Körper die Treppe hinunterstürzte? Sie ist eine halbe Milliarde

Pfund schwer und hockt in ihrem Haus und hört markerschütternden Black Metal? Gellenden Punk? Das glaube ich nicht. Es kommt einer Frau, die bereits für den Tod eines Ungeborenen und die lebensverändernde Verletzung seiner Mutter verantwortlich ist, doch sehr gelegen. Die Polizei kauft ihr das bestimmt nicht ab. Sie tun sicher nur so, um sich ihr Vertrauen zu erwerben und besser gegen sie ermitteln zu können, wie sie es auch mit Ehemännern und Lebensgefährten machen, wenn Frauen vermisst werden. Vielleicht hat Sandra nach dem Prozess etwas zu der Erbin gesagt – sie haben sich gestritten, und es ist zu weit gegangen. Diese Frau sollte überhaupt nicht frei herumlaufen. Ich denke an die Verhandlung: Der Freispruch schien unausweichlich zu sein. Die Zeugenaussage der italienischen Touristin scheint kaum bis gar keinen Einfluss darauf gehabt zu haben, aber sie hätte einen haben können, wenn sie verändert worden wäre. Von mir.

»Mum, ich hab *Durst.*« Elliot. Ich klappe den Laptop zu und sehe auf die Uhr. Halb neun. Und er ist noch nicht im Bett. Ich sitze hier seit drei Stunden.

»Oh, es tut mir leid, mein Schatz. Ich habe gar nicht auf die Zeit geachtet.« Er trinkt ein letztes Glas Saft, dann putzen wir ihm die Zähne, und ich bringe ihn zu Bett.

Ich lasse das Nachtlicht im Flur an für den Fall, dass er aufwacht. Es ist eine milchige orangefarbene Birne in Form eines Dinosauriers und beleuchtet den Weg von seinem Zimmer zu meinem. Ich halte den Handrücken daran, um mich zu vergewissern, dass es sich nicht überhitzt. So von der Seite betrachtet wirkt der Dinosaurier in der pechschwarzen Finsternis mit seinem offenem Maul und den gebleckten Zähnen eigentlich ziemlich beängstigend. Nichts, was die Dunkelheit vertreibt, sondern etwas, das ihr entspringt und nur auf den richtigen Augenblick wartet, um seine Beute zu verschlingen. Wie konnte ich dieses Ding nur kaufen? Ich reiße es aus der Steckdose und werfe es zu der kalten Pizza und dem Essteller, den zu spülen ich mir nicht vorstellen konnte, in den Abfalleimer.

Eine knappe E-Mail von Exia warnt mich vor weiteren Absagen in letzter Minute, wenn ich in ihrem Dolmetscherpool bleiben will. Als Wiedergutmachung, antworte ich, übernehme ich morgen jeden beliebigen Auftrag für Sie. Ich bleibe bis zu den Spätnachrichten wach, um noch einmal Sandras Gesicht zu sehen.

»Milch?«, bietet der Detective Constable an.

Es ist Montagvormittag, und wir machen in der Küche der Polizeiwache eine Pause.

»Ja, danke«, antworte ich. In der Spüle schwimmt eine Tasse mit dem Brexit-Spruch *Take Back Control*. Ich habe mir eine von Hand mit *Mummy* bemalte Tasse für meinen Earl Grey geborgt.

»Wir lassen ihn noch fünf Minuten schmoren, bevor wir wieder reingehen«, sagt der DC. Der Mann im Vernehmungsraum wurde gebeten, zu einer »Unterhaltung« über einen seiner mit Drogen dealenden Geschäftspartner auf die Wache zu kommen. Noch hat man ihn nicht über seine Rechte belehrt, und es ist kein Rechtsbeistand anwesend. »Der lügt doch wie gedruckt mit seinen ekligen gelben Zähnen, oder?«

Ich trinke rasch einen Schluck Tee, um nicht antworten zu müssen.

»*Sie* müssten das doch erkennen können. Sie kennen die Grammatik, die normalen Sprachmuster. Ich weiß nicht, wie eine aufrichtige Verneinung im Französischen klingen muss.«

»Ich dolmetsche so präzise wie möglich.« Nachdem Elliot gestern Abend zu Bett gegangen war, suchte ich nach weiteren Informationen über den Mord an Sandra. Ich habe nicht viel geschlafen, aber ich weiß, dass es meine Leistung nicht beeinträchtigt.

»Ich behaupte ja nicht, dass Sie das nicht tun. Aber ich kann seine Antworten nicht beurteilen, wenn er durch Sie spricht.«

Er hat recht: Dieser Klient mit den schlechten Zähnen lügt wie gedruckt. Ich mache meine Arbeit und wiederhole seine Lügen Wort für Wort.

»Er sagt, er hat keine Ahnung, was er hier soll. Er weiß nicht, was sein Geschäftspartner beruflich macht.«

Oh doch, er *weiß* es. Dessen bin ich mir sicher, denn ich kenne diesen Klienten. Zwar hat er mich nicht erkannt, doch ich habe aus reinem Zufall schon zweimal für ihn gedolmetscht. Es hatte mit Drogen zu tun. Beide Male hat er den Polizisten so eingewickelt, dass dieser ihn mit einer Verwarnung gehen ließ. Dieser Detective weiß ganz offensichtlich nichts von diesen Verwarnungen – manchmal wirft die nationale Polizeidatenbank Police National Computer bei einer Anfrage nichts aus, Einträge sind nicht korrekt eingegeben worden oder wurden nicht vollständig verifiziert.

»An seiner Körpersprache kann ich es nicht erkennen«, sagt der DC.

»Lernen Sie denn auf der Polizeischule nicht, wie man Körpersprache deutet?«

»Es gab einen Kurs. Aber ich war an dem Tag krank. Männergrippe.«

»Kann man nichts machen.«

»Ich habe mir nicht die Mühe gemacht, mich noch mal anzumelden, dachte, ich brauche das nicht. Ich dachte, jeder, mit dem ich es in diesem Beruf zu tun bekomme, würde völlig aufrichtig sein.« Polizisten sind oft gut im Herumalbern.

»Sie meinen, das ist gar nicht so?«, frage ich.

»Ich schätze, wir bekommen hier tatsächlich eine ganze Menge Schwindler zu sehen.« Er trinkt einen großen Schluck Tee. »Also, als die Zweisprachige hier im Raum« – er glaubt, er hat mich mit diesem lustigen Geplänkel entwaffnet –, »was meinen Sie? Lügt er?«

»Ich darf meine Meinung nicht sagen. Das wissen Sie.« Manchmal kostet es mich meine ganze Selbstbeherrschung, nicht alles zusammenzuschreien. Die Polizei, die Anwälte – die ganze Ausbildung und Erfahrung, und trotzdem sehen sie nicht, was sie direkt vor Augen haben.

»Wir halten doch nur einen freundlichen Plausch in der Teepause.«

»Es wäre gegen die Regeln.«

»Sie sind gerade nicht im Dienst.«

»Er ist der Klient.« Sollte ich jemals nicht nach den Regeln spielen, dann nicht so: ein eindeutiger Fehltritt, der sich nicht glaubwürdig abstreiten ließe.

»Sie sind eine *Polizei*dolmetscherin. Sie arbeiten für uns.«

Ich schüttele den Kopf. »Sie nehmen meine Dienste in Anspruch. Als Unparteiische.«

»Wenn dieser Franzose hier vor Gericht käme, würden Sie als Zeugin der Anklage vorgeladen.«

»Um Zeugnis über das abzulegen, was heute hier gesagt wurde. Um meine Übersetzung zu bestätigen. Immer noch als Unparteiische.«

»Ihre persönliche Meinung.«

»Tut mir leid.«

Er nickt und leert seine Tasse. Wir schweigen, während draußen im Großraumbüro eine Diskussion zwischen zwei Beamten losbricht. »Beantworten Sie mir eins«, sagt er. »Wenn Sie seine Worte wiederholen, wie fühlen die sich in Ihrem Mund an? Ganz normal oder wie Quatsch?«

Wenn das so weitergeht, werde ich zur Toilette gehen müssen.

»Nun?«

Zurück im Vernehmungsraum: die Enge am Tisch, der Verdächtige, der offiziell kein Verdächtiger ist. Der DC fragt nochmals, worin genau die Arbeit des Mannes mit seinem bekanntermaßen mit Drogen handelnden Partner besteht. Ich wiederhole es auf Französisch und warte auf die Antwort des Klienten.

»Ehrlich«, sagt der Franzose. »Wenn ich etwas wüsste, würde ich es Ihnen sagen. Ich trinke nicht einmal. Vielleicht einen kleinen Cognac zu Hause.«

»Aha.« Der Detective unterdrückt ein Lächeln. Ein Charmeur

bleibt ein Charmeur, auch wenn er durch eine Dolmetscherin spricht.

»Kommen wir zurück auf Ihre Geschäfte mit diesem Mann«, sagt der DC dann. Mit anderen Worten: zurück zu dem, worüber wir vor einer Stunde sprachen.

»Officer, er ist kein Freund von mir. Wenn ich etwas über ihn wüsste, würde ich es Ihnen sagen.«

Ich wiederhole die französischen Worte auf Englisch. Für mich ist klar, dass der Detective nicht genug in der Hand hat, um diesen Mann festzuhalten. Wenn er von den vorhergehenden Verwarnungen wüsste, wäre es vielleicht anders; er könnte sie verwenden.

»Okay. Ein letzter Versuch. Gibt es etwas, was Sie uns über Ihren Geschäftspartner sagen wollen?«

»Ah«, sagt der Klient, dann hält er inne und denkt nach. Alles nur Schau. »Nein, ich glaube nicht.« Ein breites Grinsen. Er ist so frech, dieser Kerl, er besitzt das Selbstvertrauen dessen, der weiß, dass er niemals gefasst wird, nicht richtig jedenfalls. Sollte ich dem Detective sagen, dass dieser Mann ein Wiederholungstäter ist? Ich soll nichts über die Vergangenheit des Klienten wissen, soll nicht nachdenken oder eine Meinung haben. Ich betaste einen Stift auf dem Tisch und erwäge, eine Nachricht zu schreiben – *er wurde bereits mehrfach verwarnt, PNC prüfen* – und über den Tisch zu reichen. Nein. Das darf ich nicht. So fängt es an – und was dann? Vor ein paar Jahren kam heraus, dass eine vietnamesische Gerichtsdolmetscherin in Lancashire auf der Gehaltsliste einer Drogengang stand. Eine Cannabis-Bande hatte sie angeheuert, um bei Besuchen im Gefängnis Nachrichten zu übermitteln, und sie half bei der Fälschung einer Geburtsurkunde sowie mehrerer Ausweisdokumente, damit die Anführer der Bande der Strafverfolgung entgingen. Sie wurde wegen Verschwörung mit dem Ziel der Rechtsbeugung zu zwölf Monaten Haft verurteilt. Ich wette, das war nicht das einzige Mal, dass diese Dolmetscherin etwas tat, was sie nicht hätte tun sollen. Vielleicht hat sie mit etwas so Kleinem wie dem hier begonnen. So geringfügig, dass ihr erst später klar wurde, was sie getan hatte. Ich begrabe meinen Impuls, stelle mir bildlich vor, wie ich Sand darüberstreue. Die Anwandlung ist fort. Ich bin nicht als Informantin hier. Meine Aufgabe ist es, diesem Mann zu ermöglichen, genauso mit der Polizei zu kommunizieren wie ein englischer Muttersprachler. Wenn der Detective seine Vorgeschichte nicht kennt, dann auch ich nicht. Eine weitere Lüge ergießt sich aus dem Mund des Klienten. Ich wiederhole sie auf Englisch.

Vor Gericht neulich schien gewiss, dass die Erbin einer Bestrafung für ihre Verbrechen entgehen würde, und dann sah ich es geschehen: Die Erbin wurde tatsächlich freigesprochen, und daraufhin wurde Sandra ermordet. Ich weiß nicht, welche Veranlassung die Erbin gehabt haben könnte, sie zu töten, aber warum hat sie andererseits nicht angehalten, nachdem sie auf dem Parkplatz versehentlich jemanden angefahren hatte? Es gab Zeugen, jede Menge Überwachungskameras, es bestand keine Chance, unerkannt vom Tatort zu flüchten. Sie muss gemerkt haben, dass sie die schwangere Frau angefahren hatte. Die Erbin und dieser Franzose hier vor mir halten sich beide für unantastbar. Für sie gelten die Regeln nicht. Die Körperwärme des Klienten füllt den Raum, bedrängt mich. Beim Elterngärtnern in Elliots Schule habe ich mein Kind nicht verteidigt. Ich bin weggegangen. Wie habe ich mich gegenüber diesen beiden Jungen verhalten? Ich habe Elliot gezeigt, dass Lügner gewinnen. Im Prozess gegen die Erbin gab es nichts, was ich hätte tun können, aber hier brauche ich dem Detective nur eine Nachricht zu schreiben.

Ich schlage mein Notizbuch auf der ersten Seite auf, biege den Pappdeckel zurück, aber dann ändern meine Finger ihre Meinung, und das Notizbuch klappt wieder zu. Es steht mir nicht zu, mich einzumischen. Ich bin nur die Dolmetscherin. Wieder denke ich an Sandra und beginne zu schreiben. Ich halte den Blick auf den Detective gerichtet, während mein Stift sich ins Papier drückt, schnell und unordentlich. Er will etwas sagen und begegnet meinem Blick. *Warten Sie!* Ich versuche, über meine Netzhäute mit ihm zu kommunizieren. *Ich schreibe das für Sie!* Ein Innehalten. Der Klient sieht mich an, dann den Detective, dann wieder mich. Ich lege den Stift ab und halte meine zitternde Hand ruhig. Das Notizbuch gleitet auf den Detective zu. Wir senken beide den Blick darauf.

Der Kugelschreiber hatte keine Tinte mehr. Das Blatt ist leer, sehe ich jetzt.

»Soll ich Ihnen diese letzte Frage wiederholen?«, fragt er mich.

An diesem Punkt könnte ich ihn um eine Toilettenpause bitten; er würde auf dem Flur auf mich warten, und ich könnte ihm sagen, was ich weiß. Ich könnte husten und um etwas zu trinken bitten, ihm dann zum Wasserspender folgen und dafür sorgen, dass dieser Mann verhaftet oder zumindest über Nacht für eine weitere Befragung festgehalten wird. Ich tue nichts dergleichen.

»Nein«, sage ich und klappe das Notizbuch zu. »Schon gut.«

»Vernehmung beendet.« Der Audiorekorder wird ausgeschaltet.

Wollte ich, dass dieser Stift versagt? Stillschweigen zu bewahren ist ethisch korrekt, aber jetzt wird dieser Mann in Freiheit bleiben, weil ich ein weiteres Mal untätig dagesessen habe.

Ich bin kein Batman. Wenn Taten gefordert sind, sehe ich ohnmächtig zu. Ich bin nicht einmal Robin.

8

Es kann ein Frachtterminal um Mitternacht sein, wenn ich für die Drogenfahndung arbeite, oder ein windgepeitschter Rastplatz in der Nähe von Dover, wenn ich für die Einwanderungsbehörde mit Lastwagenfahrern spreche, aber einen Ausflug in ein Nagelstudio mache ich zum ersten Mal in über acht Jahren als Dolmetscherin. Eine Nachbarin hatte beim Notruf *Moderne Sklaverei* ihre Sorgen hinsichtlich der Angestellten dieses Studios bekundet, und die National Crime Agency, die landesweite britische Kriminalbehörde, hat einen Detective von der örtlichen Wache veranlasst, dem nachzugehen.

Wir betreten den Laden, und der Polizist sagt mir, dies sei ein unangekündigter Besuch. Als der Eigentümer erscheint, kann ich mich des Gefühls nicht erwehren, dass er von unserem bevorstehenden Besuch wusste. Die Sorgen der Nachbarin könnten begründet sein – billige Nagelstudios und Autowaschanlagen sind die bevorzugten Geschäfte der heutigen Sklavenhalter. Sie könnte aber auch eine Rassistin sein, die mit ihrer letzten Nagelmodellage nicht zufrieden war; auch das kommt vor.

Der Geschäftsinhaber führt den Detective ins Hinterzimmer, und ich folge ihnen. An Haken hängen Regenschirme und zwei Wollschals, und am Boden liegt ein Paar Gummistiefel. Auf dem Tisch stehen Reste von Bubble Tea und aufgewärmten Mahlzeiten – Nudeln und perlenartiger roter Reis. Der Eigentümer behauptet, dies sei der Aufenthaltsraum, wo seine Angestellten zu Mittag essen. Der Detective müsste sich nun fragen, ob dies in Wirklichkeit die Küche ist und diese Frauen gezwungen sind, über dem Studio zu wohnen, gefangen bei einer Arbeit, die sie sich nicht ausgesucht haben. In meinen Augen wirken die Schirme unbenutzt. Die Schals könnten auch von zerstreuten Kundinnen vergessen worden sein.

Zusammen mit den Gummistiefeln erscheint mir das Ganze ein bisschen zu bemüht, das eine zu verkörpern, was diese Frauen mutmaßlich nicht tun dürfen: nach draußen gehen. Aber nicht ich führe hier die Ermittlungen durch.

Der Polizist bleibt noch im Pausenraum und stellt dem Inhaber auf Englisch Fragen zu seinen Sicherheitsmaßnahmen, erwähnt namentlich jüngste Einbrüche in der Gegend, versucht, nicht die Pferde scheu zu machen. Der Mann besteht darauf, Englisch mit dem Detective zu sprechen, daher werde ich eigentlich nicht gebraucht. Ich gehe zurück ins Ladenlokal und lächle die Frau an, die an der Tür sitzt.

»Suchen Sie sich Ihre Farbe aus«, sagt sie auf Spanisch. Eine blaue Gesichtsmaske hängt ihr unter dem Kinn.

»Nein, ich bin nicht wegen …« Meine Finger streifen ein Fläschchen mit silbern schimmerndem Nagellack, während ich auf ihre Sprache umschalte. »Der Polizeibeamte ist hier, um mit Ihrem Chef zu sprechen. Ich bin nur die Dolmetscherin.« Sorge huscht über ihr Gesicht. »Aber offenbar braucht er mich nicht, Ihr Chef spricht Englisch.«

»Ich will nicht mit der Polizei reden.« Sie bedeutet mir, die Hand zu heben, und begutachtet meine abgekauten Nägel. »Sie sollten sich Acrylnägel machen lassen. Dann würden Sie nicht daran kauen.«

»Wie viel kostet ein vollständiges Set?«

»Fünfzehn Pfund.«

»Und wie lange dauert das?«

»Eine Stunde.«

»Nur fünfzehn Pfund?«

»Das ist ein guter Preis.« Irgendwie bezahlt der Inhaber die Miete für das Ladenlokal, Strom, Steuern, andere Betriebskosten, Gehälter – all das von den fünfzehn Pfund, die er pro Stunde für ihre Dienste verlangt?

»Wie viel davon dürfen Sie behalten?« Was denke ich mir dabei?

»Ich bekomme auch Trinkgelder.«

»Das war nicht meine Frage.« Nicht ich untersuche diese Sache, ermahne ich mich. Außerdem möchte ich, dass dieser Einsatz so schnell wie möglich zu Ende ist und ich nach Hause fahren kann. Elliots Sozialarbeiterin kommt heute Nachmittag zu uns, und ich brauche Zeit, um mich vorzubereiten. Darauf sollte ich mich konzentrieren.

»Für Sie wäre Shellac schön. Runde Form, eckige Ränder.«

Ich beiße mir auf die Zunge, damit ich nicht noch mehr Fragen stelle. Ich spreche für andere, nicht für mich selbst. Im Einsatz sollte ich kein einziges Wort sprechen, das mir nicht von jemand anderem vorgegeben wurde. Diese Frau könnte wie Sandra sein und ihre Situation schon seit Jahren erdulden. Sie weiß, es ist nicht toll, aber sie nimmt jede Arbeit an, die sie bekommen kann, und schickt Geld nach Hause, wo ihre Familie und ihr wahres Leben sind. Vielleicht hat sie aber auch keine andere Wahl.

»Wie hoch ist Ihr Wochenlohn?« Ich vergewissere mich, dass ihr Chef noch im Pausenraum beschäftigt ist. »Wie viel bezahlt er Ihnen?«

»Ich verdiene zwölf Pfund die Stunde.« Sie wendet sich ab. Es ist niemals die Wahrheit, wenn sie einem nicht in die Augen sehen können.

Dann kommt der Studioinhaber aus dem Pausenraum, dicht gefolgt von dem Polizisten.

»Geht es Ihnen hier wirklich gut?«, flüstere ich, bevor der Mann in Hörweite ist. Wie aufs Stichwort betritt eine blonde Frau den Laden. Sofort legt die Nagelstylistin los mit: »Suchen Sie sich Ihre Farbe aus«, und deutet auf die zur Auswahl stehenden Lacke. Ich bekomme keine Antwort.

»Wir gehen dann«, sagt der Detective zu mir. Ich folge ihm hinaus. Vor einem Dampfer-Shop nebenan bleiben wir stehen. »Tut mir leid, das war Zeitverschwendung für Sie.«

»Wollen Sie nicht mit der Frau sprechen?«

Er schüttelt den Kopf. »Vor ihrem Chef wird sie wohl kaum etwas sagen. Er hat mir hinten irgendeinen Quatsch über den Safe, den er benutzt, erzählt – er behauptet, ihm sei es lieber, wenn die Kundinnen mit Karte zahlen. Ärgerlicherweise bestehen die meisten darauf, bar zu zahlen. Im Schaufenster hängt zwar ein Schild, ›Nur Barzahlung‹, aber egal. Ich konnte keine belastbaren Belege für Sklaverei sehen, aber wahrscheinlich passiert das hier.« Er kratzt sich an der Nasenspitze. »Worüber haben Sie mit ihr gesprochen?«

»Ich habe sie gefragt, was sie verdient.«

»Was hat sie gesagt?«

»Sie sagte …« Wenn ich eine Zahl unterhalb des Mindestlohns nenne, vier oder fünf Pfund, dann geht er vielleicht zurück und versucht, mit ihr zu sprechen. Wenn ich ihm sage, dass die Arbeitsbedingungen gegen die Gesetze verstoßen, wird die Polizei weiter ermitteln müssen. Aber ich tue es nicht. »Sie bekommt zwölf Pfund die Stunde.«

»Totaler Schwachsinn?«

»Ich weiß es nicht.« Wenn ich das da etwas falsch verstehe, könnte ich es für diese Frau noch schlimmer machen. Wenn die Polizei Ermittlungen aufnimmt, wird der Inhaber vermutlich davon ausgehen, dass sie mir etwas gesagt hat, und falls sie dann keine Beweise finden, die ausreichen, um den Laden dichtzumachen, würde sie nicht gerettet, und er könnte sie nach Lust und Laune bestrafen, weil sie etwas gesagt hat. Ich will nicht dafür verantwortlich sein, dass jemand zu Schaden kommt. Nie wieder. »Tut mir leid, dass ich nichts Nützliches herausgefunden habe«, sage ich.

»Sie wissen, wofür das NCA steht oder?«

»Nein.«

»Null-Checker-Agentur. Weil die nie jemanden schnappen.« Er kichert, als wäre es ein offenes Geheimnis, wie ineffektiv sie sind. Falls das stimmt, können die Leute bei der National Crime Agency damit leben? Sind sie es zufrieden, sich ans Prozedere zu halten, zucken am Ende des Tages mit den Schultern und gehen nach Hause?

Das muss die eigentliche Qualifikation sein, die seltene Fähigkeit, die man für eine lange Karriere benötigt. Wahrscheinlich kann man jemanden daraufhin testen, es in einem psychologischen Eignungstest unterbringen. Kriminalermittler können wahrscheinlich viele Menschen werden, aber von denen, die ihren Frust ausblenden können, immer wieder, gibt es nicht so viele, möchte ich wetten. Und sie wollen niemanden dabeihaben, der anfällig für Frust ist, denn solche Menschen machen Dummheiten. Ich werde keine Dummheiten machen, sage ich mir noch einmal.

Im Bus nach Hause durchsuche ich die Nachrichten nach Neuigkeiten über Sandra. Der Mord ist jetzt drei Tage her, und die Erbin wurde nicht verhaftet. In einem BBC-Artikel steht, dass sie nicht als verdächtig gilt. Das Verbrechen wird immer noch als aus dem Ruder gelaufener Einbruch bezeichnet. Ich sehe mir ein kurzes Überwachungsvideo an, das die Polizei veröffentlicht hat. Die Graustufenkamera hängt außen am Haus der Erbin; sie schwenkt über den Garten hinter dem Haus und deckt die Tür ab, die von dort in die Küche führt, wo Sandra gefunden wurde. In diesem Video kommt Sandra heraus und steckt drei Weinflaschen in die Recyclingtonne. Dann geht sie zurück ins Haus, lässt aber die Tür hinter sich offen. Warum hat sie das getan? Sie hatte die Hände voll mit den drei Flaschen – vielleicht wartete drinnen noch mehr Müll, und sie wollte gleich noch einmal gehen? Doch Sekunden später gleitet ein Schatten in den Garten, und ich schnappe nach Luft. Das ist ein Mensch, ganz am Rand des Bildes. Das Bild ist nicht ganz scharf, aber es ist mit ziemlicher Sicherheit ein Mann; es ist nicht die Erbin. Dann endet das Video, und man sieht nicht, ob der Mann das Haus betritt. Aber da war jemand. Ich lasse den Clip noch einmal laufen. Obwohl ich ja weiß, dass Sandra tot ist, möchte ich sie am liebsten laut warnen, sie solle die Tür schließen: Geh kein Risiko ein, lass sie auch nicht eine Sekunde lang offen stehen. Ich will ihr zurufen, sie solle sich umdrehen, damit sie ihn kommen sieht. Es hätte alles ändern können, wenn sie es gewusst hätte. Sie hätte um Hilfe rufen oder weglaufen können. Die Erbin im Obergeschoss, Musik auf den Ohren, der Rest der Welt ausgeblendet, welches Glück für sie. Ich bin ungerecht – vielleicht macht die Erbin sich schlimme Vorwürfe. Die Opfer auf dem Parkplatz waren ihr egal, aber hier ist es vielleicht anders: ein Mord, ihre eigene Angestellte, in ihrem eigenen Haus. Falls sie Schuldgefühle hat, sind sie sinnlos. Das sinnloseste aller Gefühle, es hilft niemandem; nicht der geschädigten und nicht der Person, die sich schuldig fühlt. Es ist vergeblich, aber man empfindet es trotzdem. Der Bus bremst und biegt ab, und ich kaue meinen Daumennagel so weit ab, dass es blutet.

Rasch habe ich alle Artikel über Sandra, die ich noch nicht kannte, gelesen. Die Journalisten haben nach dem Tag, an dem sie ermordet wurde, das Interesse an diesem Fall verloren. Nicht das richtige Opfer: zu ausländisch, zu arm, die Geschichte nicht pikant genug. Selbst Elliot hat nicht mehr nach Sandra gefragt. Ich werde ihm die Wahrheit nicht sagen. Falls er sie doch noch erwähnt, werde ich sagen, sie sei auf die Philippinen zu ihrer Tochter zurückgekehrt. Ich möchte ihn nicht anlügen; ich würde diese Unterhaltung lieber gar nicht mit ihm führen. Aber unwillkürlich macht es mich doch traurig, dass er nicht gefragt hat.

Die Sozialarbeiterin kommt in einer Stunde. Elliot ist in der Schule, und Lydia schaut vorbei, um das Prozedere für den Abschluss seiner Adoption zu besprechen. Elliot ist jetzt seit mehr als dreizehn Wochen bei mir, somit ist ausreichend Zeit vergangen, um bei Gericht seine gesetzliche Adoption zu beantragen. Ich wasche mir das getrocknete Blut vom Daumen. Vielleicht hätte ich heute Morgen lügen und dem Detective erzählen sollen, die Nageldesignerin habe gesagt, sie brauche Hilfe. Manchmal kann eine Lüge lauterer als die Wahrheit sein.

Lydia habe ich angelogen. Ich habe gewisse Fakten über mich verschwiegen, anderes verschleiert und sie ihre eigenen Schlüsse ziehen lassen, aber ich habe ihr nie eine, wie ich es nennen würde, unverzeihliche, schreckliche Unwahrheit erzählt. Bei ihrem ersten Besuch habe ich die Wohnung gründlich für sie präpariert. Ich schnitt Selleriestangen auf und leerte ein Glas Mandelmus auf einen Servierteller. Dann verschmierte ich das Mus, brach ein paar der Selleriesticks durch, biss von anderen ab und legte sie auf den Teller. Ich platzierte ein kleines Glas Orangensaft auf dem Teppich – aus Plastik, unzerbrechlich, von mir halb ausgetrunken. Auf die Arbeitsfläche stellte ich zwei Tassen mit Resten von Tee, dann trug ich korallenrosa Lipgloss auf und küsste die Ränder der Tassen.

Lydia klingelte an jenem Tag letztes Jahr um Punkt zwölf Uhr. Ich hatte sämtliche Kindererziehungssubreddits, Threads auf Mumsnet und Foren zum Thema »Pflegekinder« studiert; ich wusste, dass Sozialarbeiterinnen in Großbritannien die »SS« genannt wurden. Und trotzdem machte ich einen Anfängerfehler: einen Scherz über Lydias deutsche Pünktlichkeit.

»Verzeihen Sie«, sagte ich. »Ich habe alles mögliche Deutsche im Kopf. Eigentlich wollte ich heute Nachmittag Lebkuchen backen, aber mir ist der braune Zucker ausgegangen. Ich übe für Weihnachten.« Zu dick aufgetragen? Das hätte ich eigentlich gedacht, da es erst Oktober war, aber sie lächelte und ließ sich auf das Sofa sinken.

»Entschuldigen Sie die Spielsachen.« Ich tat so, als wären mir die Spielzeugeisenbahn und der Stoffseehund auf dem Teppich peinlich. Hatte ich daran gedacht, das Preisschild von den Rädern zu entfernen? »Meine Kollegin und ihr Sohn waren vorhin zu Besuch.« Eine harmlose Lüge. »Ich hatte keine Zeit mehr aufzuräumen.«

»Entschuldigen Sie sich nicht«, sagte Lydia. »Das ist keine Wohnungsinspektion.« Ich hatte ein bisschen Erdbeermarmelade auf das Seehundbaby geschmiert, damit sein strahlend weißes Fell nicht mehr ganz so neu gekauft aussah. »Wie alt ist der Sohn Ihrer Freundin?«

»Dreieinhalb.« Das Durchschnittsalter adoptierter Kinder in England. »Er heißt Harley.«

»Schöner Name, gefällt mir. Treffen Sie sich oft?« Eine elegante Überleitung, sie prüfte meine Erfahrung mit Kindern. Nichten oder Neffen konnte ich nicht erfinden, aber der Eindruck, dass das Kind einer Kollegin zu Besuch gewesen war, war leicht zu erzeugen.

»Sooft wir es schaffen.« Unbekümmert ließ ich mein Haar über die Schulter nach hinten fliegen. »Alle paar Monate. Ich sehe mich als seine inoffizielle Patentante.« Ich weiß nicht genau, ob Paten nur bei Taufen und bei der Geburt eines Kindes benannt werden oder auch ältere Kinder noch Paten bekommen können. Nicht dass ich jemanden für Elliot hätte. Doreen wäre seine Patin gewesen, obwohl auch sie nicht religiös ist. Es wäre eine nette Geste für beide gewesen, da sie es war, die mich überhaupt auf die Idee gebracht hat, ein Kind zu adoptieren, auch wenn mir das erst vor vergleichsweise kurzer Zeit, nach dem Tod meiner Mutter, klar wurde.

»Sind Sie religiös?«, fragte Lydia. Erfolgreich vom erfundenen Kind abgelenkt. Beim Thema »Harley/Patentante«: von Nachfragen ablenken. Die Wahrheit so sagen, dass ein falscher Eindruck entsteht. So viele kleine Lügen, damit Elliot am Ende mein ist. Ich habe nur genau das getan, was nötig war.

»Nun, ich schätze, ich bin Agnostikerin. Ich würde einem Kind nicht eine bestimmte Religion aufzwingen. Ich hoffe, wenn die Zeit reif ist, ist es offen dafür, selbst zu erforschen, was es gibt.« Lydia nickte und machte sich eine Notiz in ihrer Mappe.

»Die nächste Vorbereitungsgruppe ist über Religion und Kultur«, sagte sie. »Würden Sie in Betracht ziehen, ein Kind aus einer anderen Religion oder Kultur zu adoptieren?«

»Ja. Unbedingt.« Das stimmte.

»Haben Sie je mit einem Partner oder einer Partnerin zusammengelebt, Revelle?«

»Nur an der Universität. Mein damaliger Freund zog in meiner WG ein, als wir einen weiteren Mitbewohner brauchten, der sich an den Kosten beteiligt.«

Ich war vom örtlichen Jugendamt »zur Eignungsprüfung« als potenzielle Mutter für ein Pflegekind angenommen worden. Dies war der erste einer Reihe von Besuchen bei mir zu Hause, um meine Eignung als Mutter festzustellen. Es war in Ordnung, alleinstehend zu sein. Die Vermittlungsstelle schloss einen auch nicht aus, wenn man kein Eigentum hatte, sondern nur zur Miete wohnte. Aber sie waren bekanntermaßen wählerisch, und mir war klar, dass ich auf dem Papier nicht die traumhafteste Kandidatin war, die je ihre Formulare ausgefüllt hatte.

»Ihre Wohnung ist entzückend«, sagte Lydia.

Das sollte sie auch sein – ich zahlte monatlich 2500 Pfund dafür, was mehr war, als ich verdiente. Ich war eingezogen, kurz bevor ich die Eignungsprüfung beantragt hatte, hatte mein Apartment in Catford gegen eine Zweischlafzimmerwohnung an der Finchley Road eingetauscht.

»Gute Schulen in dieser Gegend«, sagte ich.

»Bestimmt.«

»Darf ich Sie herumführen?«

»Ja, bitte.«

Ich führte sie durch die Wohnung, wies insbesondere auf die eine Wand hin, die ich mit Erlaubnis des Vermieters farbig gestrichen hatte. Das zweite Schlafzimmer war größtenteils leer, ich hatte nur weiche Vorhänge aufgehängt und ein paar Kakteen auf die Fensterbank gestellt, sodass sich ein Eindruck von Geräumigkeit in meinem Leben ergab, buchstäblich und im übertragenen Sinn.

»Die Schlafzimmer sind relativ groß für London. Wie lange läuft der Mietvertrag noch?« Das würde sie überprüfen, wie ich wusste.

»Neun Monate, aber es besteht kein Grund, warum der Vermieter ihn nicht verlängern sollte.« Ich war wegen der Miete bereits mit 3000 Pfund in den Miesen. Umgeleitet auf eine auf die Adresse meiner Mutter in Singapur zugelassene Kreditkarte, damit es bei der Überprüfung meiner Kreditwürdigkeit, die Lydia vermutlich vornehmen würde, nicht erschien.

Wieder sah sie in ihre Mappe. »Ihre Mutter lebt im Ausland?« Sie wollte Informationen über mein Netzwerk.

»Das ist richtig.« Ich unterließ, ihr zu sagen, dass meine Mutter gerade gestorben war.

»Und Sie sind ein Einzelkind?« Ich hatte Lydia bereits gesagt, dass ich nicht wusste, wer mein leiblicher Vater sei, was stimmte. Allerdings verschwieg ich, dass meine Mutter sich immer geweigert hatte, mir zu sagen, wer er war. Ich vermute, er war ein Kollege oder ein Mitdoktorand, aber das ist nur geraten. Ich weiß allerdings, dass ich ein Versehen war.

»Ja. Einzelkind. Weil meine Mutter im Ausland eine Samenbank benutzt hat, um mich zu bekommen, nach jahrelangen unangenehmen, quälenden Fruchtbarkeitsbehandlungen. Sie wollte das nicht noch einmal durchmachen.« Ich hoffte, das klang nicht zu einstudiert.

Lydia nickte mitfühlend. »Sie hat Sie wirklich gewollt.« Mein Adoptivkind würde sich gewollt fühlen, dafür würde ich sorgen. Ich gelobte mir, ihm oder ihr das alles eines Tages zu erzählen – wir würden darüber lachen, wie weit ich gegangen war, um die Eignungsprüfung zu bestehen.

»Mum hat immer gesagt, ein großer Freundeskreis ist sowieso besser; gute Freunde sind die Familie, die man sich aussucht.« Sag die Wahrheit so, dass es irreführend ist – ich hatte gar keine echten Freunde mehr, aber das behauptete ich ja auch nicht.

Lydia machte sich eine weitere Notiz, dann zupfte sie eine Fluse von ihrer Hose. »Möchten Sie den Gemeinschaftsgarten sehen? Letzte Woche habe ich Dicke Bohnen gepflanzt.« Ich stellte mir die Kästchen vor und hakte sie ab: fürsorglich, einfallsreich, praktisch veranlagt. Ich ging mit ihr ins Erdgeschoss, und zwar so, dass wir an meinem Biogemüse vorbeikamen, das gerade geliefert worden war. »Vorsicht, Stufe«, sagte ich, um sicherzustellen, dass sie die gut beschriftete Kiste sah. Sie sah sie. Sozialarbeiterinnen sind darauf trainiert, alles zu sehen.

Jetzt bleiben mir noch zehn Minuten bis zu Lydias Besuch. Ich mache mir Sorgen, dass ihr auffällt, wie schmutzig Elliots Stoffdrache ist. Ich könnte ihn in einem Schrank verstecken, aber vielleicht fragt sie danach, weil er für Elliot bisher eine regelrechte Krücke war. Erst seit dieser Woche lässt er ihn zu Hause, wenn er zur Schule geht. Er wurde gehänselt seinetwegen, und jetzt ist es ihm peinlich, von den anderen Kindern mit ihm gesehen zu werden. Sobald er nach Hause kommt, stürzt er allerdings zu ihm, und ich muss ihm versprechen, dass ich Draggie nicht anrühre, solange er fort ist. Er würde es merken, wenn ich ihn wasche, und wäre böse auf mich, aber diese Erklärung kommt mir Lydia gegenüber ein bisschen schwach vor.

Ich entscheide mich für einen Kompromiss – ich werde die schlimmsten Flecken entfernen, damit er nicht wie ein Gesundheitsrisiko aussieht, und hoffe, dass es Elliot nicht auffällt. Eine weitere Premiere in meiner Mutterlaufbahn – ich habe noch nie ein Stofftier gereinigt. Wieder rufe ich den Mummy-Blog aus Toronto auf, aber der hat in diesem Punkt nichts zu bieten. Ich weiß nicht, woraus das Gewebe besteht, und wenn ich Fleckentferner daraufsprühe und die Farbe ausbleicht, wird Elliot wirklich wütend sein. Am Bauch des Drachens ist ein schwarzes Schildchen – keine Waschanleitung, aber da steht »Kyoshi« und eine achtstellige Zahl. Auf dem Laptop gebe ich »Kyoshi« in die Suchmaschine ein und lande auf einer japanischen Website. Google Translate behauptet, es sei ein Spielzeughersteller in Kyoto. Ich scrolle nach unten, aber ich sehe keine Stofftiere, die Elliots ähneln. Noch einmal suche ich nach »Kyoshi«, diesmal mit der achtstelligen Zahl. Es ist kein Barcode, sondern eine Seriennummer. eBay und Alibaba werden mir vorgeschlagen. Da ist er: Elliots Draggie ist so etwas wie ein Sammler- oder Designer-Spielzeug. Er ist 600 Pfund wert. Das kann nicht stimmen. Japanisch ist eine Sprache, über die ich relativ wenig weiß, es könnte also auch sein, das »Kyoshi« ein relativ gängiges japanisches Wort mit zahlreichen Bedeutungen ist. Ich suche weiter, überfliege diverse japanische Websites, und anstatt Google Translate zu benutzen, gebe ich die Schlüsselwörter in ein japanisch-englisches Wörterbuch ein. Mir läuft die Zeit davon, Lydia wird gleich hier sein, aber ich kann mich nicht losreißen. Ich suche das Stofftier Zentimeter für Zentimeter ab. Dann vergrößere ich die Abbildung auf dem Bildschirm und suche nach Unterschieden. Es gibt keine. Das ist eindeutig das gleiche Stofftier. Ich nahm an, dass seine leiblichen Eltern es ihm geschenkt haben, was erklären würde, warum er so unglaublich daran hängt. Dann hat wohl irgendeine reiche Person diesen Drachen einem Wohltätigkeitsladen gespendet, und Elliots Mutter oder Vater hat ihn für ein Pfund bekommen, ohne etwas von seiner Herkunft zu ahnen, und das Personal des Ladens hatte auch keine Ahnung von seinem Wert? So etwas kommt vor – man hört von Menschen, die auf dem Trödelmarkt für einen ganz geringen Betrag ein Kunstwerk oder eine Teekanne kaufen, und dann stellt sich ihr Erwerb als wertvolles Original oder echte Antiquität heraus. Bestimmt war es so.

Denn wer sonst sollte ihm ein so kostspieliges Spielzeug geschenkt haben?

9

Ich lege das Stofftier einstweilen zur Seite und räume noch schnell Elliots Zimmer auf. Den Ehrenplatz an seiner Schranktür nimmt immer noch die Zeichnung ein, die Sandra von ihm angefertigt hat. Sein schiefes Lächeln und den, wenn er frech ist, leicht nach links geneigten Kopf hat sie wirklich gut eingefangen. Elliot liebt diese Zeichnung und übt jeden Tag zu malen, seit sie sich am Old Bailey kennengelernt haben. Es muss einen Kurs geben, zu dem ich ihn in den Schulferien anmelden kann, ein Kinderprogramm in der Tate oder einem der anderen Kunstmuseen. Wer hat Sandra gelehrt, so gut zu zeichnen? Womöglich hatte sie Pläne, wollte auf den Philippinen auf die Kunstakademie gehen, einen anderen Beruf ergreifen. Sie hoffte vielleicht, ihrer Tochter das Zeichnen beizubringen, wenn sie zurückkehrt. Mittlerweile muss ich ständig an sie denken. Und warum hat die Polizei mich im Rahmen ihrer Ermittlungen nicht kontaktiert? Sie müssen Zugang zu Sandras Telefon und der Silver-Balloon-App haben – vermutlich können sie sehen, dass sie für mich auf Elliot aufgepasst hat. Wenn es ein aus dem Ruder gelaufener Einbruch war, ist die Polizei wohl zu dem Schluss gekommen, dass es keine Verbindung zu ihren losen Bekanntschaften gibt. Ich überlege, ob ich mich bei der Polizei melden soll, sage mir dann aber, dass das dumm und bloß eine Vergeudung von deren kostbarer Zeit wäre. Ich habe nichts für sie – die Wahrheit ist, ich habe Sandra kaum gekannt.

Schließlich gehe ich zurück ins Wohnzimmer und räume auch dort rasch auf. Es klingelt – das muss Lydia sein. Mir ist schwindelig, und ich muss mich mit einer Hand an der Wand abstützen. Lydia sagt, Elliots Adoption sei so gut wie sicher, aber ich teile ihren Optimismus nicht. Es kann noch etwas schiefgehen, es kann immer etwas schiefgehen. Und wenn ich ihn nicht behalten darf?

Mein Kalender ist mittlerweile farbkodiert, je nach Art der Termine: grün für Elliots Arzttermine und Sozialarbeiterinnenbesuche, blau für das Fußballtraining, lila für Schulferien; es sind Tage für Museumsbesuche und Ausflüge zu Bauernhöfen in Surrey eingezeichnet, wo man sein Obst selbst ernten kann. Dolmetsch-Einsätze für Polizei und Gericht sind meistens kurzfristig. Wenn man Glück hat, werden sie vierundzwanzig Stunden im Voraus vereinbart. Vor Elliot habe ich von einem Tag zum anderen gelebt; die Zukunft war auf Wochen hinaus eine leere weiße Fläche.

Ich öffne die Tür und lasse Lydia ein. »Haben Sie schon gegessen?«, frage ich sie, als sie sich am Esstisch auf meinen Stuhl setzt.

»Ich habe gleich eine Verabredung zum Mittagessen. Aber ein Glas Wasser wäre nett.«

Ich schenke zwei Gläser Leitungswasser ein – in meine besten Gläser – und gebe Eis und Zitrone dazu, das ganze Pipapo.

»Also, wie läuft es, Revelle?«

Ich würde sie gern fragen, ob die Möglichkeit besteht, dass Elliots Herkunftsfamilie Geld hat. Ich hätte gedacht, dass die meisten Kinder, die in staatliche Obhut genommen werden, aus vergleichsweise armen Familien stammen. Finanzielle Schwierigkeiten, gekoppelt mit Faktoren wie schweren psychischen Erkrankungen, Drogenabhängigkeit, Missbrauch. Das ist vermutlich nur meine eigene Voreingenommenheit. Reichtum bewahrt einen nicht vor derlei. Zwar kann ich mir nicht vorstellen, dass das Jugendamt viele Kinder aus privilegierten Haushalten in Obhut nimmt, aber ab und an kommt es bestimmt vor, und ich würde hoffen, dass die Reichen nicht von einer Überprüfung verschont bleiben.

»Gut. Ja, eigentlich läuft es sogar wunderbar.«

Lydia stellt ihr Wasserglas auf den Tisch und sieht sich um. An Elliots Zimmertür bleibt ihr Blick hängen. Sie wartet auf eine Einladung.

»Möchten Sie sein Zimmer sehen?«

»Gern«, sagt sie und ist schon aufgestanden. Das Fenster ist das

Erste, was man sieht, wenn man Elliots Zimmer betritt. »Ah, seine Münzsammlung.« Lydia deutet auf das Geld, das auf der Fensterbank aufgereiht liegt. »Ich erinnere mich daran aus seinem Zimmer in Greenwich.«

»In letzter Zeit hat es ein paar Neuzugänge gegeben.«

»Es ist süß. Ein sehr kurioses, altmodisches Hobby.« Sie dreht sich langsam um sich selbst und betrachtet das Zimmer meines Sohnes gründlich. Der Stoffdrache hockt auf der Bettkante. Ihr Blick wandert darüber hinweg, aber sie sagt nichts. Er ist so viel schmutziger als beim letzten Mal, möglicherweise hat sie ihn auf den ersten Blick gar nicht erkannt.

»Er nimmt diesen Stoffdrachen immer noch überallhin mit. Nur zur Schule nicht mehr, damit die anderen Kinder ihn nicht hänseln«, erzähle ich.

»Den von seinen leiblichen Eltern?«

»Ich nehme an, dass er daher stammt.« Wenn Lydia mir nicht von sich aus Auskunft über die Vermögenssituation seiner Eltern gibt, kann ich nicht geradeheraus danach fragen. Das Letzte, was ich möchte, solange das Adoptionsverfahren noch läuft, ist, dass sie glaubt, ich hätte es auf Elliots Erbe abgesehen. »Er sieht aus, als wäre er seit Jahren nicht gewaschen worden. Aber er überlässt ihn mir nicht einmal für ein paar Stunden. Ich muss ihm versprechen, ihn nicht anzurühren, während er in der Schule ist.« Ich lache.

»Das wird sich auswachsen.« Sie geht zurück ins Wohnzimmer, und ich folge ihr.

»Hat Elliot ihn schon immer gehabt – seit Sie ihn kennen?«, frage ich.

»Ich glaube, ja, soweit ich mich erinnere. Ich würde mir an Ihrer Stelle deswegen keine Sorgen machen.«

»Ich bin nicht besorgt.« Ich gebe ihr noch eine Sekunde Zeit, mehr darüber zu sagen. Nichts. Ich muss das Thema wechseln, sonst wundert sie sich darüber, dass mich dieses einfache Spielzeug so beschäftigt.

»Es geht ihm also gut? Sie kommen miteinander aus?« Ich sollte ihr von Elliots Wutanfall erzählen, neulich, als Sandra gehen wollte. Mit Stimmungsschwankungen muss man bei allen Kindern seines Alters rechnen, gleichgültig, ob sie aus stabilen Verhältnissen stammen oder nicht.

»Er hatte neulich einen kleinen, ziemlich eigenartigen Wutanfall. Aber nichts von Bedeutung, nichts, worauf ich nicht vorbereitet gewesen wäre.« Das Tablet, das nur wenige Zentimeter von meinem Kopf entfernt gegen die Wand knallte, erwähne ich nicht.

»Gut. Gut«, sagt Lydia, die Nase in ihrer Mappe. »Und die Schule?«

Über den Fisch-Vorfall beim Elterngärtnern ist schon Gras gewachsen, und die Schule hat Lydia offensichtlich nicht darüber informiert, sonst hätte sie sich längst bei mir gemeldet. Streng genommen müsste ich ihr wohl davon erzählen. Aber Elliot hat nichts getan, warum soll ich ihr von einer falschen Anschuldigung berichten? Lydia soll nicht denken, dass ich schon mit kleinen Herausforderungen nicht fertigwerde.

»Gut, er geht jeden Tag gern hin. Er macht seine Hausaufgaben.«

»Sie sagten, es gab Hänseleien?«

»Ich behalte das im Auge. Ich glaube, es ist unter Kontrolle.« Sie nickt. »Er ist jetzt eins siebenundzwanzig. Ich habe ihn gestern gemessen.«

»Groß für sein Alter!«

»Wenn das so weitergeht, überragt er mich mit vierzehn, fünfzehn schon.« Elliot als Teenager. *Mein* Teenager. Bisher nehme ich jede Phase dieses Prozesses, wie sie kommt. Ich gestatte mir nicht, ihn mir als erwachsen vorzustellen. Bei mir erwachsen geworden.

»Und Sie selbst? Geht es Ihnen gut?« Einen Augenblick lang habe ich den Eindruck, sie durchschaut mich, und spüre, wie ich unter diesem Blick schrumpfe.

»Absolut. Mir geht es gut.«

»Ist das eine neue Sprache, oder machen Sie einen Auffrischungskurs?« Lydia betrachtet mein Mandarin-Lehrbuch, das aufgeschlagen auf dem Esstisch liegt. Ich versuche jetzt seit über einem Jahr, Mandarin zu lernen, bin aber über die Pinyin-Einführung noch nicht hinausgekommen.

»Ich blättere aus reinem Interesse in dem Buch. Mandarin spreche ich nicht. Vielleicht lerne ich es, wenn ich im Ruhestand bin.« Möglicherweise habe ich mein Fassungsvermögen für Sprachen ausgeschöpft. Sie können schwer zu erlernen, aber ebenso schwer zu vergessen sein. Wenn chinesische Schriftzeichen nur die deutsche Sprache in meinem Gedächtnis überschreiben könnten, einfach darübermalen, sie mit einem Schnörkel transformieren, so wie ein kleiner Bogen aus Tinte aus einer 6 eine 8 machen kann.

»Tja, das ist nur ein Kurzbesuch, um zu sehen, wie Sie zurechtkommen«, sagt Lydia. »Gibt es noch etwas, was Sie besprechen möchten?«

»Ich glaube nicht, nein.« Ich klappe das Mandarin-Lehrbuch zu. Dann nehme ich ihr gegenüber Platz.

»Sie wirken nervös heute.«

»Ich muss zugeben, ich frage mich, wie der Stand der Dinge im Adoptionsverfahren ist.« Ein Schluck Wasser lässt mich erschauern. »Ich habe jetzt seit einer Weile nichts mehr darüber gehört.«

»Keine Sorge. Denken Sie daran, in diesem Stadium des Verfahrens geht es eigentlich darum, dass die leiblichen Eltern und das Jugendamt dem Gericht ihre jeweiligen Sichtweisen darlegen. Das ist eine Sache zwischen den Eltern und uns. Sie müssen sich bloß darauf konzentrieren, sich um Elliot zu kümmern.«

»Sie rechnen damit, dass die leiblichen Eltern die Adoption anfechten?«

»Nach meinen früheren Erfahrungen mit den leiblichen Eltern halte ich es für keine gute Idee, wenn Sie und Elliot beim ersten Gerichtstermin dabei wären.« Sie ist diplomatisch.

»Besteht die Chance, dass das Gericht …« Ich kann den Satz nicht beenden, die Worte sind unerträglich.

»Nein«, sagt Lydia rasch. »Das dürfte ich gar nicht sagen. Theoretisch besteht diese Möglichkeit immer. Die Eltern müssten zeigen, dass ihre Lebensumstände sich signifikant verändert haben, seit Elliot in Obhut genommen wurde. Ich bin zuversichtlich, dass alles glattläuft.«

»Okay.« Ich atme auf. »Danke.« Das beruhigt mich. Lydia neigt nicht zur Schönfärberei.

»Genau genommen werden Sie wahrscheinlich bei keinem der Gerichtstermine anwesend sein müssen. Das Adoptionsverfahren wird im Hintergrund seinen Lauf nehmen, die Anwälte werden ihre Arbeit machen. Das Familiengericht wird Sie per Post von den Gerichtsterminen in Kenntnis setzen, und ich bringe Sie so oft wie möglich auf den neuesten Stand.«

»Danke.«

»Sollte der Richter entscheiden, dass Sie doch vor Gericht erscheinen müssen – Ihre Identität ist geschützt, und es gibt Verfahrensweisen, die sicherstellen, dass Sie der leiblichen Familie nicht begegnen.«

»Das beruhigt mich.«

»Tja.« Sie sieht mich an. »Das ist alles.« Es ist vorbei, ich habe bestanden, ich habe es fast geschafft. »Haben Sie noch Fragen?« Ich möchte sie zur Tür bringen, bevor sie es sich anders überlegt. Als ich ihr gerade antworten will, klopft es an der Wohnungstür.

»Ignorieren Sie das einfach. Ich erwarte niemanden. Das muss ein Kurier mit einem Paket für einen Nachbarn sein«, sage ich, obwohl ich weiß, dass ein Kurier nicht ins Haus käme.

»Sie haben im Blick, was ich Ihnen bezüglich des Zeitrahmens für Elliots neue Geburtsurkunde gesagt hatte? Und einen Pass, falls er den braucht?«

»Ja.« Aber Lydia hört es nicht, weil noch einmal gegen die Tür gehämmert wird.

»Machen Sie lieber auf.«

Rasch gehe ich zur Tür. Wer das auch sein mag, ich werde denjenigen abwimmeln und mich darauf konzentrieren, Lydias Besuch zu einem guten Abschluss zu bringen.

Vor meiner Tür steht ein Mann von Anfang zwanzig mit vortretenden Augen und rasiertem Kopf. »Kann ich Ihnen helfen?«, frage ich.

»Revelle? Revelle Lee?«

»Ja?« Um Lydias willen bemühe ich mich um einen heiteren, höflichen Ton, aber ich habe bereits jetzt kein gutes Gefühl.

»Ihr Dealer hat mich mit Ihrem Kilo Schnee geschickt.«

»Pardon?«

Er zieht einen Beutel aus der Tasche. »Ihre Lieferung«, sagt er. Er hält mir eine durchsichtige Tüte mit einem weißen Pulver vor die Nase.

»Was … was ist das?«

»Ihr Schnee. Von Ihrem Dealer.« Er klingt genervt.

»Ich weiß nicht, wovon Sie reden.« Hinter mir höre ich Lydia aufstehen. »Sie haben sich in der Wohnung geirrt.«

»Sie sind Revelle Lee, haben Sie doch gesagt, oder?«

Lydia nähert sich von hinten.

»Ja, aber … was Sie da auch haben, es gehört nicht *mir.*« Meine zitternde Hand findet den Türgriff, und ich knalle die Tür zu.

»O mein Gott«, sprudele ich hervor. »Wer war das? Wie ist der an meinen Namen gekommen?«

»Sind Sie sicher, dass Sie ihn nicht kennen?« Sie geht zurück an ihren Platz.

»Ja, ich … mein Gott, Lydia. Ich nehme keine Drogen, gar keine. Ich rauche nicht einmal! Ich habe nie geraucht! Niemand kommt hier jemals an die Tür; es ist eine sehr sichere Gegend. Ich habe ihn noch nie gesehen, da bin ich mir sicher.«

Sie hört mir zu und spielt an einem halbkugelförmigen goldenen Ohrring. Ich bleibe stehen und umklammere die Rückenlehne des

Stuhls; der Pullover meines Jungen ist über ein Kissen drapiert. Ich hoffe, er ist hinterher noch mein Junge. Ich knete die Ärmel in meinen Händen. Denk nach. Was du als Nächstes sagst, ist entscheidend. Ich habe das Gefühl, alles hängt von diesem Augenblick ab. Ich muss mir sehr genau überlegen, wie ich meine Worte wähle. Alles, was ich getan habe, all das Planen, um Elliot zu bekommen, könnte in diesem einen Moment zunichtewerden.

»Sollte ich die Polizei rufen?« Ja. »Ich glaube, ich rufe die Polizei.«

»Revelle, warten Sie. Ich muss Sie noch einmal fragen: Kennen Sie diesen Mann? Nehmen Sie die … die Dienste eines Drogendealers in Anspruch?«

»*Nein,* NEIN! Ich habe eine Sicherheitsüberprüfung der Metropolitan Police absolviert, das wissen Sie.« Sie hebt die Augenbrauen. »Ich bin befugt, bei Terrorprozessen zu dolmetschen, bei Drogenschmuggelprozessen! Ich wurde von der Polizei und anderen Behörden gründlich überprüft. Ich habe keine Ahnung, wer dieser Mann war oder woher er meinen Namen hatte.«

»Sie erinnern sich doch, dass es in Elliots Herkunftsfamilie Probleme mit Substanzmissbrauch gibt?«

»Seine leiblichen Eltern!«, platze ich heraus. »Könnten sie das gewesen sein? Die diesen Mann geschickt haben?«

»Warum sollten sie das tun?«

»Ich weiß nicht. Sie haben gesagt, sie wollen die Adoption anfechten.«

Lydia entfährt ein Laut, der fast höhnisch klingt. »Erstens kennen seine leiblichen Eltern weder Ihre Identität noch Ihren Aufenthaltsort. Zweitens, wenn Sie sagen, dass das noch nie passiert ist, wie wahrscheinlich ist es, dass dieser Mann ausgerechnet dann bei Ihnen vor der Tür steht, wenn ich hier bin und es miterlebe?« Sie hat recht. Die Wahrscheinlichkeit ist astronomisch klein. O Gott, ich werde paranoid. Ich klinge labil. Einen Sekundenbruchteil lang erwäge ich zu lachen, einen Rückzieher zu machen und so zu tun, als wäre die Bemerkung ein Scherz gewesen. Ich komme zu dem Schluss, dass das nach hinten losgehen und so aussehen könnte, als nähme ich diesen Vorfall nicht ernst. Es waren nicht Elliots Eltern – das ist ausgeschlossen.

Zwischen uns herrscht steifes, quälendes Schweigen. »Ich brauche einen Schluck Wasser. Möchten Sie auch noch etwas?« Ich klatsche in die Hände und hoffe, damit die Betretenheit zu vertreiben. Verliere jetzt nicht die Fassung, sage ich mir. Sie beobachtet mich. Es ist Lydias Aufgabe, mein Verhalten zu beurteilen, jede meiner Bewegungen zu beobachten. Als ich in die Küche gehe, weiß ich, dass ich mich zu sehr bemühe, es ganz normal zu tun, bin mir jeder Muskelbewegung, die ganz natürlich aussehen soll, bewusst. Bestimmt bewege ich mich so eckig wie ein Roboter.

»Nein, danke, Revelle.« Wird sie den Orientierungsgerichtstermin absagen? Kann sie das? Sie ist vermutlich verpflichtet, einen Bericht zu schreiben, und das hier ist natürlich ein deutliches Warnsignal. Man wird Elliot in eine andere Pflegefamilie geben, die ihn auch adoptieren wollen wird, und dann ist er fort, als wäre er niemals mein gewesen.

Halt. Ich muss die Ruhe bewahren, ich darf es nicht noch schlimmer machen.

»Ich würde sagen, er hat Ihren Namen von irgendeinem Brief, der unter Ihrer Tür hervorgeschaut hat«, sagt Lydia schließlich. »Es macht gerade eine Betrugsmasche die Runde, wo Leute an die Tür klopfen und fragen, ob man Gartenarbeiten zu erledigen hat; sie geben einem eine Visitenkarte von ihrem Gartenbauunternehmen, so etwas. Es ist ein Vorwand, um sich im Haus umsehen zu können. Um es für einen zukünftigen Einbruch auszukundschaften. Sie wohnen hier in einer Wohnung und haben keinen eigenen Garten – also tun sie deshalb vielleicht so, als ginge es stattdessen um Drogen.« Sie zuckt die Achseln.

Ja. Vielleicht ist es das, was Sandra passiert ist. Jemand hat das Haus in Knightsbridge beobachtet – als Hausangestellte hatte sie einen regelmäßigen Tagesablauf, wo sie täglich zur gleichen Zeit gekocht, den Müll hinausgebracht, überhaupt die gleichen Aufgaben erledigt hat. Ihr Mörder könnte sie beobachtet und eine Schwachstelle in ihrem Tagesablauf gefunden haben: ihre Angewohnheit, die Hintertür zwischen den Gängen zu den Mülltonnen offen zu lassen. Und da könnte er beschlossen haben, genau dann zuzuschlagen. Die dunkle Gestalt im Überwachungsvideo. In diesen extrem wohlhabenden Gegenden würde man nicht an die Haustür klopfen und vorgeben, sich um Gartenarbeit zu bewerben, und sich schon gar nicht als Drogenkurier ausgeben – man würde um das Haus herumgehen und das Personal ins Visier nehmen.

Ich atme langsam aus. Dieser Mann hat meine Eignung für einen Raub überprüft, und Lydia glaubt mir. »Meinen Sie? Das klingt plausibel, so muss es sein«, sage ich. So ganz logisch ist es allerdings nicht. Ein Einbrecher, der sich als Gärtner ausgibt, ja. Aber doch nicht als Drogendealer. Wenn man ein Einbrecher wäre, würde man ein potenzielles Opfer doch nicht in Alarmbereitschaft versetzen wollen. Man würde nicht riskieren, dass derjenige die Polizei ruft und eine Begegnung mit einem Kriminellen meldet, bevor man die Gelegenheit hatte, die Wohnung auszurauben. Aber wenn Lydia mir glaubt, werde ich ihr nicht widersprechen.

»Halten Sie Tür und Fenster geschlossen. Vielleicht sprechen Sie mal mit Ihren Nachbarn?«, schlägt sie vor.

»Das mache ich.«

Lydia mustert mich. Blinzele nicht einmal, befehle ich mir, lass dir nichts anmerken. Als die Tür sich hinter Lydia schließt, lasse ich mich dagegen sinken und umklammere ihr leeres Glas so fest, dass es wehtut. Allmählich spüre ich meine Glieder wieder. Die Luft hier drin ist nicht mehr ganz so, wie sie es vorher war.

Man könnte hier mit einer Schusswaffe herumlaufen, und niemand würde es bemerken. Ich weiß, es wirkt wie ein normaler, dicht besiedelter Teil Londons, aber eigentlich ist Mayfair sehr ruhig. Die Häu-

ser hocken eins neben dem anderen – mein Wohnzimmer und deines teilen sich eine sorgfältig gestrichene Wand –, aber wir haben alle unsere Privatsphäre, das versichere ich dir. Viele der Eigentümer leben im Ausland, führen multinationale Konzerne oder ganze Länder, daher stehen ihre Häuser den größten Teil des Jahres über leer. Während der kühleren Monate sind in manchen Straßen von Mayfair schätzungsweise bis zu achtzig Prozent der Wohnhäuser verlassen; die einzigen warmen Körper gehören Wachleuten oder Hausangestellten, entsandt, das Laub aufzufegen. Abends behalte ich gern die Häuserreihe gegenüber im Blick: hinter jedem Fenster ein eingefrorenes Bild mit menschenleeren Stühlen und Tischen; eine fluchtartig verlassene Welt. Ich zoome die Kinderzimmer heran; sie wirken wie evakuiert, die winzigen Spielsachen zurückgelassen. Sind sie in ihr Sommerhaus gefahren oder mitten in der Nacht verängstigt weggelaufen? Könnte jemand, ein anderer Beobachter, diese Familie aus ihrem perfekten Leben gerissen haben? Mit dem Blick schiebe ich die Möbel von Zimmer zu Zimmer, während ich mir ihr Schicksal vorstelle. Mein privates Puppenhaus, wo ich das einzige Spielzeug bin. Natürlich ist dein *Haus mein eigentliches Ziel, aber mit diesen Nachbarn lässt sich gut üben.*

Meine Schwester hat nicht einmal gefragt. Sie nimmt einfach an, dass ich sie bei mir wohnen lasse. Das ist wohl auch in meinem Interesse, denn ich will sie dort haben, wo ich sie auch sehen kann. Ich stecke sie in das Zimmer mit dem kleinsten Fenster; die Aussicht ist durch den neuen Anbau am Nachbarhaus verstellt. Die Fensterbank ist sichtlich verstaubt, und um die Spiegeltüren des Kleiderschranks müsste man sich kümmern, aber mir fehlt diese Woche ein Hausmädchen, und ich selbst putze nicht.

Rita arbeitete seit fast zwei Jahren für mich, daher schlug ich ihr vor, ihre Tochter mitzubringen, damit ich sie kennenlerne. Ich musste mehrmals darauf beharren, bis sie eines Tages nach der Schule mit dem Mädchen herkam. »Sie putzen oben zu Ende«, sagte ich Rita. »Ich gehe mit ihr in den Park, die Enten füttern.« Danach gingen wir zu Harrods. Ich ließ dem Mädchen die Haare schneiden, dann wählte eine persönliche Kundenberaterin ein neues Kleid und Schuhe für sie aus; die alte Kleidung wurde entsorgt. Bei unserer Rückkehr wartete Rita schon an der Haustür, in heller Aufregung. Wortlos packte sie das Mädchen am Arm und ging, und seither habe ich nichts von ihr gehört oder gesehen. Nicht einmal eine schriftliche Kündigung.

Vermutlich bin ich zu weit gegangen. Manchmal verstehe ich etwas falsch, das weiß ich. Ich habe ihrer Tochter einen Einblick in eine Welt ermöglicht, von deren Existenz sie bis dato nichts gewusst hatte, die aber immer schon da gewesen war, wie Narnia hinter dem Schrank. Ich gab Rita das Gefühl, eine unzulängliche Mutter zu sein, und machte sie eifersüchtig. Das war nicht meine Absicht. Ich habe versucht, mich zu entschuldigen, aber auf meine Nachrichten hat sie nicht geantwortet. Ich bin sicher, sie ist eine sehr gute Mutter. Aber woher will man das wissen? Es gibt keine Prüfung, die man bestehen müsste; eine Zulassung ist nicht erforderlich. Obwohl man ohne Zulassung keine Schusswaffe besitzen und keine Antiquität nach Italien ausführen darf. Man muss eine Genehmigung beantragen, wenn man eine Vogelspinne als Haustier halten will; wenn man Tabak, Alkohol oder irgendein Glücksspielprodukt verkaufen will. Wenn man plant, einen Wettbewerb oder eine Lotterie zu veranstalten, ein Fahrzeug zu lenken oder auch nur fernzusehen, braucht man eine Genehmigung. In Dutzenden amerikanischer Bundesstaaten benötigt man eine Zulassung, wenn man in einem Friseursalon arbeitet und im Rahmen seiner beruflichen Tätigkeit jemandem das Haar schamponieren will. Und dennoch hat noch kein Land jemals eine Zulassung verlangt, wenn man ein Kind zeugen will. In China gab es das Genehmigungsverfahren nur, um die Einkindpolitik durchzusetzen. In Nordkorea muss deine Frisur vom Staat erlaubt sein, aber fortpflanzen kannst du dich nach Lust und Laune, gleichgültig, wer du bist.

Und so kam es zu dieser Situation, in der Kinder bei ungeeigneten, für sie gefährlichen Eltern festsitzen, und wir können nur sehr wenig dagegen unternehmen, bevor es zu spät ist. Wie sollen die Menschen das wissen und abends einschlafen, am Morgen wieder erwachen und in dieser Welt leben?

Ich kann nicht alle retten. Ich wäre mit dem Einen zufrieden gewesen. Ritas Kind interessiert mich eigentlich nicht, ich wollte Rita nicht als Mutter ersetzen. Ich will nicht irgendein Kind; nur den, der mir gehört. Wenn Kinder einem rechtmäßig gehören, wird man als Mutter alles tun, um sie zurückzubekommen.

10

Ich hole meine Post und die Werbung aus dem Erdgeschoss und achte darauf, dass nichts liegen bleibt, worauf Elliots oder mein Name steht. Dann rüttele ich an unseren Fenstern und überprüfe, ob die Schlösser gesichert sind. Ich hoffe, Lydia hat recht damit, dass der falsche Drogendealer in Wirklichkeit ein Einbrecher ist und in dem Beutel in seiner Hand nur Waschpulver war. In diesem Fall hätte er gesehen, dass es hier nur wenig von Wert gibt, und würde stattdessen jemanden in Hampstead oder Swiss Cottage ausrauben, bei dem es sich eher lohnt. Diese Wohnung sollte nie dauerhaft unser Zuhause sein. Selbst wenn ich das wollte – ich kann sie mir nicht leisten. Ich hatte von Anfang an geplant umzuziehen, sobald sie ihren Zweck, die Adoptionsvermittlungsstelle zu beeindrucken, erfüllt hat und Elliot mir offiziell zugesprochen wird. Unsere nächste Wohnung, unser echtes Zuhause, wird sicher sein. Was das heute betrifft, so wird Lydia es vergessen. Sie versteht, dass es bloß eine dieser Skurrilitäten war, die einem widerfahren, wenn man in London lebt. Es wird nicht gegen mich zählen. Aber so etwas ist mir noch nie passiert, und der Zeitpunkt, während eines so wichtigen Besuchs von Lydia – habe ich wirklich so ein Pech? Oder war das gar kein Zufall? Falls nicht, wer sonst könnte es sein, wenn nicht Elliots leibliche Eltern?

Ich hole den Schlüssel zu meiner Schreibtischschublade und nehme mir Elliots Mappe vor, gleich hier auf dem Fußboden. Ich arbeite mich durch die obersten sechs, sieben Dokumente, anscheinend kurze Aktennotizen darüber, wann und warum er aus seiner Familie genommen wurde. In einer wird eine Auseinandersetzung mit der Polizei erwähnt, und in der nächsten sind die Probleme seiner Eltern mit Substanzmissbrauch festgehalten. Ich wusste bereits, dass Elliots Eltern drogenabhängig waren, und hatte daher angenommen, dass die Polizei an irgendeinem Punkt involviert gewesen sein muss. Es gibt auch ein Arztbericht, in dem Mangelernährung festgestellt wird – das hat Lydia erwähnt, als er zu mir kam; dieses Problem wurde bereits bei seiner vorherigen Pflegefamilie angegangen, und mittlerweile sind seine Eisen- und Kalziumwerte wieder im normalen Bereich. Ich blättere weiter und arbeite mich durch die restlichen Dokumente. Dann merke ich, dass ich etwas lese, das ich bereits gelesen habe. Der Papierstapel ist durcheinandergeraten, und ich habe den Überblick darüber verloren, was ich schon gelesen habe und was nicht. Ich breite alles in einem Bogen um mich herum aus und sehe mir eins nach dem anderen an. Die Dokumente sind doppelt vorhanden. Die Formulierungen sind exakt gleich. Die meisten dieser Berichte sind Kopien. Ich bin am Ende angelangt. Elliot wurde in Obhut genommen, weil seine Eltern Drogenkonsumenten waren und mehrere Nachbarn wegen gewalttätiger Vorfälle die Polizei gerufen hatten. Ich hatte mir vorgestellt, hier etwas Substanzielleres zu finden, aber anscheinend ist das alles, was wir wissen. Nichts darin deutet darauf hin, dass seine Eltern fähig wären, einen ausgeklügelten Plan zu schmieden, um Elliot zurückzubekommen. Ob der Umfang dieser Informationen über die Vergangenheit eines Kindes normal ist? Womöglich hat er mehr verstörende Erinnerungen an seine Eltern, als in diesen Berichten festgehalten ist. Möglicherweise benötigt Elliot irgendeine Form von Therapie. Jetzt oder wenn er ein bisschen älter ist? Ich wünschte, ich könnte Doreen fragen.

Nachdem ich Elliots Mappe wieder in meinem Schreibtisch eingeschlossen habe, logge ich mich bei Facebook ein und rufe Doreens Profil auf. Es wäre so leicht, ihr eine Nachricht zu schreiben. Im Kopf beginne ich, eine zu formulieren, ordne meine Gedanken, liste alles auf, was ich sagen möchte. Das mache ich ständig, ist mir aufgefallen. In Verhandlungspausen bei Gericht oder in ruhigen Momenten bei polizeilichen Befragungen entwerfe ich im Kopf einen Brief an sie. Erst wenn weitergesprochen wird und ich wieder die Dolmetscherin im Raum bin, merke ich, dass ich das mache. In dem Sekundenbruchteil, wenn ich mir vorstelle, ihr einen Brief zu schicken, in dem ich alles erkläre, schmecke ich etwas Neues auf der Zunge: Erleichterung.

Ich scrolle auf meinem Telefon durch die letzten Fotos, die ich von Elliot gemacht habe. Da, das ist es. Vor zwei Wochen, Elliot spielte im Hyde Park: Es gelang mir, genau im richtigen Augenblick abzudrücken und ihn im Flug einzufangen, mit beiden Füßen in der Luft. Mit ausgestreckten Armen läuft er direkt auf die Kamera zu, als wollte er danach greifen, nach mir. Das ist das erste Foto, das ich Doreen schicken würde. Aber ich weiß, das kann ich nicht. Ich lege das Telefon hin und logge mich bei Facebook aus.

Bald darauf klingelt das Telefon. Hastig nehme ich es auf und wappne mich für eine Nachricht von Lydia. *Es tut mir leid, wir haben entschieden, Elliot jemand anderem zu geben.*

Es ist ein Anruf von Exia.

»Der hier ist nicht in der App – es ist dringend.« Seinen Namen habe ich nicht mitbekommen. Er ruft aus der Zentrale an. »Im Thorpe Park, in Surrey. Es hat da einen Vorfall gegeben. Ich brauche einen Französisch-Dolmetscher. ASAP.«

»Ich bin in North London. Nach dem Umsteigen in Waterloo benötige ich noch zwei Stunden bis dorthin.«

»Mit dem Auto sind Sie in einer Stunde da.«

»Ich habe kein Auto. Und es ist halb zwei; der Unterricht meines Sohnes endet um …«

Er unterbricht mich. »Wir schicken ein Taxi.«

»Sie haben mir nicht einmal gesagt, was passiert ist.«

»Danke, Revelle, die Angaben zum Taxi schicke ich Ihnen.«

»Warten Sie, ich …«

Er hat aufgelegt. Ich rufe in Elliots Schule an und veranlasse, dass er in die Nachmittagsbetreuung geht. Zwei Minuten später ist mein Taxi da.

Der Fahrer nimmt die A40. Imbissbuden weichen verschlafenen Golfplätzen und sehr blassgrünen Bäumen. Ich verbringe die Fahrt damit, mir in meinem Telefon die Attraktionen von Thorpe Park, einem Freizeitpark, anzusehen und mir auszurechnen, für wie viele Elliot schon alt genug ist. In zwei Jahren werde ich mit ihm hingehen, und er wird einen Freund mitnehmen. Er wird doch dann noch bei mir sein, oder? Noch einmal sehe ich nach, ob ich eine Nachricht von Lydia habe. Nein.

Nachdem ich vom Adoptionsgremium für geeignet erklärt wurde, erhielt ich per Post einen förmlichen Brief, in dem mir mitgeteilt wurde, dass die Entscheidung bestätigt worden sei. Dann kam, keine vier Monate später, ein Anruf, bei dem ich erfuhr, man habe ein geeignetes Kind namens Elliot für mich. Er war sechs Jahre alt. Während dieses Telefonats hatte ich das Gefühl, gewonnen zu haben; ich hatte über etwas triumphiert, was ich nicht benennen konnte. Doch nachdem ich aufgelegt hatte, rückte die Küche, in der ich stand, in den Mittelpunkt meines Blicks, so als sähe ich sie zum ersten Mal. Die Kochplatten, die Messer, der Gemüsehobel. Gegenstände, die unglaublich gefährlich für Kinder waren, aber lange nicht so gefährlich wie ich. Denn ich hatte keine Ahnung, was ich da tat. Wer um alles auf der Welt würde ein Kind in meine Obhut geben? Elliot wohnte bei einer Pflegefamilie in Greenwich, bei erfahrenen Pflegeeltern mit drei leiblichen Kindern und einem Malteser-Hund aus dem Tierheim. Für die erste Begegnung mit ihm fuhr ich zu ihnen nach Hause und wartete auf dem Sofa im Wohnzimmer, während eines der älteren Kinder Elliot aus dem Garten holte. Mein Magen fühlte sich an wie auf einem turbulenten Langstreckenflug, bei dem das Flugzeug in großer Höhe in ein Gewitter gerät und immer wieder ohne Vorwarnung absackt; der Körper wird an die Decke katapultiert, während die Seele – schutzlos – am Sitz klebt. Am nächsten Tag kehrte ich wie geplant wieder. Der Pflegevater ermunterte mich dazu, allein mit Elliot in den örtlichen Park zu gehen. Ich hatte ein bisschen

Schokolade mitgebracht, die ich herausholte, als wir an den Schaukeln waren. Elliot aß sie, natürlich. Aber ich kam mir sofort töricht vor, weil ich versuchte, einen kleinen Jungen mit Essen zu bestechen wie einen Hund, damit er mich mochte. Bei diesen ersten beiden Besuchen sah er mir nicht in die Augen. Es brauchte eine dritte Begegnung – einen Ausflug zur nächsten Eisdiele, erneut bestach ich ihn mit Essen –, bis er mir direkt in die Augen sah und lächelte. Ich schmolz schneller dahin als mein Karamelleis, bis ich nur noch eine klebrige süße Pfütze war.

Der große Tag kam, und Elliot zog in meine Wohnung in der Finchley Road ein. Ich verbrachte die Woche damit, seine Lieblingsgerichte zu kochen und einzufrieren: Makkaroni mit Käse, Spaghetti bolognese, Chicken Nuggets. Das Haus füllte sich mit Düften, die tröstlich und vertraut für Elliot waren. Seine Pflegefamilie gab mir seine Tasse und sein Essgeschirr aus Bambus mit, weil er Gefallen daran gefunden hatte und sie ihm bei seiner ersten Mahlzeit bei mir Kontinuität und Sicherheit vermitteln würden.

Lydia schenkte mir ein Buch über »intensive therapeutische Kindererziehung«. Der Grundgedanke darin ist, dass man die verlorene Zeit, das Leben, das das Kind vor einem, ohne einen gelebt hat, wettmachen kann, indem man sich gemeinsam für jedes verlorene Jahr eine Woche lang zu Hause zurückzieht. Sechs Wochen blieben wir abgesehen von den Schulstunden zusammen zu Hause und plauderten, lachten, spielten, sahen uns Zeichentrickfilme an, legten riesige Puzzles, backten Cupcakes und dachten uns Spiele aus. Da ich es mir nicht leisten konnte, gar nicht zu arbeiten, sagte ich Exia und der Polizei, dass ich für Einsätze, bei denen ich persönlich anwesend sein musste, nicht zur Verfügung stand, loggte mich stattdessen beim telefonischen Dienst LanguageLine ein, sobald Elliot einschlief, und dolmetschte für jede Stimme, die durchgestellt wurde. In den Pausen zwischen den Anrufen steckte ich den Kopf durch die halb geschlossene Tür des Kinderzimmers und holte mir eine Dosis Elliot. Es ereigneten sich genügend Festnahmen und Krisen in den frühen Morgenstunden, um die meisten Rechnungen bezahlen zu können.

Ansonsten hielten wir uns so genau wie möglich an den Tagesablauf, den er aus Greenwich kannte, ließen dabei aber ein wenig Raum, um unseren eigenen zu entwickeln. Wir blieben bei der Reihenfolge, an die er gewöhnt war: Schlafanzug anziehen, Zähne putzen, dann Vorlesen, Licht aus, Kuscheln und Gutenachtküsse. Wir machten Ausflüge zum nahe gelegenen Einkaufszentrum, wo er sich im Möbelhaus Dinge aussuchte, mit denen er sein Zimmer dekorieren wollte. Eine Lichterkette, die zusammen mit einem Sitzsack eine Leseecke schuf, während ein riesiges Plakat mit einer Darstellung von Spinnen und Käfern eine Wand belebte. Ich wünschte, diese sechs Wochen müssten niemals enden und wir könnten ewig in dieser privaten Welt leben. Als die Schulferien kamen, verbrachte ich sogar einen Nachmittag damit, mich über die Möglichkeit des Hausunterrichts zu informieren, bevor ich wieder zur Vernunft kam.

Jetzt hält das Taxi an, und der Fahrer sagt, wir seien da. Der Thorpe Park ist riesig, und es braucht drei quirlige Teenager in Golfwagen, zweimaliges Nachfragen bei dienstälteren Mitarbeitern über Funk und eine weitere Autofahrt mit einem Parkmitarbeiter, um mich dorthin zu bringen, wo ich gebraucht werde. Beim Anblick der Uniformen der Metropolitan Police bekomme ich weiche Knie. Hoffentlich ist es kein grausiger Unfall – ein französischer Tourist, der aus einer Achterbahn geschleudert wurde, und ein weiterer dieser fröhlichen Jugendlichen in der Zeit zwischen Schule und Studium, von denen mir drei den Weg hierher gewiesen haben, muss die einzelnen Körperteile suchen. Wir kommen in den Abschnitt des Vergnügungsparks, der The Jungle genannt wird. Entweder wurde dieser Bereich geräumt, oder die Besucher haben gespürt, dass es hier ein Problem gibt, und sind weitergezogen. Wie Bananen gestaltete Wagen schaukeln leer vor sich hin; eine Achterbahn steht still.

Ich entdecke die Klienten: Auf einem Rasenstreifen drängen sich ein halbes Dutzend Personen, von denen ich durch die geschlossenen Autofenster akustisch isoliert bin. Wir halten an. »Viel Glück«, sagt der Parkmitarbeiter am Steuer.

Ich zähle insgesamt sechs Polizeiwagen und vielleicht ein Dutzend Beamte. Einer von ihnen geht um die Gruppe herum und kommt mir entgegen.

»Alles, was wir auf Englisch aus ihnen herausbekommen haben, ist, dass ein dreijähriges Kind und eine über siebzigjährige Großmutter vermisst werden«, sagt er. »Und die Großmutter hat so was wie Alzheimer.«

»Sie haben sie irgendwo im Park aus den Augen verloren?«, frage ich.

»Allzu weit können sie nicht gekommen sein, aber man weiß nie. Es gibt nichts, was auf eine Entführung hindeutet. In diesem Stadium behandeln wir es als Missgeschick, aber jede Minute zählt.« Er wirkt müde. Er bemüht sich, wach und munter zu erscheinen, aber damit macht er es nur schlimmer. Wahrscheinlich kommt er gerade aus einer Nachtschicht, und dieser Notfall rückt seinen Feierabend wieder in weite Ferne. Hier sind so viele Polizisten, dazu noch die Beamten im Hubschrauber über uns. Ein vermisstes Kind ist etwas völlig anderes als der Mord an einer erwachsenen Person, aber unwillkürlich frage ich mich doch, ob Sandras Fall genauso viel Aufmerksamkeit bekommt, wenn man bedenkt, wie schnell er aus den Nachrichten verschwunden ist.

»Die Familie ist französisch?«, frage ich.

»Sie haben gesagt, sie leben in Kaiser-irgendwas, in der Nähe der deutsch-französischen Grenze.«

Er führt mich zu ihnen. Eine Frau steht abseits, sie bearbeitet mit dem Fingerknöchel ihre Schläfe: Sie muss die Mutter des Kindes sein. Der Rest der Gruppe, erfahre ich, sind Tanten, Onkel, Cousins und Cousinen. Ein kleiner Junge quengelt, seine Mutter soll mit ihm Geisterbahn fahren, solange es keine Schlange gibt.

Ein Onkel regt sich über die Warteschleifenmusik in der Telefonleitung seiner Botschaft auf.

Das Problem ist, sie sprechen nicht Französisch.

Ich nehme den Detective beiseite. »Exia hat mir gesagt, das sei hier ein Französisch-Einsatz.«

Er starrt mich böse an, als könnte er mich nicht verstehen.

»Tut mir leid, aber ich spreche kein Deutsch«, sage ich. »Da ist jemandem ein Irrtum unterlaufen.«

»Ich warte seit eineinhalb Stunden auf Sie. Sagen Sie nicht, dass man mir die falsche Dolmetscherin geschickt hat.« Er kneift sich in die Haut unterm Kinn, legt den Kopf in den Nacken und knurrt. »Sie müssen für mich in Erfahrung bringen, was Großmutter und Kind anhaben, was sie heute Vormittag gemacht haben, was die verschiedenen Familienmitglieder jeweils zueinander gesagt haben, welche Pläne sie für den Rest des Tages hatten. Okay?« Er hält inne. »Großartig, danke«, gibt er sich selbst die Antwort und klingt schon zuversichtlicher, als hätte er die lästigen Fakten, die ich ihm gerade dargelegt habe, bereits vergessen.

»Ich rufe die Agentur an, die finden jemanden für Sie.« Ich halte inne, weil zwischen zwei Männern der Familie ein Streit ausgebrochen ist. Der eine schubst den anderen, der rückwärtstaumelt und auf der Erde landet. Er bleibt unverletzt, aber er runzelt die Stirn; die Fassung zu wahren ist nicht mehr möglich. Salven von Deutsch – wer schuld ist und wer an der Reihe, die Großmutter bei sich aufzunehmen, wenn sie erst gefunden ist.

»Wissen Sie, was die da sagen?«, fragt der Detective.

»Nein.«

Einen Moment lang stehen wir schweigend da, während der Polizist die Familie beobachtet. Irgendwann kehrt sein Blick zu mir zurück.

»Sie haben doch gesagt, Sie sprechen kein Deutsch.« Er tritt näher und stört meine Konzentration. Meine Lippen müssen sich bewegt haben. Es ist so lange her, dass ihnen gestattet war, deutsche Laute zu bilden, dass sie dieser Gelegenheit, die Unterhaltung mitzuvollziehen, nicht widerstehen konnten und mitgespielt haben. »Sie wissen sehr wohl, was sie sagen, oder?«

Mein Gesicht spricht wohl Bände. »Ich verstehe nur wenige Worte.«

»Was haben Sie dem allem denn entnommen?« Er wendet sich von der Familie ab.

»Sie haben sich gestritten.«

»So weit war ich auch schon.«

»Sie sollten auf einen Deutsch-Dolmetscher warten.«

»Ich habe Ihnen doch gesagt, ich warte schon fast zwei Stunden!« Er massiert sich die Augenbrauen so energisch, als wollte er sie aus seinem Gesicht schieben. Eines meiner Lieblingswörter im Deutschen ist *Torschlusspanik*, die Angst, die einen befällt, wenn die Zeit, die einem zum Handeln bleibt, abläuft. Ich möchte, dass das Tor sich schließt. Schneller. Jetzt sofort. Tu nichts, was du bereuen würdest, sage ich mir. Schreie auf Deutsch ertönen, als die Mitglieder der Familie, die noch auf dem Rasen stehen, sich in zwei Gruppen aufteilen. Ein Polizist läuft hin und stellt sich zwischen sie.

»Irgendetwas ist da los. Ich muss wissen, worüber die reden«, sagt der Detective. Es scheint, als hätte es eine Abmachung gegeben, dass die Großmutter nach diesem Urlaub bei ihrem Sohn in Berlin wohnen sollte, doch besagter Sohn hatte wohl nie die Absicht, sich daran zu halten. Ist das eine für die Suche nach dem Kind relevante Information? Die Polizei sollte davon erfahren für den Fall, dass die Großmutter sich nicht verlaufen hat, sondern aus Groll in die Irre geleitet oder mit Absicht auf dem Teetassen-Karussell vergessen wurde.

Aber ich kann der Polizei nicht helfen. Nimm den Wunsch zur Kenntnis, sage ich mir, aber gib ihm nicht nach. Es ist das gleiche Gefühl, das manche Menschen erfasst, wenn sie dicht am Rand einer Klippe oder eines Hafens entlanggehen: der Impuls, das

Telefon, die Wertsachen oder sogar sich selbst hinabzustürzen. Anscheinend ist es Angst, aber es fühlt sich wie eine Versuchung an.

Die Männer streiten noch immer. Mein Verstand weiß, was das Beste für mich ist. Er zerhackt ihre Worte zu einer unverständlichen Suppe. »Sie sollten sie danach fragen, wie die Betreuung der Großmutter geregelt ist«, sage ich. »Es klingt, als empfänden manche Mitglieder der Familie sie als Last.«

»Was noch?« Seine Finger umfassen meinen Ellbogen, steuern mich von der Familie fort.

»Das ist alles.« Mehr nicht.

»Sie müssen mir helfen, sie zu befragen.«

»Ich bin nicht qualifiziert, Deutsch zu dolmetschen.«

»Probieren Sie's, kommen Sie, Sie sprechen es ganz offensichtlich besser, als Sie sich's anmerken lassen wollen.«

Meine Schuhe stemmen sich in den Boden. »Ich bin für diese Sprache nicht registriert. Ich würde gerügt, weil ich außerhalb meiner offiziellen Sprachen arbeite – wahrscheinlich würde ich aus dem Dolmetscherverzeichnis gestrichen.«

»Wir reden hier von Menschenleben. Ein dreijähriges *Kind* wird vermisst.«

»Ich spreche es nicht gut genug, tut mir leid.« Ich darf mich nicht darauf einlassen, auch wenn ein Kind vermisst wird. Dann schon gar nicht.

Ich reibe mir die Augen und sehe vor mir, wie die Großmutter die Hauptstraße überqueren will, aber von einem Lastwagen erfasst wird. Wie das Kind in die verschwitzten Arme eines Entführers wandert, wie der oder die Kleine in ein gestohlenes Auto voller männlicher Teenager mit toten Augen gelockt wird. Ein weiteres Lieblingswort: *Kopfkino*. Es beschreibt das Phänomen, wenn der eigene Verstand zum Filmemacher wird und einen Kurzfilm über die mögliche Weiterentwicklung einer Situation dreht, dem man sich nicht entziehen kann.

»Ihnen macht es nichts aus, dass ein dreijähriges Kind möglicherweise in Gefahr ist?« Jetzt liegt echte Verachtung in seiner Stimme. »Sie haben kein Problem damit, danebenzustehen und nicht zu helfen?« Dann, leise: »Haben vermutlich selbst keine Kinder.«

»Doch, na ja, in gewisser Weise, es ist kompliziert.«

Er schüttelt den Kopf. Mit einer Geste bedeutet er mir, den Mund zu halten, wenn ich ihm schon nicht helfen will. Natürlich mache ich mir Sorgen um dieses Kind. Ich werfe einen Blick zu der Frau, die ich für seine Mutter halte. Mein Sohn ist nicht in Gefahr, aber vielleicht verliere ich ihn auch gerade. Ich weiß, was sie empfindet. Nein, ich weiß es nicht. Was sage ich da? Elliot wird mir vielleicht weggenommen und einer anderen Familie gegeben, aber aller Wahrscheinlichkeit nach wäre die besser für ihn als ich, mit Geschwistern, zwei Elternteilen, Tanten, Onkeln, mehr Geld, einem besseren Haus. Ich bin einfach nur egoistisch. Ich mache mir nicht um Elliot Sorgen, sondern um mich selbst.

»Wenn Sie bloß Schiss haben, dass Sie Ärger bekommen …« Dann wendet er sich den beiden Männern zu, die wütend aufeinander einreden. »Ich schreibe das nicht in meinen Bericht. Ich werde Sie nicht als die Deutsch-Dolmetscherin nennen, aber falls Sie *irgendwas* von dem verstehen, was die da sagen, müssen Sie es mir sagen«, faucht er. *»Sofort!«*

»Ich würde ja gern helfen.« Mehr, als er ahnt. Aber meine Stimme klingt ausdruckslos, weil ich so sehr versuche, alles zurückzuhalten. Der Detective wirft mir einen Blick zu, der mich gleichsam an den Schultern packt und schüttelt. Sie wollen nicht, dass ich Ihnen hierbei helfe, würde ich ihm gern sagen. Jeder andere, nur ich nicht.

Dann geht eine Nachricht auf meinem Telefon ein.

Der Einsatz in Thorpe Park wurde Ihnen irrtümlich zugeteilt. Die Sprache ist Deutsch. Kollege ist unterwegs. Sie werden für eine Stunde plus Fahrzeit bezahlt.

Ich kann den Wagen schon sehen – in 3-D, keine Fata Morgana – und winke. Ich gehe darauf zu, als wäre ich es, der er helfen soll, nicht die Familie des Kindes.

»Ich glaube, da ist der Deutsch-Dolmetscher«, sage ich.

»Gott sei Dank.« Der Detective rennt bereits an mir vorbei. Ich bin unglaublich erleichtert, fast könnte ich vom Boden abheben und davonschweben. Gott sei Dank, wirklich. Ich muss mich einen Augenblick ausruhen. Ich hocke mich ins Gras und atme.

Sie haben den Vergnügungspark praktisch geschlossen. Jetzt wimmelt es hier von Polizisten und Suchmannschaften mit Warnschutzjacken. Ich gehe an einem Karussell namens Rush vorüber, einer riesigen Schaukel, die sich über zwanzig Meter hoch in die Luft schwingt. Niemand wird mir Bescheid geben, ob die Großmutter und das Kind gefunden wurden, oder mich überhaupt auf dem Laufenden halten. Es kommt ihnen nicht in den Sinn, dass die Dolmetscherin besorgt auf eine glückliche Auflösung warten könnte. Aber ich werde die Nachrichten verfolgen und hoffen, dass die Suche nicht lange dauert und alles gut ausgeht. Selbst wenn ich heute die Deutsch-Dolmetscherin gewesen wäre und stundenlang mit der Familie gearbeitet hätte, käme niemand auf die Idee, mich anzurufen und mir zu sagen, wie es ausgegangen ist. Falls die Großmutter und das Kind wohlbehalten gefunden werden, gehen die Polizisten nach der Arbeit garantiert einen trinken; zur Nachbesprechung nach einem nervenaufreibenden Tag und um auf den glücklichen Ausgang anzustoßen. Ich bin nur der Übersetzungsservice. Von mir erwartet man, dass ich emotional unbeteiligt bleibe, kaum menschlich, keinen Anruf wert, um mich zu beruhigen oder zu trösten.

Ich setze mich ins Karussell und hoffe, die Fahrt wird den heutigen Tag aus meinem Kopf verschrecken, so, wie bei Manie Aufputschmittel verschrieben werden; wegen des Ähnlichkeitsprinzips. Die Sicherheitsstange geht herunter und rastet ein. *Du bist nicht groß genug für die Karussells*, sagte meine Mutter immer, *es hat keinen Sinn, dass wir in den Vergnügungspark gehen*, obwohl selbst die kleinsten Kinder auf meiner Schule in den Ferien alle dorthin gingen. Ich hole tief Luft und mache mich bereit zu schreien.

11

Jetzt, über eine Woche nach ihrem Tod, ist Sandra wieder in den Nachrichten, da die Polizei noch immer niemanden wegen des Mordes an ihr verhaftet hat. Unterwegs zu Elliots Schule lese ich mir die neuesten Artikel durch und schaue mir ein weiteres Überwachungsvideo an, das die Polizei veröffentlicht hat. Dieses neue Video zeigt einen untersetzten Mann, der mit einer sehr großen Tasche durch Sandras Straße in Knightsbridge geht und sie regelmäßig absetzt und hinter sich herzieht, als könnten seine Arme das Gewicht nicht mehr tragen. Die Polizei bittet die Bevölkerung um Mithilfe bei der Identifizierung des Mannes, mit dem sie über das Verbrechen sprechen will. Eine Augenzeugin, eine Nachbarin der Erbin, wird in einem BBC-Bericht zitiert. Sie hat diesen Mann an dem Samstag, an dem Sandra ermordet wurde, auf der Straße, in der die Erbin wohnt, herumlungern sehen. Die Frau sagt, er habe sich schon oft dort herumgedrückt und Passanten gegenüber ein aggressives Verhalten an den Tag gelegt. Er ist ein hiesiger Obdachloser. Er könnte der Schatten im Video aus dem Garten der Erbin sein; das muss es sein, was die Polizei vermutet und warum sie ihn sucht. Allerdings gibt es nicht viel, anhand dessen man ihn identifizieren könnte: Sein Gesicht ist nicht zu erkennen, sein Haar ein gewöhnliches Braun, und er ist von durchschnittlicher Statur. An seiner Tasche ist nichts Bemerkenswertes. Wenn er keine Wohnung hat, hat er vermutlich auch keine Kollegen oder Nachbarn und nur wenige Angehörige und Freunde. Es wäre ein ziemlicher Glücksfall, wenn jemand dieses Video sähe und seinen Namen kennte.

Von der Schule aus gehen Elliot und ich zu dem Reparaturladen, um das Tablet abzuholen. Der junge Mann reicht es mir zur Prüfung über die Ladentheke – es sieht brandneu aus.

»Perfekt, danke.« Ich schiebe meine Karte über die Theke. Das Kartenlesegerät sagt: 45,99 Pfund. »Ich dachte, Sie würden nur vierzig Pfund nehmen?«

»Bildschirmreparatur für dieses iPad-Modell kostet 45,99.«

»Ich weiß, das ist der offizielle Preis, aber Sie haben es mir für vierzig angeboten.« Sein Blick ist ausdruckslos. »Erinnern Sie sich nicht?«

»Nicht ich setze die Preise fest, tut mir leid. Ich arbeite nur hier.«

Ich seufze leise. »Das haben Sie neulich auch gesagt.« Er sieht mich an, als wartete er darauf, dass ich eine Entscheidung treffe. Sechs Pfund hier und da – das summiert sich. Aber was soll ich machen – mich weigern zu bezahlen und das Gerät hier zurücklassen?

»Na schön.« Nachdem ich bezahlt habe, schiebe ich Elliot nach draußen, und er dreht sich um und ruft dem Mann ein fröhliches »Wiedersehen!« zu. Heute wünschte ich, mein Junge wäre nicht so freundlich zu Fremden.

Als wir nach Hause kommen, sagt Elliot: »Es tut mir leid, dass ich dem Computer wehgetan habe.«

»Wir regen uns alle mal auf.« Ich drücke seine Hand. Mir kommt der Gedanke, dass er wahrscheinlich die ganze Zeit Schuldgefühle hatte, so brüchig klang seine Stimme. »Es ist absolut total in Ordnung. Der Computer hat mir aufgetragen, dir zu sagen, dass er dir verziehen hat und den kleinen Urlaub in der Werkstatt sogar genossen hat.« Elliot kichert, und das Brüchige ist aus seiner Stimme verschwunden. »Zeit für die Hausaufgaben. Aber zuerst probierst du am besten das iPad aus, meinst du nicht? Siehst nach, ob es wieder richtig funktioniert?«

»Ja!« Er nimmt das Gerät und drückt es an die Brust.

»Zehn Minuten, dann Hausaufgaben, okay?«

Natürlich werden es dann zwanzig Minuten, und danach müssen wir Elliots Hausaufgaben im Eiltempo erledigen, während ich zugleich versuche, Abendessen zu machen.

Auf meinem Telefon erscheint eine Textnachricht.

Sind Sie zu Hause? Ich bin in zehn Minuten da.

Bevor ich Gelegenheit habe, ihr zu antworten, steht Lydia schon vor der Tür. Meine innere Stimme sagt: Das war's. Unsere Sozialarbeiterin hat den Tag damit verbracht, eine alternative Pflegefamilie für Elliot zu organisieren, und jetzt ist sie hier, um ihn abzuholen. Ich öffne ihr die Tür und setze ein unechtes Lächeln auf. Mein Körper blockiert die Tür, sodass sie nicht hereinkann. Sei nett zu ihr, sage ich mir, und lass sie deine Panik nicht sehen. Mit einer schwungvollen Handbewegung trete ich beiseite und winke sie herein.

»Ich war in der Gegend, und da fiel mir ein, dass ich vergessen habe, Sie das hier unterschreiben zu lassen«, sagt sie. »Damit bestätigen Sie bloß, dass ich gestern hier war.« Sie hat ein einzelnes Blatt Papier in der Hand und deutet mit dem Finger auf die Stelle, an die ich meine Unterschrift setzen soll, während ihr Blick durch den Raum wandert. Ich glaube ihr nicht. Bisher musste ich ihr noch nie so etwas unterzeichnen. Das ist ein bewusst unangekündigter Besuch, um nach dem Vorfall mit dem Drogendealer nach uns zu sehen. Auf der Arbeitsplatte in der Küche herrscht Chaos. Der Kurzzeitwecker am Herd klingelt, während der Kühlschrank piept, weil ich die Tür offen gelassen habe. Ich bin unorganisiert und völlig erledigt.

»Es findet alles hier drin statt, ja?«, sagt Lydia.

Das Gas unter dem Stieltopf muss neu angezündet werden, und falls das nicht beim ersten Mal gelingt, breche ich womöglich in Tränen aus. Sie wollte mich überrumpeln, und das ist ihr gelungen.

»Wie geht es dir, Elliot?« Lydia geht durchs Wohnzimmer zum Esstisch und bückt sich, um ihm über die Schulter zu spähen. Elliot gibt ein leises »Hi« von sich, das Kinn an die Brust gedrückt.

Es ist zehn vor fünf, und wir machen seit einer halben Stunde Hausaufgaben. Aus der Schule kamen Arbeitsmaterialien, und es ist offensichtlich, dass Elliot beträchtlich hinter den anderen Kindern herhinkt, in fast allen Bereichen. Sechs Jahre alt, und seine Klasse schreibt bereits richtige Tests. Ich möchte nicht, dass Elliot sich als Versager fühlt. Eines Abends änderte ich die »Klang der Woche«-Frage auf seinem Arbeitsblatt zu einer, von der ich sicher war, dass er sie beantworten konnte.

»Er macht seine Hausaufgaben«, sage ich Lydia. Heute sind es ein Rätsel, bei dem er Zahlen verbinden muss, und ein Blatt mit Rechenaufgaben. Er braucht so lange, bis er zur Ruhe kommt und sich richtig konzentriert. Ich versuche, ihn zu beaufsichtigen, während ich koche, aber jedes Mal, wenn ich mich abwende, um nach dem Essen zu sehen, legt er die Rechenaufgaben beiseite, und wenn ich zurückkomme, hält er einen Buntstift in der Hand. Er will nur malen.

»Das gefällt mir«, sagt Lydia zu Elliot. »Es ist sehr gut. Ist das deine Mum?«

»Nein, das ist Sandra.« Eine Sekunde glaube ich, ich habe mich verhört. Sandra. Das hat er gesagt. An der Arbeitsplatte fällt mir das Messer mit der gezahnten Klinge aus der Hand und streift im Fallen mein nacktes Bein. Lydia kann es von dort, wo sie steht, nicht gesehen haben. Ich reagiere nicht.

»Wer ist Sandra?«, fragt Lydia. In dieser Phase des Adoptionsprozesses sollten neue Personen dem Kind sehr behutsam vorgestellt werden. Ich will Lydia nicht erzählen müssen, dass ich Elliot in der Obhut von jemand anderem gelassen habe. Ich darf es nicht. Nicht nach diesem Drogendealer-Anschlag gegen mich. Sag nichts von dem Tag bei Gericht, als sie mit dir zur Toilette gegangen ist, flehe ich Elliot stumm an, bitte hab das vergessen.

»Sie hat ein Bild von mir gemalt«, sagt Elliot. Ich laufe zum Tisch, um mir anzusehen, was Lydia sieht. Bleib gelassen, sage ich mir, nur nicht überreagieren, das erregt nur ihren Argwohn. Die

Sozialarbeiterin sieht Elliot schweigend beim Malen zu. Ich stelle mir vor, es wäre ein Phantombild der Polizei, und Lydia erkennt Sandra Ramos aus den Nachrichten wieder. Dann weiß sie, dass ich meinen Sohn bei einer Frau gelassen habe, die brutal ermordet wurde. Im Verein mit dem Drogendealer-Vorfall wird sie das zu der Auffassung gelangen lassen, dass ich Verbindungen zu Kriminellen habe und in keiner Weise geeignet bin, diesen Jungen aufzuziehen. Doch das mit lila und gelben Buntstiften gemalte Bild ähnelt der echten Sandra überhaupt nicht. Er ist sechs – natürlich ähnelt es ihr nicht. Es sind nur ein paar wilde Kringel, mehr nicht. Sandra ist ein weit verbreiteter Name. Es ist verrückt, zu denken, dass Lydia sofort zu diesem Schluss kommt, selbst wenn sie über den Fall unterrichtet ist. Meine Schultern entspannen sich. Ich zupfe Zwiebelhaut von meinen Fingern.

»Das ist nett von ihr«, sagt Lydia, als ich wieder an den Herd gehe.

»Aber jetzt ist sie weg«, sagt Elliot. Ich schließe die Kühlschranktür mit dem Fuß, ein bisschen zu schwungvoll, sodass das Gerät erbebt. Bitte, Elliot, würde ich gern sagen, sei einfach still. Heute hat er mich doch noch gefragt, was mit Sandra los ist, und ich habe ihm wie geplant erzählt, sie sei zurück auf die Philippinen gegangen, deshalb werde er sie leider nicht wiedersehen. Was hätte ich sonst sagen können? Die erste Person, die ich ihm in seinem neuen Leben vorstelle, wird nicht einmal zehn Tage später ermordet.

»Das ist schön, Elliot.« Ich gehe wieder zum Tisch. »Sollen wir es an den Kühlschrank hängen?« Ohne seine Antwort abzuwarten, nehme ich das Blatt an mich. »Jetzt mach deine Zahlen-verbinden-Aufgabe fertig, ja? Dann kannst du vor dem Baden ein bisschen fernsehen.«

Lydia folgt mir in die Küche. Ja, gut, ich muss sie von Elliot wegholen. »Ich habe heute an Sie gedacht«, sagt sie. »Ich brauchte bei der Arbeit einen Dolmetscher.«

»Ach?« Ich lasse mir Zeit damit, das Bild an den Kühlschrank zu hängen, um sie nicht ansehen zu müssen.

»Sie sind hyperpolyglott, richtig?«

»Im Allgemeinen spricht man ab elf Sprachen davon, dass jemand hyperpolyglott ist. Ich spreche zehn.«

»Eine zu wenig.« Eigentlich stimmt das nicht. »Jedenfalls, haben Sie schon mal im Bereich Kinderschutz gearbeitet? Meine Vorgesetzte sagt, wir haben bei mehreren Sprachen oft Schwierigkeiten, Dolmetscher zu finden.« Ich ordne die Magneten neu an, gebe vor, mir Zeit zu lassen, weil ich das Bild an genau die richtige Stelle hängen möchte.

»Eigentlich mache ich nur Gerichts- und Polizeisachen«, erwidere ich im ausdruckslosesten Ton, den ich zustande bringe, so als wäre meine Arbeit langweilig und würde mich eigentlich nicht interessieren. »Sie wissen schon, juristische Sachen und Kriminalfälle.« Mit angehaltenem Atem warte ich auf ihre Antwort. In all den Gesprächen, die ich bisher mit Lydia über die Arbeit geführt habe – habe ich da je einen Einsatz mit Kindern erwähnt? Nein, dazu hätte ich es auf keinen Fall kommen lassen. Als ich den Adoptionsantragsprozess durchlief, sprach sie mit einem Account-Manager bei Exia, um sich zu vergewissern, dass ich bin, wer ich zu sein behaupte, und dass meine Angaben zu meinem durchschnittlichen Einkommen und meinen Qualifikationen zutreffen. Aus Datenschutzgründen kann die Agentur bezüglich meiner Einsätze nicht ins Detail gegangen sein, selbst wenn das Thema zur Sprache gekommen sein sollte. Mach keinen Fehler, indem du überreagierst, sage ich mir erneut. Sie wird es nicht erfahren, wenn ich mich nicht selbst verrate.

»Manchmal brauchen wir einen Dolmetscher, wenn wir ein Kind aus seiner Familie nehmen, für die Familienbegleitung, für Gespräche, so etwas«, sagt sie und beobachtet, wie ich die Ecken des Blatts andrücke.

Wo ist dieser unbeteiligte Tonfall von eben hin? Ich brauche ihn noch einmal. »Falls Sie mal in der Klemme sitzen«, sage ich unverbindlich, »rufen Sie mich an. Wenn es eine meiner Sprachen ist, kann ich vielleicht helfen.« Das ist das, was Lydia vermutlich zu hören erwartet; das, was ein normaler Mensch in dieser Situation anbieten würde. Exia wird ihr nicht gesagt haben, dass ich Einsätze im Bereich Kinderschutz oder für das Jugendamt ausgeschlossen habe. Von der entsprechenden Notiz in meiner Akte wird sie keine Kenntnis haben.

Soweit Lydia weiß, war mein allererster und einziger Kontakt mit dem Jugendamt mein Antrag auf Adoption eines Kindes letztes Jahr. Woher soll sie wissen, dass es nicht der erste Kontakt war? Davon könnte sie nur durch Doreen erfahren haben. Selbst wenn Doreen weiter als Sozialarbeiterin gearbeitet hätte, wäre sie jetzt im Ruhestand, und es ist unwahrscheinlich, dass sie zeitgleich mit Lydia beim Jugendamt war. Ich muss mir keine Sorgen machen, dass sie sich womöglich kennen und miteinander reden. Aber wie wäre es, wenn Doreen und ich wieder miteinander reden würden? Ich denke an ihre Facebook-Seite. Ihr Profilbild ist ein Panoramafoto von ihr an einem cremeweißen Strand. Natürlich sind wir keine »Freunde«, und die meisten ihrer Bilder und Posts sind für mich nicht sichtbar, doch die fünf Fotos, die öffentlich sind, scheinen durchs Fenster eines Hubschraubers aufgenommen worden zu sein. Die Stadt unten am Boden könnte sehr gut in Australien liegen, wohin sie hatte auswandern wollen. Doreen ist am anderen Ende der Welt. Ich kann später wieder Kontakt zu ihr aufnehmen, wenn Elliot rechtmäßig und unwiderruflich mir gehört. Aber im Augenblick darf ich nicht riskieren, dass sie hier hineingezogen wird.

»Tja, ich habe bekommen, weswegen ich hier bin«, sagt Lydia und winkt mit ihrem Formular. »Dann lasse ich Sie mal mit Ihrem Abend weitermachen.«

Ich danke ihr und bringe sie zur Tür.

Während Elliot badet, frage ich ihn, warum er ein Bild von Sandra malen wollte.

»Wo sind die Philippinen?« Er sagt Philip-Pinien.

»Sie liegen in Südostasien. Sehr weit weg von hier.«

»Können wir da hinfahren?«

Ich schüttele den Kopf. »Es ist zu weit weg.«

»Und in den Ferien? Sanjay aus der Schule fährt über Weihnachten nach Thailand.« Ich weiß nicht, wer Sanjay ist, aber seine Familie hat eindeutig viel mehr Geld als ich.

»Flugtickets sind sehr teuer. Eines Tages. Aber im Moment habe ich leider nicht genug Geld dafür.«

Während Elliot sich die Zähne putzt, denke ich an den einen Urlaub, den ich mit meiner Mutter gemacht habe. Damals arbeitete sie noch in England – das war vor den ganzen Umzügen und dem Länder-Hopping. Es war nichts Exotisches. Wir fuhren für eine Woche nach Suffolk, in der kühlen Nachsaison, da war das Hotel bestimmt billig. Die kleine Stadt, Aldeburgh, hatte sehr schlechten Mobilfunkempfang, deshalb beanspruchte in den gesamten sieben Tagen niemand die Aufmerksamkeit meiner Mutter. Der Strand war voller großer Steine, manche davon praktisch Felsbrocken, und so stolperten wir morgens eher am Meer entlang, als dass wir spazieren gegangen wären. Es regnete ziemlich viel, und die Einheimischen blieben zu Hause. In dieser Woche hatte man das Gefühl, wir wären die einzigen beiden Menschen auf der ganzen Welt.

»Wir werden in Urlaub fahren«, sage ich zu Elliot. »Du und ich, eines Tages. Versprochen.«

Sobald Elliot im Bett ist, mache ich mir einen Entspannungstee. Ich glaube, ich habe Lydias Prüfung bestanden. O Gott, ich hoffe, das war die letzte. Ich werde darauf achten, dass nicht noch einmal solch eine Unordnung in unserer Wohnung herrscht für den Fall, dass sie einen weiteren spontanen Besuch macht.

Nachdem ich Elliots Schultasche gepackt habe, spüle ich zu Ende. Als ich mein Portemonnaie in die Hand nehme, um es wegzuräumen, ist es ungewöhnlich schwer. Da ich kein Bargeld mehr bei mir trage, weiß ich nicht, woran es liegen könnte. Ich öffne den

Reißverschluss und sehe ins normalerweise leere Münzfach. Jetzt ist es voller Münzen in allen Farben und Währungen. O nein.

Auf Zehenspitzen schleiche ich zu Elliots Zimmer und schiebe behutsam, damit er nicht wach wird, die Tür auf. Die Fensterbank ist leer. Mein Feilschen mit dem Computerreparaturmann, das Gerede über teure Urlaube – Elliot hat begriffen, dass Geld ein bisschen problematisch für mich ist, natürlich hat er das; Kinder merken so etwas. Aber ich hätte nicht zulassen dürfen, dass er etwas davon mitbekommt. Nicht bei seiner Vergangenheit und allem, was er durchgemacht hat. Es ist meine Aufgabe, ihn von Sorgen um Dinge wie Geld abzuschirmen. Ich leere die Geldbörse auf den Teppich und breite die Münzen aus. Wenn er morgen in der Schule ist, lege ich sie zurück. Ich werde sagen, die Bank hätte das Geld meinem Konto gutgeschrieben, aber er dürfe die Münzen trotzdem behalten, weil sie zu seiner besonderen Sammlung gehören. Ich drehe eine Münze nach der anderen um und lese den Aufdruck. Abgesehen von seinem Stoffdrachen sind diese Münzen der einzige echte Besitz, den er hatte, als er zu mir kam. Ich weiß, wie viel sie ihm bedeuten. Ein dumpfer Schmerz breitet sich in meiner Brust aus. Ich verdiene ihn nicht, ich weiß, und Lydia würde mir wahrscheinlich zustimmen. Einer der Euros glänzt noch so sehr, dass ich mich darin spiegele.

12

Meine neue Morgenroutine besteht darin, aufs Telefon zu sehen, sobald ich wach bin, und nach Neuigkeiten über den Mord an Sandra zu suchen. Heute gibt es wieder einmal nichts. Falls diese Woche jemand zur Polizei gegangen ist und den Obdachlosen mit der Tasche aus dem Überwachungsvideo identifiziert hat, hat die Polizei das nicht an die Presse gegeben. Erneut rufe ich den BBC-Artikel auf, in dem eine Nachbarin der Erbin angibt, den Mann mit der Tasche schon oft gesehen zu haben. Der Artikel nennt den Namen der Nachbarin nicht, daher kann ich sie nicht nachschlagen. Stattdessen suche ich bei Twitter und auf Facebook nach Kommentaren, die glaubwürdig erscheinen. Auf Facebook finde ich eine geschlossene Nachbarschaftsgruppe namens *SW3/SW1X*, das sind die Postleitzahlen von Knightsbridge und dem benachbarten Chelsea. Ich aktualisiere mein Profilbild, gebe als Standort die Straße der Erbin an und bitte um Aufnahme in die Gruppe. Eine Stunde später bin ich aufgenommen und sehe, dass die Gruppe den Mord an Sandra erörtert hat. Eines der Mitglieder hat die beiden von der Polizei veröffentlichten Überwachungsvideos verlinkt: das aus der Kamera der Erbin im Garten hinter ihrem Haus, das zeigt, wie Sandra zu den Mülltonnen geht und die Tür offen lässt, wonach sich eine schattenhafte Gestalt nähert; und das von der Straße, an der das Haus der Erbin steht, das den untersetzten Mann mit der großen Tasche zeigt.

Das ist er, hat jemand in der Facebook-Gruppe dazu geschrieben. *Den habe ich schon mal gesehen. Er ist ein Obdachloser, der in der Gegend bekannt ist. Er ist aggressiv, spuckt immer, murmelt vor sich hin. Ich konnte der Polizei keine bessere Beschreibung geben. Ehrlich gesagt meide ich ihn und halte mich von ihm fern. Das ist er. In beiden Videos.*

Andere Gruppenmitglieder melden sich zu Wort, die meisten pflichten dem bei. Auch sie haben den Mann in der Gegend bemerkt; er macht ihren Kindern Angst. Niemand hat sein Gesicht so gut gesehen, dass er der Polizei bei der Präzisierung des Phantombilds helfen könnte. Sie fragen sich, ob er die Nachrichten verfolgt und weiß, dass die Polizei nach ihm sucht.

Mein Telefon piept. Ich logge mich bei Facebook aus. Ich werde später nachsehen, ob diese Nachbarn noch etwas über Sandra geschrieben haben. Auf meinem Telefon ist eine Nachricht von Lydia eingegangen, die mir schreibt, ich solle nach der Post sehen. Beim ersten Gerichtstermin zu Elliots Adoption habe es eine Änderung gegeben, und man habe mir Dokumente zugesandt, die kurz erläutern, wie es jetzt weitergeht. *Ich will Sie nicht unnötig beunruhigen. Wir müssen dem System seinen Lauf lassen.* Das klingt ominös. Ich stehe auf und gehe zum Briefkasten. Die zu langen Beine meines Schlafanzugs schleifen über den schmutzigen Boden. Der Briefkasten ist leer.

Als ich später wieder nach Hause komme, nachdem ich Elliot zur Schule gebracht habe, sehe ich eine Postbotin auf einem roten Fahrrad davonfahren. Das Schreiben des Gerichts ist zugestellt worden. Ich reiße den Umschlag auf und überfliege es.

Der Widerspruch der Mutter gegen die Adoption gemäß § 47 (5) Gesetz über die Adoption von Kindern von 2002 wurde zugelassen.

Ich lese den Satz erneut. Elliots leibliche Mutter versucht, ihn zurückzubekommen. Den Dokumenten in Elliots Mappe zufolge war sie drogenabhängig. Kann sie sich so schnell gebessert haben? Genug, um das Gericht zu beeindrucken und den Richter davon zu überzeugen, dass Elliot zu ihr gehört? Meine Knie geben nach, und ich sacke auf den Bürgersteig. Ich lese das Schreiben zu Ende. Der Widerspruch von Elliots leiblicher Mutter gegen eine Adoption wurde zugelassen, und deshalb werden jetzt seine vorherige Pflegefamilie in Greenwich und ich als Zeugen vorgeladen. Ich werde vor Gericht erscheinen müssen. Der Beton ist feucht, und ich spüre, wie die Feuchtigkeit in den Stoff meiner Hose sickert. Ich muss aufstehen und hineingehen. Ich habe für heute Vormittag einen Einsatz angenommen, in einer Polizeiwache in East London. An dieser Situation kann ich nichts ändern, und ich kann nicht den ganzen Tag hier sitzen und immer wieder den Brief lesen. Ich werde vor Gericht erscheinen und sagen, was ich sagen muss, um Elliot behalten zu können.

»Ich will nicht Dolmetscher«, sagt die Ungarin den beiden Detectives auf der anderen Seite des Tisches, als ich auf der Polizeiwache eintreffe. »Sagen ihr – gehen.« Ich sitze neben der Klientin, die sich von mir wegdreht, während sie versucht, mich aus der Unterhaltung zu drängen. Die Leute sind häufig beleidigt, wenn ein Polizist andeutet, dass sie für ihre Vernehmung eine Dolmetscherin benötigen. Sie werden ungehalten, und man verliert Zeit damit, sie davon zu überzeugen, dass es eine gute Idee ist, sich von mir helfen zu lassen.

»Wir brauchen die Dolmetscherin, um sicherzustellen, dass wir alles richtig verstehen«, sagt einer der Detectives.

»Ich spreche Englisch. Englisch!«, ruft die Klientin und beugt sich über den Tisch.

»Das sehe ich«, erwidert der Detective. »Aber dies ist eine offizielle Vernehmung, und wir müssen sicherstellen, dass Sie genau verstehen, was passiert.« Wenn deutlich wird, dass jemand nicht absolut fließend Englisch spricht, besteht die Polizei auf dem Einsatz eines Dolmetschers, damit die Verteidigung hinterher nicht behaupten kann, es habe ein sprachliches Missverständnis gegeben, um Beweise abzulehnen.

»Sagen ihr – gehen«, verlangt sie nochmals. Ich sitze schweigend da, während die Detectives versuchen, ihre Verdächtige dazu zu bringen, dass sie mich helfen lässt.

Ich denke an den Brief vom Gericht, der in meiner Handtasche steckt. Heute Nacht werde ich nicht schlafen. Ich werde wieder diesen Albtraum haben, in dem ich mitten in der Nacht aufs Klo gehe und die Anordnung der Räume in der Wohnung sich unerklärlicherweise verändert hat. In den wenigen Stunden, die ich geschlafen habe, ist nicht nur Elliot verschwunden, sondern sein ganzes Kinderzimmer, und die Wand, in der sich die Tür befand, ist so glatt, als hätte es dieses Zimmer nie gegeben. Ein bitterer Gedanke kommt mir: Ich hatte recht, Richard kein Foto von Elliot zu schicken, denn man *wird* ihn mir wegnehmen.

Wie soll ich das alles Elliot erklären? In gewisser Weise versteht er, wo wir im Adoptionsverfahren stehen und was es bedeutet, wenn es irgendwann abgeschlossen ist. Gestern fragte er beim Frühstück, ob ich auch adoptiert sei. Ich hätte damit rechnen sollen, dass er mich ziemlich bald nach meinen Eltern, seinen Großeltern, fragen würde, doch ich hatte nichts vorbereitet und sagte, meine Mutter lebe weit weg. Als er nachfragte, verhaspelte ich mich, und meine Antworten waren sicher auch für einen Sechsjährigen als Lügen erkennbar.

»Sie ist keine Ungarin«, sagt die Frau im Vernehmungsraum der Polizei und ignoriert mich noch immer. Dann lässt sie einen Hagel ungarischer Flüche los – Ungarisch ist unbestritten die Sprache mit dem größten Reichtum an Kraftausdrücken. Sie wechselt wieder zu Englisch und sieht mich zum ersten Mal an. »Sehen Sie?«, sagt sie zu den Detectives. »Sie versteht nicht.«

»Ich verstehe«, sage ich auf Ungarisch und dann auf Englisch. Sie zeigt mir wieder die kalte Schulter.

Es mag einige wenige der extremsten ungarischen Kraftausdrücke geben, mit denen ich nicht vertraut bin, aber die meisten kenne ich. Wenn man fünfzehn ist und eine neue Sprache lernt, sind Schimpfwörter das, was man sich zuerst einprägt.

Gabriella, eine Klassenkameradin auf meiner Moskauer internationalen Schule, malte immer in dicken, verschnörkelten rosa Buchstaben ungarische Obszönitäten auf meinen Naturwissenschaftsordner. Ich denke an den Tag, an dem ich nach dem Klingeln in die Bibliothek ging, um ein Buch zurückzugeben, und meine Mutter entdeckte. Sie kam sonst nie in die Schule. Nicht ein einziges Mal hatte sie mich abgeholt. Es musste etwas passiert sein. Also folgte ich ihr, und als sie ins Büro der Direktorin ging, setzte ich mich auf dem Flur auf den freien Platz neben Gabriella, die auf den Beginn ihres Nachsitzens wartete. Meine Mutter sprach laut – eine Dozentin, die es gewohnt war, zu uninteressierten Studierenden zu sprechen. Ihre Stimme durchdrang mühelos Mrs Eades' geschlossene Tür.

»Ich hatte gehofft, Sie könnten das ermöglichen – meines Wissens haben Sie eine Partnerschule in Marseille?« So erfuhr ich, dass ich nach nur einem Halbjahr in Russland nach Frankreich ziehen würde. Mrs Eades' Antwort hörte ich nicht. »Nächste Woche ist ein wichtiges internationales Symposium«, fuhr meine Mutter fort. »Es ist sehr hoch angesehen. Ich halte einen Vortrag – er wurde sogar für die Hauptpräsentation ausgewählt. Und danach besteht für mich die Möglichkeit, als Gastdozentin dort zu bleiben.« Dann schwieg meine Mutter einige Minuten lang. »Ich *weiß*, dass sie Prüfungen hat, aber ich kann mir das Internat nicht leisten.«

Gabriella hielt den rosa Stift auf meiner Mappe still und lauschte der zunehmend schrillen Stimme meiner Mutter, die durch den Flur tönte. »Was schlagen Sie also vor, was ich mit ihr machen soll?« Meine Mutter klang genervt. Ich senkte den Blick und spielte mit den klobigen schwarzen Armreifen an meinen Handgelenken – ich hatte die russische Liebe zu allem, was mit Goth-Kultur zu tun hatte, begeistert übernommen –, verlegen darüber, dass Gabriella das alles hörte und Mrs Eades sich mehr um mich sorgte als meine eigene Mutter. In den nächsten Minuten sprach die Lehrerin so leise, dass ich nur jedes dritte oder vierte Wort verstehen konnte. Aber es war unverkennbar, dass sie meiner Mutter die Leviten las.

Unvermittelt öffnete sich die Tür. Meine Mutter funkelte mich an, ihre Wangen waren so rot wie Lenins Mausoleum, das ich erst eine Woche zuvor besichtigt hatte. Ich stand auf und folgte ihr vom Schulgelände. Was Mrs Eades ihr auch gesagt haben mochte, es hatte gewirkt. Wir blieben bis zum Ende des Schuljahrs in Moskau. Bis dahin sprach ich sowohl Russisch als auch Ungarisch fließend. Das war das Jahr, in dem ich mir fest vornahm, so viele Sprachen wie möglich zu lernen, und in jedem freien Augenblick lernte und Sprechen übte. Ich wollte meine Mutter mit meinem Sprachrepertoire beeindrucken, aber sie fand es nicht bemerkenswert, selbst wenn meine Lehrer an den verpflichtenden Elternsprechtagen ins Schwärmen gerieten. Es gefiel mir, dass meine Mutter in diesen fremden Ländern manchmal auf mich angewiesen war. Sie hielt ihre Vorlesungen auf Englisch und hatte nie viel Zeit oder Lust, die jeweilige Sprache zu erlernen, deshalb war ich immer die stärkere Kommunikatorin, egal, wo wir waren. Hin und wieder beobachtete ich, wie sie mit einem offiziellen Formular kämpfte und in einem zweisprachigen Wörterbuch etwas nachschlug, bis sie schließlich nachgab und mich bat, es auszufüllen. Sie wollte mich nicht, aber manchmal brauchte sie mich.

Genauso wie diese Ungarin mich jetzt braucht. Der Detective mir gegenüber stellt seine erste Frage, und es ist offensichtlich, dass ich sie der Klientin in ihrer Sprache wiederholen muss. Die Klientin ist Pflegerin. Einer ihrer betagten Patienten starb allein zu Hause, und die Polizei hat sie im Verdacht, seiner Familie weiterhin Rechnungen für die Pflege ihres Familienoberhaupts gestellt zu haben, bis die Angehörigen vier Wochen später schließlich nachforschten, warum er nicht ans Telefon ging. Da hatte sie sich offenbar bereits an seinem Bargeld und seinen Wertsachen bedient.

»Na gut«, sagt die Klientin und nickt mir zu. »Sie kann reden.« Die nächste Frage bringt die Frau schon in Verlegenheit. Ich übersetze sie ihr zweimal auf Ungarisch. Ohne mich wäre die Befragung zu Ende. Falls sie getan hat, was man ihr vorwirft, hat diese Frau das vollkommene Vertrauen, das in sie gesetzt wurde, ausgenutzt. Häusliche Pflegekraft bei älteren Menschen ist kein sehr begehrter Beruf, das ist mir klar, aber wer sonst hat so viel Macht? Man hat die letzten Lebensjahre eines Menschen in der Hand, die Leute sind einem körperlich nicht gewachsen, häufig auch geistig nicht; keine Zeugen, die mit ansähen, wozu man seine Überlegenheit nutzt.

Sie leugnet, den alten Mann bestohlen zu haben. Zweifellos wurde sie schlecht bezahlt; wir bringen Alten- und Krankenpflegekräften nicht genug Wertschätzung entgegen. Vielleicht fand sie, ihr stände ein kleiner Bonus zu, nachdem er gestorben war. Aber seine Leiche wochenlang auf dem Fernsehsessel liegen und verwesen zu lassen? Da muss man sich doch fragen, wie viel Respekt und Pflege sie ihm zu Lebzeiten hat angedeihen lassen. Und ich merke, dass sie lügt, ich merke immer, wenn sie lügen. Wir Dolmetscher sprechen die Worte der Klienten und mimen auch ihre Gefühle, und ich spüre, ob sie aufrichtig sind oder nicht. Wieder höre ich der ungarischen Klientin zu. Ihren Worten fehlt es an Überzeugungskraft; sie klingen matt und ausdruckslos. Angst und Schuldgefühle zeigen sich schnell im Gesicht eines Menschen. Nur ein geübter Lügner kann sie zurückhalten.

»Die Rechnungen waren ein Fehler«, sagt sie. »Das ging automatisch. Es hätte nicht passieren dürfen. Sie hätten aus dem System gelöscht werden müssen. Es gab ein Durcheinander mit meinem Chef.« Ich wiederhole es auf Englisch. Sie behauptet, nicht gewusst zu haben, dass der alte Mann gestorben war. Er sei schon seit Monaten nicht mehr ihr Patient gewesen. Sie habe angenommen, seine Familie hätte über eine andere Agentur eine neue Pflegekraft eingestellt. Nichts davon sagt sie in überzeugendem Ton, und ich sehe genau, dass die Detectives ihr auch nicht glauben.

Das Ungarische hat nur ein Wort für »Freund« und »Lebensgefährte«; man braucht den Kontext des ganzen Satzes, um zu wissen, welche Bedeutung der Sprecher meint. Sie erklärt den Detectives, dass ihr Freund den privaten Pflegedienst leitet, bei dem sie arbeitet, und dass sie bei ihrem »Lebensgefährten« in dem Haus wohnt, in dem einige der gestohlenen Gegenstände gefunden wurden. Jetzt ist es an mir, das auf Englisch zu übersetzen. Ich muss die beiden Wörter lediglich einige Male durcheinanderbringen. Zuerst wiederhole ich die Fakten korrekt, sage den Detectives, dass ihr Freund den Pflegedienst leitet und sie bei ihrem Lebensgefährten wohnt. Jetzt könnte ich es umdrehen. Es würde so aussehen, als ob sie ihre Geschichte geändert hätte; sie würde frustriert und wütend sein, was ihre Lage nur verschlimmern würde. Ich wette, sie würde anfangen, »kein Kommentar« zu sagen. Es wäre nur allzu vorhersehbar, und sie könnte auch gleich gestehen.

Könnte ich damit durchkommen? Es wäre gerecht. Diese Frau hätte es verdient für das, was sie diesem armen Mann und seiner Familie angetan hat. Falls sie nicht bestraft wird, woher weiß man dann, ob sie so etwas nicht noch einmal tut? Ich führe mir das Prozedere vor Augen. Wenn die Vernehmung eines Verdächtigen beendet ist, geht die Tonaufzeichnung direkt an eine Büroangestellte der Polizei, die sie abhört und die englische Übersetzung der Dolmetscherin transkribiert. Diese Niederschrift wird zum Beweisstück vor Gericht, und danach dürfte es keine Veranlassung geben, sich die Tonaufzeichnung noch einmal anzuhören. Doch selbst wenn – mein absichtlicher Fehler wäre leicht zu überhören, denn streng genommen habe ich kein einziges Wort falsch aus dem Ungarischen übersetzt. Aber man könnte mich vorladen und auffordern, die Korrektheit meiner Übersetzung zu bestätigen. Das würde Missachtung des Gerichts bedeuten. Wenn ich dabei erwischt würde, möglicherweise eine Gefängnisstrafe. Ich würde Elliot fast sicher verlieren.

Ich vertausche »Lebensgefährte« und »Freund« nicht. Ich ändere keines ihrer Worte. Wo etwas unklar ist, erkläre ich den Polizisten die kulturellen Unterschiede und vergewissere mich, dass sie genau verstehen, was diese Frau ihnen sagen will. Aus dem Augenwinkel sehe ich die Klientin an und merke, dass sie älter ist, als ich anfangs dachte, die zarte Haut um ihre Augen anfällig für Fältchen. Jetzt bemerke ich die echte Angst hinter ihrer draufgängerischen Art. In diesem Raum bin ich ihre Pflegerin. Ich glaube, sie hat getan, was die Polizei ihr unterstellt, aber das müssen die Detectives selbst herausfinden. Meine Aufgabe ist es, ihr zu helfen, sich zu verteidigen, falls es das ist, was sie möchte. Diese Frau versteht das Ungleichgewicht zwischen uns ganz genau – deshalb wollte sie ja zunächst keine Dolmetscherin. Ich werde meine Macht nicht missbrauchen. Ich bin besser als sie, sage ich mir, obwohl ich mir nicht sicher bin, ob ich das wirklich glaube. Vermutlich wäre ich damit durchgekommen, wenn ich ihre Aussage verändert hätte, aber so will ich nicht sein.

Nach der Vernehmung fragt einer der Polizisten, während er meine Zeiterfassung abzeichnet: »Ein bisschen drastisch, was? Diese Kraftausdrücke, die sie Ihnen da drin gesagt hat?«

»Ich werde es überleben.« Ich würde gern glauben, dass diese Frau so deftig geflucht hat, weil sie wütend auf sich selbst war – ein Ausdruck ihrer Schuldgefühle. Im Russischen gibt es kein einzelnes Wort, das Schuld als ein Gefühl beschreibt. Im Englischen und anderen Sprachen ist »schuldig« ein Urteilsspruch, eine juristische Tatsache, aber es ist auch ein Gefühl, eine menschliche Emotion. Es gibt einen Inuit-Stamm, dessen Sprache kein eigenes Wort für Vergebung kennt. Ein paar Missionare, die zu ihnen kamen, beharrten darauf, dass der Stamm eine Möglichkeit brauche, auf Vergebung zu verweisen, also erarbeiteten sie mit diesem Inuit-Volk ein Wort in ihrer Sprache. Was sie erfanden, lässt sich grob so übersetzen: *nicht fähig sein, je wieder daran zu denken*. Ich finde das einfach brillant. Ein Wort, das einem sagt, man solle dem endlosen Gedankenfluss den Hahn zudrehen, bevor es zu spät ist. Bevor der stete Tropfen einen höhlt wie ein Fluss den Stein.

Ich verlasse die Polizeiwache in East London und mache mich auf den Heimweg. Die Handtasche trage ich dicht am Körper. Darin: der Brief vom Gericht. Im Zug hole ich ihn hervor und lese ihn noch einmal, stecke ihn aber wieder in die Tasche, als ich einen anderen Passagier im Verdacht habe, mir über die Schulter zu blicken.

Eine Textnachricht von Richard erinnert mich daran, ihm ein Foto von Elliot zu schicken. Ich antworte sofort und bitte ihn, mir zuerst eines meiner Mutter zu schicken – das letzte Foto, das er gemacht hat, aber vor der Krankheit und dem Gewichtsverlust, damit ich meinem Sohn zeigen kann, woher ich komme.

»Also, das ist das erste Mal, dass ich das Innere eines dieser Häuser sehe, so viel ist sicher«, sagt die Frau, als sie meinen Flur betritt. Ich trage die Tasche meiner Schwester ins Empfangszimmer und stelle sie auf den Boden – sie ist nicht würdig, mit meinen Möbeln in Berührung zu kommen. »Hübsch«, sagt die Bewährungshelferin und streicht mit einem Finger über die Tapete. »Sehr hübsch.«

»Danke. Ich helfe ihr, sich einzugewöhnen, und sorge dafür, dass sie sich übermorgen bei Ihnen meldet«, sage ich meine einstudierte Zeile auf.

»Du brauchst nicht so über mich zu reden, als wäre ich gar nicht hier!«, wirft meine Schwester ein und macht sich wieder mit der Obstschale vertraut. Erneut denke ich an Zyanid. An Alan Turings qualvollen Tod, nachdem er in seinen vergifteten Apfel gebissen hatte.

»Sie können mich jederzeit anrufen«, sagt die Bewährungshelferin, blickt sich ein letztes Mal in meinem Salon um und geht.

Meine Schwester lässt eine halb gegessene Pflaume auf den Couchtisch fallen, dann spüre ich ihre klebrigen Finger am Rücken, die meine Bluse besudeln.

»Freust du dich, dass ich wieder zu Hause bin?«, fragt sie.

»Ich werde mir Essen liefern lassen. Von einem italienischen Restaurant um die Ecke. Sag mir, ob du auch etwas möchtest, dann füge ich es meiner Bestellung hinzu.« Italienisches Essen, das mit Wein genossen werden sollte, doch nun, da meine Schwester hier ist, ist Alkohol verboten. Mein Blick wandert treppauf, wo sich das an mein

Schlafzimmer angrenzende Bad befindet. Die Tabletten dort sind jetzt unter Verschluss, auch die Paracetamol. Der Weinkeller im Erdgeschoss ist gesichert, und ich habe dem Hausmädchen sogar aufgetragen, die alkoholhaltigen Reinigungsmittel wegzuräumen.

»Ich will nur pennen«, sagt meine Schwester und lässt sich auf einen antiken Stuhl fallen. Ihr Schweiß befleckt ihn bereits.

»Du bist müde?« Ich bemühe mich, Sorge aufzubringen. »Dann zeige ich dir dein Zimmer. Ich habe es heute Morgen vom Hausmädchen putzen lassen.«

»Obwohl ich heute rauskommen sollte, haben die Schließerinnen mich bis gestern noch arbeiten lassen. Den neuen Gefängnisflügel anstreichen. Rauf und runter, rauf und runter.« Sie demonstriert mir, wie sie einen Pinsel in vertikalen Bahnen führt. »Jetzt kann ich kaum noch den Arm heben.«

»Komm.« Ich gehe die Treppe hinauf und bedeute ihr, mir zu folgen. »Nimm deine Tasche mit. Ich komme später noch einmal zu dir und bringe dir etwas zu essen auf einem Tablett.« Sie trabt hinter mir her, ohne sich die Mühe zu machen, die Schuhe auszuziehen oder wenigstens auf der Fußmatte abzustreifen. Ich schlucke einen Kloß heißen Abscheus herunter.

Auf den letzten Stufen zähle ich stumm bis zehn. Ich gebe ihr noch zehn Sekunden, um ihn zu erwähnen, um Bezug auf seine Existenz zu nehmen. Neun. Neuneinhalb. Zehn. Sie sagt nichts. Sie kann nicht behaupten, ich hätte ihr nie eine Chance gegeben.

Ich führe sie durch den Flur und gehe langsamer, als wir an seinem Kinderzimmer vorbeikommen. Die Tür steht weit offen. Einmal den Kopf nach links gedreht, und sie wird hineinsehen und feststellen, dass nichts angerührt wurde. Trotzdem sagt sie nichts. In ihrem Zimmer bleibe ich stehen und warte darauf, dass ihre Gedanken sich sammeln. Jetzt wird sie etwas sagen; sie muss. »Ich habe doch ein bisschen Hunger«, sagt sie und lacht. Ich wende mich ab, während mein Gesicht zersplittert.

Später bereite ich ein Tablett mit drei verschiedenen Obstsorten,

Kaffee, Crackern, zwei Sorten Käse und ihren Lieblingschips vor. Ich stelle es für einen Augenblick auf die Arbeitsplatte, während ich ins Bad im Erdgeschoss gehe. »Sie ist meine Schwester, und ich liebe sie«, sage ich und mustere mich im Spiegel. Ich drücke meinen Finger gegen die Spitze der Nagelschere, bis sich auf der Haut ein roter Punkt bildet. Ich sage es noch einmal.

13

Alles bereit für heute?

Ich beantworte Lydias Textnachricht in der Küche, während der Wasserkessel kocht:

Ja, ich habe ein gutes Gefühl. Wir sehen uns dort.

Grüner Tee wärmt meine Kehle. »Elliot, Schule!«, rufe ich. »Wir müssen in zehn Minuten los!« Ich habe mir eingeredet, dass es gut ist, wenn Elliots leibliche Mutter den Adoptionsbeschluss anficht. Sonst wäre ich niemals als Zeugin vorgeladen worden und hätte keine Gelegenheit bekommen, dem Richter oder der Richterin in meinen eigenen Worten zu sagen, wie viel Elliot mir bedeutet. Heute ist es so weit.

Zuerst bringe ich Elliot zur Schule in die Frühstücksgruppe und gehe von dort aus zum Bahnhof. Ich trage meine übliche Kleidung, eine schwarze Hose und eine schlichte Bluse mit Kragen, doch als ich in den Zug steige, mache ich mir Vorhaltungen, weil ich heute Morgen nicht etwas anderes ausgesucht habe, etwas, was ich im Gericht sonst nicht trage. Heute ist das erste Mal, dass ich nicht als Dolmetscherin in einem Gerichtssaal erscheine, sondern als ich. Lydia ist nach wie vor zuversichtlich, dass es gut für uns laufen wird. Hinterher werden wir ein paar Wochen auf die Benachrichtigung über den letzten Gerichtstermin warten müssen, im Grunde eine reine Formalität, bei der der Richter den Adoptionsbeschluss unterzeichnen sollte, dann wird Elliot offiziell und für immer mein sein.

Ab Paddington dauert die Zugfahrt nach Swindon noch eine Stunde. Ich habe mir ganz bewusst keine Antworten für den Richter zurechtgelegt. In jeder Phase dieses Adoptionsprozesses habe ich genau das dargestellt, was die Vermittlungsagentur gesucht hat. Ich habe meine Antworten so formuliert, wie die Sozialarbeiterinnen es hören wollten. Gutwillige Täuschung. Ich war so, wie sie mich haben wollten. Aber damit ist es vorbei – heute erscheine ich als mein wahres Ich bei Gericht.

Ich bin froh, als ich in Swindon aussteigen kann, wo mir die frische Oktoberluft ins Gesicht schlägt und meine Temperatur reguliert. Das Familiengericht ist vom Bahnhof aus in zehn Minuten zu Fuß zu erreichen, und jetzt merke ich, wie meine Nervosität anspringt. Was ist, wenn ich etwas Falsches sage, das nicht zurückgenommen werden kann? Ich gehe davon aus, dass ich dem Gericht meine wahren Gefühle für Elliot zeige, wenn ich meine Antworten nicht vorab vorbereite, ungefiltert, aber umso überzeugender. Aber was ist, wenn ich stattdessen einfach leichtfertig wirke? Seine vorherige Pflegefamilie könnte etwas sagen, was dafür spricht, dass er zu seinen leiblichen Eltern zurückkehrt. Womöglich neigt der Richter oder die Richterin ohnehin dazu, so zu entscheiden, und hat vielleicht sogar recht damit, dass es wirklich das Beste für Elliot ist, wenn er in seine richtige Familie zurückkehrt, anstatt bei mir zu leben.

Als ich am Gericht ankomme, suche ich nach dem Café, wo ich mich mit Lydia treffen soll. Ich komme an einem Primark und einer Klinik vorbei, doch ein Café kann ich nicht entdecken. Ich sehe aufs Telefon, weil ich nachschauen will, ob sie noch weitere Angaben gemacht hat, und stelle fest, dass mir vier Anrufe entgangen sind, allesamt von Lydia. Sie hat mir auch Nachrichten auf der Mailbox hinterlassen, die erste vor über einer halben Stunde. Offenbar hatte ich im Zug keinen Empfang.

Sie nimmt beim zweiten Läuten ab. »Revelle. Mein Gott. Wo bleiben Sie?«

»Ich bin hier. Und ich suche nach einem Costa oder einem Starbucks – ich finde das Café nicht, das Sie meinen.«

»Sie sind eine Stunde zu spät«, sagt sie. Die Feststellung einer Tatsache mit einem Unterton von Verärgerung. »Ich stehe direkt vor dem Gerichtsgebäude – wo sind Sie?«

»Ich bin zu *spät*?« Wenn überhaupt etwas, dann bin ich zu früh. »Ich dachte, wir hätten gesagt …«

Sie fällt mir ins Wort. »Wo sind Sie?«

»Ich bin hier. Ich stehe an dem Schild, ›Gordon Gardens‹ – Sie können mich nicht übersehen.«

»Gordon Gardens?«

»Das weiße Straßenschild, ja.«

»Ich weiß nicht, wo Sie sind, Revelle, aber Sie sollten schon vor einer Stunde hier sein. Benutzen Sie das Navi in Ihrem Telefon, um Gottes willen. Regent's Park Road, das ist gleich an der Finley Central Station, ich verstehe nicht, wieso Sie das nicht finden.«

Regent's Park Road.

»Revelle? Hallo? Sind Sie noch da? HALLO?« Ich kann nicht antworten, denn jetzt schrillt in meinem Kopf eine Alarmsirene, die alles übertönt. Die Regent's Park Road ist in London. Die Finchley Central Station ist in London.

»Ich verstehe nicht.« Das muss ein Missverständnis sein. Alles wird gut. »Ich bin am Familiengericht Swindon. Im zweiten Schreiben stand, dass ich hierherkommen soll.«

Lydia hat anscheinend das Telefon vom Ohr genommen. Ich kann sie mit jemand anderem sprechen hören; ihre Stimme ist nur noch ein dünnes Piepsen.

Die Straße vor mir scheint zu flimmern, und ich weiß, was zu tun ist. Ich werde nicht in Panik geraten. Ich renne los und bin in vier Minuten wieder am Bahnhof.

»Alle Viertelstunde fährt ein Zug nach Paddington«, sage ich zu Lydia, während ich, immer zwei Stufen auf einmal nehmend, die Treppe zum Bahnsteig hinaufrenne. »Ich brauche höchstens eineinhalb Stunden bis Finchley.«

»Revelle, das wird …«

»Der nächste Zug kommt in zwei Minuten!« Ich keuche. »Eine Stunde bis Paddington, dann steige ich in die U-Bahn um und …«

»Das ist zu spät. Sie machen gerade Schluss. Das Gericht hat einen Termin nach dem anderen, die können nicht einfach auf Sie warten. Warum sind Sie in Swindon?«

»In der ersten Vorladung vom Gericht stand, der Termin sei in Barnet, aber in der zweiten …«

»Es gab keine zweite Vorladung!«

»Sie kam letzte Woche – ein paar Tage nach dem Schreiben über den Widerspruch. Da stand, unser Fall sei wegen des Rückstaus nach Swindon verlegt worden. Davon hatte ich in den Nachrichten gelesen – manche Gerichte sind durch die Pandemie immer noch zwei Jahre im Rückstand, deshalb verlegen sie viele Fälle in Gerichte außerhalb von London und …«

»Ich weiß nicht, wovon Sie reden, Revelle, es gab kein zweites Schreiben vom Gericht.«

»Ich habe aber eins bekommen. Jemand muss einen Fehler gemacht haben. Sie haben unseren Fall mit einem anderen verwechselt.«

»Hören Sie. Ich muss einen Besuch bei einer Familie machen. Ich rufe Sie Montag an.«

»Warten Sie, Lydia, bitte. Bitten Sie den Richter …«

»Der Richter war schon wütend genug, als er dachte, Sie kämen zu spät. Ich werde ihm nicht sagen, dass Sie zum falschen Gericht gefahren und noch eineinhalb Stunden entfernt sind«, unterbricht sie mich erneut. »Am Montag werden wir ein offenes Gespräch führen.«

»Was passiert jetzt? Bis dahin kann ich nicht warten.«

»Ich nehme jetzt ein Taxi, ich muss Schluss machen.«

Sie beendet das Gespräch, und ich sinke auf den Boden. Wie konnte das passieren? Ich habe die Vorladungen nicht mitgenommen, weil dazu keine Veranlassung bestand, aber ich sehe sie vor mir, sie waren beinahe identisch. In der ersten ging es um den

Widerspruch, sie enthielt die Adresse des Gerichts in Barnet, und die zweite informierte mich über den geänderten Ort und die neue Uhrzeit. Lydia wirft etwas durcheinander, da ist etwas schiefgegangen; sie muss es dem Richter erläutern, damit er weiß, dass es nicht meine Schuld ist. Ich rufe sie an, aber sie geht nicht ran. Ist das ein weiterer Punkt gegen mich? Welcher Richter nimmt ein Kind aus seiner Familie, um es einer Frau zu geben, die es nicht einmal schafft, bei Gericht zu erscheinen? Ich wanke zu einer Bank. Der Zug nach Paddington fährt ein, und ich schleppe mich hinein.

Wieder habe ich zwischendurch keinen Empfang. Ich wechsele den Waggon, laufe im Gang auf und ab, die Augen aufs Telefon gerichtet, auf der Suche nach einem Signalbalken. Ich schreibe Lydia drei lange Textnachrichten und schicke sie ab, bevor ich wieder kein Signal habe. Als wir uns London nähern, normalisiert sich der Empfang, und ich versuche, sie anzurufen, aber es läutet nicht einmal – sie weist meinen Anruf sofort ab.

Zu Hause renne ich als Erstes zum Schreibtisch und nehme die Mappe mit meinen Gerichtsunterlagen zur Hand. Die zweite Vorladung, die neuere; ich hatte sie obenauf gelegt. Das weiß ich. Ich habe mir das nicht eingebildet. Ich habe diesen Brief wegen der Verlegung nach Swindon bekommen und ihn zu den übrigen Papieren gelegt, die sich angesammelt haben, seit ich den Antrag auf Adoption eines Kindes gestellt habe. Und jetzt ist die ganze Mappe leer.

In der nächsten Stunde durchsuche ich meine Wohnung, bis ich mir sicher bin, dass sonst nichts gestohlen wurde; nicht einmal ein Teelöffel fehlt. Doch es war jemand hier. Der Drogendealer ist zurückgekehrt. Nicht wegen Drogen – er ist ein Verwandter von Elliot. So muss es sein. Seine Mutter hat Widerspruch eingelegt. Ihr Widerspruch wurde zugelassen. Sie ist schlauer, als Lydia denkt. Sie will Elliot zurückhaben und wird mich sabotieren.

Es ist erst halb zwei – viel zu früh, um Elliot von der Schule abzuholen. Sollte ich die Polizei anrufen? Abgesehen von den fehlenden Papieren gibt es nichts anzuzeigen; keine Scheibe ist zerbrochen, die Türschlösser sind auch intakt – ich weiß überhaupt nicht, wie jemand hereingekommen sein soll. Die Polizei würde mich nicht ernst nehmen, und wenn ich Anzeige erstatte, erfährt am Ende nur Lydia davon, und das würde meine Situation lediglich verschlimmern.

Ich vollziehe meine Schritte an dem Tag nach, an dem die zweite Vorladung eintraf. Ich habe die Post geholt, den Umschlag geöffnet. Die Schriftart war dieselbe, das Layout auch – alles an dieser Vorladung wirkte echt. Hat seine leibliche Mutter oder ein anderer Verwandter diesen Brief gefälscht, mich nach Swindon geschickt und dann dafür gesorgt, dass der Inhalt der Mappe gestohlen wird, damit es keine Beweise gibt? Wie sonst sollte es passiert sein?

Erneut überprüfe ich unsere Fenster und die beiden Schlösser an der Wohnungstür. Niemand hat sich daran zu schaffen gemacht. Es ist möglich, dass es Kopien meiner Schlüssel gibt – aber der Immobilienmakler würde sie nicht einfach herausgeben. Falls jemand Zugang zu unserer Wohnung hat – sind wir dann noch sicher hier? Ist Elliot bei mir in Gefahr?

Es heißt, Vogelmütter und Eichhörnchen verlassen ihre Jungen, wenn sie riechen, dass ein Mensch sie angefasst und sich um sie gekümmert hat, aber das ist ein Mythos. Das Muttertier nimmt sein Junges mit Freuden wieder in seinem Nest auf. Und das ist es, was mir am meisten Sorgen bereitet. Ich drücke mir die Daumen in die Augen. Falls Elliot seiner leiblichen Familie zurückgegeben wird, welche Situation wird er dann vorfinden?

Ich nehme das Telefon und will nochmals Lydia anrufen. Nein. Ich reiße mich zusammen, lasse das Handy auf den Couchtisch fallen und wende mich ab. Ich muss sehr vorsichtig sein mit dem, was ich ihr sage. Ich darf nicht labil erscheinen; ich brauche sie auf meiner Seite. Plötzlich wirkt das Sofa sehr einladend. Ich setze mich und betrachte das Wohnzimmer, den Flur, die offene Küche – alles ist völlig normal –, und das scheint mich wieder auf den Teppich zu holen. Ich *bin* labil. Mein Verhalten ist total irrational. Niemand ist in unsere Wohnung eingebrochen, um nichts außer einem Haufen Papiere zu stehlen, und hat wie durch Zauberei keinerlei Spuren hinterlassen. Ich habe mich verlesen. Wahrscheinlich habe ich in der Exia-App von einem Dolmetscheinsatz in Swindon gelesen und dann die Gerichte miteinander verwechselt. Ich schlafe im Moment nicht gut. Der Stress und die Anspannung im Vorfeld der Adoption setzen mir zu und machen mich unachtsam. Mir sind in der letzten Woche diverse Missgeschicke unterlaufen. Zum Beispiel fand ich das Waschmittel im Kühlschrank, nachdem ich eine Stunde lang danach gesucht hatte, und Elliots Schokoladeneis habe ich aus Versehen in den Küchenschrank gestellt anstatt ins Gefrierfach, was mir erst auffiel, als es schmolz und an der Wand hinabrann. Wir sind hier sicher. Lydia muss sich beim Familiengericht für mich einsetzen, und das wird sie nicht tun, wenn ich sie weiter belästige. Ich lege ein Kissen auf mein Telefon und gelobe mir, es nicht anzurühren.

Die Wartezeit, bis ich Elliot von der Schule abholen kann, wird mir sehr lang. Ich sehne mich danach, ihn zu sehen. Er weiß, dass ich heute etwas mache, was mit seiner Adoption zu tun hat, und ich kann nur hoffen, dass er in der Freude über den Schulschluss vergisst, mich zu fragen, wie es gelaufen ist. Ich darf Lydia im Moment nicht erneut anrufen, aber ich will wissen, was jetzt passiert. Wie hoch ist die Wahrscheinlichkeit, dass der Richter zu meinen Gunsten entscheidet? So etwas muss doch schon vorgekommen sein – Menschen machen Fehler und erscheinen aus allen möglichen Gründen zu spät bei Gericht. Manche Leute haben auf dem Weg zum Gericht einen Autounfall und erscheinen überhaupt nicht. Ich muss wissen, dass ich immer noch eine Chance habe.

Doreen würde es wissen. Sie könnte mir einen Rat geben. Aber sie könnte auch dafür sorgen, dass das ganze Adoptionsverfahren eingestellt wird. Ich rufe mir in Erinnerung, dass ich jetzt keinen Kontakt zu ihr aufnehmen darf.

Als ich Doreen kennenlernte, arbeitete ich seit etwa drei Monaten als Dolmetscherin. Die Agentur Exia Translation and Interpreting Services rief mich sehr früh am Morgen wegen eines Einsatzes in West London an, wo beim örtlichen Jugendamt ein begleiteter Besuchskontakt stattfinden sollte. Meine Online-Recherche ergab:

Gibt den leiblichen Eltern Gelegenheit zu einer Begegnung mit ihrem Kind, wenn es in staatlicher Obhut ist. Sozialarbeiter beobachten die Interaktion und schreiben für das Jugendamt, das Familiengericht und (gegebenenfalls) Anwälte einen Bericht über den Kontakt.

Meine Aufgabe war es, neben der Sozialarbeiterin zu sitzen und alles zu übersetzen, was zwischen Mutter und Kind auf Deutsch gesprochen wurde. Der kleine Junge lebte damals bei einer Pflegefamilie; das Jugendamt erwog, ihn seiner Mutter zurückzugeben, falls der Bericht über den Kontakt entsprechend ausfiel. Bei meiner Arbeit für Polizei und Gerichte fühlte ich mich mittlerweile sicher, doch dies war mein erster Einsatz mit Beteiligung eines Kindes. Als ich die Treppe hinaufstieg, flatterten mir die Nerven. Oben befand sich ein schäbiger kleiner Raum. Fleckiger Teppich, defekte Deckenlampe. Es roch nach Schimmel. Eine glanzvolle Einführung in die Welt des Dolmetschens für das Jugendamt.

»Sie müssen die Dolmetscherin sein.« Eine Frau von Anfang, Mitte fünfzig erschien an der Tür und reichte mir die Hand. »Ich bin Doreen. Tut mir leid, ich hatte keine Gelegenheit, Sie anzurufen – das Treffen ist um eine Stunde verschoben worden. Können Sie es trotzdem machen?«

»Sicher. Das ist mein einziger Einsatz heute«, sagte ich.

»Gut, wunderbar. Wir sind immer knapp an Dolmetschern. Ich wüsste nicht, ob ich Ersatz für Sie bekommen könnte. Bei uns im

Amt spricht niemand Deutsch. Kommen Sie, schlagen wir die Zeit gegenüber im Café tot. Ihnen ein Kaffee auszugeben, ist das Mindeste, was ich tun kann.«

Ich folgte Doreen aus dem Gebäude und ins Café, wo sie den Tisch am Fenster wählte. »Entschuldigen Sie noch einmal, dass wir Ihre Zeit vergeuden. Bitte schreiben Sie diese Stunde auch auf. Damit Sie dafür bezahlt werden«, sagte sie. Ich war immer noch nervös wegen dieses Einsatzes und überließ Doreen den Großteil der Unterhaltung. »Es ist einfach so *faszinierend* – das Dolmetschen. Es ist einer dieser Berufe, die extrem schwierig sind, aber mühelos aussehen sollen. Wie professionelle Leichtathletik. Man sieht sich die Olympischen Spiele an und denkt, jeder kann einen Speer werfen. Aber darin liegt der Zauber. Daran merkt man, dass jemand richtig gut ist.« Mit ihrem Teelöffel zerteilte sie einen Mohnmuffin. »Ich selbst bin in meiner Kindheit nie mit dem Jugendamt in Kontakt gekommen, aber meine Eltern hatten beide ein Alkoholproblem. Ich wurde nicht misshandelt oder so, aber ihr Geld ging für Alk drauf, und oft war nicht viel Essen im Haus, und ich hatte nie die richtige Schuluniform. Sie wissen schon, das Übliche.« Doreen aß die kleinere der beiden Muffinhälften und bedeutete mir, die andere zu nehmen.

»Als ich um die zwanzig war, arbeitete ich in einem Friseursalon und überlegte, auf Sozialarbeiterin umzusatteln. Eine unserer Kundinnen war bis zur Rente Sozialarbeiterin gewesen, daher bat ich sie irgendwann, mir von diesem Beruf zu erzählen. Sie sagte, was vor allem bei ihr hängen geblieben sei … sie war da schon seit über zehn Jahren in Rente. Wenn sie über ihren Beruf nachdachte, erinnerte sie sich nicht an die Armut, die sie erlebt hatte, oder an die Verwahrlosung der Kinder … Woran sie am häufigsten dachte, war dieses allgemein menschliche Ding, dass ein Kind seine Mutter immer lieben wird und bei ihr bleiben will, gleichgültig, was sie ihm angetan hat, selbst wenn sie die Serienmörderin Rosemary West ist. Ihr letzter Fall vor der Rente veranschaulichte das perfekt. Sie besuchte eine Frau, um deren Tochter in Obhut zu nehmen, und musste das mit Hämatomen übersäte Kind mühsam von seiner Mutter lösen. Obwohl diese Frau der Kleinen Zigarettenasche auf den Kopf fallen ließ und sie anschrie, sie solle sie loslassen, sie sei froh, sie loszuwerden, sie habe sie niemals haben wollen – klammerte sich das Mädchen an sie«, erzählte Doreen und trank ihren Flat White aus. »Ich weiß nicht, was genau diese Geschichte in mir auslöste, aber gleich am nächsten Tag schrieb ich mich für Sozialarbeit ein. Ich dachte, *ich* hätte eine schwere Kindheit gehabt, aber dieser Job hat das ein bisschen relativiert. Wie sind Sie zum Dolmetschen gekommen? Wo sind Sie aufgewachsen?«

Doreen war aufrichtig an meinen Antworten interessiert. Sie stellte immer weitere Fragen zu meinem Leben. Ich hatte die Teekanne vor mir kaum angerührt aus Angst, mir vor diesem wichtigen Dolmetscheinsatz den Mund zu verbrühen.

»Ich bin hier in London geboren. Aber aufgewachsen bin ich überall. Meine Mutter ist Akademikerin und hatte meistens Stellen, die auf ein oder zwei Jahre befristet waren. Dadurch sind wir fast jedes Jahr in ein anderes Land gezogen.«

»So sind Sie also zum Dolmetschen gekommen – Sie haben alle diese Sprachen gesprochen. Kinder schnappen Sprachen so schnell auf, nicht wahr? Deshalb ist es für mich und Japanisch zu spät.« Sie lachte. »Welche Sprache haben Sie zu Hause gesprochen?«

»Englisch. Meine Mutter spricht eigentlich keine andere Sprache. Das hat sie nie interessiert.« Ich schürzte die Lippen, als ich an meine Mutter in Singapur dachte, und überlegte, wie viele Wochen seit unserem letzten Telefonat vergangen waren. Dann öffnete sich mein Mund wie von allein, und ich sagte, was ich noch nie laut ausgesprochen hatte: »Sie hatte kein Interesse daran, eine zweite Sprache zu lernen, oder an mir. Ich war ein Karrierehindernis.«

Doreen nickte und schob die Muffinkrümel zu einem ordentlichen Haufen zusammen.

»Die meisten Menschen, die mir in diesem Beruf begegnen, denken an Kinder als Babys, Kleinkinder, höchstens vielleicht noch Teenager. Und wenn die Leute sagen, dass sie ein Kind wollen oder auch nicht, dann sind es normalerweise diese Jahre, an die sie denken. Die Zeit, wenn die Kinder einem um die Füße krabbeln, wenn man zu ihren Fußballspielen geht, wenn man sie zum Ballettunterricht bringt. Aber in Wahrheit sind Kinder nur vergleichsweise kurze Zeit *Kinder*. Wenn sie dreißig oder fünfundvierzig sind, sind es immer noch die eigenen Kinder. Und das sind die Jahre, an die die Leute denken sollten, wenn sie entscheiden, ob sie ein Kind wollen. Vergesst den Windelkram, die Schuljahre – sicher, da brauchen sie einen in praktischer Hinsicht. Aber denkt auch an die langen Jahrzehnte, in denen ihr beide erwachsen und ebenbürtig seid. Das können die wirklich guten Jahre sein. Denn wenn es gut läuft, sind Kinder die besten Freunde, die man je haben wird.«

Ich schenkte mir ein wenig Tee ein, und das meiste ging daneben. Im Nu hatte Doreen die Pfütze mit ein paar Servietten aufgewischt. »Ihre Mutter hatte vielleicht zu kämpfen, als Sie klein waren, besonders wenn sie alleinstehend war, aber noch ist Zeit, das will ich damit sagen. Wie alt ist sie?«

»Sie ist dreiundfünfzig.«

»Sehen Sie. So alt wie ich. Sie haben wahrscheinlich noch weitere dreißig Jahre zusammen! Jetzt sind die besten Mutter-Tochter-Jahre. Jetzt können Sie einander richtig würdigen. Auch wenn Sie sich mit neun nicht gewollt fühlten, jetzt sind Sie es, lassen Sie mich Ihnen das sagen. Selbst wenn Ihre Mutter das nicht in Worte fassen kann.«

Im Lauf der Jahre ist diese Unterhaltung in meinem Kopf viele Male abgelaufen. Nach dem, was geschah, und meinem Entschluss, als eine Art Buße etwas Positives mit meinem Leben anzufangen, fielen mir Doreens Worte über die Elternschaft wieder ein. Ich würde nicht nur als Wiedergutmachung ein Kind adoptieren. Ich würde es auch für mich tun. Denn wenn ich mir mein Leben in den kommenden Jahrzehnten ausmalte, erkannte ich, dass es sehr gleichförmig sein würde, es sei denn, ich unternahm etwas. Und da wäre es nicht eine mir nahe stehende Kollegin, die irgendwann verschwinden würde, oder ein Partner, der mich eines Tages verlassen oder von mir verlassen werden würde, was die größte Auswirkung auf mein Leben haben würde, sondern ein bester Freund. Das würde mein Leben verändern. Warum sollte das kein guter Grund sein, um ein Kind zu wollen?

»Heiliger Bimbam, es ist eine Minute vor elf!«, sagte Doreen. Sie warf einen Zehner auf den Tisch, und wir rannten aus dem Café und über die Straße zurück zum Jugendamt. Als sie mit dem Schuh am Rand eines Schlaglochs hängen blieb und das letzte Stück humpeln musste, lachte sie einfach. Wir schafften es rechtzeitig. Dieser Teil lief nach Plan. Aber an das, was dann geschah, mag ich gar nicht denken.

14

Um fünf sind Elliot und ich mit seinen Hausaufgaben fertig, sodass wir sie für das Wochenende aus dem Kopf haben. Danach beginnt er ein Puzzle mit hundert Teilen, auf dem verschiedene Haiarten abgebildet sind. Möchte er, dass ich mich neben ihn setze und ihm helfe? Nein. Bitte geh mir aus dem Weg. Er ist heute Abend ein wenig kühl mir gegenüber, und mir kommt der verrückte Gedanke, er wüsste irgendwoher, was heute Vormittag passiert ist. Ich habe den Gerichtstermin verpasst und damit womöglich sein ganzes Lebens ruiniert. Kein Wunder, dass er böse auf mich ist.

Beim Abendessen ist Elliot stiller als sonst, und mir ist bewusst, dass ich mich zu sehr um ihn bemühe.

»Ist heute in der Schule etwas Schönes passiert?«, frage ich und schiebe das Hühnchen auf meinem Teller hin und her.

»Ich habe einen Witz gelernt.«

»Ach, ja? Den möchte ich hören.«

»Was sagt der große Stift zum kleinen Stift?«

»Ich habe keine Ahnung.«

»Wachs mal, Stift.«

Wir prusten beide los. Ich lache so heftig, dass mir eine einzelne Träne über die Wange läuft. In diesen letzten Monaten mit Elliot habe ich mehr gelacht als im gesamten Rest meines Lebens. Ihn um mich zu haben ist, als probierte man eine neue Sportart oder einen neuen Kurs im Fitnessstudio aus, und andere Muskeln erwachten zum Leben; sie waren die ganze Zeit da, man hatte sie nur nicht benutzt.

»Lust auf Eis?«, frage ich. »Diesmal habe ich rechtzeitig daran gedacht, es ins Gefrierfach zu stellen.«

»Ja, bitte.« Jetzt kichert er, er denkt wohl daran, wie sein Schokoladeneis im Küchenschrank schmolz.

Nach dem Essen klingelt das Telefon, und ich nehme das Gespräch beim ersten Läuten an. »Lydia?«, frage ich hoffnungsvoll, obwohl ihr Name nicht im Display steht.

»Revelle Lee?«

»Ja?«

»Ich rufe von Exia an. Die Metropolitan Police braucht einen Polnisch-Dolmetscher in London, in der Innenstadt. Jetzt sofort.«

»Ich passe.« Die Worte schmecken wie bittere Medizin. Ich will mit niemandem außer Lydia sprechen. »Danke trotzdem.«

Eine halbe Stunde später ruft er wieder an.

»Es ist nur ein kurzer Einsatz, aber wir brauchen jemand Zuverlässigen mit einem guten Leumund dafür.«

»Ich kann heute Abend nicht. Ich habe ein Kind in meiner Obhut.« Das nicht notwendigerweise meines ist. »So spät finde ich keinen Babysitter.« Ich gewöhne mich lieber daran, an Elliot als das Kind anderer zu denken.

»Bringen Sie es mit. Um diese Zeit wird auf der Polizeiwache nicht viel los sein. Lassen Sie das Kind im Büro. Es ist eine Alibi-Überprüfung. Eine kurze Aussage, und Sie sind wieder draußen.«

»Für Polnisch, haben Sie gesagt? Dafür müssen Sie doch jemand anderes finden.«

»Sie sind die fünfte Dolmetscherin, die ich anrufe«, antwortet er mit fester Stimme. »Die können den Verdächtigen nur noch acht Stunden festhalten. Wir brauchen *jetzt* jemanden dort.«

»Tut mir leid. Ich kann nicht.«

»Wir zahlen mindestens zwei Stunden, auch wenn Sie in einer halben Stunde fertig sind. Plus Fahrzeit, okay?«

»Verlockend. Aber ich kann nicht.«

Er seufzt. »Haben Sie die Nachrichten gesehen? Erinnern Sie sich an diese Frau, die vor drei Wochen in diesem noblen Haus in Knightsbridge getötet wurde? Die Hausangestellte?«

Sandra. Ich muss schlucken. »Ich meine, davon hätte ich mal gehört.«

»Muss ich Sie anbetteln? Nehmen Sie den verdammten Auftrag an.«

Könnte es hier wirklich um Sandra gehen? Wie viele ermordete Hausangestellte gibt es wohl in Knightsbridge? Die Polizei hat jemanden in Gewahrsam. Endlich jemand, den sie für den Täter halten. Irgendjemand hat den Obdachlosen aus dem Überwachungsvideo identifiziert, vermute ich, und sie haben ihn gefunden. Ich sollte dem Exia-Mitarbeiter sagen, dass ich sie kenne. Das Berufsethos verlangt, dass ich diesem Mann von meiner Bekanntschaft mit dem Opfer erzähle, dann sucht er einen anderen Dolmetscher. Ich weiß, es ist dringend, und er will endlich jemanden beauftragen, aber er muss es erfahren; ich darf diesen Auftrag eigentlich nicht bekommen. Ich blicke über den Esstisch zu Elliot: Er hat seinen Teller beiseitegeschoben und sein Malpapier und die Stifte auf dem Set ausgebreitet. Eines Tages, wenn er älter ist – falls ich ihn behalten darf –, werde ich ihm sagen, was Sandra zugestoßen ist. Ich würde ihm gern erzählen können, dass ich alles in meiner Macht Stehende getan habe, um dabei zu helfen, ihren Mörder zu fassen.

»Ich mache es.«

Auf der Polizeiwache entschuldige ich mich dafür, dass ich Elliot mitgebracht habe, und setze ihn mit seinen Malsachen in das Großraumbüro, wo er von einem mit zwei Fingern tippenden Constable beaufsichtigt wird. Elliot wickelt sich den Schal vom Hals und zieht seinen roten Pullover aus. »Mir ist zu warm«, sagt er theatralisch, und der Constable lächelt. Ich habe ihn zu dick eingepackt, weil die Luft ein bisschen frisch ist und ich Polizeiwachen häufig als zugig empfinde.

»Wenn dir kalt wird, ziehst du das wieder an, okay?«, sage ich. Ich denke an den Tag am Old Bailey, als wir Sandra kennenlernten. Hier bin ich also und lasse Elliot schon wieder allein, um zu arbeiten. Das darf nicht zur Regel werden. Falls man ihn mir doch zuspricht, dürfen seine Kindheitserinnerungen nicht aus merkwürdigen Orten mit unvertrauten Menschen bestehen, wo er sich allein beschäftigen muss, während er auf mich wartet und sich vielleicht wie ein Problem fühlt, das gelöst werden muss. Ich kenne dieses Gefühl, und das will ich nicht für ihn.

Ich gehe über den Flur zu den Vernehmungsräumen. Ein Gedanke gewinnt an Macht: Es ist noch nicht zu spät, diesen Auftrag abzulehnen. Ich kann meine Meinung ändern und mit Elliot nach Hause fahren. Die beste Entschuldigung wäre, einem der Detectives zu sagen, dass ich das Opfer kannte. Mit Blick auf das Berufsethos müsste ich genau das tun. Aber Alibi-Überprüfungen müssen ohne Verzögerung erfolgen, und die Agentur hatte Schwierigkeiten, um diese Uhrzeit einen anderen Polnisch-Dolmetscher zu finden. Wenn ich jetzt gehe, könnte das die Ermittlungen beeinträchtigen. Ich muss bleiben. Alles wird gut, beruhige ich mich. Ich will Sandra helfen, und das mache ich, indem ich genau die richtigen Worte finde. Ich bin neutral. Es spielt keine Rolle, dass ich sie kenne. Ich bin die beste Dolmetscherin für diesen Auftrag, und das ist es, was Sandra verdient hat.

»Sie sind die Dolmetscherin?« Ein Mann erscheint neben mir.

»Ja.«

»Ich bin einer der ermittelnden Detectives. Gehen wir.« Er bringt mich zum Vernehmungsraum. »Der Bursche ist erst seit ein paar Monaten in Großbritannien. Sehr schlechtes Englisch. Er wurde von jemandem, den wir in Gewahrsam haben, als Alibi genannt.«

»Er ist Pole?«

»So viel haben wir verstanden.« Plötzlich bleibt er stehen, und ich lehne mich neben ihm an die Wand.

»Ach, und er ist obdachlos. Das sind sie beide.« Obdachlos. Er ist es. Ich versuche, keine Reaktion zu zeigen. Jemand hat den Mann im Überwachungsvideo erkannt, den Mann mit der Tasche, den die Nachbarn in Knightsbridge gesehen haben, den Schatten, der an Sandras offener Tür vorbeigeschlichen ist. »Ich nehme an, Sie kennen das Prozedere – dolmetschen Sie die Befragung, machen Sie sich Notizen. Wir formulieren eine schriftliche Aussage, und Sie beide können gehen.«

»Nur eine schriftliche Aussage?«

»Ja, auf Polnisch, dann auf Englisch. Er ist kein wichtiger Zeuge, deshalb machen wir keine Bild- oder Tonaufnahme.«

»Okay.«

»Der Bursche ist freiwillig hier, also keine Sorge, er wird nicht aggressiv sein oder so.«

»Aha.«

»Kein Anwalt, nur wir drei«, sagt der Detective. »Ich halte es kurz.« Er geht in den Vernehmungsraum, und ich folge ihm.

Drinnen will der Detective mich neben sich platzieren. Kommt nicht so oft vor, ist aber auch nicht vollkommen unüblich. Standardmäßig sitzt die Dolmetscherin neben dem Klienten, so nahe, dass sie ihm ins Ohr flüstern kann. Nochmals bedeutet der Detective mir, meinen Platz einzunehmen. Ich setze mich und blicke den Klienten auf der anderen Seite des Tisches an: zwei gegen einen. Einmal ließ ein ermittelnder Beamter mich direkt hinter dem Klienten sitzen, als ob ich ein reiner Audiodienst wäre, ein farbiger Schatten des Verdächtigen, am besten außer Sicht verstaut. Ich wurde auch schon vor dem Verdächtigen platziert, wie eine stumme Marionette, die ihren Holzmund aufklappen und auf Spracheingabe von ihrem Meister warten soll. Ich habe von Dolmetschern gehört, dass sie während einer polizeilichen Vernehmung an einer Seitenwand stehen mussten, ein Teil des Gerüsts im Raum, keine Person. Für so entbehrlich halten sie uns, behandeln uns manchmal wie Praktikanten, die freundlicherweise geduldet werden.

»Danke, dass Sie gekommen sind«, sagt der Detective zu dem Mann, der befragt wird. Ich wiederhole es dem Klienten auf Polnisch. »Würden Sie mir bitte Ihren Namen nennen?«

»Mariusz Dorobek«, antwortet er. Und jetzt fühlt es sich real und eigenartig unvertraut an, beängstigend, als hätte ich noch nie eine Alibi-Überprüfung gedolmetscht und wüsste nicht, was ich hier mache. Der Klient kennt die Person, die wegen des Mordes an Sandra in Haft ist. Der untersetzte Mann mit dem braunen Haar, der die Tasche schleppte? Vor dem Detective liegen keine Fotos – anscheinend wird es keine dieser Vernehmungen, bei denen die Polizisten Beweisfotos über den Tisch schieben. »Ich habe es der Polizei schon gesagt, Adam hat diese Frau nicht getötet. Er hat sie noch nie gesehen. Ich habe sie noch nie gesehen.« Der Klient sprudelt die Worte hervor. Ich übersetze sie ins Englische.

»Okay, okay, Moment«, sagt der Detective. »Mariusz, können Sie mir sagen, wo Sie am Samstag, dem sechzehnten September, abends waren?«

»Wo ich immer bin, in Knightsbridge.«

»Wo genau?«

»Wo genau? Im Tunnel. In dem überdachten Gang an der Brompton Road. Das ist unser Platz.«

»Allein?«

»Allein? Nein. Mit Adam, das habe ich Ihnen doch gesagt. Er spricht Polnisch, seine Mutter ist Polin.« Ich wiederhole dem Detective die Antwort auf Englisch.

»Ihr ›Platz‹«, sagt der Detective. »Sie meinen, Sie leben dort?«

»Lebe ich dort? Ja, das tue ich. Adam auch.«

Der Klient wiederholt die Fragen des Detectives, bevor er sie beantwortet. Lügner machen das, um Zeit zu gewinnen, in der sie sich ihre Geschichte zurechtlegen können.

»Wie lange leben Sie beide schon dort?«

»Wie lange? Bei mir sind es fast drei Monate. Adam ist ungefähr vor zwei Monaten dazugekommen«, sagt der Klient. »Ich kam nach Großbritannien. Nach Luton zuerst. Ein Freund hat mir einen Job auf einer Baustelle in West London besorgt. In der ersten Woche habe ich mich verletzt, Pech. Mein Arbeitgeber sagt, es gibt keine Versicherung, er bezahlt mir nichts, also habe ich meine Unterkunft in Acton, West Acton, verloren, und für ein Flugticket nach Hause ist kein Geld da, die Preise sind gestiegen.« Ich wiederhole seine Worte auf Englisch. »Ich habe Adam kennengelernt. Er war in einer ähnlichen Lage. Und er spricht meine Sprache.«

Jetzt erklärt er zu viel, nennt Details, die nichts zur Sache tun, viel mehr als nötig, um die Frage zu beantworten. Ein weiteres Kennzeichen des Lügens.

»Sie sagen, Adam Birch war am Samstag, dem sechzehnten September abends bei Ihnen?«, fragt der Detective. Adam Birch. Der Name rollt lautlos über meine Zunge. Adam Birch – noch nicht angeklagt, aber der Mann, der gegenwärtig wegen des Mordes an Sandra in Haft ist. Er könnte ein unschuldiger Obdachloser sein, der zufällig in der Gegend war. Doch sein Freund hier lügt offensichtlich hinsichtlich seines Alibis.

»Am Samstag, dem sechzehnten September? Ja«, erwidert der Klient. »Ab fünf Uhr.«

Der Detective schreibt das in sein Formular. »Wie lange waren Sie an diesem Abend bei Adam Birch?« Ich wiederhole die Frage auf Polnisch.

»Wie lange? Die ganze Nacht.«

»Könnte er für kurze Zeit, eine halbe Stunde, fortgegangen sein?«

»Fortgegangen? Er ist nicht fortgegangen.«

»Sind Sie irgendwann eingeschlafen?«

»Nein, ich habe nicht geschlafen.«

»Wie können Sie sich da so sicher sein?«

»Wir schlafen tagsüber. Das ist sicherer.«

»Noch einmal zur Bestätigung: Sie waren von fünf Uhr nachmittags bis wann an Adam Birchs Seite?«

»Bei Adam von fünf Uhr, ja, bis die Sonne aufging. Gegen sechs«, sagt der Klient. »Könnten insgesamt zwölf, nein, dreizehn Stunden gewesen sein, ja.«

Er denkt immer noch zu viel nach und erklärt zu viel: Er lügt.

»Okay«, sagt der Detective und notiert sich etwas. War es das? Wird er die Vernehmung jetzt beenden und dieses Alibi akzeptieren, was bedeutet, der festgenommene Mann kommt frei? Der polnische Klient lügt; er deckt seinen Freund offensichtlich. Das erlebe ich nicht zum ersten Mal. Vor allem unter Bandenmitgliedern kommt es vor – dass sie versuchen, sich gegenseitig zu decken, aus Angst vor dem, was passiert, wenn sie es nicht tun. Aber auch in anderen Gemeinschaften. Loyalität ist kostenlos, denke ich; selbst Obdachlose können sie sich leisten.

Der Detective lässt seinen Stift fallen. Er wird diesen Mann seiner Wege gehen lassen, und sein Freund – Sandras potenzieller Mörder – kommt frei. Ich darf nicht zulassen, dass der Detective das tut, ohne dem Klienten weiter auf den Zahn zu fühlen. Er kann weitere Fragen stellen. Er kann ihn bedrängen, versuchen, das Alibi zu entkräften. Ich glaube nicht, dass Dorobek ein so begabter Lügner ist. Falls der Detective seine Aussage anzweifelt, würde er vermutlich einbrechen. Aber der Detective reibt über die Stoppeln an seinem Kinn und wirkt, als wollte er das hier beenden. Diesmal werde ich nicht untätig danebensitzen.

Ich erzeuge ein kratzendes Geräusch im Hals und erzwinge ein Husten. Ich huste noch einmal, rauer und lauter. Der Detective sieht mich an, und ich lege die Hand an den Hals, als könnte ich nicht sprechen. Ich stehe auf, verlasse den Raum und ringe dabei theatralisch nach Luft. Die Tür schließt sich hinter mir. Auf dem Flur huste ich so laut weiter, dass er es hören muss. Es funktioniert nicht. Ich will schon aufgeben, da öffnet er die Tür.

»Küche. Da lang«, sagt er, und ich folge ihm.

Er reicht mir ein Glas Wasser. »Danke.« Ich trinke ein paar Schluck und tue so, als ließe der Hustenreiz nach. »Tut mir leid. Ich bin gleich so weit, dass wir weitermachen können.«

Er nickt und füllt mein Glas aus dem Wasserhahn nach. »Wir sind sowieso fast fertig.«

Nein, sind wir nicht. »Glauben Sie, er ist aufrichtig?« Ich bemühe mich, es wie eine beiläufige Bemerkung klingen zu lassen, die lediglich die Stille füllen soll.

Meine Frage überrumpelt den Detective. Neugierig sieht er mich an. Er schweigt so lange, dass ich mich schon frage, ob er überhaupt antworten oder mich für meine Frage tadeln wird.

»Sie haben offensichtlich eine Meinung dazu«, sagt er. Es ist eine Feststellung, keine Frage. Aber das ist meine Chance. Ich werde ihm sagen, was ich denke. Ich soll eigentlich keinerlei Einfluss nehmen, aber er ist der Detective, er ist dafür verantwortlich, diese Vernehmung regelkonform und professionell durchzuführen. Falls ich zu weit gehe, ist es seine Aufgabe, mich in die Schranken zu weisen.

»Ich mache das seit acht Jahren. Es ist ein bisschen wie schauspielern, nicht wahr? Für jemand anderen zu sprechen, jemand anderer zu werden, in seine Haut zu schlüpfen. Eine polizeiliche Vernehmung ist eine Vorführung. Ich bewohne meine Klienten, und ich mag nur für ein, zwei Stunden in einem Raum mit ihnen sein, aber als ihre Dolmetscherin hat man unwillkürlich das Gefühl, sie wirklich zu kennen – man nimmt ihre Worte, ihre Gedanken auseinander und durchschaut sie. Und ja, ich glaube, mein Klient heute ist Ihnen gegenüber nicht aufrichtig.«

Erneut tritt Schweigen ein, und ich drücke mich an die Spüle in Erwartung einer Rüge.

»Wir müssen wieder hineingehen«, sagt er. Er wird es tun, oder? Den polnischsprachigen Klienten und den anderen Obdachlosen gehen lassen. Sandras Mörder kommt wahrscheinlich frei. Und dieser Polizist könnte mich melden. O Gott, ich habe etwas Unangemessenes gesagt, und er wäre im Recht, wenn er sich über mich beschwert. Die Arbeit für die Metropolitan Police macht in den meisten Wochen fünfzig Prozent meiner Einkünfte aus. Ein Eintrag in meiner Akte bei Exia könnte auch andere Buchungen beeinträchtigen. Ich kann ihn bezüglich des polnischen Zeugen nicht umstimmen, aber ich muss mich entschuldigen und meine Existenzgrundlage sichern. Was sagte der Mann von Exia noch gleich am Telefon? *Wir brauchen jemand Zuverlässigen mit einem guten Leumund dafür.* Einem Ruf, für den ich seit Jahren alles tue, den ich aber eigentlich immer noch nicht verdiene, denn was bereits geschehen ist, kann nicht ungeschehen gemacht werden. Egal, wie gut ich jetzt bin.

»Ich hätte nichts sagen dürfen«, sage ich zum Detective. Eine Beschwerde von einem ranghohen Beamten würde genügen, damit man mich bei Exia nicht mehr für die Beste, die sie haben, hält. »Es tut mir leid. Ich habe das noch nie getan, das versichere ich Ihnen. Es war ein anstrengender Tag. Ich möchte, dass Sie wissen, dass ich heute korrekt und nach bestem Vermögen gedolmetscht habe. Es war unrecht von mir, meine Meinung über diesen Klienten zu äußern, und es tut mir leid.«

»Schauen Sie.« Er tritt einen Schritt näher und senkt die Stimme. »Ich dürfte Ihnen das nicht sagen, aber ja, ich stimme Ihnen zu, der Mann lügt wahrscheinlich. Oder er ist verwirrt, bringt etwas durcheinander und deckt seinen Freund unabsichtlich. Denn dieser Freund – wir haben seine DNA an der Leiche. Überall. Er hat es getan.«

Alle Luft entweicht aus meiner Lunge.

Der Detective schreitet über den Flur zum Vernehmungsraum, und ich beeile mich, ihn einzuholen. Endlich hat die Polizei Sandras Mörder in Gewahrsam. Sie haben Beweise und wissen, dass er es ist. Ich wusste, dass der Klient lügt. Ich rufe mir seine Worte in Erinnerung:

Adam hat diese Frau nicht getötet. Er hat sie noch nie gesehen. Ich habe sie noch nie gesehen.

Wenn sie sich nie begegnet sind, wie kommt dann seine DNA an ihre Leiche?

Mein Herz schlägt wie wild. Ich muss mich entspannen. Dieser Detective ist einfach froh, dass er seinen Mann hat, daher glaube ich nicht, dass er sich über das, was ich gesagt habe, beschwert. Er ist derselben Ansicht, und es scheint ihn nicht zu stören, dass ich zu weit gegangen bin.

Als ich mich wieder an den Vernehmungstisch setze, versuche ich zu vergessen, dass ich Sandra kannte. Ich bin unparteiisch. Meine Aufgabe ist es, die Worte zu sprechen; der Kontext betrifft mich nicht. Konzentriere dich darauf, die Worte richtig zu übersetzen, sage ich mir, das ist alles, was du zu tun hast. So helfe ich Sandra. Doch dann denke ich an den Fahrerfluchtprozess der Erbin im Old Bailey: Freispruch. So viele Freisprüche. Dass dieser Mann verhaftet wurde, genügt nicht. Dass die Polizei weiß, dass er schuldig ist, genügt nicht.

Aber ich darf nicht an den Prozess denken, sage ich mir. Der Ausgang dieser Sache geht mich nichts an. Ich muss nur die Aussage des Klienten übersetzen, und dann kann ich mit Elliot nach Hause fahren. Muss seine Lüge übersetzen, er sei zur Tatzeit mit Adam Birch zusammen gewesen.

Wir haben seine DNA an der Leiche.

Ich werde die Worte korrekt wiedergeben. Ich mache immer, was von mir erwartet wird. Ich habe schon früher Lügen gesprochen, dessen bin ich mir sicher. Vor Gericht, bei Einbürgerungsgesprächen, ärztlichen Untersuchungen, bei anderen polizeilichen Vernehmungen – ich habe die Unwahrheiten meiner Klienten wiederholt, weil das meine Rolle war. Meine Aufgabe ist es, korrekt zu übersetzen, nicht, die Wahrheit zu sagen. Aber vielleicht sollte das anders sein. All diese Fälle, bei denen ich gedolmetscht habe und der Verdächtige, der Angeklagte, freigesprochen wurde. Wie viele dieser Fälle hätten anders ausgehen können, wenn ich die Aussage der Klienten von ihren Lügen zur Wahrheit geändert hätte? Der Lügner ist nicht immer derjenige, für den ich dolmetsche – sehr häufig ist es der Unschuldige. Was macht diese Frau im Nagelstudio jetzt? Sie konnte mir nicht die Wahrheit über ihre Situation sagen, weil sie Angst hatte; der wahre Lügner war ihr Chef, vermutlich auch ihr Sklavenhalter. Dann ist da dieser französische Drogendealer – ist er schon wieder draußen auf der Straße zugange, weil ich den Polizisten nicht über seine Verwarnungen unterrichtet habe?

Ich mache keine Fehler. Ich habe gesagt, dazu würde es nie mehr kommen, und das ist es auch nicht. *Jemand Zuverlässigen mit einem guten Leumund.* Ich halte meine Versprechen, weil ich zuverlässig bin. Ich habe den Ruf, die Beste zu sein, weil es stimmt. Aber Sandra ist kein abstraktes Opfer, nicht bloß ein Name auf einem offiziellen Dokument oder ein anonymes Gesicht in den Nachrichten. Ich kannte sie, und sie kannte Elliot. Sie mochte ihn, und er mochte sie. Falls Elliot mein Sohn wird, wie kann ich ihm dann eines Tages in die Augen sehen und ihm sagen, dass Sandra ermordet wurde, ohne ihm den Rest der Geschichte zu erzählen? Werde ich ihm erklären, dass die Polizei zwar den Richtigen festgenommen hatte, dass sie sich da sicher waren, ich aber ein falsches Alibi ermöglicht und nichts getan habe, um ihn aufzuhalten, obwohl ich wusste, dass dieser Mensch log? Ich ließ es geschehen, Elliot, und Sandras Mörder kam frei. An eine Frau, die einmal auf ihn aufgepasst hat, wird er sich kaum erinnern, aber an das, was ich getan habe. Daran, dass sie eine unschuldige Person war, die kurz Teil unseres Lebens war, daran, dass ich untätig zugesehen habe.

»Entschuldigen Sie«, sagt der Detective zum Klienten und meint unseren Aufenthalt in der Küche. »Ein paar Fragen habe ich noch.« Ich übersetze es ins Polnische. »Also, die ganze Zeit über – von fünf Uhr nachmittags bis zum Sonnenaufgang, Sie sagen um sechs Uhr morgens – waren Sie mit Adam Birch an dem Ort, wo Sie momentan leben. Und Sie haben die ganze Zeit nicht geschlafen?«

»Ob wir geschlafen haben? Nein, habe ich doch gesagt, es ist sicherer, tagsüber zu schlafen«, sagt der Klient.

»Und was haben Sie gemacht? Während dieser circa dreizehn Stunden – was haben Sie beide da genau gemacht?«

Adam Birch wird der Detective die gleiche Frage gestellt haben. Er will es von meinem Klienten hören, bevor Birch freigelassen wird und sie sich absprechen können.

»Adam hat lange gelesen«, sagt der Klient. Ich wiederhole es auf Englisch.

»Was hat er gelesen?«

»Ein Buch von der Straße, wissen Sie, eine dieser Straßenbibliotheken, wo die Leute gebrauchte Bücher spenden.«

»Adam hat gelesen, aber Sie nicht?«

»Diese Bücher sind alle auf Englisch, und mein Englisch ist dafür nicht gut genug.«

»Und welches Buch hat Adam Birch gelesen?«

»Ich kenne den englischen Titel nicht.«

»Er hat nicht darüber gesprochen? Hat nicht gesagt, wovon es handelte?«

»Hat er darüber gesprochen? Nein. Ich weiß wirklich nicht, wovon es handelte.«

»Sie müssen aber den Einband gesehen haben, oder?«

»Es war groß, ein sehr dickes Buch. Fantasy, glaube ich. Ein dunkler Einband mit Drachen. So in der Art«, sagt der Klient. Dies sind Details, die der Detective mit denen in Adam Birchs Aussage abgleichen wird. Falls es Diskrepanzen zwischen den beiden Aussagen gibt, wird Mariusz Dorobek als unzuverlässiger Zeuge gelten, wenn es vor Gericht geht.

»Es war ein kleines, dünnes Buch«, sage ich auf Englisch. Ich suche im Blick des Klienten nach Verstehen: Er hat nichts gemerkt. »Ein Thriller, glaube ich. Ein Mann war auf dem Einband.« Der Detective macht sich Notizen. Ich wappne mich für einen Ausbruch des Klienten. Er könnte spüren, dass etwas nicht in Ordnung ist, auch wenn er meine Worte nicht vollständig versteht. Er stützt die Ellbogen auf und den Kopf in die Hände. Er ist gestresst und besorgt; er achtet nicht auf mein Englisch.

»Was haben Sie sonst noch getan zwischen fünf Uhr an diesem

Nachmittag und sechs Uhr morgens?«, fragt der Detective. Ich wiederhole es dem Klienten auf Polnisch.

»Wir haben etwas gegessen.«

»Was haben Sie gegessen?«

»Wir hatten beide ein Sandwich. Ich habe irgendwann auch eine Banane gegessen.«

»Wir hatten beide ein Würstchen«, sage ich auf Englisch. Falls Adam Birch der Polizei gesagt hat, er habe ein Sandwich gegessen, kann die Staatsanwaltschaft das vor Gericht verwenden, um den Zeugen in den Augen der Jury zu diskreditieren. Bei der Vorbereitung auf die Verhandlung werden der Verteidigung die Widersprüche zwischen den Aussagen der Männer auffallen, und man wird das Alibi vermutlich gar nicht zur Verteidigung heranziehen, sondern diesen Zeugen nicht einmal aufrufen. Das polnische Wort für »Banane« ist dem englischen zu ähnlich. Das kann ich nicht ändern, ohne dass der Klient es merkt. »Ich habe auch eine Banane gegessen«, sage ich dem Detective.

»Okay, ich lese jetzt die Notizen vor, die ich mir gemacht habe«, sagt der Detective. Er hält inne, damit ich es auf Polnisch übersetzen kann. »Dann wird die Dolmetscherin Ihre Aussage für Sie in Ihrer Sprache niederschreiben. Sie werden das lesen, unterzeichnen, und dann wird die Dolmetscherin eine englische Version davon anfertigen und mir geben.«

Wieder huste ich, dann gebe ich vor, mit der Kappe des Stifts zu kämpfen, um ein paar zusätzliche Sekunden zu schinden. Was kann ich sonst noch tun, um sicherzustellen, dass Adam Birch verurteilt wird? Ich könnte die Zeitangaben in der Aussage des Klienten ändern. Doch wenn ich das in meiner englischen Fassung seiner Aussage mache, könnte jemand Zweisprachiges es mit dem korrekten Zeitfenster in der polnischen Aussage vergleichen und deutlich sehen, dass ich es falsch wiedergegeben habe. Das Gleiche gilt für die Beschreibung von Adams Buch und dessen, was sie gegessen haben. Sie hätten keine Veranlassung zu denken, dass der

Fehler Absicht war. Falls die Polizei allerdings Sandras Babysitterkolleginnen befragt und dabei mein Name fällt, müsste ich ein paar unangenehme Fragen beantworten. Das darf ich nicht riskieren. Ich werde die Fehler in der polnischen Fassung der Aussage machen müssen. So ist es der Fehler des Zeugen: Es wird aussehen, als hätte *er* falsche Angaben gemacht und ich nur *seinen* Fehler übersetzt. Der Klient könnte hinterher versuchen, sie zu korrigieren, aber das wäre zu spät. Wenn man als Zeuge etwas unterschreibt, das nicht korrekt ist, nutzt man der Verteidigung nichts, weil man in den Augen der Jury sofort als unzuverlässig dasteht.

Aber wie bekomme ich den Klienten dazu, die Aussage mit all diesen Falschinformationen zu unterzeichnen? Es zuckt in meiner rechten Handfläche. Ich strecke die Finger, um den Beginn eines Zitterns zu verbergen. Unleserliche Handschrift: So werde ich es machen. Ich werde dafür sorgen, dass die ersten Sätze der Aussage schwer zu lesen sind für ihn, und hoffe, dass er dann aufgibt.

So schnell ich kann, schreibe ich die Aussage auf Polnisch nieder – ich will es hinter mich bringen. Als ich zu der Stelle komme, wo ich die Zeit angeben muss, drücke ich zu fest auf, und der Stift rutscht mir aus. Ich schreibe, er sei von sechs Uhr abends bis vier Uhr morgens mit Adam Birch zusammen gewesen. Es ist nur eine kleine Änderung, aber doch eine weitere Diskrepanz, die Zweifel an der Zuverlässigkeit des Zeugen wecken wird. Es widerspricht dem Zeitfenster, das er dem Detective in der Vernehmung genannt hat, und hoffentlich auch der Zeitangabe von Adam Birch. Ich schreibe die Zahlen aus und bete darum, dass der Klient nichts merkt.

Ich habe es getan. Die Luft hier drin ist drückend, und in meinem Nacken breitet sich Feuchtigkeit aus. Nach all den Jahren habe ich wieder einen Fehler gemacht.

Ich reiche das Blatt dem Klienten und schlucke den Riesenkloß im Hals herunter. Sie können mir nicht auf die Spur kommen, sage ich mir, sie werden mir Elliot nicht wegnehmen. Ich lasse den Klienten versuchen, die ersten Zeilen zu lesen. Ich muss ihm das Blatt abnehmen, bevor er die Zeitangaben und die Details zum Buch und zum Essen sieht. »Ich könnte es Ihnen vorlesen«, sage ich auf Polnisch. »Ich weiß, meine Handschrift ist schrecklich. Falls es das leichter für Sie macht?«

Er sieht mich über den Tisch hinweg an. Wieder muss ich schlucken, aber ich habe zu viel Angst, um auch nur die kleinste Bewegung zu machen.

»Bitte.« Er reicht mir das Blatt zurück.

Ich beginne zu lesen. Ich halte das Blatt hoch und zu mir geneigt, um ihm den Blick darauf zu erschweren. Außerdem spreche ich schnell, *zu* schnell, aber ich versuche, meiner Panik davonzulaufen, und nur so bleibt meine Stimme fest. Ich lese ihm vor, er sei von fünf Uhr nachmittags bis gegen sechs Uhr am nächsten Morgen mit Adam Birch zusammen gewesen. Mariusz Dorobek hört meinen Worten zu und nickt mehrfach. Falls er mich jetzt ertappt, falls er sieht, was ich geschrieben habe, tue ich so, als wäre es mir peinlich, dass ich etwas so Einfaches wie die Uhrzeit durcheinandergebracht habe. Ein ganz unschuldiger Fehler; ich könnte mit einem Lachen darüber hinweggehen. Nichts Kriminelles. Ich werde es abstreiten, und ich werde keinen Zusammenbruch bekommen. Ich komme zu den Sätzen über Adams Buch und das, was die Männer aßen, und sage »Fantasy« und »Drachen« und »Sandwich« auf Polnisch – all das, was der Klient zu hören erwartet.

Nachdem ich die letzte Zeile der Aussage vorgelesen habe, lege ich das Blatt auf den Tisch. Der Detective schiebt es Mariusz Dorobek zu und reicht ihm einen Stift. Die Sekunde, die er benötigt, um die Kappe vom Kuli abzunehmen, kommt mir wie eine Stunde vor. Wenn er unterschrieben hat, wird der Detective ihn gehen lassen. Ich werde noch bleiben, die polnische Aussage studieren und die englische Fassung schreiben.

Der Klient nimmt den Stift in die Hand.

Ich hätte dem Detective nicht sagen sollen, dass ich glaube, dieser Mann sei ein Lügner. Ich bedauere, ihm meine Voreingenommenheit gezeigt zu haben, denn wenn sie meine Fehler entdecken, habe ich ihm selbst ein Motiv geliefert.

Der Stift senkt sich auf das Papier.

Er unterschreibt.

Hinterher schwebe ich über den Flur vor dem Vernehmungsraum. Mein Kopf ist hoch erhoben, mein Gang leicht und mühelos. Elliot ist da, er sitzt noch neben dem mit zwei Fingern tippenden Polizisten, die Nase klebt praktisch an seiner Zeichnung. »Tut mir leid, Batman«, sage ich. »Jetzt bin ich fertig. Lass uns nach Hause fahren.«

Ich reibe seine Schulter, streiche sein Haar glatt. Er verabschiedet sich von dem Polizisten, und wir verlassen das Gebäude.

»Was hast du da drin gemacht?«, fragt er.

»Batman-Sachen.«

Er bekommt große Augen. »*Du* hast die Verbrecher gefangen?«

»Genau. Das habe ich.«

15

Am Montagmorgen suche ich nicht in der Exia-App nach Arbeit. Heute könnte ich es nicht ertragen, persönlich irgendwo zu erscheinen. Nach letztem Freitag möchte ich eine Weile nicht in die Nähe einer Polizeistation kommen; es fühlt sich an, als würde ich damit an einen Tatort zurückkehren. Ich habe Sandra geholfen. Es war moralisch richtig, das zu tun, die gerechte Vorgehensweise, doch ich hatte mir gelobt, nie wieder ein Wort zu ändern, und acht Jahre später habe ich es doch getan. Es ist gut, dass ich Schuldgefühle habe. Es bedeutet, dass ich mein Gelöbnis damals ernst gemeint und wirklich geglaubt habe, ich würde für den Rest meiner beruflichen Laufbahn keine Fehler mehr machen. Ich habe letzte Woche die richtige Entscheidung getroffen, aber ich muss trotzdem mit den Konsequenzen leben.

Elliot und ich blieben das ganze Wochenende für uns. Gestern waren wir im Kino in einer wenig besuchten Vorführung, und am Samstag suchte ich uns gleich morgens eine Ausstellung in der British Library. Den Schlagzeilen bin ich ausgewichen. Ich habe mir keine Nachrichten-Websites angesehen. Ich will nicht an Sandras Ermordung und Adam Birch denken, während ich darauf warte, vom Familiengericht zu hören. Da ich es mir nicht leisten kann, heute gar nicht zu arbeiten, logge ich mich beim Telefondolmetscherdienst ein und arbeite von zu Hause aus. Lydia könnte jeden Moment wegen der Entscheidung des Richters anrufen. Ich will nicht gerade in einer Gerichtsverhandlung dolmetschen, wenn das Vibrieren des Telefons mir die Nachricht ankündigt, dass Elliot mir weggenommen wird.

Der erste Klient auf LanguageLine ist ein Spanisch sprechender Mann, der für seinen Vater einen Termin beim nationalen Gesundheitsdienst NHS für eine Palliativpflege vereinbaren will. Dann ruft eine Portugiesin an, die mit ihrer Versicherung über ihr gerade abgebranntes Haus verhandeln will. Für eine kurze Auflockerung sorgt ein Hindi sprechender Tourist in einer Polizeiwache in York, der, wie sich herausstellt, gar kein Verbrechen anzeigen, sondern nach dem Weg zur Kathedrale fragen will. Während ich für diese Klienten dolmetsche, behalte ich mein Handy auf dem Couchtisch im Auge. Zwischen den einzelnen Aufträgen entsperre ich das Display, um mich zu vergewissern, dass ich Lydias Anruf nicht doch verpasst habe, obwohl der Klingelton ohrenbetäubend laut eingestellt ist.

Irgendwann entsteht eine fünfminütige Pause, und da wird das Warten vollends unerträglich für mich – was stellt Lydia sich vor? Wie soll ich so mit meinem Leben weitermachen? Ich habe schon das ganze Wochenende gewartet. Andererseits will ich heute gar nicht unbedingt, dass das Telefon läutet, wird mir klar. Es könnte ja auch die Polizei sein, die mich nach letzter Woche befragen will. Mittlerweile könnte einer der Detectives die Zeugenaussage mit der von Adam Birch verglichen und die Diskrepanzen bemerkt haben. Die Befragung verlief reibungslos, ich habe zügig gedolmetscht, habe den Klienten nicht ein einziges Mal gebeten, etwas zu wiederholen, habe nicht gestockt. Der Detective stimmte mir zu, dass der Klient vermutlich log, also wird er logischerweise annehmen, dass die Fehler dem Zeugen selbst unterlaufen sind. Oder? Heißt es nicht, Lügner verlieren irgendwann den Überblick über ihre Lügen? Aber sie könnten den Zeugen noch einmal vernehmen. Wenn Mariusz Dorobek sich mit einem neuen Dolmetscher zusammensetzt und die Alibi-Aussage durchgeht, die ich niedergeschrieben habe, wird er die Fehler bemerken, sich daran erinnern, dass ich ihm anbot, ihm die Aussage vorzulesen, sodass er es nicht selbst tun musste, ehe er unterschrieb, und dann zählt er vielleicht zwei und zwei zusammen. Ich habe eine Rechtsbeugung begangen. Und wenn ich erwischt werde, steht auf diese Anklage theoretisch lebenslänglicher Freiheitsentzug als Höchststrafmaß. Ich habe Angst, mir die Nachrichten anzusehen. Ich will nicht wissen, was nach der Alibi-Überprüfung geschehen ist.

Als das Telefon klingelt, fahre ich derart zusammen, dass ich fürchte, mir den Kopf an der Decke zu stoßen. Ich melde mich – es ist gar nicht mein Handy, es ist LanguageLine. Noch jemand benötigt meine Hilfe.

Es wird Zeit, Elliot von der Schule abzuholen, und Lydia hat nicht angerufen. Der Arbeitstag hat noch ein paar Stunden, es besteht weiter Hoffnung, dass sie sich heute Nachmittag meldet. Ich hätte nicht gedacht, dass ich die Benachrichtigung über die Adoptionsentscheidung in Elliots Gegenwart erhalte. Was ist, wenn ich den Anruf annehme, während er gleich neben mir steht, und es sind schlechte Nachrichten? Ich werde ihn meine Reaktion nicht sehen lassen. Er ist der emotional Bedürftige, und ich bin die verlässliche Mutter, selbst wenn sie ihn mir wegnehmen. Wir sollten heute Nachmittag etwas unternehmen, damit wir beschäftigt sind. Online finde ich einen Kunstkurs für Kinder im Alter zwischen vier und sechs, und wir fahren direkt von der Schule aus dorthin.

In der Turbinenhalle der Tate Modern findet man immer Leute, die auf dem abschüssigen Boden liegen, alle viere von sich gestreckt, als entspannten sie an einem Betonstrand. Die aktuelle Ausstellung ist von einem dänischen Künstler und heißt »Wahrheitsserum«. Ist es egozentrisch, sich zu fragen, ob diese Ausstellung heute eigens hier ist, um meine blank liegenden Nerven zu quälen? Ein Gartenschlauch und ein Rasensprinkler, beide überdimensioniert, reichen bis zur Decke. Während ihre Metallteile sich drehen, geben sie einen feinen Sprühnebel ab, der auf eine Gruppe auf dem Kunstrasen tanzender Teenager herabfällt. Auf dem Weg zur Treppe hockt Elliot sich hin und streicht über die feuchten grünen Kunststoffhalme. In der Kinderwerkstatt des Museums beugt er sich über den farbbekleckssten Tisch und ahmt die Kunstvermittlerin nach, die den Kindern zeigt, wie man einen

Origamifisch faltet. Eltern säumen die Wände, sie starren alle auf ihre Telefone. Ich lasse den Blick über die einzelnen Mütter und Väter wandern und überlege, was genau sie wohl gerade tun. Instagram. Sie liest berufliche E-Mails. Der da spielt ein Spiel, tut aber so, als läse er irgendetwas Seriöses. Keiner von ihnen rechnet damit zu erfahren, dass ihm oder ihr das Kind weggenommen wird, oder wappnet sich für einen Telefonat, bei dem ihm oder ihr mit einer Gefängnisstrafe gedroht wird.

Zehn Minuten vor Ende des Kurses klingelt mein Telefon. Ich stürze hinaus auf den Flur und behalte Elliot durch die Scheibe im Blick.

»Revelle. Guten Tag.« Es ist Lydia. »Also, hören Sie. Der Richter war am Freitag ziemlich wütend auf Sie. Ich weiß nicht, was passiert ist. Sie sagten, Sie hätten irgendeine zweite Nachricht vom Gericht mit einer Adressänderung bekommen.«

»Ja, *ja*, ich habe Ihnen gesagt, ich …« Ich breche ab, als mir einfällt, dass ich dieses Schreiben nicht mehr habe. Wenn ich erneut darauf herumreite, will Lydia es vielleicht sehen, und was mache ich dann?

»In Anbetracht der Tatsache, dass die Adoptiveltern nicht zwingend bei diesem Gerichtstermin anwesend sein müssen, hat der Richter entschieden, mit dem Adoptionsbeschluss fortzufahren.«

»Fortzufahren – mit welchem Ergebnis?«

»Das war's, Revelle, es ist geschafft. Er gehört Ihnen.«

Unsichtbare Fäuste trommeln auf meine Brust. »Aber sie haben Widerspruch eingelegt?«

»Der wurde abgewiesen. Die leiblichen Eltern gewinnen kaum jemals. Vermutlich ist es grausam, ihnen Hoffnung zu machen. Adoption ist ein letztes Mittel, wenn also ein Fall so weit gediehen ist, dann liegen fast immer mehr als genug Anhaltspunkte dafür vor, dass das Kind nicht bei seinen leiblichen Eltern leben sollte.«

»Dann …«

»Das war's. Halten Sie Ausschau nach den Adoptionspapieren

in der Post. Kontaktieren Sie das Familiengericht, falls es da Probleme gibt. Sie haben es geschafft. Keine Besuche von mir mehr.«

Wir unterhalten uns noch fünf Minuten, aber ich bin in einer traumähnlichen Verfassung und höre sie gar nicht richtig. Es ist geschafft. Elliot ist unwiderruflich mein Sohn. Lydia, das Jugendamt und das Familiengericht sind für immer aus unserem Leben verschwunden.

Ich verabschiede mich von Lydia, gehe langsam in die Werkstatt zurück und lege Elliot die Hand auf die Schulter, zaghaft noch, so als könnte das nicht real sein, und wenn ich ihn zu fest berühre, könnte er zerbrechen. Elliot ist mein.

Der Kurs endet, und wir gehen zu McDonald's – Elliots Wahl. Das Lokal platzt aus allen Nähten vor lauter Teenagern und jungen Familien. Männer mit Zementstaub an den Arbeitsstiefeln essen eilig auf Hockern am Fenster. Elliots lila Origamifisch liegt auf unserem Tisch zwischen Cheeseburgern und zwei Erdbeermilchshakes.

»Also, weißt du noch, wie ich dir gesagt habe, dass das Gericht, das Familiengericht, diese Woche entscheiden würde, wo du am besten leben sollst?«, frage ich.

»Klar.« Er spürt, dass dies ernst ist, und hört auf, sich Fritten in den Mund zu schieben.

»Tja, der Richter hat entschieden, dass es am besten ist, wenn du bei mir bleibst, und jetzt können wir für immer eine Familie sein, du und ich.«

»Was ist mit Lydia?«

»Lydia ist mit dem Richter einer Meinung. Sie findet auch, du und ich, wir sollten zusammen sein. Sie muss uns jetzt nicht mehr helfen. Das war's also, wir werden sie nicht mehr wiedersehen.«

»Okay.« Er saugt an seinem Strohhalm, und seine Wangen wölben sich einwärts.

»Klingt das gut?«

»Glaub schon.« Er wischt sich den Mund ab.

»Eigentlich ändert sich nichts. Du weißt, dass ich schon deine Pflegemama war, deshalb bedeutet es bloß, dass ich jetzt für immer deine Mutter sein werde. Du musst dich nicht mehr mit Lydia oder irgendwelchen von diesen anderen Erwachsenen unterhalten. Und du musst nicht mehr ständig die Schule wechseln. Das war es jetzt wirklich, es gibt nur noch dich und mich.«

»Okay, das ist gut.«

Ich mustere ihn, suche nach Anzeichen von Sehnsucht nach seinen leiblichen Eltern, Anzeichen dafür, dass er wünschte, einer von ihnen säße statt meiner in dieser schmierigen Sitznische. Tu das nicht, sage ich mir, genieße diesen Moment – wir haben es geschafft! Elliot spielt mit seinem Origamifisch, und das empfinde ich nach dieser langen Zeit des Bangens als unfassbar ernüchternd. Aber was habe ich erwartet? Er ist sechs. Er ist seit dem vierten Lebensjahr in staatlicher Obhut und wurde zwischen Erwachsenen herumgereicht. Natürlich bedeutet es für ihn nicht dasselbe wie für mich. Ich glaube, er ist zufrieden. Von jetzt an wird das so bleiben, dafür werde ich sorgen.

Ich bitte einen Mann in der Nachbarnische, ein Foto von uns zu machen. McDonald's ist nicht mein Wunschschauplatz für diesen Augenblick, aber Hauptsache, wir sind zusammen.

»Danke«, sage ich zu dem Fremden, als er mir mein Telefon zurückgibt. Ich zeige Elliot das Foto. »Was meinst du – sollen wir das ausdrucken und an den Kühlschrank hängen?«

»Dann will ich immer zu McDonald's, wenn ich das sehe.«

»Vielleicht muss ich die Pommes frites mit Photoshop entfernen. Sie gegen Äpfel oder so was austauschen – was meinst du? Brokkoli vielleicht?«

Er schneidet eine Grimasse und lacht. Als er fertig gegessen hat, sieht er durchs Fenster nach draußen, wo ein Mann neben dem Eingang auf dem Boden sitzt; sein leerer Kaffeebecher bittet um Kleingeld. Haar und Mantel des Mannes sind nass – er muss in das Gewitter heute Nachmittag geraten sein.

»Hat der Mann da kein Zuhause?«, fragt Elliot.

»Nein. Ich glaube, im Moment hat er keins.«

»Warum?«

»Das kann viele Gründe haben. Vielleicht ist vor Kurzem etwas schiefgegangen in seinem Leben, und er hat nicht genug Freunde oder Verwandte in London, die ihm helfen können.«

»Wie ich?«

»Nein, nicht wie du. Wie kommst du darauf?«

Jetzt ist er scheu, und sein Kinn berührt fast die Tischplatte. »Weiß nicht«, sagt er.

»Verstehst du, was ich dir vorhin gesagt habe? Dass ich dich adoptiert habe? Ich bin deine Mum. Wir sind eine Familie. Nichts kann daran noch etwas ändern.«

»Okay.«

Ich beuge mich über den Tisch und nehme ihn in die Arme. »Du wirst niemals obdachlos sein, okay? Da musst du keine Angst haben.« Mein Gesicht ist heiß, und ich spüre die Tränen in den Augen brennen. Ich muss mich zusammenreißen. Ich sehe in mein Portemonnaie und drücke mir die Daumen, dass ich etwas habe, irgendetwas.

»Ah, ich habe einen Fünfer!« Ich reiche ihn Elliot. »Was hältst du davon, wenn du nach draußen gehst und ihn dem Obdachlosen gibst? Du steckst ihn in seinen Becher und kommst gleich wieder zurück.«

Elliot springt zu Boden und geht zum Ausgang. Durchs Fenster beobachte ich, wie er den Geldschein in den Becher drückt, kehrtmacht und wegläuft.

»Gut gemacht«, sage ich, als er sich wieder mir gegenüber hinsetzt. »Was möchtest du jetzt machen? Hast du noch Platz im Magen für Apple Pie oder etwas anderes?«

»Klar.«

Dachte ich es mir doch. Elliot möchte selbst bestellen und bezahlen, also gebe ich ihm meine Karte und beobachte, wie er sich anstellt und zur Kasse vorrückt. Als er seine Bestellung aufgibt, sieht die junge Frau hinter der Kasse zu mir, und ich winke, um ihr zu bedeuten, dass es seine Richtigkeit hat. Zwei Polizistinnen schlendern miteinander plaudernd herein und reihen sich ebenfalls in die Schlange ein. Das fühlt sich an wie eine Ohrfeige; eine Warnung, mich nicht zu entspannen. Ich könnte noch immer erwischt werden. Hastig greife ich nach meinem Telefon – keine neuen Anrufe oder Nachrichten. Es ist jetzt außerhalb der Bürozeiten, aber die Polizei könnte sich jederzeit mit Fragen an mich wenden. Ich habe Elliot gesagt, wir würden für immer eine Familie sein, aber wenn sie mich erwischen, besteht die Möglichkeit, dass ich eine Haftstrafe bekomme. Und was soll dann aus Elliot werden? Mein Blick wandert zu dem Obdachlosen draußen vor dem Fenster, und ich denke an die Statistik über Pflegekinder, die später mit dem Gesetz in Konflikt geraten – wie leicht kann eine instabile Kindheit zu einem Leben voller Chaos und Unsicherheit führen. Ich bin eine alleinstehende Mutter. Elliot hat nur mich. Ich darf keine weiteren Risiken eingehen. Er kommt mit unserem Nachtisch zurück, und wir essen.

»Das hast du sehr gut gemacht«, sage ich. Ich überlege, wie lange es wohl dauern wird, bis ich die Adoptionsurkunde erhalte, und dann seinen Pass – wann wir in ein Land ohne Auslieferungsabkommen mit Großbritannien fliehen können, wo es keine Rolle spielt, wenn sie mir dann noch auf die Spur kommen, weil sie uns nicht mehr trennen können. Zeigen sich da meine Schuldgefühle? Ja, mehr ist das nicht. Ich habe einen Fehler gemacht, zwei jetzt. Beim ersten, vor acht Jahren, wurde ich nie erwischt. Warum sollte das jetzt anders sein? Alles wird gut gehen, sage ich mir. Ich darf nicht zulassen, dass die alten Schuldgefühle wieder an mir nagen.

Elliot spielt wieder mit seinem Origamifisch, und ich nehme all meinen Mut zusammen und suche online nach »Adam Birch«.

Die Polizei hat wegen des Mordes an der Hausangestellten Sandra Ramos einen Mann verhaftet: Adam Birch, ohne festen Wohnsitz.

Verhaftet. Die Meldung wurde am Sonntag veröffentlicht. Nicht zur Befragung vorgeladen, nicht vorläufig festgenommen. Sie haben ihn.

»Was ist?«, fragt Elliot. Ich blicke auf und entdecke sein grinsendes Gesicht dicht vor mir.

»Nichts.«

»Du lächelst.«

»Ich freue mich bloß. Du lächelst auch.« Ich stecke einen Finger in sein Eis und lecke ihn ab.

»Hey!«

Ich lese den Artikel zu Ende. Die Polizei erklärt, Adam Birch sei in das Haus in Knightsbridge eingebrochen, um die Erbin auszurauben, und dabei auf Sandra getroffen. Sie hätten miteinander gerungen, und er habe sie die Treppe hinabgestoßen und sie damit getötet. Es war nicht sein erster Einbruchdiebstahl – er wurde bereits vor über zwanzig Jahren deswegen verurteilt. Auch dieses Verbrechen habe er in der Gegend von Knightsbridge verübt. Ich lege das Telefon auf den Tisch und lasse die Neuigkeit sacken. Ich *wusste*, dass der polnische Zeuge log. Ich schiebe beide Hände unter die Knie, um sie unter Kontrolle zu halten; mit einem Mal habe ich einen Überschuss an Energie. Wenn es zur Verhandlung kommt, wird Sandras Mörder kein Alibi haben, und anders als bei anderen Verfahren, bei denen ich mitgewirkt habe, wird der Täter hier nicht freigesprochen werden. Niemand wird wissen, dass das mir zu verdanken ist.

Später zu Hause, als Elliot schon im Bett liegt, sehe ich mir die BBC-Nachrichten an, und dann die auf Channel 4, ITV, Sky und jedem anderen Sender, den ich finden kann, denn es genügt nicht, in einer Nachrichtensendung zu sehen, dass Adam Birch verhaftet wurde; ich will es in jeder sehen. Sein erkennungsdienstliches Foto zeigt einen Mann mit braunem Haar, untersetzt und ungepflegt, genauso wie in dem Überwachungsvideo. Ich bin froh, dass ich auf der Polizeiwache den Mut aufgebracht habe. Aber ich darf deswegen nicht zu selbstzufrieden sein, denn da ist immer noch Doreen.

Jetzt, wo Elliot endgültig mein ist, spiele ich mit dem Gedanken, Kontakt zu ihr aufzunehmen. Sie kann die Adoption nicht mehr verhindern, falls sie es nicht gut aufnimmt, also habe ich wirklich keine Ausrede. Ich öffne den Laptop und rufe Facebook auf. Der Text ist nicht in englischer Sprache. Ich lade die Seite neu, aber es ändert sich nichts. Es ist alles auf Deutsch. Was ist da los? Ich gehe in die Einstellungen, ändere die Sprache, drücke die Eingabetaste, und die Änderung ist wirksam. Was war das? Warum war ausgerechnet Deutsch eingestellt? Ich klappe den Laptop zu und schiebe ihn von mir. Die Muskeln in meinem Nacken sind völlig verspannt. Es muss eine Erklärung dafür geben. Ich nutze Facebook nur selten, der Algorithmus hat also nur wenig, womit er arbeiten kann, und so etwas ist schon einmal vorgekommen; einmal war plötzlich alles auf Arabisch und ein andermal auf Bahasa Indonesia. Es ist bloß ein dummer Zufall, es hat nichts zu bedeuten. Ich finde Doreens Profil und klicke auf »Nachricht«.

Aus nächster Nähe warst du nicht, was ich erwartet hatte. Keine Sorge, du enttäuschst mich nicht, es ist nur schlicht unmöglich, sich kein mentales Bild von jemandem zu machen, den man noch nie getroffen hat, und dieses Bild stimmt niemals mit der Realität überein, nicht wahr? Ich wusste ja, dass das Jugendamt inkompetent ist, aber während eines Besuchs der Sozialarbeiterin kommt ein Drogendealer zu dir? Du verpasst einen Gerichtstermin, und sie lassen dich das Kind trotzdem *adoptieren? Es sollte mich nicht überraschen. Aber ich ertrage es nicht, ihn bei dir zu sehen. Beim Anblick dieses wunderschönen Jungen in deiner Wohnung, in deiner Gesellschaft, gerate ich in Wallungen, bis ich das Gefühl habe, die Hitze versengt mich.*

Gestern Abend sah ich ihn durchs Fenster am Computer spielen. Ich war da, als er mit dir zu Abend aß. Und in diesen zwei Stunden genügte es, ihm einfach nahe zu sein, gegen die Scheibe zu atmen und zu wissen, dass es ihm gut geht. Natürlich hätte ich gern ans Fenster geklopft. Ich war in Versuchung, mich ihm zu zeigen. Weißt du, wie leicht es gewesen wäre, einfach zu läuten, mich an dir vorbeizudrücken und ihn mitzunehmen? Ich will es nicht so machen, denn diese Art von Mutter bin ich nicht. Aber ich werde eingreifen, wenn ich muss. Wenn ich sehe, dass du ihn in irgendeiner Hinsicht im Stich lässt, werde ich nicht zögern zu tun, was nötig ist, um ihn zu schützen.

Jetzt gibst du ihm hier McDonald's-Fraß. Natrium, Trans-Fettsäuren, krebserregende Konservierungsstoffe. Was diese Chemikalien seinem heranwachsenden Körper antun, ist unverzeihlich. Ich bin jetzt schon so lange hier in diesem »Restaurant«, ohne etwas zu bestellen oder zu essen, dass ich allmählich die Aufmerksamkeit des Personals errege.

Ich trete vor. »Ich nehme einen Big Mac«, sage ich an der Theke. Der junge Mann stellt eine Reihe von Fragen zu Angeboten und Getränken, und ich sage zu allem »gut«. Nichts ist gut, und bei dir wird schon bald gar nichts mehr gut sein. Nachdem ich bezahlt habe, werfe ich einen letzten Blick auf dich und ihn in eurer Sitznische und gehe. Draußen lasse ich die Papiertüte neben einem Bettler fallen.

»Danke!«, krächzt der Mann meinem Rücken zu.

Ich nehme ein Taxi zur Kilburn Library. Zwar bezweifle ich, dass man beim Jugendamt schlau genug ist, um meine IP-Adressen zu erfassen, aber sicherheitshalber werde ich einen der Computer in der Bibliothek benutzen. Lydia, die Sozialarbeiterin, wohnt nur wenige Straßen von mir entfernt. Ich öffne einen Webbrowser auf dem uralten Bibliotheks-PC, rufe die Kinderschutzseite der Stadt auf und schreibe eine Nachricht als besorgte Nachbarin – sehr beunruhigt über die Gewalt und Verwahrlosung, die ich bei der Frau in Nummer elf und ihren beiden Kindern beobachte. Ich lese meine Nachricht noch einmal durch, füge einige Rechtschreib- und Grammatikfehler ein und sende sie ab. Mal sehen, wie es der Sozialarbeiterin gefällt, von ihren eigenen Kolleginnen überprüft zu werden.

Doch ich werde nicht zu viel Zeit auf Lydia verschwenden. Ich habe bereits mehr als genug Zeit vergeudet. Das Wünschen und Beobachten, Fantasieren und Tagträumen hat ein Ende. Die Observationsphase, diese milde Einmischung in dein Leben, ist vorbei. Jetzt ist es an der Zeit, dass ich handele.

16

Im Strafgericht in Southwark lässt der Wachmann meine Handtasche in eine Wanne fallen. Es ist Arkam.

»Guten Morgen«, sagt er. »Wie ist es Ihnen ergangen? Wie geht es Ihrem Sohn?«

Das letzte Mal, dass ich Arkam sah, war an dem Tag, als er Elliot am Old Bailey mit Sandra, einer Fremden, zur Toilette gehen ließ. Er ist immer so entzückend – es hat keinen Sinn, ihm jetzt böse zu sein.

»Es geht ihm gut, danke. Aber er hat von der Idee, bei Gericht zu erscheinen, Abstand genommen.«

Arkam lacht. »Da bin ich froh.«

»Einen schönen Tag!« Hinter dem Metalldetektor warte ich auf meine Besitztümer. Arkam winkt und wendet sich der nächsten Person zu. Southwark Crown, wie das hiesige Strafgericht auch genannt wird, ist ein nüchterner gelber Ziegelbau mit unterschiedlich kleinen Fenstern, die der Architekt, ein Sonnenlichthasser, nur widerstrebend im Nachhinein eingefügt hat. Nach einem Tag Telefondolmetschen kann ich es gar nicht erwarten, ins Gericht zu kommen.

Drinnen finde ich meinen Klienten und warte gemeinsam mit ihm darauf, dass er aufgerufen wird. Auf der Anklagebank sitzt heute ein extrem unsympathischer Jüngling, der wegen sexueller Nötigung vor Gericht steht. Der Klient ist ein Zeuge der Verteidigung, neu in Großbritannien, ein Uber-Fahrer, der das Pech hatte, das Opfer und den Angeklagten am fraglichen Abend nach Hause zu fahren. Er sah, wie das Paar sich auf dem Rücksitz küsste, was, wie jeder Frauenhasser weiß, bedeutet, dass alles, was danach zwischen den beiden geschah, einvernehmlich war.

Die Aussage des mutmaßlichen Opfers wurde bereits vorab aufgezeichnet. Darauf haben die Klägerinnen in solchen Prozessen mittlerweile Anspruch. Im Kreuzverhör redet der Verteidiger sie dreimal mit »Madam« an. Ein Anwalt erzählte mir einmal, dass die Verteidigung das in Fällen von Vergewaltigung und sexueller Nötigung zuweilen macht, damit die Jury den Eindruck gewinnt, das Opfer sei abgeklärt und stark, selbstbewusst, fraulich. Kein Opfer, kein junges Mädchen, und niemals unschuldig. Sie ist erst neunzehn.

»Ich schwöre beim allmächtigen Gott, dass ich gut und originalgetreu dolmetschen und, wo dies notwendig ist, Sachverhalte und anderes wahrheitsgemäß nach meinem besten Können und Verständnis erläutern werde«, sage ich, an den Gerichtssaal gewandt.

Heute spreche ich Hindi. Ich habe es als Jugendliche in Indien gelernt, als meine Mutter Gastwissenschaftlerin an einer Universität in Mumbai war. Richard. Ich muss Richard von Elliot erzählen. Als mir auffällt, wie sehr ich ihn vernachlässige, zucke ich zusammen und gelobe mir, mir etwas Zeit für ihn zu nehmen und ihm Elliot vorzustellen, wenn auch nur kurz bei einem Videotelefonat.

»Bitte setzen Sie sich, Frau Dolmetscherin«, sagt der Richter.

Warum musste ich heute eine sexuelle Nötigung zugewiesen bekommen? Man sollte doch meinen, das Universum könnte mir nach Sandras Fall ein bisschen entgegenkommen, mich ein Weilchen mit besonders scheußlichen Fällen verschonen. Ein hübscher kleiner Geldwäscheprozess wäre in Ordnung, ein harmloser Insiderhandel. Auch einen Korruptionsfall würde ich mit Freuden nehmen; Southwark ist schließlich ein ausgewiesenes Zentrum für schwere Betrugsfälle. Alles, bloß nicht so etwas Scheußliches wie das.

Als ich die vorab aufgezeichnete Aussage des Opfers sehe, habe ich das überwältigende Gefühl, dass die Frau die Wahrheit sagt, das kann ich nicht leugnen. Ich blicke zu den Anklagevertretern am anderen Ende des Saals, dann sehe ich wieder sie an. Das *Opfer*, englisch *victim*. Ich hasse diese Buchstabenkombination; es ist ein Wort wie ein Punkt am Ende eines Satzes. Ich glaube, der Jüngling ist schuldig. Jetzt erscheint mir ein Tag voller Diskussionen über Versicherungsklauseln und NHS-Bürokratie auf Language-Line gar nicht so übel. Hoffentlich hält der Verteidiger seine Fragen kurz. Dann kann ich zügig für den Hindi-Zeugen dolmetschen und noch einmal nach Hause fahren, bevor ich Elliot von der Schule abhole.

Der Klient hat begriffen, wie ernst die Sache ist, und spricht schnell. Wir bringen die Hauptvernehmung des Zeugen im Eiltempo hinter uns. Es wird viel über die Küsse auf dem Rücksitz gesprochen.

Kreuzverhör. Wenn ein Zeuge einbricht, dann normalweise in dieser Phase – unter dem wachsenden Druck eines fähigen Anwalts, der seine Geschichte durchlöchert. Der Zeuge gibt seine erste Antwort, er spricht in seiner Sprache ins Mikrofon. Versteht hier irgendjemand Hindi? Ich suche in den Gesichtern von Anklagevertretern und Verteidigern sowie auf den Zuschauerrängen nach Anzeichen von Verstehen. In London ist diese Sprache weitverbreitet, hier ist doch bestimmt jemand, der Hindi spricht. Aber über so etwas denke ich normalerweise gar nicht nach, wenn ich bei Gericht dolmetsche. Warum ist es mir heute so wichtig, ob außer mir jemand versteht, was mein Klient sagt? Grauen erfasst mich. Ich kenne den Grund. Aber ich werde ihn nicht zur Kenntnis nehmen, denn er ist töricht; ein flüchtiger, unvernünftiger Gedanke. Ich verwerfe ihn, und er fährt durch mich hindurch, ohne zu verfangen. Dieser Jüngling gehört ins Gefängnis, doch ich weiß, seine Aussichten sind gut; ich kenne die niedrige Verurteilungsquote bei sexueller Nötigung. Aber es gibt nichts, was ich tun kann.

»Das Opfer schien sich unwohl zu fühlen in Gegenwart des Angeklagten, nicht wahr?«, fragt der Anklagevertreter. Ich flüstere dem Klienten meine Interpretation ins Ohr und lasse dabei das

Äquivalent der englischen Vorsilbe »un-« weg, sodass die Frage bei mir lautet: »Das Opfer schien sich wohlzufühlen, nicht wahr?« Mein Verstand nimmt erst mit Verzögerung wahr, was ich da gesagt habe. Was habe ich getan? Ohne den Kopf allzu weit zu drehen, suche ich im Gesicht des Klienten nach Anzeichen von Verwirrung. Wenn er die Frage des Anklagevertreters verstanden hätte, würde er sich fragen, warum ich das Gegenteil gesagt habe.

»Ja, so empfand ich das«, stimmt der Klient zu, und ich wiederhole es auf Englisch. Ich atme stetig durch den Mund aus. Er hat nicht verstanden, was der Anklagevertreter gesagt hat. Ich sehe, dass der Prozessanwalt der Verteidigung unruhig wird – das war nicht die Antwort, die er erwartet hat, die Antwort, die der Zeuge zuvor in seiner schriftlichen Aussage gegeben hat. Warum habe ich das »un-« weggelassen? Mir war gar nicht bewusst, dass ich das tat. Das darf nicht noch einmal geschehen. Sandras Fall war etwas anderes – diese Alibi-Aussage war eine einmalige Sache und die Änderung wohlüberlegt. Ich habe mir das Prozedere vor Augen geführt und eine Möglichkeit gefunden, unauffällig Kleinigkeiten zu ändern. Aber das jetzt ist mir einfach so herausgerutscht, als hätte ich mich nicht unter Kontrolle. Und das macht mir am meisten Sorgen, denn es bedeutet, dass es nicht wie bei der Alibi-Überprüfung ist, sondern dichter an jenem anderen Fehler, jenem ersten Mal. Ich richte mich auf, stelle mir einen Stock in meinem Rücken vor. Ich werde mich konzentrieren. Ich starre einen braunen Fleck auf dem Boden an und blende alles aus bis auf die Worte, wie eine Ballerina, die sich auf eine Stelle an der Wand konzentriert, während sie herumwirbelt und sich dreht. Mir wird nicht schwindelig werden. Worte herein, Worte hinaus, ich muss sie nur wiederholen. Keine Fehler mehr.

»Tragen Sie beim Autofahren eine Brille?« Die nächste Frage des Anklagevertreters. Ich flüstere sie dem Klienten auf Hindi ins Ohr.

»Ja.« Ich wiederhole es auf Englisch. Mein Blick zuckt von einem Geschworenen zum anderen. Bei einem Geschworenenprozess hören die zwölf Bürger den Zeugen und Angeklagten zu, analysieren den Inhalt ihrer Aussagen und bewerten, in der Regel unterbewusst, ihre Körpersprache. Eigentlich sollen sie die Zeugen ansehen, aber wenn ein Zeuge nicht Englisch spricht, werde ich zum Gegenstand ihrer Musterung. Ich muss professionell und zuverlässig wirken, sonst bekommt die Jury einen schlechten Eindruck von meinem Klienten. Aber im Moment wirke ich nervös, ich rutsche auf meinem Platz herum, und mein Blick springt von einem Geschworenen zur nächsten. Ich muss damit aufhören. Ich unterminiere möglicherweise die Glaubwürdigkeit dieses Zeugen, und dann wird mir klar, dass es genau das ist, was ich will. Sandra musste ich helfen. Ich musste diese Alibi-Aussage ändern, weil ich ihr begegnet war und sie meinen Sohn kannte. Was ist mit diesem Opfer heute? Sie ist eine Fremde für mich, also bedeutet sie mir nichts? Ich akzeptiere meine Stellung in der Justizmaschinerie und tue nichts für sie? Ich bin Elliots gesetzlicher Vormund, und weder Lydia noch sonst jemand kann daran noch etwas ändern. Wenn ich die Worte des Klienten ändere und es herauskommt – was passiert dann? Rechtsbeugung ist schwer nachzuweisen, denn wer kann sagen, dass meine Fehler nicht einfach Fehler waren? Wo ist der Beweis dafür, dass da etwas anderes als Inkompetenz vorliegt? Andere Dolmetscher machen ständig Übersetzungsfehler und kommen nicht ins Gefängnis. Ich würde meine Arbeit verlieren, aber nicht Elliot. Sie könnten mich erwischen, aber er bliebe trotzdem mein.

Die nächste Frage kommt: »Am fraglichen Abend trugen Sie Ihre Brille nicht, oder?« Ich flüstere dem Zeugen ins Ohr: »Sie *haben* doch am fraglichen Abend Ihre Brille getragen, oder?« Niemand sonst im Raum kann mein Hindi hören. Sie werden nicht wissen, wie ich die Frage zu interpretieren beschlossen habe.

»Das ist richtig«, sagt der Klient. Wieder mustere ich sein Gesicht auf Anzeichen von Verstehen. Seine Miene bleibt neutral – er weiß nicht, was ich tue, und er hat keine Ahnung, was er gerade eingestanden hat.

»Es war so dunkel, dass Sie nicht richtig erkennen konnten, was auf dem Rücksitz geschah, oder?« Diese Frage gebe ich korrekt wieder. Vielleicht genügt das schon. Hör auf, sage ich mir, halte das Risiko, ertappt zu werden, möglichst gering; von jetzt an fehlerfrei.

»Wegen der Straßenlaternen konnte ich gut sehen«, sagt der Zeuge. Mein Blick ruht auf einer der Geschworenen: fünfzig plus, Henna-Tattoos und klobige Ringe, in der linken Hand ein Stift, mit dem sie sich Notizen macht. Wie wird sie im Geschworenenzimmer entscheiden? Ich spüre, dass das Kreuzverhör fast beendet ist. Was als Nächstes kommt, werde ich perfekt übersetzen, und alles ist gut. Meine Zähne mahlen aufeinander und signalisieren mir damit, dass sie nicht gehorchen werden, und als die nächste Frage kommt, verschwimmt mir alles vor Augen. Die Henna-Tattoos der Frau scheinen zum Leben zu erwachen und ihr vom Arm zu springen. Ich blinzele, bis ich wieder scharf sehe, und ermahne mich, es nicht zu weit zu treiben.

»Welche Farbe hatte das Kleid des Opfers?«

Ich übersetze es ihm mit: »Welche Farbe hatte *das Hemd des Angeklagten*?«

»Blau«, sagt der Klient. Ich sage es auf Englisch.

»Das Kleid des Opfers war rosa«, gibt der Anwalt zurück.

Auf den Zuschauerrängen schnappt jemand nach Luft. Das war's. Ich sage dem Klienten, der Anklagevertreter habe gerade gesagt, das Hemd des Angeklagten sei rosa gewesen. Er blickt verwirrt, sagt aber nichts.

Selbst wenn der Zeuge seine Antworten bei einer nochmaligen Befragung erläutert, ist der Schaden angerichtet. Er wurde von der Verteidigung benannt, um zu bezeugen, dass das mutmaßliche Opfer und der Angeklagte sich in seinem Auto geküsst hatten, und er hat seiner schriftlichen Aussage in mehreren Punkten widersprochen. Dank mir hat die Anklage seine Erinnerungen erfolgreich in Zweifel gezogen. In den Augen der Geschworenen kann man ihm nicht trauen. »Keine weiteren Fragen.«

Draußen fragt der Zeuge mich, ob ich mich in Southwark auskenne und wo er zu Mittag essen könne. Er hat seine Erfahrung bei Gericht eindeutig nicht genossen, aber er ist liebenswürdig und höflich zu mir. Seine Englischkenntnisse sind so eingeschränkt, dass er garantiert keinen Verdacht gegen mich hegt. Wir verabschieden uns voneinander, und anstatt zur U-Bahn zu gehen, mache ich mich zu Fuß auf den Heimweg und reinige mich im Herbstwind.

Drei Tage später sprechen die Geschworenen den Jüngling mit einer Mehrheit von elf zu eins schuldig. Ich lese die Nachricht auf meinem Telefon, während ich in der Post anstehe, und hätte beinahe die Faust in die Luft gereckt. Hätte die Staatsanwaltschaft das ohne mich erreicht? Waren es meine Worte, die die Geschworenen auf unsere Seite gezogen haben? Nun, jedenfalls elf von ihnen. Wen konnten wir nicht überzeugen? Hoffentlich nicht eine der Frauen.

Ich habe meine Rolle gespielt. Ich habe dafür gesorgt, dass der Jüngling ins Kittchen kommt, und das ist das richtige Ergebnis.

Der gerechte Ausgang.

Das weiß ich, weil die Medien am Sonntagmorgen berichten, dass sich drei weitere Opfer gemeldet haben.

17

Vier Opfer, von denen man weiß. Und wie viele noch? Der Boden unter mir schwankt, als ich diese Nachricht lese. Wenn ich die Fragen an den Uber-Fahrer nicht geändert hätte, hätten diese Frauen sich niemals gemeldet. Ich stand *so* kurz davor, in diesem Prozess *nicht* falsch zu dolmetschen. Wenn der Angeklagte für nicht schuldig befunden worden wäre, hätten diese Frauen vielleicht ihr Leben lang gedacht, man würde ihnen nicht glauben, aber jetzt besteht eine echte Chance, dass der Jüngling auch für diese Verbrechen verurteilt wird. Man wird mich nicht erwischen. Es ist unwahrscheinlich, dass die Verteidigung die Herausgabe der gerichtlichen Tonaufzeichnung zur Überprüfung verlangt. Ich bezweifle, dass sie auch nur Berufung einlegen; bestimmt haben sie genug mit diesen neuen Vorwürfen zu tun, denen die Staatsanwaltschaft energisch nachgehen will.

Ich habe auch diesmal die richtige Entscheidung getroffen, aber falsch zu dolmetschen, darf mir nicht zur Gewohnheit werden. Ich bin nicht leichtsinnig. Liegen keine zwingenden Umstände vor, werde ich das nicht noch einmal tun. Wenn es jemandem auffiele und Exia mich von ihrer Liste streichen würde, wäre es nicht leicht für mich, eine neue Arbeit zu finden. Eine Phase der Arbeitslosigkeit ist eines, wenn es nur um mich geht, aber etwas ganz anderes, wenn sie Elliot mit betrifft.

Jetzt ist es vier Uhr, also ist es in Singapur spät am Abend. Ich schicke Richard eine Nachricht und frage, ob er noch wach ist. Ein paar Minuten später geht auf meinem Laptop ein Videoanruf ein.

»Ich weiß, es ist spät«, sage ich. »Tut mir leid, dass ich mich nicht früher gemeldet habe. Hier war viel zu tun.«

»Hi. Ich freue mich, dass wir uns unterhalten können. Wie läuft es bei dir?« Richard sitzt in seinem Arbeitszimmer am Schreibtisch, ein großes Fenster gleich hinter sich. Ein tropischer Regen geht nieder. Beinahe schmecke ich die Feuchtigkeit auf der Zunge.

»Das wollte ich dir erzählen. Die Adoption ist durch.« Ich spreche laut, um den prasselnden Regen zu übertönen.

»Dann ist alles geregelt? Der kleine Mann ist dein?«

»Genau.«

»Gratuliere! Ich freue mich so für dich.« Ich weiß, dass er das ernst meint.

»Ich hole ihn, okay? Damit du Hallo sagen kannst.«

»Oh, das wäre toll«, sagt Richard überrascht.

Ich trage den Laptop in Elliots Zimmer, wo er auf dem Teppich mit einem Lego-Set spielt.

»Elliot. Das ist Richard. Ich habe dir von ihm erzählt. Er lebt in Singapur. Wir haben es uns auf dem Globus angesehen.« Ich hocke mich hin, damit die Kamera auf Höhe seines Gesichts ist.

»Hallo.« Elliot winkt dem Bildschirm zu, unsicher, wohin genau er blicken soll.

»Wie schön, dich kennenzulernen«, sagt Richard. »Was hast du da?«

»Das ist mein Halloween-Lego. Es ist eine Hexe.«

»Das ist toll. Ach ja, bald ist Halloween.«

Elliots Aufmerksamkeit wandert zurück zu seinem Spielzeug, und er dreht dem Laptop den Rücken zu. Es ist eigenartig für ihn, einen fremden Erwachsenen auf diese Weise kennenzulernen. Immerhin hat er freundlich Hallo gesagt. Ich stehe wieder auf und gehe zurück ins Wohnzimmer.

»Er ist ein bisschen schüchtern«, sage ich.

»Es ist wundervoll, ihn zu sehen. Wirklich. Hey, deine Wohnung ist hübsch.« Richard beugt sich vor und blickt über meine Schulter.

»Sie ist okay. Ziemlich groß für London. Aber jetzt, wo die Adoption durch ist, können wir wohnen, wo wir wollen, deshalb suchen wir uns bald etwas Preiswerteres.«

»Diese Woche habe ich mit dem neuseeländischen Anwalt gesprochen – die Testamentseröffnung zieht sich hin, aber du weißt, wenn du Geld brauchst, wenn ich dir irgendwie helfen kann, dann würde ich das wirklich gern tun.«

»Nein, wirklich, wir kommen zurecht.« Ich will nichts vom Vermögen meiner Mutter, und Richards Geld möchte ich auch nicht. Ich hätte ihm einfach sagen sollen, dass wir umziehen, um näher an Elliots Schule zu sein. »Elliots Schule ist ziemlich weit entfernt von hier, in Greenwich, am anderen Themseufer. Es ist noch dieselbe Schule, auf die seine vorherige Pflegefamilie ihn geschickt hat. Was ich meine, ist … wir ziehen nicht nur wegen des Geldes um. Also mach dir keine Gedanken.« Das stimmt zwar, aber Elliot mag seine Schule nicht, und wir werden wahrscheinlich nicht nach Greenwich ziehen. Ich glaube, er ist froh, wenn er, ein letztes Mal, die Grundschule wechseln kann.

»Trotzdem würde ich gern helfen«, sagt Richard.

»Danke, wir kommen zurecht.« Er versteht, dass er es auf sich beruhen lassen muss. »Was hast du in letzter Zeit getrieben?« Ich stelle den Laptop an ein Ende des Sofas und hocke mich ans andere.

»Dies und das. In der Wohnung gewerkelt.« Ich vermute, er gewöhnt sich allmählich daran, dass er wieder allein ist und alles ohne meine Mutter machen muss. »Vielleicht unternehme ich nächstes Jahr eine Reise.«

»Ach ja?«

»Irgendwo nach Europa. Vielleicht bringe ich auch London unter.« Er lächelt, und seine Augenbrauen sind kaum merklich erhoben. Er wartet auf eine Reaktion von mir. »Es wäre schön, dich und den kleinen Mann persönlich zu sehen.« Sein Lächeln wird strahlender.

Mit einem Mal ist mir das alles zu viel. Ich brauche Zeit, um darüber nachzudenken, wie weit ich Richard in mein Leben lassen will. Ich kann Elliot nicht ständig Leute vorstellen, dafür sorgen, dass er sie kennenlernt, und dann verschwinden sie wieder.

»Ich muss Schluss machen«, sage ich.

»Okay, verstehe. Für mich ist es sowieso schon spät. Ich hoffe, wir können uns bald wieder unterhalten. Genieße den Rest deines Sonntags.«

Ich verabschiede mich und beende das Videotelefonat.

Am nächsten Morgen habe ich ein paar Stunden frei, während ich auf Material für einen Übersetzungsauftrag warte. Ich sehe mir zwei Immobilienwebsites an, vergleiche die Durchschnittspreise der Zweischlafzimmerwohnungen in verschiedenen Gegenden und mache mir eine Liste mit Postleitzahlen, von denen ich denke, dass wir sie uns leisten können. Im Moment sind zwei Wohnungen verfügbar, die infrage kämen, beide in Ealing. Ich beschließe, mit der U-Bahn hinzufahren, um sie mir von außen anzusehen, bevor ich den Makler kontaktiere. Das gibt mir auch Gelegenheit, an der dortigen Grundschule vorbeizugehen, um einen ersten Eindruck zu bekommen.

Sobald ich in der ersten Straße eintreffe, weiß ich, dass es Zeitverschwendung ist. Zwei Türen weiter befindet sich eine kleine Bar. Sie hat gerade neu eröffnet und ist daher noch nicht auf Google Maps. Ich will, dass wir in einer reinen Wohnstraße leben, irgendwo, wo es verlässlich ruhig ist und nicht zu jeder Tages- und Nachtzeit Leute kommen und gehen. Ich weiß nicht genau, wie Elliots Familienleben war, bevor er in staatliche Obhut kam, aber ich tippe darauf, dass Ruhe und Verlässlichkeit nicht dazugehörten.

Die zweite Wohnung liegt im Souterrain. Ich habe online schon gesehen, dass sie dunkel ist, aber in Wirklichkeit ist sie ein richtiges Loch. Das ist einfach zu düster für einen Sechsjährigen. Ich gehe zurück zur U-Bahn-Station und finde mich damit ab, dass ich weiter außerhalb nach Wohnungen suchen muss, in Tarifzone fünf oder sechs.

Ich steige in die Bahn, und als wir uns Knightsbridge nähern, denke ich an den polnischen Zeugen und die Alibi-Überprüfung.

Was hat er noch gesagt, wo er und Sandras Mörder leben? *Im Tunnel. In dem überdachten Gang an der Brompton Road.*

Mir bleibt voraussichtlich noch eine Stunde, bis die E-Mail mit meiner Arbeit für heute Nachmittag kommt, und so beschließe ich spontan, auszusteigen. Es ist Mittagszeit, und elegant gekleidete Menschen sind mit Take-away-Essen auf den Gehwegen unterwegs. Aus Neugier möchte ich nachsehen, ob dieser Mann immer noch dort lebt. Mariusz Dorobek, der lügende Zeuge.

Als ich in die Sloane Street einbiege, stelle ich fest, dass der überdachte Gang nur ein Provisorium ist, eine Überdachung für Bauarbeiten. Der Tunnel ist so breit, dass mehrere Personen nebeneinander gehen können, und an der Decke sind Leuchtstoffröhren, deren Licht von Orange zu Rot, dann zu Lila und Himmelblau wechselt. Der Boden ist der typische Betonboden, und ich denke, wie kalt es ab Ende des Monats und im kommenden Winter sein muss, hier zu schlafen.

Ich sehe ihn. Wird er mich wiedererkennen? Ich gehe in gleichbleibender Geschwindigkeit weiter und blicke geradeaus.

»*Hey!*«, höre ich, Polnisch für »hi«. »*Hey. HEY!*« Jetzt, wo er mich entdeckt hat, ärgere ich mich über mich selbst, weil ich hierhergekommen bin. Was spielt es für eine Rolle, ob er noch hier lebt oder umgezogen ist? Mir kommt der hässliche Verdacht, dass ich aus Schadenfreude hier bin. Ich habe seine Alibi-Aussage verändert, ich habe ihn beim Lügen ertappt, und Sandras Mörder wird verurteilt werden, und auf einer gewissen Ebene möchte ich, dass er weiß, ich habe gewonnen.

Er steht auf. Widerstrebend nicke ich und bemühe mich, überrascht zu wirken. So ein Zufall, auf der Straße einen ehemaligen Klienten zu treffen. Auf Polnisch sagt er mir, sein Freund sei verhaftet worden, und er wisse nicht, was er tun soll.

»Ich muss weiter«, antworte ich auf Polnisch, hebe die Hand und setze meinen Weg fort.

»Warten Sie«, ruft er. »Bitte. Eins noch.«

Seufzend bleibe ich stehen und drehe mich um. Er reicht mir etwas. Ich trete einen Schritt zurück und halte sicheren Abstand zu ihm.

»Das gehört Adam.« Er öffnet die Hand, und ich erblicke einen Schlüsselanhänger mit einem Fotorahmen aus Plastik. »Das Mädchen ist seine Tochter, ich glaube, es ist das einzige Foto, das er hat. Können Sie ihm das bringen? Ins Gefängnis?«

»Nein!«, fauche ich. »Ich bin nicht bei der Polizei angestellt – ich bin freiberufliche Dolmetscherin. Ich komme nur auf Anfrage.«

»Selbst wenn ich an der Security in Belmarsh vorbeikäme, bleibt das Problem, wie ich die Fahrtkosten aufbringen soll …« Er will Geld. Das ist es. Menschen strömen an uns vorüber und wenden den Blick ab.

»Ich habe kein Bargeld.« Meine Stimme ist kühl.

»Bitte, bringen Sie es ihm? Ich weiß nicht, wen ich sonst fragen soll. Es würde ihm viel bedeuten.« Er tritt zwei Schritte näher, und seine Hand mit dem Schlüsselanhänger stößt gegen meine Brust. Ich hebe die Hände, um mich zu verteidigen, und irgendwie landet der Schlüsselanhänger in meinen Fingern. Ich werde ihn mitnehmen und wegwerfen. »Die Polizei glaubt mir nicht, wenn ich sage, dass Adam in der Nacht, in der diese Frau ermordet wurde, bei mir war. Nur weil er schon einmal einen Raub begangen hat. Vor fünfundzwanzig Jahren! Er war neunzehn. Er hat sich verändert. Er hat so etwas nie wieder getan. Wissen Sie, er hat gesagt, dieser eine Fehler hat den ganzen Rest seines Lebens bestimmt. Hat die Arbeit, die er bekommen konnte, beschränkt. Er hat nur miese Jobs bekommen, und als er dann krank wurde, keine Lohnfortzahlung – er konnte seine Miete nicht bezahlen. So ist er obdachlos geworden. Ein Fehler, und er war für immer bestraft. Die Welt ließ einfach nicht zu, dass er es vergisst.«

Ich kann mir das nicht länger anhören. Ich gehe davon, schneller diesmal, bis ich fast renne. Ich laufe zum Ende des Tunnels und weiter, bis ich wieder an der U-Bahn-Station Knightsbridge bin. Drinnen lehne ich mich an die Wand und massiere mir die Flanken, weil ich Seitenstiche bekomme. Was war das? Hierherzukommen war übereilt und dumm. Aber Mariusz Dorobek hat sich nicht so verhalten, wie ich es erwartet hatte. Er wirkte aufrichtig. Er war ehrlich besorgt um seinen Freund. Hält er Adam Birch für unschuldig? Hat er deshalb für ihn gelogen? Ich führe mir die Vernehmung noch einmal vor Augen. Er verriet sich, indem er die Fragen des Detectives wiederholte und zu ausführliche Antworten gab. Es ist möglich, dass er das getan hat, weil er so schlecht Englisch spricht. Die Fragen zu wiederholen könnte auch eine natürliche Reaktion gewesen sein, weil er mehr Bedenkzeit brauchte, weil er nach Kräften versuchte, der Unterhaltung in beiden Sprachen zu folgen. Oder der Grund war Nervosität – der zusätzliche Stress, in einem fremden Land von der Polizei vernommen zu werden und nur durch eine Dolmetscherin sprechen zu können. Nein. Ich bin zu großzügig. Grob knete ich meine Flanken. Ich habe ihn durchschaut in jenem Raum, und jetzt, hier draußen, lasse ich mich von ihm manipulieren. Darauf falle ich nicht herein.

Der Schlüsselanhänger liegt noch in meiner Hand. Das Mädchen auf dem Foto ist etwa fünf, mit einer rosa Brille auf der Nase und einem Arsenal-Fußballschal um den Hals. Ihr Vater ist ein Mörder. Ich hoffe, sie ist bei ihrer Mutter und hat ein viel besseres Leben. Ich stecke den Anhänger ganz unten in meine Handtasche und steige in die U-Bahn.

Dieser eine Fehler hat den ganzen Rest seines Lebens bestimmt. Ein Fehler, und er war für immer bestraft. Die Welt ließ einfach nicht zu, dass er es vergisst.

Ich habe mich von diesen Worten verunsichern lassen. Mariusz Dorobek weiß nicht, was dieser eine Satz für mich bedeuten könnte. Aber ich bin nicht wie Adam Birch, wir reden hier von zwei sehr unterschiedlichen Verfehlungen. Er soll fünfundzwanzig Jahre lang kein weiteres Verbrechen und dann gleich einen sinnlosen

Mord begangen haben? Das glaube ich nicht. Ich wette, er ist nach diesem ersten Raub nur besser geworden und bis jetzt nicht wieder erwischt worden. Genau wie ich, sagt eine innere Stimme. Ich werde auch nicht erwischt. Ich schließe die Augen und drücke mir die Fäuste an die Stirn. So darfst du nicht denken, sage ich mir. Ich darf mir die Worte dieses Mannes nicht zu Herzen nehmen. Wenn ich erst Doreen alles erzähle, geht es mir bestimmt besser.

Auf dem Telefon öffne ich Facebook. Sie hat noch nicht auf meine Nachricht geantwortet. Das ist okay, ich habe nicht damit gerechnet, sofort von ihr zu hören. Sie braucht sicher Zeit. Ich habe ihr geschrieben, dass ich gern mit ihr reden würde, und ich bin zuversichtlich, dass es irgendwann dazu kommt.

Zu Hause rufe ich meine E-Mails ab und sehe, dass mein Russisch-Auftrag eingegangen ist. Ich mache mich an die Arbeit. Als ich aufstehe, um mir einen Tee zu kochen, fällt mir der Schlüsselanhänger ein. Ich fische ihn gleich beim ersten Anlauf aus der Handtasche und werfe ihn in der Küche in den Abfalleimer, wo er hingehört.

18

Ich beende die Russischübersetzung am folgenden Nachmittag rechtzeitig, um Elliot von der Schule abzuholen. Als ich dort eintreffe, sehe ich, dass er einen Ballon um das Handgelenk gebunden hat. Er ist aus Folie, prallvoll mit Helium und hängt hoch über seinem Kopf. Ein Regenbogen zieht sich über die Vorderseite, darauf steht *Herzlichen Glückwunsch!*

»Wer hat dir den gegeben?«, frage ich Elliot.

»Ich weiß nicht.« Ich sehe mich um. Keines der anderen Kinder hat einen.

»Wo kommt der her?«

»Da.« Er deutet auf den Empfangstresen. Ich nehme Elliots Hand und gehe mit ihm zum Tresen.

»Entschuldigung. Hi, ich bin Elliots Mutter. Ich würde gern wissen, woher dieser Ballon stammt.«

»Der wurde hier abgegeben«, sagt die Schulsekretärin.

»Von wem?«

»Von einem Kurier. Er sagte, der sei für Elliot Lee, aber eine Karte oder so war nicht dabei.«

»Komisch.«

»Aber sehr aufmerksam!«

Vermutlich. Soll das heißen, herzlichen Glückwunsch zur Adoption?

»Okay, danke«, sage ich und wende mich Elliot zu. »Gehen wir.«

Auf der Straße frage ich ihn: »Hat in der Schule heute jemand etwas darüber gesagt, dass ich jetzt für immer deine Mutter bin?«

»Nö«, sagt er, springt in die Höhe und versucht, den Ballon zu berühren.

Zu Hause binden wir ihn von seinem Handgelenk los, und er schwebt an die Decke und folgt uns durch die Wohnung wie eine lautlose Drohne. Es ist ein harmloses kleines Geschenk, aber ich würde gern wissen, von wem es kommt. Es ist seltsam, dass keine Karte dabei war, und warum wurde es zur Schule geschickt anstatt zu uns nach Hause? Ich habe Exia vor fast einem Jahr gesagt, dass ich mich um eine Adoption bemühe und eine Referenz von der Agentur brauche, aber ich bin nicht ins Detail gegangen, und sie haben nicht nachgefragt. Ich bezweifle sehr, dass der Ballon von Exia ist, aber sicherheitshalber schicke ich einem der Account-Manager eine E-Mail. Wer weiß davon, dass letzte Woche der Gerichtstermin war und der Adoptionsbeschluss ergangen ist? Ich sende sowohl Lydia als auch Elliots letzter Pflegefamilie Textnachrichten und frage, ob sie es waren. Oder der Richter? Gerichte machen so etwas garantiert nicht. Aber sicherheitshalber schicke ich Lydia eine weitere Nachricht und frage sie, ob es der Richter oder jemand beim Jugendamt gewesen sein könnte. Sonst bleibt nur Richard. Es ist schon ziemlich spät bei ihm, deshalb schreibe ich ihm nur rasch eine Textnachricht, obwohl ich wirklich nicht wüsste, wie er drüben in Singapur an Namen und Anschrift von Elliots Schule gekommen sein sollte.

Elliot möchte, dass ich die Schnur des Ballons kürze, damit es ihm mehr Spaß macht, weil er höher springen muss, um heranzureichen. Ich kürze die Schnur um dreißig Zentimeter, und als ich das abgeschnittene Stück in den Abfalleimer werfe, fällt mein Blick auf den Schlüsselanhänger, den Mariusz Dorobek mir gab. Das Foto von Adam Birchs kleiner Tochter blickt mir entgegen. Ich decke es mit einer Chipstüte zu und schließe den Deckel.

Um Sandras Tochter mache ich mir Sorgen, nicht um den Sprössling ihres Mörders. Was hat Sandra gesagt, wie sie heißt? Tala. Wahrscheinlich lebt sie bei ihrem Vater oder anderen Verwandten, seit Sandra nach Großbritannien gegangen war – vielleicht bei Großeltern. Ich hoffe, sie kann da, wo sie ist, für immer bleiben. Würde sie sonst auch auf den Philippinen in staatliche Obhut kommen? Schon in diesem Land ist das System schlecht für

Kinder. Ich will gar nicht wissen, wie es in einem Entwicklungsland sein muss.

Mir kommt der Gedanke, dass vielleicht jemand zu Spenden für Sandras Familie aufgerufen hat. Ich suche online und lande bei ihrem Facebook-Profil, das jetzt eine Gedenkseite ist. Dort sind Dutzende neuer Kommentare auf Tagalog. Diese Sprache beherrsche ich nicht, deshalb klicke ich den Übersetzen-Button an. Jemand hat einen Link zu einem britischen Zeitungsartikel vom Tag nach dem Mord gepostet. Die Schlagzeile: HAUSMÄDCHEN VON ERBIN, DIE BABY TÖTETE, TOT, dazu ein Foto vom Inneren ihres Hauses in Knightsbridge: elegante Tapeten, Skulpturen und Bronzebüsten, blutbespritzt, aber dennoch erkennbar ambitioniert. Jemand anders verabschiedet sich in einem Post von Sandra. Die Übersetzung ist nicht toll, aber es ist offensichtlich, dass diese Frau eine enge Freundin war. Ich scrolle weiter nach unten und sehe, dass sie außerdem einen Link zu einem mehrere Jahre alten Artikel gepostet hat, in dem es um eine Hausangestellte in Hongkong geht, die von ihrer Arbeitgeberin ermordet wurde. Eine Reihe anderer Leute hat das kommentiert. Ich benutze ein Online-Wörterbuch, um mir die Kommentare selbst aus dem Tagalog zu übersetzen.

Sie kommen immer damit durch.
Ich habe Sandra davor gewarnt, für diese Frau zu arbeiten.
Sie würde noch leben xxxxxxxxx

Eine weitere Frau hat geschrieben, einige Tage vor ihrer Ermordung habe Sandra gekündigt, und die Erbin habe das nicht gut aufgenommen. Sie habe ihr den Wochenlohn zu spät ausgezahlt, ihr noch mehr Aufgaben aufgebürdet und das Wi-Fi-Passwort geändert, sodass sie ein Geburtstagstelefonat mit ihrer Tochter verpasst habe. Alle diese Menschen glauben, die Erbin hätte Sandra getötet. An ihren Profilen erkenne ich, dass manche dieser Online-

Freunde von den Philippinen aus schreiben. Sie kennen nicht alle Fakten in diesem Fall, deshalb halten sie die Erbin für schuldig. Ich zweifle nicht daran, dass die Erbin ein schlechter Mensch und eine grauenvolle Arbeitgeberin ist, aber sie hat Sandra nicht ermordet. Das war Adam Birch.

Dann trifft eine Textnachricht von Lydia ein:

Nein, Ballon war ich nicht. Vom Amt oder Gericht kann er auch nicht sein.

Von Exia hat ebenfalls jemand geantwortet, sehe ich jetzt, und verneint. Ich wüsste immer noch nicht, wie es Richard gewesen sein könnte – der Ballon muss von der Pflegefamilie in Greenwich stammen. Es ist eine nette Geste. Vielleicht wollten sie aus Taktgefühl keine Karte mit ihrem Namen beilegen, um es Elliot leichter zu machen, sie zu vergessen, jetzt, wo er bei mir in einer neuen Lebensphase ist.

Kurz darauf schreibt Richard mir wie erwartet:

Hi, Revelle, nein, ich war es nicht. Schönen Abend und bis bald, R.

Ich wende mich wieder Sandras Facebook-Seite zu, lese mir noch einmal die Kommentare durch, überprüfe die Übersetzung einiger der schwierigeren Worte. Die Crux bleibt dieselbe – diese Menschen glauben, dass die Erbin an Sandras Tod schuld ist. Englisch ist auf den Philippinen weitverbreitet. Wahrscheinlich haben diese Freunde von Sandra ein paar der britischen Nachrichten über den Mord ausfindig gemacht. Sie müssen gelesen haben, dass Adam Birchs DNA überall an Sandras Leiche gefunden wurde. Ich beginne, einen Kommentar zu tippen, lösche ihn aber rasch wieder. Es darf keine öffentliche Verbindung zwischen mir und Sandra geben, nur für den Fall, dass Adam Birch vor Gericht kommt, das

Alibi erörtert wird und jemandem auffällt, dass ich die Dolmetscherin war. Die Sache wird vor Gericht gehen, und er wird für schuldig befunden werden, weil Adam Birch Sandra getötet hat, und dann ist der Fall abgeschlossen.

Mir wird heiß im Gesicht, und ich öffne das Küchenfenster, um mich ein bisschen abzukühlen. Nach einigen Minuten schließe ich es wieder, denn ich will nicht, dass die Wohnung zu kalt für Elliot ist. Es liegt eine gewisse Frische in der Luft, und der Abend wird recht kalt werden. Ein Bild des polnischen Zeugen, Mariusz Dorobek, geht mir durch den Kopf. Der Kartonstreifen mit seinen Habseligkeiten darauf, den ich gestern im Tunnel sah, das Fehlen richtig warmer Kleidung.

Die Polizei glaubt mir nicht, wenn ich sage, dass Adam in der Nacht, in der diese Frau ermordet wurde, bei mir war.

Die Polizei glaubt ihm nicht, und die Geschworenen werden ihm auch nicht glauben, weil ich seine Aussage geändert habe. Ich sage mir, dass ich damit aufhören muss; diese Schuldgefühle sind völlig deplatziert. Wenn ich erst mit Doreen sprechen kann, wird alles klarer werden. Ich habe das Richtige getan, als ich diese Alibi-Aussage falsch übersetzt habe, rufe ich mir in Erinnerung. »Ich habe Sandra Gerechtigkeit widerfahren lassen«, sage ich leise. Ich wiederhole es wie eine Affirmation, während ich schon in den Abfalleimer greife und den Schlüsselanhänger heraushole. Nachdem ich ihn unter dem Wasserhahn abgewaschen habe, stecke ich ihn wieder in meine Handtasche. *Bitte, bringen Sie es ihm? Es würde ihm viel bedeuten.* Der Schlüsselanhänger kann fürs Erste in meiner Handtasche bleiben, sicherheitshalber.

Ich vergewissere mich, dass Doreen mir noch nicht geantwortet hat, und beschließe dann, mich von Facebook und Sandras Gedenkseite fernzuhalten. Je mehr ich mich bemühe, nicht an die Alibi-Aussage und meine Unterhaltung mit Mariusz Dorobek gestern zu denken, desto stärker zieht es meine Gedanken zurück zu Doreen. Ich rufe mir die damaligen Schlagzeilen in Erinnerung.

SCHLECHTESTE SOZIALARBEITERIN IN GB schrillte eine, WERFT SIE RAUS! Den Tag, an dem wir uns kennenlernten, im Café die Zeit totschlugen und so in unsere Unterhaltung vertieft waren, dass wir beinahe zu spät zu dem begleiteten Besuchskontakt gekommen wären, dessentwegen wir überhaupt dort waren. Wir liefen die Treppe hinauf und gingen in den dafür vorgesehenen Raum, und jetzt erinnere ich mich genau daran, wie ich mich fühlte, als ich auf diesem Plastikstuhl saß, nervös und ohne zu wissen, was ich mit meinen Händen anfangen sollte. Ich konzentrierte mich auf den zerknautschten roten Ball in einer Ecke und das uralte Leiterspiel, die gesamte Spielzeugausstattung in diesem Amt. Der kleine Junge kam herein und lief geradewegs zu dem Ball. Seine Mutter versuchte, seine Aufmerksamkeit zu erregen. Ihren Namen bekam ich nicht mit, aber ich brauchte ihn auch nicht zu wissen. Ich war dankbar dafür, dass Doreen dabei war, denn die Mutter sah nicht wie jemand aus, mit dem ich allein in einem Raum sein wollte. Sie hatte ihren wackligen Stuhl zurückgeschoben, kauerte auf dem Boden und wusste nicht, wohin mit ihren langen Gliedern; das Gesicht aufgequollen, die Haut fleckig. Ihre Fingernägel waren spitz gefeilt, und wenn sie sich am Arm kratzte, was sie regelmäßig tat, blutete es. Ich werde jetzt nicht mehr daran denken, befehle ich mir. Aber schon höre ich Doreen sagen, während sie in die Hände klatschte: »Dann fangen wir mal an.«

Schluss damit.

Glücklicherweise lässt mein Telefon jetzt ein Ping ertönen, das mich in die Gegenwart zurückholt. Eine neue Nachricht ist eingegangen. Sie ist von Elliots Greenwicher Pflegefamilie.

Nein, tut uns leid, wir haben Ihnen nichts geschickt.

Das war die letzte Antwort, auf die ich noch gewartet hatte. Ich betrachte den Luftballon, der am anderen Ende des Wohnzimmers über dem Fernseher hängt. Ein kalter Schauder kitzelt mich im Nacken. Ich gehe zum Küchenfenster, aber das ist bereits fest geschlossen.

Als ich nach Hause komme, hockt meine Schwester im Schneidersitz auf dem Wohnzimmerteppich, als ob sie wieder dreizehn wäre. Auf einem Knie ruht eine geöffnete Flasche mit dem weißen Lieblingssherry unseres Vaters.

»Was machst du da?«, frage ich, obwohl das offensichtlich ist.

Sie kichert. »Ich sehe mir Familienfotos an.« Mit ihren ungewaschenen Fingern blättert sie eine Seite um. Offenbar war sie in meiner Abwesenheit in der Bibliothek und hat alte Familienalben ausgegraben. »Guck!« Sie deutet auf ein Foto auf Kodakpapier. Da sind wir im Alter von zehn und zwölf bei unserem Onkel auf dem Bauernhof. Eine Zeit, bevor ich Zorn kannte, als ich sie ansehen und Freude statt Verachtung empfinden konnte. Sie trinkt einen großen Schluck Sherry direkt aus der Flasche.

»Du hättest mich besuchen kommen können.« Sie hat das Gesicht im Fotoalbum vergraben, sie hat Angst, mir in die Augen zu sehen. »Im Gefängnis, meine ich.«

»Ich weiß, was du meinst«, fahre ich sie an. Dann schiebt sie sich eine schokoladenüberzogene Mandel in den Mund, eine von meinen Mandeln von Fortnum's, kaut zweimal und schiebt eine zweite hinterher. »Hast du im Gefängnis Freunde gefunden?« Vielleicht hat meine ansonsten nichtsnutzige Schwester nützliche kriminelle Beziehungen geknüpft. Und kann mich mit jemandem bekannt machen. »Irgendjemand, mit dem du in Verbindung bleiben wirst?«

Sie ignoriert meine Frage, legt sich auf den Rücken und spreizt die Beine. »Hast du Mörderinnen kennengelernt?« Heißt es nicht, das Gefängnis sei die Universität für Kriminelle? Die Inhaftierten kämen besser für Verbrechen gerüstet heraus, als sie hineingingen?

»Ja«, sagt sie und trinkt den letzten Sherry aus. »Eine Frau hatte einen Messerkampf, bei dem die andere verblutet ist.«

»Irgendetwas Raffinierteres als Straßenkämpfe?« Dich zu erste-

chen ist nicht das, was mir vorschwebt. Sie muss jemanden kennengelernt haben, dessen Dienste ich in Anspruch nehmen oder der mich wenigstens an einen Profi verweisen kann.

»Hmm …« Während sie nachdenkt, zermalmt sie mit dem Absatz zerstreut eine Schokoladenmandel auf dem Teppich.

»Herrgott!« Ich stürze hinaus, um einen Flasche Sodawasser zu holen, mit dem ich den Fleck entfernen kann. In der Küche stelle ich fest, woher der Sherry stammt. In meiner Eile, die Alkoholvorräte wegzuschließen, habe ich die beiden ungeöffneten Flaschen in der Vitrine neben dem Kühlschrank völlig vergessen.

Als ich ins Wohnzimmer zurückkehre, ist die Stimmung gekippt. Meine Schwester war währenddessen in der Bibliothek und hat eines meiner anderen Fotoalben gefunden. Der Alben, die ich von mir und ihm angelegt habe. Wir sollten zusammen als Mutter und Sohn leben; dies sind verpasste Jahre. Also habe ich Alben angelegt, die das Leben widerspiegeln, das wir jetzt eigentlich genießen sollten.

»Du … du hast Fotos von dir und ihm zerschnitten und die Köpfe auf – was ist das? Auf die Körper von irgendwelchen Leuten gepappt, die du aus Zeitschriften herausgerissen hast? Aus Internatskatalogen?« Sie legt sich auf den Rücken und gackert, und die Erheiterung macht ihr abstoßendes Gesicht noch hässlicher.

»Gib das her!« Ich stürze zu ihr und rette das Album aus ihrem Griff.

»O mein Gott!«, sagt sie und rappelt sich hoch. »Ist das ganze Album voller Fotos nur von dir und …« Sag seinen Namen. Sag seinen Namen. »Das muss Tage gedauert haben, das zusammenzustellen. Das ist krank.« Sag. Seinen. Namen.

»Du bist betrunken.« Ich gehe in die Bibliothek und schließe mich dort ein.

Ich will ihre Hilfe nicht, und ich brauche ihre kriminellen Kontakte nicht. Ich werde meine Schwester in keiner Weise in meine Pläne einbeziehen. Ich lausche an der Eichentür und höre sie durchs Haus trampeln, mit Möbeln kollidieren. Das Fotoalbum kommt zurück ins

Regal, auf das Brett, das meinem Sohn und mir gewidmet ist. Es gibt ein Album für seinen letzten Tag auf der Grundschule; im nächsten beginnt er die weiterführende Schule; ein Album zeigt uns bei der Feier seines Schulabschlusses; ein weiteres dokumentiert unsere Ferien in der Toskana, in New York und Tokio, nur wir zwei; dann beginnt er sein Studium, und ich ziehe in dieselbe Stadt, um in seiner Nähe zu sein; die Feier zum Studienabschluss, ich gleich in der ersten Reihe; seine Hochzeit; die Geburt meiner Enkel. Ein Album schildert meinen gesundheitlichen Verfall und das Alter – er weigert sich, mich in ein Pflegeheim zu geben; mein Sohn gibt alles auf, seine Frau, seine Kinder, seine leitende Stellung, um sich um mich zu kümmern, die gesamte Palliativpflege hindurch bis zu meinem letzten Atemzug. Mein Junge will vom Leben nichts mehr, als an meiner Seite zu sein. Es ist alles dort in den Fotos. Meine Schwester kann das nicht verstehen.

Ihre Schritte werden leiser, und es klingt, als wäre sie nach oben in ihr Zimmer gegangen. Ich prüfe nochmals das Schloss an der Tür, um mich zu vergewissern, dass ich nicht gestört werden kann. Dann nehme ich am Mahagonischreibtisch Platz, schließe die Schublade auf und hole mein allerliebstes Fotoalbum heraus: deins.

19

Ich liege bis nach ein Uhr nachts wach; meine Augen beharren darauf, an die Decke zu starren. Das ist der Luftballon. Es ist absurd, sich von etwas so Banalem aus dem Gleichgewicht bringen zu lassen, aber ich weiß, ich werde nicht schlafen können, bis er aus der Wohnung ist. Aus dem Bett und ab in die Küche, wo ich die Schere hole und damit in die Folie steche, sodass das Helium langsam entweicht. Ich knülle den Ballon zusammen und werfe ihn draußen in die Mülltonne. Außerhalb unserer Wohnung, nicht in den Abfalleimer, wo Elliot ihn sehen könnte.

Am Morgen fällt es ihm sofort auf. »Mum, wo ist der Luftballon?«

»Er ist in der Nacht gegen die Lampe gestoßen.« Ich bemühe mich, enttäuscht zu klingen. »Er hat ein Loch bekommen, und das ganze Helium ist herausgeströmt. Tut mir leid. Ich besorge dir zum Geburtstag einen besseren, okay?«

Noch etwas, was Schuldgefühle in mir auslöst – meinen Sohn eines lustigen Spielzeugs zu berauben, nur weil ich ausgeflippt bin und es wegwerfen musste. Aber ich bin froh, dass ich es getan habe, denn am Nachmittag ruft mich die Sekretärin aus Elliots Schule an. Es ist noch ein Geschenk angekommen.

»Manchmal weiß ich nicht, ob ich ein Schulsekretariat führe oder eine Amazon-Paket-Aufbewahrung«, sagt die Sekretärin lachend.

»Ich habe keine Ahnung, wer das geschickt haben kann«, sage ich. »Ich habe immer noch nicht herausgefunden, von wem der Ballon stammt.«

»Es sei denn, Elliot vergnügt sich in seiner Mittagspause mit ein bisschen Online-Shopping?« Sie wendet mir den Rücken zu und nimmt einen leuchtend roten Geschenkkarton aus einem Regal.

»Diese ganzen anderen Päckchen sind für Miss Parker in der Bibliothek. Ich ersticke regelrecht in ASOS-Sendungen.« Sie schiebt den Karton über den Tresen. Auf dem Etikett steht *Elliot Lee*, aber Absenderangaben gibt es keine. Ich untersuche die Seiten und die Unterseite des Kartons.

»Sie sagen, das wurde von einem Kurier abgegeben?«, frage ich.

»Ich habe einen Studienabschluss, wissen Sie. *Zwei* Studienabschlüsse. Und ich nehme Päckchen für Sechsjährige an.« Sie verdreht die Augen. »London!«

»Speedtrack?« Wenigstens gibt es diesmal ein Etikett. »Ist das der Name des Kurierdienstes?«

»Ich nehme es an. Ich habe nur schnell auf diesem elektronischen Signierdings unterschrieben, dann war er wieder weg.«

Ich öffne den Karton, aber es befindet sich kein Lieferschein darin. Keine Nachricht.

»Okay, ich werde da mal anrufen«, sage ich und nehme das Paket an mich. »Danke.«

Der Karton enthält ein Stofftier. Verdutzt stelle ich fest, dass es ein Drache ist. Kompakt, nur etwa fünfzehn Zentimeter hoch mit einem dicken Bauch, Stummelflügeln und einem unverhältnismäßig kleinen Schwanz. Es ist geradezu unheimlich, wie ähnlich er Elliots Lieblingsstofftier sieht.

Ich gehe hinaus und warte darauf, dass es zum Schulschluss klingelt. In der Zwischenzeit sehe ich mir das Stofftier genauer an. Der Stoff ist stellenweise eingeschnitten. Lange, tiefe Schlitze, aus denen weißes Füllmaterial quillt. Reflexartig lass ich es fallen. Eine andere Mutter kommt vorüber, sieht das Stofftier auf dem Boden liegen und rümpft die Nase. Widerstrebend hebe ich es auf. Ein Arm fehlt. Jemand hat dem Drachen einen Arm ausgerissen und ihm mit einem Messer oder einem anderen sehr scharfen Gegenstand mehrfach in die Brust gestochen. Mir gefriert das Blut in den Adern, und ich lasse ihn wieder fallen. Er landet mit dem Gesicht voran im Schmutz. Auf einem Etikett am Unterleib steht »Kyoshi«. Er hat auch eine Seriennummer – genau wie Elliots Drache. Ich zucke zurück, als wäre das Spielzeug lebendig.

Die Schulglocke läutet. Grüppchen von Kindern und Eltern drängen auf die Straße. Mich überkommt das Gefühl, dass Elliot etwas zugestoßen ist. Ich vergesse das Stofftier und dränge mich gegen den Strom auf den Schulhof. »Elliot!«, übertöne ich das Krakeelen der aufgeregten Kinder. »Elliot Lee!« Ich werde zurückversetzt zu dem Tag am Old Bailey.

Überall sind Schüler. Wie soll ich ihn in diesem Gedränge finden? Ich schiebe zwei Mütter aus dem Weg, und sie sehen mich böse an.

»Mum!« Zuerst entdecke ich seinen Rucksack und dann sein Gesicht. Elliot geht es gut. Ich ziehe ihn an mich und verstrubbele ihm das Haar.

»Lass uns nach Hause gehen.«

Wir gehen zur Straße, und aus dem Augenwinkel sehe ich, dass das Stofftier noch liegt, wo ich es habe fallen lassen. Ich will nicht, dass Elliot es sieht, aber ich sollte es behalten für den Fall, dass es als Beweis benötigt wird, wenn ich zur Polizei gehen muss. Bei diesem Gedanken wird mir ganz anders. Ich nehme Elliots Hand und mache mit ihm einen Schlenker nach links, tue so, als ließe ich etwas fallen, und stecke den Drachen in meine Handtasche, als er gerade nicht hinschaut.

Wo ist der rote Karton, in dem er ankam? Ich muss ihn ebenfalls fallen gelassen haben, doch ich sehe ihn nirgends. Aber als etwaiger Beweis für Belästigung sollte das Spielzeug genügen. Galle steigt in mir auf. Ich packe die Hand meines Sohnes fester, und wir nehmen den falschen Bus, steigen gleich wieder aus und nehmen einen anderen. Wir benötigen doppelt so lang wie sonst für den Heimweg, aber es bedeutet, dass wir nicht verfolgt werden. Denn ich habe das Gefühl, inmitten der vielen Eltern war jemand, der wartete und uns beobachtete.

Zu Hause schließe ich die Tür ab und höre das Schloss einrasten. Normalerweise mache ich mir nicht die Mühe, aber heute lege ich auch die goldene Kette vor.

»Elliot.« Ich bemühe mich, mir meine Panik nicht anmerken zu lassen. »Hat sich heute in der Schule jemand dir gegenüber komisch verhalten? Haben außer den Lehrern irgendwelche Erwachsenen mit dir gesprochen?«

Er denkt einen Augenblick nach. »Nein.«

»Es ist kein Fremder zu dir gekommen?«

»Nö.«

»Oder jemand … jemand von deinen alten Eltern? Jemand, bei dem du früher gelebt hast?«

»Die habe ich schon lange nicht mehr gesehen.«

»Okay, ich wollte nur sicher sein. Aber falls doch, kannst du es mir sagen. Ich werde mich nicht aufregen. Ich möchte es nur wissen.«

Er setzt sich an sein Lego-Projekt und isst dabei einen Cranberry-Müsliriegel. Elliot baut einen Halloween-Kürbis für die Hexe, die er schon fertig hat.

Ich verlasse sein Zimmer, und als ich sicher bin, dass Elliot nicht zuhört, rufe ich bei Speedtrack an. Das Telefonat dauert nicht lang. Sie sind ein Kurierdienst, aber sie haben keine weiteren Informationen über den Absender. Sie scheinen nicht einmal Aufzeichnungen über die Lieferung zu haben.

Ich muss die Frage, wer der Absender sein könnte und warum derjenige diese beiden Dinge geschickt hat, logisch angehen. Zuerst kommt dieser Drogendealer zu uns, während Lydia zu Besuch ist – anscheinend hiesige Kriminelle, die meine Wohnung auf Eignung für einen Einbruch ausforschen. Aber mein erster Gedanke damals war, dass Elliots leibliche Eltern versuchten, die Adoption zu verhindern. Immerhin hat seine Mutter ja bei Gericht Widerspruch gegen die Adoption eingelegt. Dann der gefälschte Brief vom Familiengericht, in dem ich angewiesen wurde, nach Swindon zu fahren – und der hinterher aus meiner Wohnung gestohlen wurde. Mit fliegenden Fingern schreibe ich Lydia eine Nachricht und schildere ihr alles, was vorgefallen ist. Sie antwortet fast umgehend und behauptet, seine leibliche Familie könne unmöglich wissen, wo er wohne oder zur Schule gehe. Sie ist jetzt nicht mehr seine Sozialarbeiterin, ruft sie mir in Erinnerung. Wenn ich weitere Fragen habe, muss ich mich direkt an die Adoptionsvermittlung wenden. Ich bin auf mich allein gestellt.

Wenn seine leibliche Familie weiß, auf welche Schule er geht und wo wir leben, hätte sie die Möglichkeit, ihn zu entführen. Warum sonst diese bedrohlichen Geschenke schicken? Es sind Drogenabhängige, vielleicht machen die so etwas. Unheil stiftende Briefe und kindische Drohungen schicken, ohne dem wirklich Taten folgen lassen zu wollen. Die Messerverletzungen des Stofftiers – warum schickt man seinem eigenen Kind etwas so Verstörendes, was ihm Angst machen muss? Zwei anscheinend teure Spielsachen. Das ist eine Botschaft, eine Warnung. Auf dem Karton stand Elliots Name, aber das Stofftier ist eindeutig für mich gedacht. Wie haben die leiblichen Eltern unsere Adresse herausgefunden, um uns den Drogendealer und das Schreiben schicken zu können? Elliots Schule? Könnte da etwas durchgesickert sein? Oder ist sie versehentlich in eines der Dokumente während des Adoptionsverfahrens geraten, zu denen die Anwälte der leiblichen Eltern Zugang hatten? Das erscheint plausibel. Welche Informationen könnten sie noch bekommen haben?

Ich gehe mit meiner Handtasche ins Schlafzimmer, schließe die Tür und schüttele das Stofftier heraus auf den Boden. Es ist eindeutig das gleiche wie Elliots Draggie. Und diese Schlitze in der Brust können unmöglich versehentlich passiert sein. Das riecht nach Hass. Wir können so nicht leben. Wir müssen aus dieser Wohnung raus. Wir müssen sofort umziehen, und Elliot muss die Schule wechseln.

In der Küche verstaue ich den verwundeten Stoffdrachen im

Hängeschrank über dem Kühlschrank, wo Elliot nicht heranreicht. Dann hocke ich mich neben ihn und seine Legosachen.

»Elliot. Dein Stoffdrache. Wer hat dir den geschenkt?«

Er ist ganz auf seinen Legokürbis konzentriert und gibt nur ein zerstreutes »Hmmmm« von sich.

»Kannst du dich daran erinnern?«

Er denkt nach. »Mir fehlt ein Stein!« Er kriecht über den Teppich und sucht danach.

»Elliot, lass das mal kurz sein.« Er hört nicht zu. Ich packe seine Handgelenke. »Elliot! Das ist wichtig!« Meine Hände schließen sich um seine Unterarme. »Wer hat dir den Stoffdrachen geschenkt?« Ich weiß nicht, seit wann ich schreie, aber im Moment brülle ich so laut, das ich selbst zusammenzucke. Meine Knie auf dem Teppich brennen. Elliots Augen werden feucht, dann bricht er in Tränen aus. »Ach Schatz, es tut mir leid.« Ich versuche, ihn an mich zu ziehen, aber er lässt mich nicht, er ist todunglücklich. Das ist das erste Mal, dass ich ihn angeschrien habe. »Es tut mir wirklich leid. Schon gut. Ich wollte nur wissen, woher dein Stofftier stammt. Ich wollte nicht schreien.« Seine Brust hebt und senkt sich, während ihm die Tränen über die Wangen laufen, und schließlich lässt er sich doch umarmen. Sobald er sich beruhigt hat, mache ich ihm einen heißen Kakao und lasse ihn spielen.

Nachdem Elliot zu Bett gegangen ist, arbeite ich mich noch bis zwei Uhr nachts durch Immobilienseiten, mache mir eine Liste verfügbarer Mietwohnungen und verschicke diverse Besichtigungsanfragen.

Am Morgen akzeptiert ein Makler meine Buchung eines Videorundgangs durch eine Zweischlafzimmer-Maisonettewohnung in Streatham. Nach wenigen Sekunden sehe ich, warum sie in meiner Preisklasse ist. Sogar auf dem Bildschirm ist zu erkennen, dass sie sichtlich abgewohnt und düster ist. Milde verzagt wandert mein Blick über einen Riss in der Badezimmerwand. Am Ende des Rundgangs rede ich mir ein, dass die Wohnung kurzfristig akzeptabel ist. Zumindest hat die dortige Schule einen guten Ruf, das habe ich schon recherchiert. Ich bewerbe mich online um die Wohnung. Falls wir sie bekommen, sehe ich sie mir noch persönlich an, bevor ich unterschreibe. Die Suche nach einer Unterkunft ist ein Vollzeitjob, doch ich muss weiterarbeiten, wenn ich die Umzugsfirma bezahlen und eine Kaution hinterlegen können will. Ich akzeptiere einen Übersetzungseinsatz bei der National Crime Agency heute Nachmittag.

Die Bahnfahrt nach Vauxhall dauert nicht allzu lange, aber die Sicherheitskontrolle im NCA-Gebäude ist eine Geduldsprobe. Schließlich sitze ich an einem kahlen Schreibtisch auf dem unbequemsten Stuhl der Welt, wo meine Zehenspitzen nur gerade eben den Boden streifen. Ich mache mich an die Arbeit. Zum Kontext erfahre ich nichts, aber ich soll ein Dokument übersetzen, das von einem spanischen Rechtsmediziner zu stammen scheint. Offenbar wurde ein in Málaga lebender Brite wegen Mordes verurteilt, dann aber infolge einer erneuten Beweiswürdigung freigelassen. Das Dokument ist kurz, aber sehr dicht und voller komplexer wissenschaftlicher Informationen. Irgendwo in der Nähe isst jemand etwas sehr Knuspriges, und zu diesem Hintergrundgeräusch in dem ansonsten stillen Raum tippe ich meine englische Fassung in einen Laptop. Nach und nach entnehme ich dem Dokument, dass einer der entscheidenden Beweise für die Verurteilung des Mannes wegen des Mordes an einer Touristin der Fund seiner DNA am Tatort, einem Hotelzimmer, war. In der Berufung wurde das Urteil aufgehoben, weil ein kriminaltechnischer Sachverständiger aussagte, dass es unzählige Erklärungen für diese DNA-Spuren geben könnte. Sie beweisen nicht, so das Gutachten, dass der Angeklagte am Tatort war oder das Opfer auch nur getroffen hat.

Beim primären DNA-Transfer benutzt jemand einen Gegenstand, beispielsweise eine Waffe, und hinterlässt darauf seine DNA. Beim sekundären Transfer gibt es einen Zwischenträger. Wenn beispielsweise ein Täter, bevor er eine Waffe berührt, etwas in einem

Geschäft kauft, so überträgt er wahrscheinlich die DNA des Verkäufers zusätzlich zu seiner eigenen auf die Waffe. Beim tertiären Transfer sind zwei Zwischenträger beteiligt. Diese Kette kann auch länger sein.

Ich lese diesen Absatz noch einmal und überprüfe meine Übersetzung des spanischen Textes doppelt und dreifach. Im Beispiel des Wissenschaftlers hatte der Verkäufer die Waffe niemals angerührt, und trotzdem fand man unzweifelhaft seine DNA darauf. Ich denke an Mariusz Dorobeks Alibi-Vernehmung und das, was der Detective mir in der Küche sagte.

Wir haben seine DNA an der Leiche. Überall. Er hat es getan.

Man kann nicht von mir erwarten, dass ich ohne wissenschaftlichen Hintergrund die Feinheiten dieses Dokuments verstehe. Ich sage mir, dass ich nur die Worte übersetzen muss, nicht den größeren Zusammenhang bedenken. Einfach die richtigen Worte finden. Es besteht keine Ähnlichkeit zwischen dieser Falschverurteilung in Spanien und dem Mord an Sandra. Doch während ich weiterarbeite, rufe ich mir meine Unterhaltung mit Mariusz Dorobek in Knightsbridge in Erinnerung; seine Aufrichtigkeit, seine Verletzlichkeit und Ehrlichkeit. Nein, Ehrlichkeit nicht, berichtige ich mich. Ich werde meine Arbeit hier ein letztes Mal prüfen und dann gehen und Elliot von der Schule abholen.

Elliot. Ist er in Sicherheit? Rasch rufe ich in der Schule an. Nein, es ist kein weiteres mysteriöses Geschenk eingetroffen, und es gab auch keine besonderen Vorfälle. Ich danke der Schulsekretärin für ihre beruhigende Auskunft und mache mich wieder an die Arbeit.

Das Knuspern in der Nähe nimmt kein Ende – ich weiß nicht, wie man dabei vernünftig arbeiten soll. Der Brite in Spanien hatte einfach nur das Pech, zum Mordzeitpunkt in diesem Hotel zu sein. Jeder, der zur gleichen Zeit dieses Zimmer gehabt hätte, wäre mit dem Mord in Verbindung gebracht worden. Das ist nicht wie bei Adam Birch, der in der Gegend von Knightsbridge bekannt ist. Eine Augenzeugin sah ihn am Tag von Sandras Ermordung am

Haus der Erbin herumlungern. Das Überwachungsvideo zeigt ihn auf dieser Straße. Er wurde bei zahlreichen Gelegenheiten dabei beobachtet, dass er aggressiv gegenüber den Nachbarn war. Er war bereits einmal wegen Einbruchdiebstahls verurteilt. Im Lauf der Jahre habe ich vielfach von Polizisten gehört, dass Verbrecher dazu tendieren, ihre Taten auf vertrautem Terrain zu begehen, in den Gegenden, in denen sie sich am sichersten fühlen. Adam Birch wurde nicht nur wegen seiner DNA an Sandras Leiche verhaftet.

Das endlose Knuspern bohrt sich mir wie Nägel ins Hirn. Ich muss das wissen, ich kann nicht nach Hause gehen, ohne zu wissen, ob Adam Birchs DNA auch durch einen Zwischenträger auf Sandras Leiche gekommen sein kann.

Ich stehe auf und gehe durch das Großraumbüro. »Verzeihung«, sage ich zum Nächsten, dem ich begegne. »Wissen Sie, wo Officer McKay ist?«

»Den Flur entlang.« Er weist mir die Richtung.

Ich finde die für mich verantwortliche Beamtin hinter zwei großen Computermonitoren. »Alles fertig?«, fragt sie.

»Ja, fast. Da sind ein paar schwierige Wörter beziehungsweise Formulierungen. Ich würde gern den Verfasser des Gutachtens nach der Intention fragen. Besteht die Möglichkeit, dass ich in der Rechtswissenschaft dort in Spanien anrufe und kurz mit ihm spreche?«

»Nein«, sagt McKay, ohne mich anzusehen.

»Ich bin stolz auf meine Genauigkeit. Wenn ich nur fünf Minuten mit dem Autor des Gutachtens telefonieren könnte, könnte ich sicherstellen, dass die Übersetzung wirklich korrekt ist.«

Jetzt sieht sie mich an. »Wir können Ihre Arbeit von einem anderen Übersetzer prüfen lassen, wenn Sie meinen, dass Ihre Sprachkenntnisse nicht ausreichen. Vielleicht hätten Sie diesen Auftrag nicht annehmen sollen.«

»Jeder qualifizierte Übersetzer hätte das gleiche Problem. Wörter können unterschiedlich übersetzt werden, und für manche gibt es überhaupt kein direktes Äquivalent. Ich möchte mit dem Verfasser des Gutachtens sprechen, um sicherzustellen, dass ich nicht von seiner Intention abweiche. Fünf Minuten, mehr brauche ich nicht.«

McKay sagt nichts, springt aber auf, und ich nehme an, ich soll ihr folgen. Sie geht in ein verlassenes Büro mit einem Festnetztelefon, sieht auf ihr Handy und schreibt eine spanische Telefonnummer auf einen Zettel. »Fragen Sie nach Gili«, sagt sie und geht hinaus.

Beim zweiten Läuten nimmt jemand ab. Gili ist zum Mittagessen. Ich reibe mir mit den Daumen die Augen. »Wissen Sie, wann er zurückkommt?« In einer Stunde muss ich mich auf den Weg zu Elliots Schule machen.

»Ich habe keine Ahnung«, sagt die Telefonistin. Ich hinterlasse Namen und Telefonnummer und bitte um einen schnellen Rückruf.

Es gibt einen Computer in diesem Büro, und ich bewege die Maus, um zu sehen, ob er eingeschaltet ist. Dann logge ich mich mit meinem Gästepasswort ein und gebe »DNA-Transfer« in die Suchmaschine ein. Einer der Treffer führt zu einer Website über den Missbrauchsskandal von Rotherham mit all den missbrauchten Mädchen oben im Norden.

DNA wurde nicht nur auf der Kleidung der Täter, sondern auch auf der anderer Personen in ihren Haushalten gefunden, auf der ihrer Frauen und Kinder, noch Monate, nachdem die Verbrechen begangen worden waren. DNA kann auf tausenderlei Wegen übertragen werden, auch in Waschmaschinen – nach Dutzenden von Wäschen kann man immer noch Spuren finden.

Ein Mörder könnte seine Kleidung – die Kleidung, die er beim Mord trug – in einem Waschsalon waschen. Die DNA des Opfers wandert von seiner Kleidung in die Waschmaschine. Der nächste Kunde, der diese Waschmaschine benutzt, hat hinterher überall auf seiner Jeans DNA des Opfers. Man kann sich eine Situation vorstellen, in der diese unschuldige Person wegen Mordes aufgegriffen wird.

Das ist der Blog eines Doktoranden, insofern weiß ich nicht, wie vertrauenswürdig das ist. Fünfundzwanzig Jahre nach seinem ersten Verbrechen unternimmt Adam Birch einen weiteren Einbruchsversuch, aber es läuft schief, und er ermordet Sandra, dann flieht er, ohne etwas zu stehlen. Das ist das, was passiert ist.

Das Telefon klingelt, und ich melde mich auf Englisch und Spanisch. Es ist Gili.

»Ich arbeite für die britische National Crime Agency. Ich übersetze Ihr Gutachten über DNA-Transfer im Fall eines … Briten – den Namen habe ich offenbar nicht.«

Er rettet mich. »Ja. In Málaga. Ich weiß, wen Sie meinen.«

»Ähm, ich wollte meine Auslegung Ihres Gutachtens in einigen Punkten überprüfen.«

»Ja?«

»Sie schreiben, dass das Vorhandensein der DNA einer Person an der Leiche oder am Tatort nicht bedeutet, dass derjenige dort war oder auch nur Kontakt mit dem Ermordeten hatte?«

»Korrekt. Man muss feststellen, ob die DNA direkt von jemandem dort hinterlassen wurde, der am Verbrechen beteiligt war, oder ob sie von jemand anderem an den Tatort übertragen wurde.«

»Wie stellt man das fest?«

»Das ist schwierig. Zunächst wurde sekundärer DNA-Transfer nur bei Laborexperimenten bemerkt. Es hat eine Weile gedauert, bis die Kriminalermittler akzeptierten, dass es das auch bei realen Verbrechen geben könnte. Haben Sie Schwierigkeiten, mein Gutachten zu verstehen?«

»Nein«, sage ich. »Das klärt die Sache, danke.« Ich will nicht, dass er der NCA sagt, ich sei inkompetent und nicht befähigt, aus dem Spanischen zu übersetzen. NCA-Aufträge werden manchmal gut bezahlt, und ich kann es mir nicht leisten, diese Arbeit zu verlieren. »Ich bin auch persönlich daran interessiert dazuzulernen«, sage ich. »Neugier.«

»Ah.« Ich höre, dass er lächelt. »Das DNA-Profiling selbst ist ja noch neu, nicht wahr? Das gibt es erst seit den 1980ern. Viele Ermittler wollen die Probleme dabei nicht zur Kenntnis nehmen – weil sie sich so sehr darauf verlassen. Ja, unsere Technologie wird immer besser, mittlerweile genügen uns schon kleine Proben, und sie werden von Jahr zu Jahr kleiner. Aber das macht es in Wahrheit schwieriger. Hochempfindliche Laborgeräte können eine Übereinstimmung jetzt anhand einer kleinen Anzahl von Zellen feststellen. Und eine kleine Anzahl von Zellen kann ganz leicht übertragen werden. So kann aufgrund von DNA-Funden die falsche Person ins Gefängnis kommen. Darum geht es in meinem Gutachten.« Während ich ihm zuhöre, spiele ich mit einem Stift in der linken Hand. Die Kappe klemmt wie eine Schlinge an meinem Daumen und schnürt die Blutzufuhr ab. »DNA ist Wissenschaft, sie kann nicht angezweifelt werden«, sagt Gili. »Das denken die Leute.« Wie viel von Adam Birchs DNA war an Sandras Leiche? *Überall.* Das hat der Detective gesagt. Zu viel für einen sekundären Transfer, das muss er gemeint haben. Wobei er kein Wissenschaftler ist.

»Was wiegt schwerer als ein DNA-Beweis?«, frage ich Gili. »Wie haben Sie die Unschuld des Briten bewiesen?«

»Entscheidend ist zu erklären, wie die DNA dorthin kam, die Transferkette.«

Es besteht keine offensichtliche Verbindung zwischen Adam Birch und Sandra. Aber sie lebten in derselben Gegend. Da Adam Birch dort auf der Straße unterwegs war, könnten sie sich Hunderte Male begegnet sein. Unmöglich, das genau zu bestimmen. »Und wenn man das nicht kann?«, frage ich.

»Alibi. Ein hieb- und stichfestes Alibi ist die beste Verteidigung gegen einen DNA-Beweis. Soweit ich weiß, hatte die Berufung des Briten deshalb Erfolg.«

Ich murmele einen Dank und lege auf. Ein Alibi. Genau das hatte Adam Birch, und ich habe es zunichtegemacht.

»Ich bin fertig«, sage ich zu McKay. Ich stehe an der Tür zu ihrem Büro. »Es ist alles abgezeichnet. Ich muss gehen.« Ich hole meine Tasche und sause durch die Sicherheitskontrolle. Die Situation in diesem spanischen Fall ist eine völlig andere als die beim Mord an Sandra. Ich werde nicht mehr über Adam Birch nachdenken. Als ich das Gebäude verlasse, stelle ich mir vor, alle Gedanken an ihn seien im Obergeschoss zurückgeblieben, hätten feste Form angenommen und lägen dort auf dem Schreibtisch. Sie kommen nicht mit mir nach Hause. Ich steige in den Bus nach Greenwich, um meinen Sohn abzuholen. Als ich mich setze, sehe ich überall Fingerabdrücke mit meiner DNA – auf dem Fahrkartenlesegerät, auf der Stange, die ich berührt habe, auf der Rücklehne des Sitzes vor mir.

20

Als Elliot im Bett ist, besuche ich noch einmal Sandras Facebook-Gedenkseite. Ein paar neue Kommentare sind dazugekommen, hauptsächlich Würdigungen seitens der Familie und von Menschen auf den Philippinen. Jemand behauptet, Sandra habe Freunden in London erzählt, dass sie Angst vor ihrer Arbeitgeberin hatte. Die Polizei muss in den Tagen nach dem Mord gegen die Erbin ermittelt haben. Zumindest anfangs muss sie die Hauptverdächtige gewesen sein. Sie war zur Tatzeit zu Hause. Nur sie und Sandra waren im Haus, daher hatte sie kein Alibi. Die Detectives müssen Gründe dafür haben, dass sie ihre Beteiligung ausschließen. Ich rufe meine eigenen Facebook-Nachrichten auf, obwohl ich weiß, dass da nichts ist. Doreen hat nicht geantwortet. Es ist möglich, dass sie meine Anfrage nicht gesehen hat. Ich werde einen weiteren Kontaktversuch unternehmen, und wenn sie dann immer noch nicht mit mir reden will, werde ich ihre Entscheidung respektieren.

> Ich weiß, du willst nichts von mir wissen, aber es gibt da etwas, was ich dir sagen muss. Ich glaube, du würdest es wissen wollen. Bitte melde dich. Ich will dich nicht belästigen, und mir liegt nicht daran, dir Schwierigkeiten zu machen. Ich hoffe, es geht dir gut, wirklich.

Nachdem ich die Nachricht an sie abgeschickt habe, gebe ich den Namen der Erbin bei Google ein. Es gibt keine neueren Nachrichten, in denen sie erwähnt wird, abgesehen von einem Foto auf den Gesellschaftsseiten, das letztes Wochenende bei der Uraufführung eines Theaterstücks aufgenommen wurde. Ich füge »Sandra Ramos Mord« zu meinen Suchbegriffen hinzu und lande in einem Online-Forum. Ein ganzer Bereich ist der Erörterung dieses Verbrechens gewidmet und hat über zweihundert Mitglieder. Ich scrolle bis zum Ende der Seite und überfliege die Posts in chronologischer Reihenfolge. Ein Großteil der Diskussionen betrifft die Erbin. Einige Leute behaupten, ehemalige Angestellte von ihr zu sein, andere sagen, sie kennen sie aus Wohltätigkeitsorganisationen oder haben gemeinsame Kontakte.

> Ich arbeite für einen Personaldienstleister, dessen Namen ich nicht nennen werde. Wir haben mehrmals bei Feiern in ihrem Haus das Catering übernommen und das Servicepersonal gestellt. Sie war immer unangenehm und schwierig im Umgang, aber ehrlich gesagt sind das viele unserer Kunden. Eines Tages wurde bei uns im Büro etwas verwechselt, und die Information, dass einer ihrer Gäste allergisch gegen Erdnüsse war, erreichte meinen Koch nicht. Also bereitete er ein malaysisches Gericht mit Saté-Soße zu. Als die Erbin das entdeckte, ist sie ausgeflippt. Sie hat mein Personal beleidigt und einer der Frauen ein Silbertablett an den Kopf geworfen. Außerdem hat sie dicht neben einem meiner Kellner zwei Gläser zerschmettert. Ich weiß, wir haben einen Fehler gemacht. Mein Unternehmen nimmt Fehler sehr ernst, und mir ist bewusst, dass Menschen sterben können, wenn Informationen über Allergien nicht korrekt übermittelt werden – aber das ist keine Entschuldigung für Gewalt. Diese Frau ist unberechenbar, und man kann gar nicht anders, als sich zu fragen, ob ihre Hausangestellte etwas getan hat, was sie wütend gemacht hat, und sie sie einfach die Treppe hinabgestoßen hat.

Fehler können töten, das weiß ich. Ich löse meine ineinander verknoteten Finger voneinander. Zuerst fährt die Erbin auf dem Parkplatz die Schwangere an, und jetzt diese Geschichte – sie scheint tatsächlich fähig, Sandra zu töten. Sie hätte gar nicht in der Lage sein dürfen, Sandra zu schaden. Sie hätte ins Gefängnis gehört für das, was sie der Schwangeren angetan hat. Ich denke an den Tag im Old Bailey und die italienische Zeugin der Verteidigung, für die ich gedolmetscht habe. Fehler können vielleicht töten, aber wenn ich in diesem Prozess falsch übersetzt hätte, wenn ich dabei geholfen hätte, dass die Erbin verurteilt wird, dann hätte ich damit vielleicht Sandras Leben retten können.

Gierig nach Informationen lese ich, was sonst noch in diesem Forum geschrieben wurde. Jemand anders meint, die Erbin habe gelogen, als sie sagte, sie habe den Einbrecher unten nicht gehört.

> Die Erbin hat der Polizei erzählt, sie sei in ihrem Schlafzimmer im obersten Geschoss des Hauses gewesen, wo sie über Kopfhörer laut Spotify gehört habe. Ich weiß nicht genau, um wie viel Uhr das Hausmädchen am 16. September getötet wurde. Aber ich bin ein White-Hat-Hacker, und ich kann euch sagen, dass der Account der Erbin am Tag und am Abend des Mordes nicht genutzt wurde; tatsächlich hatte sie sich seit einer ganzen Woche nicht eingeloggt. Sie hat NICHT Spotify gehört, während Sandra Ramos die Treppe hinuntergestoßen wurde.

Ich klappe den Laptop zu, weil mir jetzt die Worte vor den Augen verschwimmen.

Das Zimmer um mich herum beginnt sich zu drehen. Ich lasse den Computer auf dem Couchtisch stehen und lege mich auf den Boden. Wird die Erbin mit dem Mord an Sandra durchkommen, weil ich das Alibi dieses Polen geändert habe? Ich muss zur Polizei gehen und denen sagen, was ich getan habe. Das Zimmer dreht sich in die andere Richtung. Meine Hände verwandeln sich in Klauen, die sich in den Teppich krallen. Wenn ich zugebe, dass ich eine Alibi-Aussage manipuliert habe, besteht die Möglichkeit, dass alle polizeilichen Vernehmungen und alle Urteile in sämtlichen Prozessen, die ich je gedolmetscht habe, angezweifelt und aufgehoben werden; unzählige gewalttätige, gefährliche Menschen kämen frei. Ich könnte behaupten, ich sei krank gewesen. Ich könnte der Polizei erzählen, dass ich meine Übersetzung gern noch einmal prüfen würde, da mir ein anderer Fehler aufgefallen sei, der mir am selben Tag unterlaufen sei, während es mir nicht gut ging. Nein, das wird nicht funktionieren. Schon wenn nur ein einziger Verteidiger davon erführe, könnte er das als Grundlage für eine Berufung verwenden, und irgendein Vergewaltiger, irgendein brutaler Bandenchef oder Mörder aus einem meiner früheren Einsätze könnte freikommen. Frei zu misshandeln, erneut zu töten, und für wie viele zerstörte Leben wäre ich dann verantwortlich? Außerdem würde die Polizei mir vielleicht nicht glauben. Wenn ich mich melde und sage, ich hätte meinen Fehler erkannt, könnten sie mich mit Sandra in Verbindung bringen, sie könnten in der Silver-Balloon-App darauf stoßen, dass ich sie als Babysitterin gebucht habe, sie könnten herausfinden, dass ich bei dem Prozess gegen ihre Arbeitgeberin gedolmetscht habe – und dann würden sie mich der Rechtsbeugung anklagen. Ich würde nie mehr dolmetschen können. Wer würde mich noch beauftragen? Niemand, denn ich wäre im Gefängnis, und Elliot käme wieder in staatliche Obhut. Das darf ich nicht zulassen. Ich setze mich aufs Sofa und zwinge mich, das Schwindelgefühl zu ertragen. Es muss eine Möglichkeit geben, Adam Birch aus dem Gefängnis freizubekommen, ohne noch mehr Unheil anzurichten.

Adam Birchs Schlüsselanhänger – mit dem Foto seiner Tochter. Wo habe ich den hingelegt? Ich stolpere zum Kühlschrank, weil ich ihn meiner Erinnerung nach im Hängeschrank darüber verwahrt habe. Ich öffne die Schranktür und stelle fest, dass ich mich geirrt habe. Hier habe ich den Stoffdrachen mit den Messerverletzungen hineingelegt. Der Drache sieht mich an. Sein einzelnes Auge funkelt böse, weil er außer Sicht verbannt ist. Ein Geruch steigt mir in die Nase, ein Gestank, der vorher nicht da war. Ich habe diesen Schrank erst vor Kurzem aufgeräumt, es kann also kein abgelaufenes Lebensmittel sein. Mit einem Geschirrhandtuch fasse ich den Drachen an und lege ihn auf den Boden. Der Gestank wird penetranter. Ich schlage mir die Hand vor die Nase und merke, der Gestank hat sich im Geschirrtuch festgesetzt. Er geht eindeutig vom Stoffdrachen aus. Schwarze Bläschen in dem Loch, wo der eine Arm fehlt. Das Fell im Gesicht ist zusammengeklumpt, das Gewebe mit etwas Zähflüssigem verklebt. Der Gestank ist überwältigend. Ich bedecke mit einer Hand Mund und Nase, während ich mit dem Geschirrtuch in der anderen das Stofftier umdrehe. Flüssigkeit sickert heraus. Ich nehme das Geschirrtuch doppelt – das kommt danach direkt in die Tonne – und drücke auf den Drachen. Die Füllung ist mit irgendetwas getränkt, es fühlt sich gummiartig und weich an. Ich gehe mit dem Ding nach draußen zu den Mülltonnen – dieser Gestank ist zu viel für meine Sinne – und stochere mit dem Finger in einem der Schlitze. Inmitten der Füllung sehe ich einen Gegenstand.

Nein, keinen Gegenstand. Das ist *lebendig*.

Oder *war* lebendig. Es ist irgendein kleines Organ. Ein Herz. Nein, Moment – sind das *zwei*? Ich kann kaum hinsehen. Organe einer Maus oder Ratte oder eines Vogels. Schneller als ich denken kann, hat mein Arm das Stofftier in die Mülltonne geschlenzt und den Deckel zugeklappt. Dann gehe ich ins Bad und seife mir die Hände ein. Ich schrubbe mir die Arme bis zu den Ellbogen, bis die Haut spannt und sich wund anfühlt. Ein Aufwallen von Übelkeit zwingt mich, den Rand des Waschbeckens zu umklammern. Ich atme durch die Nase, bis ich wieder aufrecht stehen kann. Schließlich öffne ich behutsam Elliots Zimmertür und sehe nach, ob er noch schläft. Er ist bis zum Hals zugedeckt. Sein Atem geht regelmäßig, es geht ihm gut.

Ich bringe alles, was sich in diesem Schrank befand, hinaus in den Müll. Ich will das alles aus der Wohnung haben. Dann öffne ich die Fenster und lasse die kalte Luft durch den Raum strömen, auf dass sie sämtliche Spuren des Fleisch- und Tierblutgestanks und von Elliots leiblichen Eltern mitnimmt. Irgendjemand aus seiner Herkunftsfamilie hat herausgefunden, wo wir wohnen. Die Mutter? Sie hat irgendwie herausbekommen, wann Lydia einen Besuchstermin vereinbart hatte. Sie hat den Drogendealer hergeschickt, ein Schreiben vom Gericht gefälscht, ist in unsere Wohnung eingebrochen, dann der Ballon und jetzt das – sie lässt mich wissen, dass sie in der Schule an Elliot herankommt. Will seine Familie ihn zurückhaben, oder will sie ihm wehtun? Ihn bestrafen? Hat er sie ihrer Meinung nach an die Sozialarbeiterin verraten, hat ihr ihre Geheimnisse verraten, als sie mit ihm sprach und ihn in Obhut nahm? Ich rufe Lydia an, aber sie nimmt nicht ab. Ich schicke ihr eine Nachricht, und eine Stunde später antwortet sie:

> Revelle, ich weiß nicht, was mit Ihnen los ist, aber es ist wie gesagt ausgeschlossen, dass Elliots leibliche Eltern wissen, wo Sie wohnen und wo er zur Schule geht. Schauen Sie, sie sind nicht wohlhabend. Sein Vater sitzt in Manchester im Gefängnis, und seine Mutter ist zurzeit im Krankenhaus. Sie ist im neunten Monat, und es hat Komplikationen gegeben. Es ist physisch unmöglich, dass sie Sie belästigen. Ich hatte vor, Ihnen Bescheid zu geben, wenn das Baby geboren wird.

Im neunten Monat schwanger. Ein Bruder oder eine Schwester für Elliot. Ein Halbgeschwisterchen? Darüber kann ich jetzt nicht nachdenken. Wie lange ist sein Vater schon im Gefängnis? Könnte er das alles von dort aus arrangiert haben? Das ist plausibler als eine Schwangere, die mit Komplikationen im Krankenhaus liegt; allerdings stand ihr Name in dem gerichtlichen Schreiben über den Widerspruch. Ich würde Lydia gern fragen, wer aus Elliots Herkunftsfamilie – wenn überhaupt – beim Gerichtstermin anwesend war, aber ich will sie nicht noch weiter gegen mich aufbringen. Ich überprüfe die Kette an der Wohnungstür, schließe das Fenster und rüttele überhaupt an sämtlichen Riegeln in der Wohnung. Wir müssen hier weg.

Ich sehe nach, was meine Bewerbung um die Maisonettewohnung in Streatham macht. Es gibt nichts Neues, aber ich kann nicht länger warten. Ab sofort kommt jede Wohnung mit zwei Schlafzimmern in meiner Preisklasse innerhalb von Greater London infrage. Ich schicke Bewerbungen für Dutzende von Wohnungen ab, unbesehen. Dieses Stofftier wurde an Elliots Schule geliefert, rufe ich mir in Erinnerung. Der Umzug allein löst dieses Problem nicht. Er darf nicht wieder dorthin. Morgen melde ich ihn krank, nehme Kontakt zur Schulbehörde auf und finde heraus, was wir tun müssen, um die Schule zu wechseln. Unsere neue Anschrift wird der perfekte Vorwand sein – sicher gibt es eine Schule in der Nähe, die ihn aufnehmen kann. Bis wir sicher in unserer neuen Wohnung sind und er an einer anderen Schule ist, darf ich ihn nicht aus den Augen lassen.

Als Elliot am Morgen erfährt, dass er nicht zur Schule muss, ist er begeistert, aber bis zum Mittag langweilt er sich schon und ist gereizt.

»Lego ist doof!«, sagt er und schnipst einen orangen Stein über den Teppich.

»Seit wann das denn? Du hast eine Hexe gebaut und einen Kürbis. Für Halloween bist du gerüstet! Lass uns etwas anderes bauen.«

»Das ist langweilig.«

»Du hast genug davon. Okay, wir machen etwas anderes.« Heute Morgen habe ich mich telefonisch beim Schulamt nach einem Schulwechsel erkundigt. Falls ich überreagiere, habe ich meinen Sohn grundlos aus seiner Klasse geholt, habe die ohnehin zerstückelte Schullaufbahn eines benachteiligten Sechsjährigen erneut unterbrochen. »Wir machen einen Ausflug, okay? Auf geht's.«

Samstags herrscht vor dem naturgeschichtlichen Museum ein derartiger Andrang, dass man Angst hat, sein Kind zu verlieren, aber freitagnachmittags kann man ohne zu warten hineingehen. Wir schließen uns einer Vulkandemonstration an, und als der

Museumsmitarbeiter Elliot nach seinem Namen fragt, antwortet er: »Ich bin heute nicht in der Schule. Mum sagt, ich soll allen sagen, dass es mir nicht gut geht!« Ich wünschte, heiße rote Lava würde mich verschlingen.

Vom Museum aus fahren wir mit der U-Bahn nach North-West London, um zwei Wohnungen zu besichtigen. Von der ersten ist Elliot nicht beeindruckt. Die zweite liegt in der Nähe des Fußballvereins Wembley FC und gefällt Elliot vermutlich deshalb. Sie ist sofort frei, und wenn die Prüfung meiner Kreditwürdigkeit positiv ausfällt, sagt der Immobilienmakler, werde der Vermieter mir die Wohnung sicherlich gern geben. Sie ist trist, und es gab wohl nicht viele Interessenten. Wembley ist gut fünfundzwanzig Kilometer von Elliots aktueller Schule in Greenwich und gut acht Kilometer von unserer Wohnung in der Finchley Road entfernt – weit genug, um mir das Gefühl zu geben, dass wir aus der Anonymität heraus neu anfangen.

»Es wäre besser, wenn wir in der Nähe des Arsenal Football Klub wohnen würden. Nächstes Mal sollen wir versuchen, dorthin zu ziehen«, sagt Elliot, als ich ihn zudecke. »Das ist die beste Mannschaft.«

»Schauen wir mal, ob wir das hinbekommen, wenn du ein bisschen älter bist, okay?« Doch Elliot ist bereits eingedöst.

Arsenal.

Ich hole meine Handtasche und stelle fest, dass Adam Birchs Schlüsselanhänger noch ganz unten liegt. Ich habe Mariusz Dobeks Stimme im Ohr. *Bitte, bringen Sie es ihm? Es würde ihm viel bedeuten.* Auf dem Foto schmiegt sich der rot-weiße Schal des Fußballvereins um den Hals von Birchs Tochter. Ich rufe mir Adam Birchs erkennungsdienstliches Foto in Erinnerung und sehe im Gesicht des kleinen Mädchens die gleichen sanften braunen Augen.

21

Adam Birch ist im Belmarsh-Gefängnis, häufig die britische Version von Guantánamo genannt. Auf YouTube sehe ich mir die kurze Dokumentation eines Journalisten an, dem erlaubt worden war, dort eine Nacht zu verbringen, aber nach zehn Minuten laufe ich ins Bad, um mich zu übergeben. Wenn Adam Birch verurteilt wird, könnte ich dafür verantwortlich sein, dass ein Mann für den Rest seines Lebens in diese Hölle verbannt wird. Ein unschuldiger Mann. Adam Birchs DNA könnte durch sekundären Transfer auf Sandras Leiche gelangt sein. Eine Nachbarin der Erbin hat ihn am Tag des Verbrechens bei ihnen auf der Straße gesehen, und er wurde auch auf den Überwachungsbildern erkannt. Aber diese Überwachungsbilder von der Straße sind nicht sonderlich scharf, und selbst wenn er es war, bedeutet das nicht, dass er auch die schattenhafte Gestalt in dem anderen Video ist, das im Garten aufgenommen wurde. Was die Nachbarin betrifft, die ihn auf der Straße erkannt hat – Augenzeugen machen Fehler; ich habe Kriminalbeamte sagen hören, dass Augenzeugenberichte die Ermittlungen in den ersten Tagen behindern können, denn auch wenn wir uns wirklich Mühe geben, sind wir Menschen sehr unzuverlässig. Häufig sind wir schlicht unfähig, auf die Wahrheit zuzugreifen. So vieles deutet auf die Erbin – sie ist diejenige mit dem Motiv und der Gelegenheit. In einer Gerichtsverhandlung hätte das Alibi den Ausschlag geben können. O Gott, was habe ich getan? Mir wird schwindelig, der Boden rast auf mich zu. Ich widere mich selbst an, aber ich weiß, meine Schuldgefühle helfen Adam Birch nicht. Ich muss etwas tun. Ich muss ihm den Schlüsselanhänger zukommen lassen, und dann muss ich ihn aus dem Gefängnis freibekommen. Ich betrachte das Gesicht seiner Tochter, die Brille, den Arsenal-Schal. Ein Schlüsselanhänger, aber kein Schlüssel.

Ein Andenken an ein anderes Leben, in dem er eine Familie oder einfach einen Ort hatte, an den er letzten Endes gehörte.

Ich suche im Netz nach dem Namen seines Anwalts oder Prozessanwalts – normalerweise werden sie in dem ein oder anderen Artikel erwähnt. Ich finde ihn. In einem Artikel auf der Website der BBC steht, Adam Birchs Anwalt heiße Roger Lipman und seine Kanzlei liege auf der Wood Green High Street. Es ist nach zehn Uhr abends, im Moment kann ich nichts tun. Ich werde den Schlüsselanhänger gleich am Montagmorgen in die Post geben. Ich glaube, Adam Birch bekommt ihn eher, wenn ich ihn an seinen Anwalt schicke als direkt ans Gefängnis.

Am Morgen bin ich angeschlagen, und erst nach ein paar Minuten fällt mir wieder ein, dass nach diesem Wochenende die kurzen Ferien in der Mitte des Trimesters beginnen. Ich muss mir etwas einfallen lassen, was Elliot beschäftigt und mit meiner Arbeit zu vereinbaren ist. Zum Frühstück essen wir Toast mit Bananen und Honig. Als ich versuche, den klebrigen Brotbelag von seinem Arm zu reiben, verschmiere ich ihn nur. Wir ziehen uns an und gehen in den nächstgelegenen Park, wo wir uns eine halbe Stunde lang den Fußball zuspielen. Der Himmel ist heute entschieden grau, und obwohl Samstag ist, ist der Park menschenleer. Meine Fähigkeiten beschränken sich darauf, den Ball etwa zehn Meter weit zu kicken, und Elliot langweilt sich bald und ist einverstanden, wieder nach drinnen zu gehen. Ich klemme mir den Ball unter den Arm, und wir spazieren zur Stadtteilbibliothek und stöbern in der Kinderbuchabteilung. Wir leihen ein Buch über den Weltraum und eines über Hunde aus, und mir wird klar, dass das noch etwas ist, was Elliot nicht hat: ein Haustier.

Am Nachmittag fällt mir ein, dass der Immobilienmakler gestern sagte, er arbeite auch samstags, und so rufe ich ihn an. Obwohl es erst vierundzwanzig Stunden her ist, frage ich ihn, ob es bei meiner Bewerbung um die Wohnung in Wembley etwas Neues gibt. Wenn je die Notwendigkeit bestand, aufdringlich zu sein, dann jetzt. Immobilienmakler dürfen keine Bewerbungsgebühren mehr berechnen, aber ich biete ihm einhundertfünfzig Pfund für die Beschleunigung der Überprüfung meiner Kreditwürdigkeit an. Ich glaube zwar nicht, dass das viel bewirkt, aber er nimmt mein Geld an, und als mir früh am Montagmorgen offiziell mitgeteilt wird, dass ich die Wohnung habe, stelle ich keine Fragen.

Ich rufe meinen aktuellen Vermieter an und erkläre ihm, ein Notfall in der Familie zwinge uns, innerhalb einer Woche auszuziehen. Wir ziehen ins Ausland, sage ich ihm, und ich könne ihm keine Nachsendeadresse nennen, nur für den Fall, dass er uns etwas anderes als Post schicken will. Er willigt ein, mich gegen Zahlung von zwei Monatsmieten vorzeitig aus dem Vertrag zu entlassen. Ich werde erneut mein Konto überziehen. Dann rufe ich bei der Schulbehörde an und leite unter Angabe unserer neuen Adresse Elliots Schulwechsel in die Wege. Gott sei Dank sind diese Woche Ferien, sodass ich ein bisschen Zeit habe, seine neue Schuluniform und was er sonst noch benötigt zu besorgen. Der Immobilienmakler sagt, ich könne die Schlüssel morgen abholen, daher buche ich für Mittwochmorgen das Umzugsunternehmen.

In der Zwischenzeit muss ich packen, nach Möglichkeit ein bisschen Geld verdienen und Elliot irgendwie bei Laune halten. Außerdem muss ich Mariusz Dorobek sehen. Ich werde ein weiteres Gespräch mit ihm führen, und wenn ich dann immer noch glaube, dass er aufrichtig und Adam Birch unschuldig ist, dann bleibt mir keine andere Wahl, als etwas zu unternehmen.

Elliot und ich fahren mit der U-Bahn nach Knightsbridge. Als wir den überdachten Gang betreten und uns dem Polen nähern, nehme ich Elliots Hand. Wird mein Sohn Angst haben oder verstört sein, wenn er Mariusz' Habseligkeiten auf dem Boden sieht und begreift, dass manche Menschen gezwungen sind, so zu leben? »Batman«, sage ich. »Ich muss mich ein bisschen mit diesem Mann unterhalten, okay? Ich habe ihn bei der Arbeit kennengelernt. Er ist wirklich nett.«

»Okay.«

»Ich rede mit ihm, und dann gehen wir irgendwo etwas essen. Heute Nachmittag fahren wir nach Hause, ich packe ein bisschen für unseren Umzug, und du hast noch Bücher aus der Bibliothek zum Lesen.« Ich mustere sein Gesicht. »Klingt gut?«

Er zuckt die Achseln. »Keine Schule!«

»Es sind nur Ferien. Gewöhn dich nicht daran.« Ich stupse ihn spielerisch am Arm an.

Wir gehen die letzten Schritte zu Mariusz, der aufsteht, um uns zu begrüßen. Er wirkt ausgelaugt. Wie kann man hier leben, hier schlafen? Hat man bei dem Verkehr – dem menschlichen wie auch dem Autoverkehr – jemals einen ruhigen Augenblick?

»Hi noch mal«, sage ich auf Polnisch. »Das ist mein Sohn Elliot.« Ich wiederhole es auf Englisch, damit mein Junge es versteht.

»Hallo«, sagt Mariusz auf Englisch und reicht Elliot die Hand. Elliot schüttelt sie begeistert. Er freut sich immer riesig, wenn die Leute ihn wie einen Erwachsenen behandeln.

»Ich werde jetzt eine Zeit lang Polnisch mit Mariusz sprechen«, sage ich ihm. Er nickt und nimmt mein Telefon, um Beschäftigung zu haben.

»Diesmal komme ich nicht zufällig hier vorbei – ich wollte Sie sehen«, sage ich zu Mariusz.

»Okay.«

»Ich habe immer noch den Schlüsselanhänger Ihres Freundes mit dem Foto seiner Tochter.« Ich hole ihn aus der Tasche. »Ich wollte Sie wissen lassen, dass ich ihn heute zur Post bringe. Ich schicke ihn an Adam Birchs Anwalt. Der sorgt bestimmt dafür, dass er ihn bekommt.«

»Okay, danke.« Ich sehe nichts als ein Lächeln.

»Tja. Das war's. Tut mir leid, dass ich ihn nicht früher abgeschickt habe.« Mariusz grinst Elliot an. Wonach suche ich? Nach irgendeinem Anzeichen dafür, dass dieser Mann ein Lügner sein könnte? Will ich eine letzte Chance, mich davon zu überzeugen, dass ich nichts Falsches getan habe? Aber die werde ich nicht bekommen. »Okay. Sag auf Wiedersehen, Elliot.«

Aber bevor Elliot antworten kann, fragt Mariusz: »Sie wissen, wo Adams Anwalt ist?«

»Wood Green. Ich habe es nachgeschlagen.«

»Könnten wir dorthin gehen?«

»Es ist eine Kanzlei. Ich denke, da kann jeder hingehen.« Dann begreife ich, worum Mariusz mich eigentlich bittet.

»Ich möchte mit ihm sprechen«, sagt er.

»Ich helfe Ihnen gern, dorthin zu kommen«, sage ich. »Ich bezahle Ihnen die Fahrkarte.«

»Ich würde einen Dolmetscher brauchen.« Ich darf nicht mit Mariusz Dorobek gesehen werden, schon gar nicht von Adam Birchs Anwalt. Das ist zu riskant.

»Ich muss los. Ich ziehe um und …« Innerlich zucke ich zusammen. Warum muss ich bei einem Obdachlosen von allen denkbaren Ausreden ausgerechnet den Umzug wählen? »Mein Sohn geht auf eine andere Schule. Ich kann Ihnen einen Dolmetscher suchen.« Ich hole mein Telefon heraus und öffne die Exia-App. »Ich bezahle natürlich dafür.«

»Nein, nein, keine Sorge. Ich wollte sichergehen, dass der Anwalt weiß, Adam ist unschuldig.« Dieser Mann sagt die Wahrheit.

»Das ist kein Problem.« Meine Finger tanzen hektisch übers Display. »Ich suche Ihnen einen.« Das schulde ich ihm. Ich muss ihm helfen.

»Schon gut.« Er berührt mich am Arm, gibt mir die Erlaubnis, mit der Suche aufzuhören. »Der Anwalt wird mir wahrscheinlich sowieso nicht zuhören.«

»Aber einen Versuch ist es wert.« Wenn ich Mariusz zu diesem Anwalt begleite, zeigt sich vielleicht, wie ich Adam helfen kann. Wie soll ich es wiedergutmachen, wenn ich seinen Anwalt nicht treffe? »Gehen wir. Ich komme mit Ihnen.«

Wir gehen zur Hauptstraße und steigen zu dritt in ein Uber.

Die Fenster der im ersten Stock über einem zwielichtigen Wettbüro gelegenen Kanzlei Roger Lipman & Associates sind schmutzverkrustet, und an der wackligen Eingangstür blättert der Anstrich ab. Die Prozessanwälte klagen über wiederholte rigorose Kürzungen bei der Prozesskostenhilfe seit der Finanzkrise 2008. Es ist ein beliebtes Gesprächsthema auf den Gerichtsfluren, sicherer Small-Talk-Stoff für gegnerische Rechtsbeistände, während sie darauf warten, dass ihre Fälle aufgerufen werden. Dann sind da die Streiks der Prozessanwälte. Aufgrund der Kürzungen bei der Prozesskostenhilfe ziehen kompetente Anwälte die Sicherheit einer Privatkanzlei vor, besonders hier in London. Wenn es so schlimm ist, wie die Anwälte behaupten, muss man sich fragen, welches Niveau die haben, die nicht abgewandert sind. Wie viel eigene Ermittlungstätigkeit können Roger Lipman & Associates überhaupt für Adam Birch leisten?

Elliot steigt neben mir die Treppe hinauf, Mariusz kommt hinter uns.

»Haben Sie einen Termin?«, fragt eine Frau am Empfang. Ich zeige ihr den Schlüsselanhänger.

»Dieses Foto gehört Adam Birch, einem Mandanten von Roger Lipman«, sage ich. »Es ist ihm sehr wichtig, und wir wären Ihnen dankbar, wenn Mr Lipman Adam das Foto beim nächsten Treffen mitbringt.« Die Frau betrachtet den Schlüsselanhänger, nimmt ihn aber nicht entgegen. Ich lege ihn hinter ihren Computermonitor, neben eine Tasse voller Stifte. Sie sieht mich an und dann Elliot. »Meinen Sie, das könnten Sie für uns tun?«

»Adam Birch, haben Sie gesagt?«

»Ja.«

»Ich gebe es Mr Lipman.« Sie hat das Interesse verloren und tippt weiter. Den Schlüsselanhänger hat sie immer noch nicht angerührt. Wahrscheinlich wird sie das Gleiche machen wie ich, als Mariusz mich darum bat – ihn in den Abfalleimer werfen. Ich habe mir etwas vorgemacht, als ich mir einredete, nach diesem

Ausflug würde ich mich besser fühlen – als könnte die Ablieferung dieses kleinen Andenkens mich von meiner Schuld befreien. Adam Birch mag ohne mich verhaftet worden sein, aber ich habe sein Schicksal besiegelt. Ich kann das nicht ignorieren und untätig bleiben, so wie letztes Mal. Ich kann nicht zulassen, dass der Falsche schuldig gesprochen wird.

»Könnten wir außerdem kurz mit Roger Lipman sprechen?«

»Sie brauchen einen Termin«, sagt die Frau, ohne mich anzusehen.

Sie hat nicht gesagt, dass er nicht da ist. »Fünf Minuten, bitte.«

Ein Seufzen. »Weil ich gute Laune habe, können Sie drei haben.« Sie ruft in den hinteren Teil des Büros und winkt uns durch. Ich sage Mariusz, was los ist, und flüstere Elliot zu, es werde nicht lange dauern.

Wir finden Lipman an einem Schreibtisch auf einem Bürostuhl ohne Lehne. Die blaue Krawatte um seinen Hals hat er gelockert. »Verzeihen Sie«, sage ich. »Entschuldigen Sie die Störung. Ich habe am Empfang etwas für Ihren Mandanten Adam Birch abgegeben. Wir hatten gehofft, Sie könnten es ihm geben. Es bedeutet ihm viel. Es ist ein Foto seiner Tochter.«

»Hallo erst mal.« Lipman stößt sich vom Schreibtisch ab. Ich kann ihn nicht geradeheraus fragen, was ich tun kann, um der Verteidigung zu helfen. Er würde mich nach meiner persönlichen Beziehung zu seinem Mandanten fragen, und ich kann schlecht zugeben, dass ich die Dolmetscherin bei der Überprüfung seines Alibis war.

»Ich bin Dolmetscherin, und dies ist mein Klient. Er heißt Mariusz Dorobek. Er hat mich gebeten, ihn heute hierherzubegleiten, weil er mit Ihnen über den Fall Adam Birch sprechen möchte.« Ich spüre, dass meine Wangen rot werden. Fragt sich Lipman bei Mariusz' Anblick, wie er mich bezahlen kann?

»Hallo, kleiner Mann«, sagt Lipman zu Elliot. Mein Junge senkt den Kopf und schlingt mir die Arme um den Leib.

»Manchmal ist er schüchtern«, sage ich.

Der Anwalt nickt, holt vier Stühle von verschiedenen Schreibtischen und schiebt sie in die hinterste Ecke des Raums. Wir setzen uns im Kreis hin. Ich denke, man kann davon ausgehen, dass Lipman nicht Polnisch spricht, daher flüstere ich Mariusz in seiner Sprache zu: »Also dann. Was möchten Sie ihm sagen?«

»Sagen Sie ihm, ich möchte helfen. Die Polizei hat mir offensichtlich nicht geglaubt, als ich gesagt habe, dass Adam in dieser Nacht bei mir war. Was kann ich noch tun? Er ist mein Freund. Es muss etwas geben.« Ich wiederhole das für Lipman auf Englisch und erkläre, dass Mariusz Adams Alibi war.

Lipman schnaubt. »Schauen Sie, so etwas kommt vor. Alibis ohne handfeste Beweise halten vor Gericht nicht immer stand.« Er macht eine Pause, damit ich das für Mariusz auf Polnisch wiederholen kann. Als Adam Birchs Verteidiger wird Lipman von der Polizei eine Kopie von Mariusz Aussage bekommen haben. Wenn er sie gelesen hat, weiß er, dass Mariusz' Aussage der seines Mandanten in einigen Punkten widerspricht. Mein Blick wandert über den Stapel Papiere auf Lipmans Schreibtisch, über den uralten Aktenschrank an der Wand, der aus allen Nähten zu platzen scheint, und die Desktop-Computer, die schon 2010 hätten ausgetauscht werden müssen. Er erstickt in Arbeit, so viel ist klar. Ich wette, er hat die Aussage noch nicht gelesen.

»Also, was kann er tun?«, frage ich. »Um seinem Freund zu helfen.«

»Ich glaube nicht, dass er etwas *tun* kann. Falls ich etwas brauche, melde ich mich.«

»Wie würde denn ein Alibi *mit* handfesten Beweisen aussehen?«, frage ich. Elliot dreht sich mit dem Bürostuhl, und ich strecke die Hand aus und halte ihn fest.

»Überwachungsvideos, die seinen Aufenthaltsort zeigen, GPS-Daten, Mobiltelefonaufzeichnungen …«

»Gibt es Überwachungskameras in der Nähe Ihres Schlafplatzes im Tunnel? Besteht die Möglichkeit, dass Adam in der Mordnacht aufgenommen wurde?«, frage ich Mariusz auf Polnisch.

Lipman unterbricht: »Aber wir werden jetzt keine Überwachungsbilder mehr zutage fördern. Jeder kann die Herausgabe nach dem Informationsfreiheitsgesetz beantragen, aber Überwachungsbilder werden normalerweise nur dreißig Tage lang aufbewahrt. Der Mord war vor fünf Wochen. Das hilft uns jetzt nicht mehr.«

»Könnte die Polizei ihn noch einmal vernehmen? Er macht sich Sorgen, dass er bei der Vernehmung nicht als zuverlässig wahrgenommen wurde, weil er durch mich sprach. Vernehmungen mit Dolmetscher sind schwierig.«

»Schauen Sie, wenn ein Alibi von einem Freund oder einem Angehörigen stammt, ist es sowieso nie sonderlich stark. Idealerweise sollte es von jemandem stammen, der keine Beziehung zum Angeklagten hat. So, ich muss mich auf einen Gerichtstermin vorbereiten, aber danken Sie ihm dafür, dass er gekommen ist.« Lipman schiebt seinen Stuhl zurück zu seinem Schreibtisch.

»Warten Sie«, sage ich. »Er möchte *wirklich* helfen. Es muss doch etwas geben, was er tun kann. Sollten Sie nicht eigene Ermittlungen anstellen, um die Beweise, die die Polizei gegen Adam in der Hand hat, zu entkräften?«

Der Anwalt betätigt die Bremse an seinem Stuhl und dreht sich zu mir um. Er mustert mich scharf. »Hat er das wirklich gerade alles auf Polnisch zu Ihnen gesagt?«

Säure verwüstet meine Kehle. Ich bin nur die Dolmetscherin, rufe ich mir in Erinnerung. Ich muss unbeteiligt wirken. Lipman könnte mich mindestens rügen dafür, dass ich den Dolmetscheinsatz nicht abgebrochen habe, als ich erkannte, dass es um Sandra ging, die ich kannte. Ich ziehe Elliots Stuhl näher an meinen heran. »Mariusz hat es mir im Auto hierher erklärt. Ich mache nur meine Arbeit.«

»Und ich auch. Danken Sie ihm, dass er zu mir gekommen ist, ja?« Lipman stemmt die Hände in die Hüften.

Mariusz murmelt, er habe ja gewusst, dass der Anwalt ihn nicht ernst nehmen würde. Ich nutze das und gebe vor, seine Worte zu übersetzen. Ich kann hier heute nicht hinausgehen, ohne wenigstens eine Ahnung zu haben, wie ich Adam helfen kann. »Ich soll noch einmal betonen, dass er sich für die Lage seines Freundes verantwortlich fühlt«, sage ich zu Lipman. »Weil er das Alibi war und die Polizei ihm nicht glaubt.« Adam Birch ist im Belmarsh-Gefängnis. Zusammen mit verurteilten Serienmördern, Bombenterroristen und Julian Assange. Ich muss ungeschehen machen, was ich getan habe, sonst kommt er niemals da raus.

»Wie gesagt, eine Alibi-Verteidigung kann selbst im besten Fall schwach sein. Sicher, es hätte geholfen, wenn Mariusz als zuverlässiger Zeuge wahrgenommen worden wäre, wenn er ein Fremder wäre … Sagen Sie ihm, es war nicht seine Schuld.« Lipman bedeutet mir, wir sollten unsere Stühle räumen. »Danke nochmals für Ihr Kommen«, sagt er und versucht gar nicht erst, seine Unaufrichtigkeit zu verhehlen.

»Es muss doch irgendetwas geben, was wir tun können.« Wir. Das ist gefährlich, sehr gefährlich. Aber die Worte sind heraus, und ich kann sie nicht zurücknehmen. Lipman spürt sicher, dass ich ein persönliches Interesse an Adams Fall habe. »Was ich meine, ist: Mariusz möchte wissen, welche Beweise die Polizei gegen seinen Freund in der Hand hat. Wenn er weiß, was sie haben, findet er vielleicht eine Möglichkeit, ihm zu helfen.«

»Sie haben seine DNA«, sagt Lipman. Ja, ich weiß, aber was noch? Lipman muss Details kennen, die nicht öffentlich zugänglich sind. »Adam wurde früher im Jahr wegen Bettelei festgenommen. Das ist ein meldepflichtiges Delikt. Ein Delikt, bei dem die Polizei einen zwingen kann, eine DNA-Probe abzugeben, die sie in ihre Datenbank aufnehmen. So war das bei Adam. Und die haben sie mit der abgeglichen, die sie am Tatort gesichert haben.« Daher hat die Polizei also Adams DNA in ihrer Datenbank: weil obdachlos zu sein praktisch ein Verbrechen ist. »Aufgrund der

Faktenlage in diesem Fall – dass das mutmaßliche Opfer bei einem Kampf die Treppe hinuntergestoßen wurde – bekommen wir die Anklage vielleicht auf Totschlag runter. Und falls er für schuldig befunden wird, haben wir starke mildernde Umstände beim Strafmaß. Er hat ziemlich schweres Asthma, er war schon oft im Krankenhaus.« Ich wiederhole es für Mariusz.

»Adam ist krank«, bestätigt er. »Deshalb ist er obdachlos. Wegen seiner Gesundheit konnte er nicht arbeiten, seine Ehe ging in die Brüche, dann lebt er auf der Straße …« Falls er verurteilt wird – meinetwegen –, wird Adam Birch mit hoher Wahrscheinlichkeit im Gefängnis sterben. Lipmans Miene ist resigniert. Er hält Adam für unschuldig. Aber er wirkt nicht zuversichtlich, dass er diesen Fall gewinnen kann. Wieder sehe ich mich in dem heruntergekommenen Büro um – ich bezweifle, dass dieser Anwalt überhaupt irgendeinen Fall gewinnen kann.

Ich will Lipman übersetzen, was Mariusz gesagt hat, aber Lipman kommt mir zuvor. »Wie gesagt, ich muss gehen. Schauen Sie – vielleicht ergibt sich etwas, was uns hilft. Vor ein paar Tagen hat die Polizei die Tasche gefunden – die Tasche, die Adam Birch angeblich auf den Überwachungsbildern von der Straße trägt. Seine DNA wurde nicht auf der Tasche gefunden. Adam Birchs DNA ist auf der Leiche seines mutmaßlichen Opfers, aber nicht auf der Tasche, die man ihn tragen sieht.«

»Und was bedeutet das – dass der Mann im Überwachungsvideo nicht Adam Birch ist?«

Lipman bleibt zurückhaltend. »So werde ich jedenfalls argumentieren.« Er übergibt uns der Frau am Empfang, und die führt uns hinaus.

Die Polizei hat keine Überwachungsbilder, die Adam am Tag des Mordes auf der Straße der Erbin zeigen. Sie haben den Augenzeugenbericht einer Nachbarin, die sagt, sie habe ihn dort herumlungern sehen – aber wahrscheinlich hat sie einen anderen Obdachlosen gesehen, denjenigen im Überwachungsvideo. Es sieht so aus, als wäre der Mord an Sandra für die Nachbarn der Erbin ein Vorwand, um der örtlichen Obdachlosenpopulation eins auszuwischen. Die Staatsanwaltschaft hat also Adams DNA an der Leiche, seine frühere Verurteilung und den Umstand, dass er sich dort in der Gegend aufhielt. Dank mir ist sein Alibi entwertet. Ich habe noch immer ein ungutes Gefühl bei der Erbin. Aber ich weiß nicht, was ich in dieser Sache unternehmen kann.

Als wir wieder auf der Straße stehen, sage ich zu Elliot: »Danke, dass du so geduldig warst. Du warst so lieb da drin. Wir bringen nur diesen Mann nach Hause, und dann gehen wir essen, du und ich.« Ich reibe Elliot über den Rücken, und er nickt. Nach Hause. Ich habe gesagt, wir bringen Mariusz nach Hause. Ich kratze mir mit den Fingernägeln über die Kopfhaut. Wie kann ich ihn einfach wieder auf die Straße setzen und mit meinem Leben weitermachen? Nach allem, was ich getan habe.

Alles, was ich über das Darknet weiß, habe ich einer Dokumentarsendung auf BBC Two entnommen. Ich habe gelernt, dass ich es nutzen kann, um Kreditkartennummern, Drogen, Schusswaffen, Falschgeld, Log-in-Daten, Auftragsverbrecher, gefälschte Dokumente, Software zum Hacken von Computern und sogar Menschen zu kaufen. Ich sah, dass man mit dem Mauszeiger zum Heaven & Hell Market navigieren kann und jemanden dafür bezahlen kann, so ziemlich alles zu tun. Ich habe mir ein VPN eingerichtet und den Tor-Browser heruntergeladen. Geld ist kein Problem für mich; der Rest war wirklich recht einfach. Ich habe eine Kreditkartennummer benutzt, die für eine der Strohfirmen meiner Familie auf den Cayman Islands registriert ist. Das war wahrscheinlich unnötig. Gerade merke ich: Es kümmert mich eigentlich nicht, ob ich erwischt werde.

Ich sehe beim Gehen aufs Telefon, und auf meinem Telefon ist dein E-Mail-Account. Anscheinend erhöht die installierte Malware die Grundtemperatur deines Telefons, und dir könnte auffallen, dass es auch ungenutzt wärmer als sonst ist. Falls du es bemerkt hast, erkennst du darin offenbar kein Anzeichen dafür, dass du gehackt wurdest. Ich wische durch deine Textnachrichten, WhatsApp, E-Mails – alles ist in Ordnung. Für heute habe ich genug gesehen, entscheide ich, und schließe die Anwendung.

Während meine Schwester heute Morgen unterwegs war, ging ich in sein Zimmer und dann ins Spielzimmer nebenan. Ich schaltete die Eisenbahn ein und sah zu, wie der Wagen in den Miniaturbahnhof Paddington einfuhr. Bald wird er zu alt dafür sein. Er wird blutrünstige Computerspiele bevorzugen, und er wird glauben, dass er für alles Wohltuende und Sanfte zu groß ist. Du hast mir Zeit gestohlen, und Diebstahl ist das eine Verbrechen, von dem ich nie gedacht hätte, dass es mich tangieren würde. Ich kann nicht zurückbekommen, was ich verloren habe, aber ich kann dir alles nehmen.

Ich öffne deinen Kalender und scrolle noch einmal durch deine Termine.

Es ist beinahe so weit.

22

Ich fordere ein Uber an und bestehe darauf, dass Mariusz sich von mir zum Essen einladen lässt. »Mariusz kommt mit uns zum Mittagessen«, sage ich Elliot. Mein Sohn scheint sich in seiner Gegenwart ganz wohlzufühlen, und ihm eine anständige Mahlzeit zu spendieren ist das Allermindeste, was ich tun kann. Mariusz hat die meisten seiner Habseligkeiten bei sich – auf der Straße müssen die Menschen wie Schildkröten leben, erklärt er mir: Sie tragen ihr Zuhause, alles, was sie besitzen, immer bei sich, sonst müssen sie damit rechnen, dass es gestohlen wird. Wir fahren zu einem polnischen Restaurant in Belsize Park, einem schicken Lokal. Unterwegs sehen wir Nudelhausketten und billige Schnellrestaurants, die Mariusz völlig in Ordnung findet, aber ich will nicht, dass er das Gefühl hat, für ihn genüge *irgendein* Essen, er müsse dankbar sein, überhaupt zu essen zu bekommen. Ich war vor Jahren einmal mit Klienten in diesem Restaurant, als ich auf einer polnischen Handelstagung dolmetschte. Jetzt, wo wir da sind, befürchte ich, dass ich es doch übertrieben habe. Die Hauptgerichte kosten im Schnitt dreißig Pfund. Es ist polnische Fusionsküche mit Zutaten, die unaussprechliche Namen haben. Wird Elliot irgendetwas davon mögen? Und wovon soll ich das bezahlen? Ich stelle mir meine nächste Kreditkartenabrechnung vor, der Kreditrahmen komplett ausgeschöpft. Aber ich kann jetzt keinen Rückzieher machen. Der Oberkellner führt uns an einen opulent eingedeckten runden Tisch am Seitenfenster und beäugt Mariusz misstrauisch. Bringe ich ihn in Verlegenheit? Dem Abgrund zwischen unserem Tisch und dem nächsten haftet ein Hauch von Lepra an. Ich kann mir das wirklich nicht leisten, aber jetzt sitzen wir, und ich denke, da ist nichts mehr zu machen. Ich sehe mich im Lokal um und komme mir aufgeblasen und auffällig vor.

»Miso in der Zurek-Suppe?«, sagt Mariusz, als er die Speisekarte liest. »Das ist nicht traditionell, aber ich probiere es mal.«

»Kochen Sie?«, frage ich. Was für eine bescheuerte Frage – er hat im Moment kein Zuhause, geschweige denn Zugang zu einer Küche.

»Ich habe in Warschau eine Ausbildung zum Konditor gemacht. Mit der Arbeit auf dem Bau hier wollte ich mir das Geld für ein eigenes Restaurant verdienen.« Ich bemühe mich, mir meine Überraschung nicht anmerken zu lassen. Natürlich hat auch er Pläne und Ziele für sein Leben.

Wir geben unsere Bestellungen auf, und in der nächsten Stunde sprechen wir über Essen. Mariusz erzählt mir von den köstlichen, würzigen Lebkuchen aus seiner polnischen Heimatstadt. Traditionell werden sie in Form von Monden und Sternen gebacken, aber die charakteristische Form der dortigen Bäckerei ist Kopernikus' Silhouette. Er verrät mir sein eigenes Rezept für polnischen Honigkuchen mit Pflaumenmus, Eis mit kandierter Orangenschale und Mohnpfannkuchen. Ich genieße diese Unterhaltung so sehr, dass ich vergesse, warum wir hier sind. Ich denke an Doreen, an die ersten Keime unserer Freundschaft an dem Tag, an dem ich für das Jugendamt dolmetschte und wir gegenüber im Café saßen. Mariusz fragt mich nach meinem Leben, und ich antworte als ich selbst, denn im Moment bin ich nicht die Dolmetscherin. Ich sage mir, dass ich mich nicht zu sehr entspannen darf. Das ist kein schönes ausgedehntes Mittagessen mit einem Kollegen oder Freund. Es ist für Mariusz, nicht für mich. Ich habe seine Gesellschaft nicht verdient.

Ich bringe das Gespräch wieder auf das, weshalb wir hier sind. »Lipman wird also argumentieren, der Mann auf dem Überwachungsvideo von der Straße sei nicht Adam, weil seine DNA nicht auf der Tasche ist«, sage ich.

»Er *ist* es auch nicht«, sagt Mariusz.

»Ich glaube Ihnen. Ich denke, das Einzige, was Ihrem Freund

darüber hinaus helfen kann, ist ein weiteres Alibi. Von einem Fremden, wie Lipman sagt, jemand Glaubwürdigem, der keine Beziehung zu Adam hat.« Ich muss vorsichtig mit meinen Formulierungen sein. Dieser Mann muss denken, ich hätte einfach ein gutes Herz, und sonst nichts. Er darf sich nicht fragen, warum eine praktisch fremde Frau sich so für das Schicksal seines Freundes interessiert. »Gibt es noch mehr Obdachlose, die in Ihrer Nähe ihren Platz haben?«

Er schüttelt den Kopf. »Im Tunnel waren nur Adam und ich. Jetzt nur noch ich. Sicher, es gibt andere, die in der Nähe leben, aber keiner, der für Adam an dem Tag bürgen könnte.«

»Okay, dann … dann Passanten. Durch diesen Tunnel gehen doch bestimmt jeden Tag Tausende von Menschen zur U-Bahn.«

Mariusz trinkt einen Schluck Hagebuttentee. »Die Leute sehen Menschen, die auf der Straße leben, nicht an. Sie können gar nicht schnell genug wegsehen. Wer soll sich daran erinnern, ob da an diesem Abend zwei Männer auf dem Boden saßen oder nur einer? Oder drei?«

»Wir können uns die Passagierdaten der Londoner Verkehrsbetriebe beschaffen. Dann wissen wir, wer zur fraglichen Zeit aus der U-Bahn-Station kam oder sie betrat, und dann können wir diejenigen kontaktieren. Irgendjemand muss etwas gesehen haben, irgendjemand muss richtig hingesehen und Sie bemerkt haben.«

»Diese Informationen würden die uns geben?« Seine Frage klingt aufrichtig hoffnungsvoll, aber mein Plan ist verzweifelt und undurchführbar, und das wissen wir beide. Ich stopfe mir den Mund mit einem fettigen Fleischstück.

»Sie haben recht, die Verkehrsbetriebe werden uns diese Daten nicht geben, aber wir können einen eigenen öffentlichen Aufruf starten. Diese Plakate vor den U-Bahn-Stationen, auf denen nach Verbrechen Zeugen aufgerufen werden, sich zu melden? So eines machen wir auch und hängen es in der Nähe Ihres Platzes im Tunnel auf. Irgendjemand *wird* sich daran erinnern, dass er Sie beide gesehen hat. Wir können meine Mobiltelefonnummer angeben. Ein Versuch kann nicht schaden – vielleicht meldet sich jemand.«

Ich sehe Mariusz an, dass er skeptisch ist, aber er versucht, Begeisterung zu zeigen.

»Eine Person würde reichen«, sage ich. »Ein Fremder, der an Ihnen vorbeigekommen ist, dann gäbe es ein weiteres, unabhängiges Alibi.« Falls ich ein solches Alibi für Adam Birch auftreiben könnte, müsste das zusammen mit den neuen Erkenntnissen zu den Überwachungsbildern und dem Mann mit der Tasche genügen, damit die Polizei neu ermittelt.

Wir beenden das Essen, und ich beiße die Zähne zusammen, als der Kellner meine Kreditkarte nimmt. Dann rufe ich uns noch einmal ein Uber. Mariusz geht zurück in den Tunnel, und Elliot und ich fahren nach Hause. Ich drucke einen Handzettel aus, auf dem ich nach Zeugen suche, und klebe ihn auf die stabilste Pappe, die ich habe. Morgen fahre ich zurück zum Tunnel und hänge ihn auf. Ich weiß nicht, was ich sonst noch wegen Adam Birch unternehmen kann. Vielleicht werden die Argumente der Anklage immer weiter entkräftet, und Adam wird trotz alldem, was ich getan habe, freigesprochen. Aber wie lange wird das dauern? Ich habe bei Mordprozessen gedolmetscht, wo das Verbrechen bereits zwei Jahre zurücklag. Das könnte für Adam zwei Lebensjahre im Gefängnis bedeuten. Ich muss ihn irgendwie da herausbekommen, sofort.

Im Internet suche ich nach Neuigkeiten über den Prozess wegen sexueller Nötigung gegen diesen Jüngling. Hat die Staatsanwaltschaft in den anderen drei Fällen bereits Anklage erhoben? Nein. Es sieht so aus, als liefen die Ermittlungen noch. Ich muss wissen, dass ich wenigstens in *einem* Fall einen positiven Einfluss hatte, dass mein falsches Dolmetschen geholfen hat, einem Menschen, der das verdient hat, Gerechtigkeit widerfahren zu lassen. All das muss doch für etwas gut sein.

Ich muss mich auf unseren Umzug am Mittwoch vorbereiten. Ich verpacke Elliots Sachen in Kartons, und als er ins Bett geht, beginne ich, den Rest unserer Habseligkeiten einzupacken. Lange bevor Minimalismus in Mode kam, lernte ich, mit leichtem Gepäck zu reisen, und sorgte in den Jahren mit meiner Mutter dafür, dass alles, was ich besitze, in zwei Koffer passt. In den letzten Jahren habe ich mir gestattet, Dinge anzuhäufen, und jetzt, eigentlich zum ersten Mal in meinem Leben, habe ich zu viel. Schuhe und Kleidungsstücke, die ich kaum trage, Umhängetaschen, an denen immer noch das Preisschild hängt. Als ich mit meinem Kleiderschrank fertig bin, stelle ich fest, dass ich zwei große Kartons allein mit meiner Kleidung gefüllt habe. Das nehme ich nicht alles mit, beschließe ich. Ich setze mich im Schneidersitz auf den Boden meines Zimmers und sehe den ersten Karton durch. Da sind eine flaschengrüne Reisetasche, die ich wirklich mag, und rote Stiefel in meiner Größe. Als ich die letztes Jahr in einem Wohltätigkeitsladen fand, konnte ich mein Glück kaum fassen. Schöne Kleidung und Accessoires, die für die Arbeit bei Gericht ungeeignet sind. Wie bin ich bloß auf die Idee gekommen, dass ich das verdient habe? Dass ich überhaupt etwas Schönes besitzen sollte? Adam Birch ist im Gefängnis und trägt, was man Häftlingen zum Anziehen gibt, und ich habe jede Menge Klamotten, Mützen und Schals, von denen ich nicht einmal weiß, wann ich sie zuletzt getragen habe. Ich leere beide Kartons auf einen Haufen auf dem Teppich. Hektisch sehe ich alles durch und trenne meine Arbeitskleidung von allem anderen. »Alles andere« ist in der Überzahl. Ich falte es ordentlich zusammen und bringe es in einem Karton unter. Mit schwarzem Marker schreibe ich WOHLTÄTIGKEITSLADEN darauf und klebe den Karton zu. Der schwarze Marker hat auf meine Finger abgefärbt und brandmarkt mich.

»Elliot«, sage ich am nächsten Morgen. »Heute wird es leider ziemlich hektisch. Wir müssen die Schlüssel für unsere neue Wohnung abholen, und ich muss ins Stadtzentrum fahren. Ich muss noch einmal kurz mit diesem Mann sprechen, den wir gestern getroffen haben, mit Mariusz.«

»Und die Schule?«

»Es sind Ferien, weißt du noch? Wir unternehmen diese Woche auch ein paar Sachen, die Spaß machen, versprochen.« Ich möchte, dass er diese Woche genießt, und ich muss ihm sagen, dass er nicht mehr in seine alte Schule zurückkehrt.

Mit der U-Bahn fahren wir zum Büro des Immobilienmaklers, wo ich den Mietvertrag unterschreibe und die Schlüssel in Empfang nehme. Auf dem Weg ins Stadtzentrum spielt Elliot auf meinem Telefon ein Spiel, während ich die zusammengerollte Pappe mit dem Aufruf trage. In Knightsbridge stelle ich zu meiner Erleichterung fest, dass Mariusz nicht da ist. Jedes Mal, wenn ich ihn sehe oder wenn ich an Adam Birch denke, zerfrisst es mich ein bisschen mehr. Ich mache mir Sorgen, dass womöglich bald nichts mehr von mir übrig ist. In der Nähe seines Platzes befestige ich das Schild an der Wand und nehme mir vor, in einigen Tagen wieder vorbeizuschauen, um mich zu vergewissern, ob es noch hängt.

Der Rest des Tages vergeht mit fieberhaftem Packen. Es gelingt mir, ein paar Stunden zu schlafen, bevor die Umzugsleute am nächsten Morgen um acht Uhr eintreffen. Ich habe in London immer schon in möblierten Wohnungen gelebt, es geht also schnell. Elliots Bett ist der einzige große Gegenstand, der mir gehört. Wir nehmen ein Uber und folgen dem Lieferwagen, der unsere Kartons befördert. Unterwegs halte ich Ausschau nach allem, was Teil unseres neuen Lebens werden könnte. Wir kommen an Sandtennisplätzen, einer Bibliothek und einem Supermarkt vorbei, der in fußläufiger Entfernung liegen müsste. In unserer neuen Wohnung lasse ich die Umzugsleute die Kartons an der Wohnzimmerwand stapeln und sauge einmal durch, bevor ich mit dem Auspacken anfange. Hier sind wir nun und wohnen in Wembley. Ich habe unsere neue Adresse noch nicht im Wählerverzeichnis, beim

NHS, bei meiner Bank, bei Exia oder sonst jemandem angegeben. Nur Elliots neue Schule hat sie. Dass eigentlich niemand weiß, wo wir sind, gibt mir ein sicheres Gefühl, und zugleich fühle ich mich schrecklich einsam.

Das Hochhaus mit den über hundert Wohnungen, in dem wir jetzt leben, war einmal sozialer Wohnungsbau. Es verfügt über eine sichere Haustür und eine Gegensprechanlage. Unsere Wohnung hat einen Balkon, aber wir sind im elften Stock, insofern könnte nur Spiderman auf diesem Wege einbrechen. An der Wohnungstür sind zwei Riegelschlösser. Wir werden hier sicher sein.

»Hast du den Park am Ende der Straße gesehen?«, frage ich Elliot. »An dem wir vorbeigekommen sind?«

»Ich hab nicht rausgeguckt. Können wir da Fußball spielen?«

»Ich würde sagen, er ist groß genug dafür.« Er sah ziemlich kahl und bedrückend aus, aber er ist besser als nichts. Ich öffne die Balkontür, trete ans Geländer und sehe hinunter. Am Boden patrouilliert eine rote Katze, und als Elliot sie entdeckt, gehen wir nach unten, um sie zu begrüßen.

»Wenn ich mich recht erinnere, wolltest du vorhin Pizza«, sage ich zu Elliot.

»Ja, bitte!«

»Wir sind an einem Domino's vorbeigekommen.« Nach der Hektik der letzten Tage ist mir nicht nach Kochen.

Am Abend schlafe ich irgendwann auf unserem neuen braunen Kunstledersofa vor dem Fernseher ein. Mein Telefon weckt mich mit einer eingehenden Nachricht.

Es ist der Facebook-Messenger.

Hi. Ja, ich bin's.

Doreen hat geantwortet. Ich stütze mich auf die Ellbogen und setze mich auf. Noch einmal lese ich die Nachricht. Diese vier kurzen Worte genügen, um einen Dopaminschub auszulösen. Das bedeutet nicht, dass sie wieder Teil meines Lebens wird, sage ich mir. Wir sind nicht wieder Freundinnen, denn ich bin es nicht wert. Es ist an der Zeit, dass ich Doreen Sanderson erzähle, was ich ihr angetan habe.

23

»Jede Frau sollte einen jüngeren Freund haben«, sagte Doreen. Sie hielt ihr Weinglas mit zwei Fingern am Stiel und beinahe waagerecht. »Weißt du, dass manche Frauen sagen, wir sollten wenigstens einmal im Leben mit einem älteren Mann schlafen? Das ist totaler Quatsch. Das hat ihnen ein Mann eingeredet. Was sie haben *sollten*, ist ein Freund, der zwanzig, dreißig Jahre jünger ist.« Sie deutete mit ihrem Glas auf mich, dann schenkte sie mir aus der Flasche Shiraz auf unserem Tisch nach. »Prost. Auf in. Inta. Aaah. Inter…« Sie hatte offensichtlich schon ein paar Glas getrunken, ehe sie hierhergekommen war.

»Intergenerationell?«, schlug ich vor.

»Ja!« Sie hob ihr Glas über den Kopf. »Auf intergenerationelle Beziehungen!«

»Prost!«

»Weißt du« – Doreens Worte klebten zusammen –, »warum ich heute Abend mit *dir* ausgehen wollte?« Der Ärmel ihrer blauen Strickjacke kam einer Kerzenflamme gefährlich nahe. Bevor er Feuer fangen konnte, packte ich ihr Handgelenk und zog die Kerze näher zu mir heran.

»Weil ich in meinem Studentenwohnheim zweimal zur Brandschutzbeauftragten ernannt wurde?«

»Weil du *jung* bist. Es ist schade, dass ›Authentizität‹ so ein Modewort geworden ist, aber es *stimmt*, dass jüngere Leute authentischer auf beschissene Situationen reagieren. Du hast noch keine Erfahrung darin, es ist dir noch nie passiert. Deshalb schauspielerst du nicht, du hältst dich nicht an die Regeln und kopierst nicht nur, was du beim letzten Mal getan hast, als einer deiner Onkel starb oder deinem Vater dies oder jenes zustieß. Das ist alles neu für dich. Also *fühlst* du es. Und du *hörst zu*. Du sitzt nicht nur da und nickst und nickst, sondern denkst wirklich über deine bevorstehende Scheidung nach oder darüber, wie du die nächste Hypothekenrate bezahlen sollst.«

»Ich mache mir tatsächlich ein bisschen Sorgen wegen der nächsten Monatsmiete.«

»Freches Gör. Trink deinen Wein.«

»Diese Bar gefällt mir wirklich gut.« Gordon's Wine Bar ist im Grunde ein Keller an der Themse. Eine Höhle, in der es im Winter gemütlich, im Sommer dagegen fürchterlich stickig ist. Die Dickens'sche Einrichtung hat den Blitzkrieg und die Jahrhundertwende überlebt. Mein Lieblingsgetränk ist der exquisite Rosé-Portwein.

»Es ist wirklich die beste Bar in London, wenn einem etwas Beschissenes passiert ist.«

»Erzählst du mir jetzt, was es ist?« Doreen hatte mich am Vortag angerufen, völlig außer Fassung. Ich wusste, es hatte mit der Arbeit zu tun, aber am Telefon hatte sie nicht darüber reden wollen. Nun hob sie einen Finger und warf zugleich den Kopf in den Nacken, um ihr Glas zu leeren.

»Ein Kind, für das ich zuständig war, ist diese Woche gestorben. Ich war seine Sozialarbeiterin. Seine Mutter … Er war in Pflege, und wir … *ich* …« Ihre Stimme brach. Sie atmete aus und fasste sich wieder. »*Ich* traf vor sechs Monaten die Entscheidung, ihn seiner leiblichen Mutter zurückzugeben. Er stammte aus einer guten Familie, sie sind in keiner Weise unterprivilegiert. Die Mutter hat ihn am Montag, als wir zweiunddreißig Grad hatten, bei geschlossenen Fenstern im Auto gelassen. Getönte Scheiben, es konnte also niemand ins Auto sehen. Sie ist losgezogen, um sich Drogen zu beschaffen, und als sie Stunden später zurück zum Auto kam, war er tot.«

»Das ist furchtbar. Es tut mir so leid.« Ich hatte in der Zeitung gelesen, dass ein kleiner Junge gestorben war, und mich schon gefragt, ob das der Vorfall war, auf den Doreen am Telefon angespielt hatte.

»Das Kind war mein Klient, aber es ist nicht meine Schuld.«

»Natürlich nicht.«

»Was hätte ich denn tun sollen? Sicher, sie war ein Junkie. Deshalb hat sie ihn im Auto vergessen. Aber ich habe mich an die Vorschriften gehalten. Es bestand kein Grund, in Richtung Adoption zu gehen. Die Betreuung in einer Pflegefamilie soll vorübergehend sein. Das beste Ergebnis ist die Rückkehr in die Familie. Das sollte unser Ziel sein.«

Unauffällig beförderte ich das restliche Brot und den Hummus von meinem Teller auf ihre Tischseite und ermunterte sie zu essen. Ich war oft genug mit Doreen ausgegangen, um zu wissen, dass ich mir wirklich Sorgen machen musste, wenn sie so betrunken war, dass sie überdeutlich artikulierte.

»Ich bin sicher, du hast nichts falsch gemacht.« Ich kannte Doreen erst seit einem guten halben Jahr, aber wir waren schnell Freundinnen geworden.

»Ich zeige dir was.« Doreen wühlte in ihrer Tasche. Ein Tröpfchen Wein entkam aus meinem Glas und sickerte ins Holz. Sie zog ihr Telefon heraus und schob es mir zu. Ein Artikel in einem Boulevardblatt mit der Schlagzeile: SCHLECHTESTE SOZIALARBEITERIN IN GB.

Und darunter ein Foto von Doreen. Ich schnappte nach Luft.

»Die Mutter hatte eine Vorgeschichte mit Drogenmissbrauch. Ich habe ihr den Jungen zurückgegeben. Ich war für ihn verantwortlich. Ich hätte ihn genauso gut selbst umbringen können.« Ich ließ Doreens Display dunkel werden und schlug ihre Hand weg, als sie Anstalten machte, den Artikel noch einmal aufzurufen. »Man hat mir gesagt, da kommt noch mehr. In der Boulevardpresse. Ich werde berühmt.«

»Tut mir leid. Ich möchte nicht, dass du diese Artikel liest, aber mir ist klar, dass es bescheuert wäre, dich zu bitten, es nicht zu tun.«

»Natürlich werde ich sie lesen, verdammt noch mal.«

»Ich weiß.«

Einen Augenblick lang saßen wir schweigend da, während ich Doreens verdrehte Halskette zurechtzupfte. Jeden Monat ereigneten sich in Großbritannien vermutlich fünf, sechs solcher Verbrechen. Ermordete Frauen, verwahrloste Kinder, gewalttätige Einbrecher. Aus irgendeinem Grund zieht aber immer nur eins davon die gesamte Medienaufmerksamkeit auf sich. Das niedlichste Kind, die weißeste Frau, das schönste Haus, als hätten die Leser nur Kapazitäten für ein Opfer in jeder Kategorie. Doreen hatte das Pech, dass ihr totes Fürsorgekind das sein würde, das an die Oberfläche gespült wurde. Und die Menschen ziehen für ihr Leben gern über Angestellte des öffentlichen Dienstes her.

»Was tut denn dein Arbeitgeber für dich? Um dir zu helfen, meine ich. Es ist seine Aufgabe, das in Ordnung zu bringen, oder?«, fragte ich. »Dafür zu sorgen, dass diese Artikel aufhören.«

Sie zuckte die Achseln. »Ich war gestern beim Hausarzt, um mir Schlaftabletten verschreiben zu lassen. Er fragte mich, was los sei. Am Ende habe ich ihm alles erzählt. Dass ich im Grunde beschuldigt werde, eine Kindsmörderin zu sein.«

»Niemand nennt dich so.«

»Doch, Revelle. Ich werde auf der Straße erkannt. Jedenfalls hat er sich geweigert, mir welche zu verschreiben, der Arsch.«

»Ich denke, heute Nacht wirst du gut schlafen.« Ich deutete auf unsere zweite Flasche Wein.

»Heute fühlt es sich schlimmer an. Am Dienstag habe ich erfahren, was passiert war. Jetzt ist der Schock abgeklungen, und darunter liegen die ganzen Schuldgefühle. Die haben sich richtig in mich verbissen, wie Blutegel. Für die bin ich ein gefundenes Fressen.«

»Möchtest du Sozialarbeiterin bleiben? Du sitzt da nicht fest, weißt du. Du kannst etwas anderes machen. Wenn sie dich so behandeln …«

»Sie haben mir zwei Wochen freigegeben, damit ich ›darüber

wegkomme‹. Also. Ich kann heute Abend trinken, so viel ich will. In den nächsten zwei Wochen werde ich jeden Abend weggehen, außer samstags. Einen Abend pro Woche muss man den Amateuren überlassen.«

»Ich kann mir morgen freinehmen«, bot ich an. »Wir könnten brunchen – oder lunchen, wenn du den gewaltigen Kater, den du morgen haben wirst, erst mal ausschlafen willst. Uns einen Film ansehen. Ins Museum gehen. Ja?«

Sie schürzte den Mund und schüttelte den Kopf. »Mach dir keine Sorgen um mich. Mein Arbeitgeber will nur auf Nummer sicher gehen für den Fall, dass ich mich umbringen will wie Jenny aus der Personalabteilung wegen ihres Shetlandponys.«

»Du kannst es mir sagen, falls es so ist«, sagte ich. »Falls du … darüber nachdenkst.«

»Ich weiß.« Wir verstummten, während die Lautstärke der Unterhaltungen an den umliegenden Tischen neue Höhen erreichte. Dann sprach Doreen weiter. »Mit fünfzehn habe ich bei Superdrug einmal zwei Schachteln Schmerztabletten gekauft, mit einem hellgrün-roten Etikett, die stärksten, die man frei verkäuflich bekommt. Die wollte ich ganz früh an einem Sonntagmorgen alle auf einmal nehmen. Ich bin um fünf Uhr aufgestanden, als alle im Haus noch schliefen. Mit der Taschenlampe, die meine Eltern für Stromausfälle hatten, habe ich mich im Dunkeln auf den Boden gesetzt und das Medikament im Medizinwörterbuch meines Vaters nachgeschlagen. Da stand, Todesfälle seien selten, und da bekam ich Angst, dass zwei Packungen mich nur ins Koma befördern würden. Ich bin wieder ins Bett gegangen. Um sechs bin ich noch mal aufgestanden, hab kaltes Wasser in die Badewanne eingelassen und den Föhn meiner Mutter reingeworfen. Als es Zeit wurde, in die Wanne zu hüpfen – stand ich einfach da. Ich wollte nicht mehr sterben. Heute kann ich mich nicht daran erinnern, warum ich es überhaupt tun wollte. Aber das war's – ich musste es nur einmal versuchen. Hab seitdem nie mehr daran gedacht. Auch jetzt nicht. Die Erfahrung, es zu tun, es wirklich in Angriff zu nehmen, zu wissen, dass ich es planen und durchführen kann, wenn ich will, war anscheinend wie ein Stromschlag, der mich zurück ins Leben katapultiert hat.«

»Vorsicht, Kalauer.«

»Was meinst du?«

»Du hast gesagt, ›wie ein Stromschlag‹.« Da bekam Doreen einen solchen Lachanfall, dass ihre Strickjacke erneut Gefahr lief, Feuer zu fangen, und unsere leere Weinflasche über den Boden rollte. Dann wurde Doreen sehr still.

»Ich war nicht auf konfessionellen Schulen, und meine Mutter hatte keinen Glauben«, sagte ich. »Aber manchmal haben wir in meinen internationalen Schulen die Weltreligionen durchgenommen. Ich muss immer an diese eine Sache in der jüdischen Bibel denken, die Asylstädte, kennst du die?« Doreen schüttelte den Kopf, die Zähne mit Hummus verklebt. »Kann sein, dass ich das nicht mehr ganz zusammenbekomme, aber im Grunde hat Gott Moses gesagt, er soll eine gewisse Anzahl seiner Städte als Asylstätten für Menschen einrichten, die des Totschlags angeklagt sind, für jeden, dessen Taten unabsichtlich zum Tod eines anderen geführt haben.« Sofort bedauerte ich, von »Totschlag« gesprochen zu haben. Ich versuchte, ihr eine Freundin und Stütze zu sein, aber womöglich machte ich es nur schlimmer. »Ich wollte damit nicht andeuten, dass es deine Schuld ist. Das ist es nicht. Ich *weiß*, dass es das nicht ist.« Beide Hände zum Nachdruck flach auf den Tisch gelegt, beugte ich mich vor.

»Ich weiß, was du meinst.« Sie lächelte. »Es ist ein schöner Gedanke.«

»Die Idee war, dass man sich innerhalb der Stadtmauern um diesen Täter ohne Absicht kümmerte. Ihn vor Racheakten oder unangemessener Bestrafung schützte. Er lebte innerhalb der Stadtmauern, bis der amtierende Hohepriester starb. Dann gab es eine Art Reset. Während alle anderen damit beschäftigt waren, den Tod des Priesters zu betrauern, kehrte der unabsichtliche Täter in aller Stille nach Hause zurück, und alles war vergessen.«

Doreen dachte darüber, da klingelte ihr Telefon, und sie hielt es mir vor die Nase. »Das ist dieser Journalist, der schon den ganzen Nachmittag anruft.«

»Ignorier ihn. Holen wir uns noch etwas zu essen. Diese Fritten von Five Guys. Die magst du doch. Die, die den Alk aufsaugen wie billiges Klopapier.«

»Er wird immer wieder anrufen. Geh du ran. Bitte.« Ihre Stimme klang wie eine Kreuzung aus Nuscheln und Wimmern.

»Was soll ich denn sagen?«

»Irgendwas Bescheuertes. Erzähl irgendeinen Scheiß, damit er aufhört, mich anzurufen. Sag ihm, du wärst meine Pressesprecherin.«

Ich schluckte und nahm den Anruf an. Doreen kauerte sich neben mich, das Ohr neben meinem. Ich sagte dem Journalisten, ich sei Doreens Freundin, und er fragte, wie sie so sei.

»Sie ist ehrenamtliche Netball-Trainerin. Und mittwochs nach dem Training geht sie mit den Mädchen immer in den Friseursalon ihres Mannes, und sie bekommen einen Gratishaarschnitt.«

Doreen formte mit den Lippen: »Was soll das? Mehr Scheiß!«, während ich mich von einem »Äh« zum nächsten hangelte und mich fragte, was ich noch sagen sollte.

»Sie macht das auch für ältere Menschen. Jeden Freitag holt Doreen im nächsten Altenheim eine Wagenladung Senioren ab und lässt die Auszubildenden an ihnen üben, wie man Strähnchen macht, Haare bleicht – Sie wissen schon, Dinge an jemandem ausprobieren, der nicht merkt, was passiert. Ist das nicht reizend? Sie hat wirklich einen starken Gemeinschaftssinn.«

Auftrag ausgeführt: Der Journalist erkannte, dass er auf den Arm genommen wurde, und legte auf.

»Das war genial!« Doreen lachte und hielt sich die Seite. »Himmel, du bist ja richtig fies. Zuerst wusste ich nicht, worauf du hinauswillst. Ich dachte, verdammte Hacke, sie will doch tatsächlich von der Zeit erzählen, als ich Laurens Netball-Team trainiert habe!«

»Wie geht's Lauren?« Doreens achtzehnjährige Tochter studierte im ersten Jahr oben in Durham.

»Sie hat sich Extinction Rebellion angeschlossen. Du weißt schon, diese Umweltaktivisten, die Straßen und Bahnhöfe blockieren, sodass die Leute nicht zur Arbeit kommen?«

»Ja.« Es war nicht zu übersehen, dass Doreen eigentlich stolz auf ihre Tochter war.

»Ich sage ihr immer wieder, dass es wahrscheinlich eine gute Sache ist, wenn die Menschheit ausstirbt, die beste überhaupt, wenn man den Planeten retten will, und die Tiere. Ich meine, was ist das Hauptproblem? Menschen.«

»Ich weiß, du gehst nicht ohne einen Whisky als Absacker.«

»Ich gehe nicht ohne einen Whisky als Absacker.«

»Bleib sitzen. Ich hole ihn. Und pass mit dieser vermaledeiten Kerze auf.« Sie hob gespielt unschuldig die Hände. »Übrigens, dein Outfit ist lächerlich«, rief ich ihr auf halbem Weg zur Bar noch zu. Jedes ihrer Kleidungsstücke war für sich allein genommen absolut in Ordnung, aber die Kombination hatte die Wirkung eines zerhäckselten Regenbogens.

»Ich wollte derangiert wirken für den Fall, dass diese Journalisten noch ein Foto von mir machen. Damit *sie* sich lächerlich machen, weil sie eine offensichtlich labile Frau in den Wechseljahren belästigen.«

»Wenn sie zu dir nach Hause kommen, dann übernachte doch bei mir.«

»Bist du nicht letzten Monat in ein Apartment in Deptford gezogen, wo es Ratten gibt?«

»Du erinnerst dich.« Gespielt geschmeichelt legte ich die Hand aufs Herz.

»Okay. Doch, bei dir zu übernachten ist eine gute Idee. Nur heute Nacht.«

Als ich mit unseren Whiskys zurückkam, zwitscherte Doreens Telefon, und sie zog es aus der Tasche. »Noch ein Artikel.«

»Hör auf, die zu lesen. Das macht dich nur fertig.«

Eine Minute war sie still, während ihr Blick übers Display flog. Dann reichte sie mir das Telefon.

»Zuerst haben sie ihn zum Schutz der Privatsphäre ›Kind X‹ genannt, aber jetzt haben sie doch seinen Namen und ein Foto von ihm veröffentlicht.«

Ich hörte auf zu blinzeln. Mein Körper hörte auf zu atmen, Blut durch die Adern zu pumpen, Neuronen feuern zu lassen und was sonst noch nötig ist, um am Leben zu bleiben. Doreen bemerkte meine erstarrte Miene.

»Ach, richtig, du erkennst ihn wieder«, sagte sie. »In all dem Wahnsinn habe ich es ganz vergessen – du hast den kleinen Jungen einmal gesehen. Max. So haben wir zwei uns kennengelernt, nicht wahr? Die Erstsprache der Mutter ist Deutsch. Es war dein erster Dolmetscheinsatz für das Jugendamt.« Ich hob den Blick vom Telefon. Ich konnte ihr nicht in die Augen sehen, daher konzentrierte ich mich auf ein Foto der Queen an der Wand hinter ihr. Wie sollte ich ihr jemals wieder in die Augen sehen?

»Er … schien ein nettes Kind zu sein.« Meine Worte kamen aus irgendeinem hohlen, finsteren Ort in meinem Inneren.

Doreen nickte, dann legte sie den Kopf auf den Tisch. Ich entschuldigte mich, ging zur Toilette und schloss mich in einer Kabine ein, sank zu Boden und heulte.

24

Den Rest der Woche über leben Elliot und ich uns in der Wohnung ein und erkunden unser neues Viertel. Ich schließe die Anmeldung meines Jungen an der örtlichen Grundschule ab, besorge ihm die richtige Uniform, und am Sonntag unternehmen wir einen letzten Ausflug in ein preiswertes Thai-Restaurant und auf den Minigolfplatz. Wir sind beide erschöpft und gehen früher als sonst zu Bett. Als ich erwache, ist es schon hell. Ich taste nach dem Telefon. Es ist zehn nach sieben. Elliots erster Tag an seiner neuen Schule. Hastig stehe ich auf. »Elliot! Wach auf. Frühstück jetzt sofort, komm.« Ich bin mir selbst dankbar, dass ich wenigstens seine Schultasche schon gestern Abend gepackt habe. Ich sorge dafür, dass er etwas isst und sich anzieht, und um acht sind wir durch die Tür. Auf dem Gehweg schlurft Elliot langsam neben mir her.

»Bist du nervös, Batman? Es ist normal, wenn man am ersten Tag in einer neuen Schule ein bisschen Angst hat. Aber es wird alles gut. Du wirst Freunde finden. Die Kinder sind bestimmt nett.« Das hoffe ich jedenfalls.

Er hebt den Kopf. »Ich hab keine Angst.«

»Okay. Gut. Ich frage ja nur.«

Diese Schule ist ein bisschen größer als die vorherige. Es gibt mehr Beton und weniger Pflanzen, aber die Spielgeräte sehen neu und die Klassenzimmer geräumiger aus. Wir treffen fünf Minuten vor dem Klingeln ein, und ich stelle mich seinem Lehrer vor. Er wirkt nett, ist höchstens zweiundzwanzig Jahre alt, mit dem ganzen Eifer des frischgebackenen Pädagogen. Ich verlasse das Schulgelände mit dem Gefühl, dass Elliot in guten Händen ist.

Zu Hause packe ich unseren letzten Karton aus, was ich bisher aufgeschoben hatte. Ich hatte keine Gelegenheit, für heute einen geeigneten Dolmetscheinsatz zu suchen. Ich werde bei Language-Line einige zusätzliche Nachtschichten einlegen müssen, um den Einkommensausfall letzte Woche und die doppelte Miete zu kompensieren. Als ich ein paar neue Kissen auf unser rissiges Kunstledersofa lege, entdecke ich an der Seite einen Griff. Es ist nicht nur ein Sitzmöbel, sondern auch ein Schlafsofa. Ich denke an Mariusz Dorobek, der gestern Nacht und alle Nächte davor im Freien verbracht hat. Vorher hatte er Adam Birch als Gesellschaft und für mehr Sicherheit, aber jetzt hat er nicht einmal das. Er könnte hier schlafen, auf diesem Schlafsofa. Nein – ich verwerfe die Idee so schnell, wie sie mir gekommen ist. Elliot hat für mich Priorität. Mariusz scheint sehr nett zu sein, aber er ist trotzdem ein Fremder, und ich kann nicht einfach irgendjemanden zu uns einladen. Wenn ich Elliot nicht hätte, dann könnte ich ihm helfen. Wenn meine Lebensumstände anders wären, würde ich etwas tun. Das redet sich wahrscheinlich jeder ein, der im Tunnel an ihm vorbeigeht, die Augen auf den dreckigen Boden gerichtet, auf den Beton, nie auf den Menschen.

Später am Vormittag bekomme ich eine Textnachricht:

> Hi, ich bin Alicia. Ich habe Ihr Schild im Tunnel @Knightsbridge gesehen. Ich war es, die an jenem Abend einen Sanitäter für den Obdachlosen gerufen hat. Er bekam kaum Luft. Es tut mir leid, dass ich nicht geblieben bin. Ich muss immer wieder an ihn denken …

Das Schild hängt jetzt seit einer Woche im Tunnel in Knightsbridge, und dies ist die erste richtige Antwort. Na bitte – das ist doch etwas, vielleicht sogar genau das, was wir brauchen. Ich antworte Alicia, so schnell meine Finger es erlauben. Von was für einem Sanitäter spricht sie? Ich erinnere mich daran, dass Lipman in seiner Kanzlei sagte, Adam habe schweres Asthma und sei häufig im Krankenhaus gewesen.

Diese Frau hat einen Krankenwagen für Adam gerufen? Das könnte es sein, sage ich mir. Ein felsenfestes Alibi. Ich laufe durchs Wohnzimmer und suche meine Handtasche. Wo ist sie? Ich muss los, jetzt! Ich finde die Tasche, schlüpfe in die erstbesten Schuhe und mache mich auf zur U-Bahn.

Mariusz döst, als ich eintreffe. Sanft rüttele ich ihn wach und übersetze ihm die Textnachricht.

»Der Sanitäter war gegen Mittag hier«, erzählt Mariusz auf Polnisch. »Adam hat manchmal diese Atemprobleme – sie wirken wie Asthmaanfälle. Jemand, der zur Mittagszeit vorbeikam, muss einen Krankenwagen gerufen haben. Als der dann hier war, hat Adam sich nicht helfen lassen. Er hasst Krankenhäuser. Er sagt, er will nie wieder in eins, außer er verblutet.«

»Hat Adam das der Polizei erzählt?«

Er nickt. »Der Krankenwagen war um halb eins wieder weg. Der Mord ist erst zwischen sechs und acht Uhr abends passiert. Viele Stunden später. Deshalb war das nicht von Belang.«

»Stimmt.« Ich seufze.

»Als der Rettungswagen schon eine Weile weg war, ging es Adam etwas besser, und er sagte, er wolle ein bisschen schlafen. Da bin ich gegangen. Ich habe etwas zu essen und zu trinken besorgt, und um fünf Uhr war ich wieder am Tunnel, und dann war ich die ganze Nacht bei ihm. Wie ich der Polizei gesagt habe.«

»Also, diese Alicia …« Ich deute auf mein Telefon.

»Kann uns nicht mit einem Alibi helfen.« Unser Pappschild ist schmutzig und droht von der Wand zu fallen. Mariusz nimmt es ab und rollt es zusammen. »Einen Versuch war es wert«, sagt er. »Es war eine gute Idee.«

Aber nicht gut genug. »Okay«, sage ich. »Diese Frau ist keine Zeugin. Aber was ist mit dem Sanitäter? Wenn es Adam so schlecht ging, dass er medizinische Betreuung brauchte, ist es unwahrscheinlich, dass er an diesem Tag in ein Haus eingebrochen ist und jemanden getötet hat.«

»Das hat Adam der Polizei auch gesagt. Er war den ganzen nächsten Tag noch schwach. Er hätte mit niemandem kämpfen oder jemanden töten können. Aber weil er sich von dem Sanitäter nicht helfen ließ und seinen Ausweis nicht vorgezeigt hat, hat die Polizei gesagt, es hätte an diesem Abend keinen Patienten mit seinem Namen gegeben. Keine ärztlichen Aufzeichnungen – kein Beweis.«

»Wenn er ins Krankenhaus gegangen wäre, wäre er um sechs Uhr am nächsten Morgen wahrscheinlich immer noch in der Notaufnahme gewesen oder auf einer Station. Ein unbestreitbares Argument.«

»Ich hätte hartnäckiger versuchen sollen, ihn davon zu überzeugen, dass er ins Krankenhaus geht.«

»Nein, so habe ich das nicht gemeint.« Mariusz darf nicht denken, irgendetwas davon sei seine Schuld. Schweigend stehen wir da und blicken in die Ferne, durch den Tunnel hinaus in den trüben Herbsttag. Ohne es auszusprechen, gelangen wir beide zu der Einsicht, dass wir in einer Sackgasse gelandet sind. Keiner von uns weiß, was man für Adam tun kann.

Meine Gedanken wandern zu den Gräbern, die ganz in der Nähe vermutet werden: Leichen einer Leprakolonie, die nahe der U-Bahn-Station Knightsbridge begraben wurden. Ich scharre mit den Füßen in der Erde, und ein eisiger Schauer wandert meine Wirbelsäule hinauf. Ich gehe mit Mariusz in ein Sandwichlokal ganz in der Nähe und bestehe darauf, ihm zu bestellen, was er haben will. Ich glaube nicht, dass ich nach heute noch einmal Zeit mit ihm verbringen kann. Ich traue mir selbst nicht über den Weg. Der Drang zu gestehen, ihm alles zu erzählen, wird allmählich unbezähmbar. Manchmal denke ich, zu gestehen ist alles, was ich je wirklich wollte: das mit dem Deutsch-Einsatz, das mit Doreen, alles. Ich frage mich, ob ich Elliot adoptiert habe, um davor sicher zu sein. Denn ich würde mein Kind niemals den Konsequenzen eines Geständnisses aussetzen. Ich würde es niemals tun, solange ich ein Kind habe. Viele Straftäter gestehen in polizeilichen Befragungen, noch bevor man ihnen die Beweise gegen sie vorlegt. Ich habe Verdächtige in Vernehmungsräumen erlebt, die mit den Einzelheiten ihrer Straftaten herausplatzten, noch bevor wir richtig saßen. Warum sind Menschen unfähig, ein Geheimnis für sich zu behalten? Wir würden alles riskieren für die Aussicht auf Vergebung, es ist so schwer, dem zu widerstehen. Aber ich darf nicht gestehen. Ich darf nicht riskieren, dass andere Straftäter aus früheren Dolmetscheinsätzen freikommen, und vor allem darf ich keine Haftstrafe wegen Rechtsbeugung und Elliots Rückkehr in staatliche Obhut riskieren. Adam tut mir sehr leid. Aber so ist es, wenn man Mutter ist: Ich muss meinen Jungen über alles stellen, sogar über meine eigenen moralischen Grundsätze. Ich verabschiede mich von Mariusz und sage, dass ich mich wieder melde, aber ich glaube, wir wissen beide, dass ich das nicht ernst meine.

Auf dem Heimweg rufe ich die Kontakttelefonnummer des Londoner Rettungsdienstes an. Diese Frau, Alicia, hat Adam nur etwa dreißig Sekunden lang gesehen, als sie an ihm vorüberging, und im Weitergehen einen Krankenwagen gerufen. Nutzt uns gar nichts. Aber vielleicht hat der Sanitäter Aufzeichnungen darüber, dass er an diesem Tag zu einem Mann gerufen wurde, der dann die Behandlung verweigerte? Selbst wenn er seinen Namen nicht kennt.

Jemand meldet sich. »Sie sprechen mit dem Team Patientenerfahrung. Möchten Sie einem Mitarbeiter eine Danksagungskarte schicken?«, fragt ein Mann. Ich beschließe, darauf einzugehen.

»Ja, mein Freund hat die Behandlung verweigert«, sage ich. Vielleicht ist Schmeichelei die beste Taktik. »Aber Ihr Kollege war so nett zu ihm. Ich möchte ihm ein Geschenk machen, doch vorher würde ich gern mit ihm sprechen. Falls Sie so freundlich wären, den Namen des Sanitäters herauszusuchen und ihn zu bitten, mich zurückzurufen. Mein Freund hat seinen Namen nicht genannt, aber es war im Freien, in Knightsbridge, in einem Fußgängertunnel, gegen Mittag am Samstag, dem sechzehnten September.« Ich beschreibe Adam, gebe sein Alter an, und wir verabschieden uns.

Wenn ich Adam jetzt nicht aus dem Gefängnis freibekomme, muss ich zumindest dafür sorgen, dass er die bestmögliche Verteidigung bekommt und im Prozess freigesprochen wird. Ich muss herausfinden, was ein guter Verteidiger kostet. Als ich wieder zu Hause bin, recherchiere ich im Netz, dass Topverteidiger in London durchschnittlich 400 Pfund die Stunde nehmen. Bei einem Mordprozess fallen Hunderte Arbeitsstunden an, wahrscheinlich sogar Tausende. Hinzu kommen noch das Honorar des Prozessanwalts und andere Gerichtskosten. Ich denke an Lipmans schäbige Kanzlei in Wood Green und die Art von Rechtsvertretung, die Adam bekommt, wenn er auf Prozesskostenhilfe angewiesen ist. Er würde Hunderttausende Pfund benötigen. Ich könnte das ganze Jahr lang zweihundert Stunden die Woche arbeiten und bekäme trotzdem nicht einmal die Hälfte zusammen. Im Nu bin ich atemlos und versuche, mein wild klopfendes Herz zu beruhigen. Das hat nichts mit dem Geld zu tun, denn das ist bereits da, steht mir zur Verfügung. Aber ich würde lieber eine Million Stunden arbeiten; ich würde lieber eine niemals endende Schicht übernehmen – alles lieber, als dieses Geld anzunehmen. Doch ich muss an Adam denken und an das, was ich getan habe, und da weiß ich, dass mir keine Wahl mehr bleibt.

Hi Richard, tippe ich auf meinem Telefon. Können wir uns unterhalten? Ich habe es mir anders überlegt mit dem Vermögen meiner Mutter.

Ich schicke die Nachricht ab und sehe erneut vor mir, wie meine Mutter gelassen zu ihrem Kleiderschrank geht und sich zwischendurch umdreht, um sich zu vergewissern, dass ich ihr folge. Sie stellt die Trittleiter auf und zieht ihren Rollkoffer vom obersten

Regal. Und sie packt. Langsam, aber methodisch. Sie lässt mich zusehen, und ich hänge am Haken, ich kann den Blick nicht abwenden; es ist wie der Höhepunkt in einem meiner Lieblingsfilme. Sie gehe fort, sagt sie. Sie habe genug von mir und werde anderswo leben, aber sie werde mir nicht sagen, wo. Sie sagt, ich könne betteln, das sei das Einzige, was mir bleibe. Ich könne auf die Knie fallen und sie anbetteln zu bleiben. Ich bin fünf Jahre alt.

Der Signalton meines Telefons holt mich zurück in die Gegenwart. Richard hat geantwortet: *Da bin ich froh. Ich rufe dich später an. Ich möchte, dass du alles bekommst. Tatsächlich habe ich diese Woche mein eigenes Testament gemacht. Ich wollte dich fragen, ob ich dich als Testamentsvollstreckerin einsetzen darf: Dürfte ich alles dir und dem kleinen Mann hinterlassen, wenn meine Zeit gekommen ist? Denk darüber nach. Das würde mir sehr gefallen. Bis später.*

Ich lege das Telefon hin und gehe in Elliots Zimmer. Bis es Zeit ist, ihn von der Schule abzuholen, lege ich mich bäuchlings auf sein Bett und atme durch sein Kopfkissen.

Ich spiele mit Atemreduktion, genau wie Michael Hutchence und dieser MI5-Agent, den sie in einem Müllsack gefunden haben. Mir geht es dabei nicht um Autoerotik, aber wie soll ich sonst üben, wenn nicht an mir selbst? Es gibt schmutzige Ecken im Internet, wo man sich in der schönen Kunst der Atemkontrolle anleiten lassen kann. Welche Materialien man benutzen soll (ich ziehe Strümpfe vor), an exakt welcher Stelle am Hals man Druck ausüben muss (ich habe sie bei mir mit einem Stoffmalstift markiert) und welcher unbewegliche Gegenstand einem beim Knoten helfen kann (ich bin sehr für einen schlichten Türgriff). Versehentlicher Selbstmord ist offenbar das größte Risiko, aber ich bin sehr vorsichtig. Ich habe schließlich eine Menge, wofür es sich zu leben lohnt: meinen Sohn. Während meiner Proben sah ich einige Male Sternchen und verlor beinahe das Bewusstsein, aber ich bin immer in der Lage, mich vom Rand des Abgrunds zurückzuholen.

Manche Ärzte sagen, es dauere sieben Minuten, bis ein Mensch an vollständigem Sauerstoffverlust stirbt. Andere behaupten, schon vier Minuten genügten, um beim Durchschnittsmenschen zum Hirntod zu führen. Es gibt eine Formel – sie ist nicht narrensicher, aber es gibt eine Möglichkeit, die ungefähre Dauer, die nötig ist, um eine bestimmte Person auf diese Weise zu töten, auf der Grundlage ihrer Körpergröße, des eigenen Körpergewichts und der eigenen Körperkraft zu berechnen, vorausgesetzt, man selbst ist derjenige, der den Druck ausübt. Möchtest du wissen, wie deine Zahl lautet? Oh, ich zweifle nicht daran.

Noch nicht, ich bin nicht so weit. Zuerst muss ich an jemandem trainieren. Es muss jemand von grob der gleichen Körpergröße und Körperkraft wie du sein.

»Wo ist der gottverdammte Wodka hin?!« Die Stimme meiner Schwester stürmt die Treppe herauf und zerstört meinen Frieden. »Er war HIER!«, brüllt sie, und ich höre sie die Tür zur Speisekammer öffnen und wieder zuknallen. Ich habe es aufgegeben, meine Tabletten zu verstecken und sie vom Alkohol fernzuhalten. Soll sie sich doch selbst zerstören, ist meine neue Devise – wenn sie gegen ihre Bewährungsauflagen verstößt, wäre das ideal: Sie kann zurück ins Gefängnis gehen und wäre aus meinem Leben. Es ist am besten, wenn sie bei der Rückkehr meines Jungen nicht hier ist, genau genommen ist es unerlässlich. Ich werde nicht zulassen, dass ein solcher Mensch Einfluss auf ihn nimmt, nicht nach allem, was er bereits durchgemacht hat.

»Wodka!«, schreit sie wieder, und meine Fingernägel bohren sich in meine Handfläche.

»Kommt sofort!« Meine Stimme ist honigsüß. Ich muss an einem Hals üben, der nicht meiner ist. »Ich habe einen Pflaumenlikör, den ich noch nicht angebrochen habe«, sage ich ihr, als ich die Küche betrete. Meine Augen funkeln sie an, mein Lächeln ist strahlend. »Es ist eine neue Sendung. Möchtest du das Versuchskaninchen sein?«

25

Als ich die Damentoilette im Gordon's verließ und zurück zu Doreen schlurfte, erschien sie mir fröhlicher.

»Musstest aus der Toilettenschüssel schwimmen oder was?«, fragte sie.

»Tut mir leid.« Ich heftete den Blick auf einen Weinspritzer auf dem Tisch, der wie Blut aussah. »Lange Schlange.« Ich hatte das Gefühl, mein Brustbein würde zermalmt. Eine Faust drückte mein Herz zusammen wie einen Antistressball. Ich fragte mich, ob sich so ein Herzinfarkt anfühlte. Ein verheerender Schlaganfall mit fünfundzwanzig.

»Steht das Angebot noch, morgen was zusammen zu machen?«, fragte Doreen.

Meine letzte Gelegenheit, es ihr zu sagen. Wenn ich mein Geständnis noch länger aufschob, würde es unverzeihlich sein. Das war es wahrscheinlich schon. Das deutsche Wort *Torschlusspanik*. Deutsch. Die Sprache, die der kleine Junge und seine Mutter an jenem Tag verwendet hatten.

»Weil ich noch zehn Tage freihabe und seit über dreißig Jahren nichts Spontanes mehr gemacht habe, überlege ich, nach Griechenland zu fliegen. Nach Mykonos. Morgen einen Last-minute-Flug zu nehmen. Das alles für eine Woche hinter mir zu lassen. Und du könntest mitkommen.«

Meine Lippen trennten sich, aber es kamen keine Worte hervor. Ich konnte nicht mit Doreen nach Griechenland fliegen. Je mehr Zeit ich mit ihr verbrachte, desto größer die Wahrscheinlichkeit, dass sie mich durchschaute, mir die Wahrheit, an die ich permanent denken musste, vom Gesicht ablas. Ich brauchte bloß zu behaupten, ich hätte zu viel zu tun, ich hätte einen Dolmetscheinsatz vergessen, der nicht abgesagt werden könne; ich könne nicht freinehmen. Meine Stimme ließ mich im Stich, und mir wollte nichts einfallen.

»Was meinst du? Wir können Ouzo trinken und uns mit Feta vollstopfen.«

Wir kannten uns erst seit so kurzer Zeit. Die Freundschaft war nicht alt genug, um etwas dieser Größenordnung zu überstehen. Ich etablierte mich gerade erst als freiberufliche Dolmetscherin, und die wenigen Klienten, die ich hatte, wären schnell wieder weg, wenn alles herauskäme. Ich durfte es ihr niemals erzählen. Sonst bliebe mir nichts. Ich konnte ihn nicht zurückholen. Der kleine Junge war schon tot. In diesem Augenblick gelobte ich mir, nie wieder Deutsch zu sprechen. Ich würde nie wieder Einsätze im Bereich Kinderschutz oder für Familiengerichte übernehmen, aber ich würde meine Dolmetscherinnenkarriere und die einzige echte Freundin behalten, die ich je gehabt hatte.

»Ich … na ja, das könnte ich wohl«, sagte ich. Doreens Gesicht hellte sich auf.

»Scheiß drauf«, sagte sie. »Dann los!«

Ich lächelte matt und hoffte, das, was sich da in meiner Brust wie der Beginn eines Herzstillstands anfühlte, würde sich bewahrheiten und alldem ein Ende setzen.

Der einzige verfügbare Flug ging um sechs Uhr fünfunddreißig morgens. Wir bestätigten unsere Tickets auf dem Rücksitz eines Taxis, warfen in Doreens Wohnung ein paar Klamotten in eine Tasche, fuhren noch bei mir vorbei und dann zum Flughafen, wo wir an einen Pfeiler gelehnt schliefen, während unsere Telefone luden. In Athen suchten wir uns ein billiges Hotel und gingen dann einen Kaffee trinken, um munter zu werden. Das Psiri-Viertel erinnerte an Camden Town. Nachtbars, Tavernen, künstlerische Graffiti und Klamotten auf einem schmuddeligen, aber coolen Markt. In unserem heruntergekommenen Hotel gab es WLAN, aber wir bekamen das Passwort nicht und fragten auch nicht danach. Doreens Telefon klingelte ein paarmal am Tag, aber wenn es nicht ihre Tochter, ihr Ex-Mann oder ihr Bruder war, ging sie nicht dran.

Es war eine Woche ohne Internet und britische Regenbogenpresse, in der niemand Doreens Gesicht erkannte oder sie in der Schlange im Supermarkt fragte, warum sie sich nicht einfach umbrachte. Ein ehemaliger Kollege aus Doreens Kinderschutzteam hatte eine Reihe von Interviews gegeben, in denen er behauptete, er habe gekündigt, weil er vorhergesehen habe, dass unter Doreens chaotischer Führung irgendwann eine Tragödie geschehen würde. Eine andere Ex-Kollegin hatte sich ebenfalls gegen sie gewandt und der BBC etwas Ähnliches erzählt. In Wirklichkeit hatte Doreen den beiden wegen schlechter Leistungen gekündigt. Aber sie wurde als total inkompetent dargestellt, als eine Sozialarbeiterin, die im Lauf ihres dreißigjährigen Berufslebens mit einer Reihe von Kinderschutzfällen mit entsetzlichem Ausgang zu tun gehabt hatte. Die Mutter des toten Kindes war verhaftet worden, was zunächst eine Erleichterung war, aber es diente nur dazu, der Öffentlichkeit aufzuzeigen, dass Doreen mit ihrer Rolle in dieser Sache ungestraft davonkam; die Berichterstattung sei angemessen, denn das sei ihre einzige Bestrafung.

Also ignorierte sie die Anrufe und das Internet und brachte mich dazu, unter den Steinen der Arkadiko-Brücke, der ältesten funktionstüchtigen Brücke in Europa, mit ihr für Selfies zu posieren. Sie schleppte mich zusammen mit Menschenmassen auf die Akropolis und dann in die Gasse, in der alle Häuser leuchtend rosa angestrichen sind, und wir sahen uns den Wachwechsel vor dem Parlament an. In den ersten Tagen fragte sie mich immer wieder, was los sei. Gefiel mir Griechenland nicht? Machte es mir keinen Spaß? Sie muss mich für eine Langweilerin gehalten haben, für die schlechteste, mürrischste Reisegefährtin der Welt, und schwor sich bestimmt, nie wieder mit mir in Urlaub zu fahren.

Solange wir verreist waren, sprach Doreen weder über den Tod des Jungen noch über das, was sie tun würde, wenn wir nach London zurückkehrten. Als die Woche sich dem Ende zuneigte, wurde sie trübsinnig – das normale Leben und die Wirklichkeit wirkten wie eine Infektion, die langsam von ihr Besitz ergriff. Sie wollte nicht zurück, sie war noch nicht bereit für den Albtraum, der sie zu Hause erwartete. Ich konnte es gar nicht erwarten, da wegzukommen, aber dann erkannte ich, dass es zu Hause noch viel schlimmer sein würde. Falls die Medien noch immer über den Fall berichteten, wie sollte ich dann etwas anderes mit meinen Tagen anfangen, als immer wieder alles darüber zu lesen und die ganze Nacht aufzubleiben, während jener Tag endlos vor meinem geistigen Auge ablief? Also buchte ich uns eine Anschlussreise nach Mykonos und bei Airbnb eine Unterkunft für eine weitere Woche und erzählte ihr erst davon, als alles geregelt war.

»Oh, Gott sei Dank!«, sagte sie, als ich ihr mein Telefon zeigte. »Danke, *wirklich*. Ich dachte, du findest es furchtbar hier und kannst es gar nicht erwarten, nach Hause zu fliegen. Ich bin so froh, dass wir noch bleiben. Du rettest mir das Leben.« Dann gingen wir Eis essen.

Jeder zusätzliche Tag, den wir in Griechenland verbrachten, war ein Tag, an dem wir beide den reißerischen Schlagzeilen und den grausamen Kommentaren über Doreen in der Presse aus dem Weg gingen. Den Clickbait-Journalisten, die die Gelegenheit nutzten und jeden tragischen Fall in ihrer Laufbahn als Sozialarbeiterin ausgruben, jede unglückliche Entscheidung über ein Kinderschicksal unter ihrer Leitung, obwohl das Ergebnis weitgehend außerhalb ihrer Kontrolle lag. Wie sollte ich ein weiteres Foto des freudestrahlenden kleinen Jungen ertragen? Diese Gluthitze, die mich erstickte, wenn ich daran dachte, wie er im Auto seiner Mutter gestorben war.

Mykonos, das waren der Paradise Beach, der Agrari-Strand, Sonnenuntergänge und Windmühlen in Klein-Venedig. In Touristenfallen kauften wir zu große Badeanzüge und dünne Handtücher in den Farben der griechischen Flagge. Wir tranken und aßen und kippten endlos Ouzos. Es gab Augenblicke, in denen ich vergaß, was ich getan hatte, und mir ein paar Stunden lang gestattete, die Seele baumeln zu lassen und zu lachen. Nach solchen Abenden wachte ich morgens mit einem Kater auf, mit hämmernden Kopfschmerzen, aber vor allem voller Scham. An einem Abend ging Doreen mit einem pensionierten israelischen Soldaten, den sie in einem Nachtklub mit Kunstrasenboden kennengelernt hatte, in sein Hotelzimmer.

Wir beschlossen, einen Tag getrennt zu verbringen. Doreen ging nach dem Frühstück ins Museum, während ich im Hotel sitzen blieb und auf meinem Telefon eBay und Amazon durchforste-te. Ich hatte die fixe Idee, ein Buch über die Etymologie des Deutschen aufzutreiben, in dem ich eine lange verlorene Verbindung zwischen den beiden deutschen Wörtern, die ich verwechselt hatte, entdecken und meine Verwechslung damit völlig logisch würde erklären können. Die Putzfrau platzte ins Zimmer, deutete auf den Sonnenschein, der orange zwischen den Vorhängen hereinsickerte, und scheuchte mich hinaus. Ich wollte jedoch nicht draußen sein und das bunte Treiben in dieser Stadt genießen. Ich wollte verhindern, dass ich jemals wieder etwas genoss. Ich entdeckte ein seelenloses Einkaufszentrum voller französischer Touristen und farbloser Schaufensterauslagen – Weiß war offenbar in Mode, aber für mich sahen die Kleider und Hosen nur fade aus. Durch dieses Einkaufszentrum würde ich streifen, so mein Plan für diesen Tag, würde Runde um Runde drehen und Rolltreppe fahren, bis es Zeit war, mich mit Doreen zum Abendessen zu treffen.

Ich konnte nicht aufhören, auf Deutsch zu träumen. An die Details konnte ich mich hinterher nicht erinnern, aber wenn ich morgens aufwachte, war ich davon überzeugt, dass Doreen meine Gedanken in ihrem Bett auf der anderen Seite des Zimmers hören konnte. Während ich nun an Geschäften für Badekleidung, Friseursalons und Nagelstudios vorbeiging, an manchen zum zweiten und dritten Mal, stellte ich mir vor, die deutsche Sprache aus mir herauslaufen zu lassen, ein Wort nach dem anderen, und sie fortzuspülen.

Auf der Rolltreppe fiel mir ein etwa dreijähriges Mädchen auf. Es zuckelte hinter einer jungen Frau her, die möglicherweise selbst noch ein Teenager war; ihre Mutter. Die Frau telefonierte freihändig und gestikulierte dabei. Alle paar Schritte blieb sie vor einem Schaufenster stehen. Das kleine Mädchen trottete hinter ihr her und beeilte sich mitzuhalten. Einmal stolperte die Kleine über ihre eigenen Füße und fiel auf die Nase, aber sie stand sofort wieder auf und lief weiter. Ich fand das sehr eigenartig – wären die meisten Kinder ihres Alters nicht liegen geblieben, hätten geheult und geschrien, bis ihre Eltern sie hochhoben und trösteten? Irgendetwas stimmte mit diesem Mädchen nicht. Die Dynamik zwischen ihr und ihrer Mutter war nicht normal. War ihr ausdrucksloses Gesicht ein Anzeichen von Verwahrlosung? Von Missbrauch? Ich wich von meiner Route durch das Einkaufszentrum ab und folgte den beiden. Minuten vergingen, und noch immer quasselte die Mutter ins Telefon. Sie vergewisserte sich nicht einmal, ob ihre Tochter mithielt. »Hallo«, sagte ich auf Englisch und Griechisch zu dem Mädchen. »Ist das deine Mama? Geht es dir gut?« Mehr gab mein Griechisch nicht her. Das Mädchen blieb stehen und wandte sich zu mir um. »Ich weiß nicht, was du sagst«, sagte ich. »Sprichst du Englisch?« Sie schwatzte weiter, und ich verstand kein Wort. Das ist ungewöhnlich, dachte ich, das muss ein Hilfeschrei sein, dass ein Kind in diesem Alter so begeistert mit einer Wildfremden spricht. Sie bittet mich, einzugreifen. Sie fleht mich an, sie zu retten.

Ich kannte die griechische Notrufnummer nicht. »Hallo, verzeihen Sie«, sagte ich und packte den Nächstbesten am Arm, einen älteren Herrn mit weißen Plastiktüten in den Händen. »Sprechen Sie Englisch?«, fragte ich ihn auf Griechisch. Er schüttelte den Kopf und ging weiter. »Hallo, ich brauche ein bisschen Hilfe. Hilfe!«, rief ich auf Englisch und Griechisch. Die Menschen wichen mir aus. Einige von ihnen konnten mich bestimmt verstehen. Sie benahmen sich, als könnte ich nicht sehen, wie sie tuschelten, ihren Partner am Arm nahmen und von mir fortsteuerten. Ich verschwendete meine Zeit. Die telefonierende Frau war jetzt so weit entfernt, dass ich sie fast nicht mehr sehen konnte, und ihre Tochter in dem gelben Kleid zu klein, um sie noch richtig zu erkennen. »KANN MIR IRGENDJEMAND HELFEN?«, schrie ich auf Englisch und legte dabei den Kopf in den Nacken, sodass mein Schrei von der hohen Decke und dem glänzenden Boden widerhallte. Ich musste etwas tun.

Ich betätigte die »Notruf«-Funktion an meinem Telefon, und nach einigen unvertrauten Pieptönen schien der Anruf an eine Stelle hier vor Ort umgeleitet zu werden. Ich sprach englisch. Als mir jemand auf Griechisch antwortete, redete ich einfach weiter, bis das Telefon weitergereicht wurde. »Ja, hallo«, sagte eine Frau. »Fahren Sie fort.« Auf Englisch erzählte ich ihr, wo ich war und was mit dem kleinen Mädchen geschah. Ich wusste nicht, wie man das Jugendamt erreichen konnte, und dachte auch, es sei wahrscheinlich ohnehin Sache der Polizei. Wie sich herausstellte, befand sich wenige Häuser weiter eine Polizeistation. Die Frau beschrieb mir den Weg, und ich rannte dorthin. Ein junger Polizist begrüßte mich an der Tür mit einem englischen *»Hello«,* anscheinend vorgewarnt, dass ich kam. Ich wurde in einen Raum geführt, und man reichte mir eine lauwarme Tasse Kaffee.

Als ich nach etwa einer halben Stunde eine Toilette suchen ging, entdeckte ich die Mutter und das kleine Mädchen ein Stück den Flur entlang. Die Frau hatte ihrer Tochter lässig die Arme um die Schultern gelegt, ihr Telefon war nicht zu sehen; jetzt bekam das Kind ihre volle Aufmerksamkeit. Sie stand bei einem Polizisten, sagte gelassen etwas auf Griechisch und lachte. Die beiden scherzten eine ganze Weile miteinander. Die Frau war gar nicht so jung, sah ich jetzt; eindeutig kein Teenager mehr, vermutlich ging sie eher auf die vierzig zu. Das Mädchen reichte seiner Mutter bis zur

Brust, also war sie wohl doch älter als drei. Ich hatte diverse Details falsch wahrgenommen. Aber darum ging es gar nicht. Man sollte ihr das Mädchen wegnehmen und ihm ein besseres Leben ermöglichen. Die Kleine darf heute nicht mit dieser Frau nach Hause gehen, sagte ich mir, sie muss geschützt werden. Dann winkte der Polizist der Frau und dem Mädchen zum Abschied zu, und die beiden gingen. Sie hatte ihm etwas vorgespielt. Die meisten misshandelnden oder vernachlässigenden Eltern wissen genau, was zu tun ist. Deshalb kommen sie so lange damit durch: Sie schalten ihren Charme ein, sobald das Jugendamt Wind bekommt von dem, was sie treiben. Ich würde trotzdem Anzeige erstatten. Ich wollte, dass das, was ich heute im Einkaufszentrum gesehen hatte, aktenkundig wurde. Daraufhin musste nur noch eine weitere Person das griechische Jugendamt benachrichtigen, und dann hatten sie vielleicht genug, um einzuschreiten.

Ich ging zurück zu dem Raum, wo mein mittlerweile völlig kalter Kaffee stand, und hörte drinnen zwei Stimmen. Ich blieb vor der Tür stehen und lauschte. Sie unterhielten sich in einem Kauderwelsch aus Griechisch und Englisch, und ich fragte mich, ob einer von ihnen ein Dolmetscher war, den man geschickt hatte, um für mich zu sprechen. Ich hörte aufgeregte griechische Worte und dann eine Frauenstimme auf Englisch: »… psychisch krank, vielleicht hat sie ein Baby verloren …« Sie sprachen über mich. Ich floh aus der Polizeistation und rannte den ganzen Weg zurück zum Hotel. Die Putzfrau war mit meinem Zimmer fertig. Die Seifen und Shampooflaschen standen wieder ordentlich da, die Handtücher waren gefaltet und an ihre ursprünglichen Plätze zurückgeräumt. Das Zimmer wirkte verlassen, das einzige Lebenszeichen ein benutztes Trinkglas mit einem schwachen Lippenabdruck am Rand. Ich setzte mich auf den Boden und wartete auf Doreen.

Der letzte Tag unserer Reise war genauso schrecklich. Es goss in Strömen – unser richtiges Leben streckte bereits die Hand übers

Meer und zog uns zurück nach Großbritannien. Bevor wir auch nur das Flugzeug verließen, musste Doreens Telefon sich schon ins Gatwick-WLAN eingeklinkt haben, und eine Flut von Nachrichten ging bei ihr ein. Es waren neue Artikel veröffentlicht worden. Weitere Zeitungen forderten, man solle sie entlassen oder des Totschlags anklagen, so absurd das auch war. Sie schien für alles zu stehen, was die Öffentlichkeit am Jugendamt hasste. Der einzelne Sündenbock, der alles abbekam. Wir kauften uns am Flughafen eine riesige Toblerone und reichten sie im Zug hin und her. Tröstliche Schokolade, die an unseren Fingern klebte.

Jetzt, acht Jahre später, hat Doreen mir geantwortet, und ich muss ihr alles erzählen. Doreen, Adam Birch. Einen nach dem anderen muss ich meine Fehler ausbügeln. Ich laufe auf und ab und hoffe, dass mir das dabei hilft, die richtigen Worte zu finden. Noch nach so langer Zeit weiß ich nicht, was ich ihr sagen soll. Was ist, wenn ich es nicht schaffe?

Der Signalton meines Telefons lässt mich zusammenfahren. Eine Nachricht. Sie kommt von einer vertrauten Nummer. Meiner.

> Sie haben ein Wort geändert. Das war ein Fehler. Morgen machen Sie das noch einmal. Wood Green Crown Court, Gerichtssaal 6, 10 h. Ersetzen Sie den französischen Dolmetscher Paul Beaupert. Ändern Sie NICHT SCHULDIG zu SCHULDIG.

Ich lese die Nachricht zweimal, dreimal. SMS eingegangen 20:42 h. Ich gleiche die Absendernummer Ziffer für Ziffer mit meiner eigenen ab. Sie stimmen überein. Ich habe davon gehört, dass Spammer so vorgehen – sie können ihre eigene Nummer unterdrücken und es so aussehen lassen, als hätte man sich die Nachricht selbst geschickt.

Sie haben ein Wort geändert.

Jemand weiß Bescheid.

Ich stürze auf den Balkon. Draußen ist es viel zu kalt, aber ich brauche Sauerstoff, um denken zu können. Ich beuge mich übers Geländer und starre auf den Betonboden unten. Hat jemand gemerkt, was ich bei Adam Birchs Alibi-Überprüfung getan habe? Oder bei der Zeugenvernehmung im Prozess gegen den Jüngling? Bei der polizeilichen Vernehmung der ungarischen Pflegerin? Nein, da habe ich kein Wort geändert – ich habe darüber nachgedacht, es aber nicht getan.

Schließlich gehe ich wieder hinein und lese die Nachricht noch einmal. Ich prüfe jedes Wort, hoffe, dass ich etwas missverstanden habe und die Sätze sich vor meinen Augen auf dem Display verwandeln, zu irgendeinem bescheuerten Betrugsversuch werden, oder zu einem eindeutigen Irrläufer. Irgendjemand weiß, was ich getan habe. Ein Polizist? Ein Anwalt? Der Büroangestellte, der die Aussagen transkribiert? Sie wollen, dass ich »schuldig« sage, wenn der Klient »nicht schuldig« sagt. Es ist eine Erpressung, aber das ergibt keinen Sinn. Ich habe nicht in der Hand, welchen Prozessen ich zugeteilt werde, und ich habe noch nie bei einem Französisch-Einsatz falsch gedolmetscht. »Nicht schuldig« in »schuldig« zu ändern ist unmöglich. Das morgen muss ein prozessvorbereitender Termin mit Bekenntnis des Angeklagten sein, und jeder im Saal wird es merken, wenn ich das Bekenntnis verändere. Ist das eine Art Test? Falls eine Dolmetscherin in einer Verhandlung ein Bekenntnis änderte, würde der Richter sie einfach hinauswerfen und annehmen, dass sie einen Zusammenbruch hat oder komplett inkompetent ist. Selbst wenn ich das Bekenntnis ändern könnte – die Anweisung lautet: *»Ersetzen Sie den französischen Dolmetscher Paul Beaupert«*, als läge es in meiner Macht, einen bereits gebuchten Dolmetscher zu entfernen. Wenn derjenige, der mir diese SMS geschickt hat, schlau genug ist, um zu bemerken, dass ich irgendwo ein Wort geändert habe, muss er wissen, dass seine Forderung absurd ist.

Ich schreibe eine Antwort:

Wer sind Sie?

Die Nachricht geht ins Leere – ich habe sie an mich selbst geschickt. Das ist nur eine Textnachricht, sage ich mir. Eine anonyme SMS von jemandem, der zu feige ist, mir gegenüberzutreten. Mir wurde kein Schaden angedroht, ich wurde nicht persönlich kontaktiert – anscheinend hat derjenige nicht vor, mich bei der Polizei zu verpfeifen und verhaften zu lassen. Das ist Erpressung. Ich kann das ignorieren. Vielleicht ist es wirklich ein Test – jemand vermutet, dass ich irgendwo ein Wort verändert habe, aber er hat keinen Beweis dafür; geschweige denn dafür, dass ich es absichtlich getan habe.

Ich lege das Ohr an Elliots Zimmertür – er atmet leise. Er schläft. Im ganzen Gebäude ist es still. Im Aufzug und auf der Treppe bin ich ein paar Leuten begegnet, hatte aber noch nicht die Gelegenheit, mich unseren neuen Nachbarn offiziell vorzustellen. Jetzt ist es nach neun Uhr abends – zu spät, um bei Fremden an die Tür zu klopfen. Also verbringe ich eine halbe Stunde damit, freundliche Nachrichten zu schreiben, und schiebe sie bei den beiden Wohnungen links und rechts von meiner unter der Tür durch. Ich muss mich mit diesen Menschen anfreunden. Vielleicht brauche ich ihre Augen und Ohren noch. Außerdem wäre es schön, sich hier nicht so allein zu fühlen.

Als ich zurück in meine Wohnung komme, kündigt mein Telefon eine weitere Nachricht an. Auch diese scheint von meiner eigenen Telefonnummer abgeschickt zu sein.

SIE SOLLTEN HIER SEIN.

Und ein Bild. Das Foto eines großen grauen Gebäudekomplexes. Was ist das? Ich kenne es, kann es aber nicht auf Anhieb einordnen. Dann sinkt meine Hand herab, und das Telefon purzelt zu Boden. Ich weiß, welches Gebäude das ist. Ich habe da drin schon einmal gearbeitet. Es ist ein Frauengefängnis gleich außerhalb von London. Wer der Absender auch sein mag, er oder sie weiß, dass ich mich der Missachtung des Gerichts oder der Rechtsbeugung schuldig gemacht habe. Entweder erledige ich morgen diesen Auftrag für die, oder ich lande dort.

Wieder gehe ich auf den Balkon und stütze mich auf das Geländer. Ich brauche frische Luft. Ich versuche weiterzuatmen. Welche Beweise könnten sie gegen mich haben? Ich würde meine Arbeit verlieren, ich könnte nicht mehr dolmetschen, aber damit könnte ich jetzt leben. Ich könnte mich darauf verlegen, indische Marketingbroschüren oder französische Kinderbücher zu übersetzen – irgendetwas. Sollte ich wegen des einen oder des anderen Delikts verurteilt werden, ist die Höchststrafe extrem unwahrscheinlich. Vielleicht bekäme ich eine Geldstrafe. Die könnte ich bezahlen, mit dem Geld aus dem Nachlass meiner Mutter, von dem Teil, der nicht an Adam Birch geht. Andererseits war da diese Richterin in London, die der Polizei vor ein paar Jahren nach einem Verkehrsunfall vorlog, sie sei nicht gefahren, und sie wurde zu sechzehn Monaten Gefängnis verurteilt. Und was ich getan habe, ist viel schlimmer. Wie viel würde ich dafür bekommen? Es spielt keine Rolle, denn man würde mir Elliot wegnehmen, er käme wieder in staatliche Obhut und würde von einer Pflegefamilie zur nächsten geschoben. Wenn er Glück hätte, würde er von jemand anderem adoptiert, jemandem, der besser als ich wäre. Aber ich habe ihm gesagt, dass wir eine Familie sind und es für immer bleiben. Ich habe ihm versprochen, er werde niemals obdachlos sein, ich sei seine Mutter, und nichts könne daran jemals etwas ändern. Ich werde ihm nicht sagen, dass das eine Lüge war. Ich werde nicht ins Gefängnis gehen und ihn verlieren.

Jetzt zittere ich und verschwende Energie, die ich besser darauf verwenden sollte, eine Lösung zu finden. Ich schleppe mich wieder hinein. Falls es mir irgendwie gelingt, in der Verhandlung morgen Paul Beauperts Platz einzunehmen, wird der Richter mich ohnehin wegschicken lassen, sobald ich »versehentlich« schuldig statt nicht schuldig sage. Wenn es das ist, was diese Leute wollen, das kann ich machen. Der Richter wird sich über mich beschweren, aber ich kann sagen, ich hätte gesundheitliche Probleme gehabt – dieser eine Fehler wird mich nicht vernichten. Nur, wie soll ich in diese Gerichtsverhandlung hineinkommen? Einen Dolmetscher, den ich noch nie getroffen habe, davon überzeugen, seinen Einsatz nicht anzutreten, ohne Verdacht zu erregen? Welchen Grund könnte ich dafür haben, dass ich seinen Einsatz übernehmen will, wenn nicht den, in das Verfahren einzugreifen?

Du wirst mich ganz lieb fragen müssen, würde meine Mutter sagen. *Bettel mich an, dann bleibe ich vielleicht.*

Das Pochen in meinem Schädel verstärkt sich. Ich schließe die Augen und taste mich ins Bad. Auf dem Badvorleger steht ein Schuhkarton, den ich noch nicht ausgepackt habe. Seifen und Zahnbürsten, verschiedene Salben und Medikamente. Ich knie mich davor und durchsuche den Karton nach etwas, was meine Kopfschmerzen beseitigt. Meine Finger schließen sich um ein Tablettenfläschchen, das ich ganz vergessen hatte. Ein verschreibungspflichtiges Beruhigungsmittel, übrig geblieben von einer Phase der Schlaflosigkeit nach einem Mordprozess, bei dem ich gearbeitet hatte. Es ist schwer, noch fast voll. Ich schlucke eine und schieße in die Höhe. Es ist jetzt fast zehn Uhr. In zwölf Stunden muss ich bei Gericht sein.

26

Der Wäschekorb quillt über, was das Ankleiden beschleunigt. Am Morgen wähle ich die einzige saubere Hose und meine letzte weiße Bluse aus. Flache Schuhe, die ich mit einem Spritzer Händedesinfektionsmittel poliere, und schon bin ich zur Tür hinaus. Ich sehe professionell aus. Spiele die Rolle der vertrauenswürdigen Sprachmittlerin. Ich rede mir ein, dass alles gut wird.

Nachdem ich Elliot zur Schule gebracht habe, stelle ich mich auf einen überfüllten Bahnsteig und lasse mich in die U-Bahn schieben. Ich bin so nervös, dass ich am ganzen Körper zittere. Kopfhörer in die Ohren, als würde ich Musik hören; dann denken die Leute, meine Glieder zuckten, weil ich tanze; ich hätte alles unter Kontrolle.

Woodall House auf der Lordship Lane: Freimaurerschule für die moralische Erziehung von Jungen, Lehrerinnenbildungsanstalt, später Firmensitz des Gasversorgers, und heute beherbergt es ein rundes Dutzend Gerichte; schäbige, schmuddelige Räume, die die Bühne für das gesamte Spektrum von Kriminalfällen bilden. Nach außen hin ist der Wood Green Crown Court immer noch viktorianische Gotik. Wenn man über das Grundstück geht, vorbei am Kirschbaum im Winterschlaf und dem kurz gehaltenen grünen Rasen, rechnet man eher damit, dass am Eingang ein Ehrenamtlicher des National Trust die Eintrittskarten kontrolliert, als dass ein Wachmann sämtliche Taschen durchsucht.

Ich nehme im Wartebereich Platz und suche die Menge nach Paul Beaupert ab. Glücklicherweise steht er im Verzeichnis der für den öffentlichen Dienst zugelassenen Dolmetscher, deshalb konnte ich mir gestern Abend auf der Website noch ein Porträtfoto von ihm ansehen. Ich suche nach einem Mann um die fünfzig mit einem hellen Bart, kurzem blonden Haar und Sommersprossen um die Augen. Ein Mann am anderen Ende der Stuhlreihe entspricht dieser Beschreibung. Ich atme tief durch und lasse die Schultern sinken, dann gehe ich zu ihm.

»Verzeihung, hi. Sind Sie Dolmetscher?«

Er blickt von seinem Buch auf. »Ja, sind Sie …« Er blättert in den Papieren in seiner Tasche.

»Ich gehöre nicht zu Ihrem Klienten. Ich bin ebenfalls Dolmetscherin. Ich bin gerade in den Verband eingetreten und möchte eine neue Ortsgruppe gründen. Leben Sie in North London?« Ich muss ihn in ein Gespräch verwickeln und das dann irgendwie so lenken, dass ich seinen Einsatz heute Vormittag übernehme.

»Ich bin nicht daran interessiert, dem Verband beizutreten«, sagt er. »Tut mir leid.«

»Absolut verständlich.« Soll ich so tun, als läge eine Doppelbuchung vor? Wenn ich verzweifelt und unverhältnismäßig außer Fassung wirke, überlässt er mir den Einsatz vielleicht netterweise. Nein, das wird nicht funktionieren. Ich bin dem Gericht nicht angekündigt, sie werden darauf bestehen, dass Beaupert es macht.

Jetzt sieht er mich richtig an. »Sind Sie neu?«

»Ja, wie gesagt, ich bin gerade in den Verband eingetreten.«

»Ich meine, ist das heute Ihr erster Einsatz bei Gericht? Sie wirken nervös.«

Ich versuche zu lachen. »Ist das so offensichtlich?«

Er nimmt seinen Mantel vom Stuhl neben sich. »Ich mache das jetzt seit fünfundzwanzig Jahren. Ich möchte da raus. Ich gebe nebenbei ein bisschen Französischunterricht an einer Universität. Sobald ich das in Vollzeit machen kann, bin ich hier weg.«

»Aha?«, sage ich.

»Ein kleiner Rat von einem Veteranen: Entscheidend ist, emotional nicht Anteil zu nehmen.«

»Okay.« Dafür ist es zu spät. Hätte ich bloß einfach die Worte gesprochen und wäre nach Hause gegangen. Nichts von alledem wäre passiert.

»An den Schicksalen Ihrer Klienten, meine ich. An den Fällen, an dem, was Sie hier zu sehen bekommen. Sie müssen das alles genauso behandeln, als würden Sie Märchen vortragen.«

»Ich habe für heute eigentlich gar keinen Auftrag.«

»Ach?«

»Ich möchte so gern arbeiten, dass ich dachte, ich gehe einfach zum nächsten Gericht und hoffe, dass sich etwas ergibt. Vielleicht taucht ein Dolmetscher nicht auf, und ich kann einspringen«, sage ich.

»Sie sollten sich bei einer der Agenturen registrieren. Indem Sie einfach hier warten, werden Sie nicht viel Arbeit bekommen.« Jetzt hält er mich für eine Idiotin.

Ich sehe auf die Uhr an der Wand. Es bleiben noch etwa zwanzig Minuten, bis sein Fall voraussichtlich aufgerufen wird. Ich muss mich beeilen.

»Sie werden froh sein, wenn Sie das Gerichtsdolmetschen aufgeben können, sagen Sie?«

»Und wie.« Er blickt wieder in seine Papiere. Diese Unterhaltung ist nur deshalb noch nicht zu Ende, weil er zu höflich ist, um mich wegzuschicken.

»Falls Sie heute lieber nicht dolmetschen wollen, übernehme ich Ihren Einsatz gern.« Ich klinge forsch, beharrlich. Verdutzt sieht er mich an und fragt sich wohl, ob ich sozial inkompetent oder schlicht verrückt bin. »Ich meine es ernst. Ich will die Arbeit. Ich brauche die Erfahrung und wäre Ihnen dankbar, wenn Sie als Veteran diesen Einsatz mir überließen.« Mir fällt auf, dass ich ihn anzische. Zwar spreche ich leise, um keine Aufmerksamkeit zu erregen, aber meine Stimme klingt giftig.

»Sie müssen mit dem Court Listing Officer sprechen«, sagt er in scharfem Ton. »Der ist für die Zuteilung der Prozesse zuständig. Ich kann Ihnen nicht helfen.«

Dann hält er sich seine Papiere vor das Gesicht, um mich auszublenden. Was soll ich jetzt tun?

»Tut mir leid. Das war schräg von mir. Kann ich Ihnen einen Kaffee ausgeben? Als Dankeschön für den Rat und Entschuldigung.«

»Nein, danke. Ich trinke keinen Kaffee.«

Allmählich fühlt sich mein Lächeln wie eine Grimasse an. Ich muss mich kurz von ihm entfernen, um nachzudenken und mir eine Strategie zu überlegen. Ich gehe zum Kaffeeautomaten. Ich muss mit Paul Beaupert im Gespräch bleiben. Vielleicht kann ich ihn zermürben, bis er denkt, dass es einfacher ist, seinen Auftrag an mich abzutreten, als mich weiter ertragen zu müssen. Ich spüre, wie es meinen Hals, die Schultern, die Armmuskeln nach unten zieht. Bestimmt ist das nur ein bescheuertes Spiel, und ich sollte einfach nach Hause fahren. Diese Textnachrichten gestern Abend sollten mir einen Schrecken einjagen, das ist alles. Ich suche den Raum ab, lasse den Blick von einem Gesicht zum nächsten wandern. Ist einer dieser Menschen mein Erpresser? Ist er gekommen, um meine absurde Falschübersetzung zu beobachten? »Schuldig?«, wird der Richter fragen. »Ihr Klient hat *non coupable* gesagt. Was soll das werden, Frau Dolmetscherin?« Ich wünschte, ich wüsste, warum das von mir verlangt wird.

Ich drücke meine Kreditkarte an den Automaten. Als ich den Knopf für heiße Schokolade drücke, kommt eine zähflüssige, klebrige Masse heraus. Ich trinke einen Schluck: schmeckt nach nicht viel. Ich füge Haselnuss- und Karamellsirup hinzu. Als ich glaube, dass gerade niemand hersieht, nehme ich eine Beruhigungstablette aus der Tasche und versuche, sie herunterzuschlucken. Aber meine Kehle ist zu trocken, die Tablette will nicht rutschen. Ich lasse sie in den Becher fallen und rühre um; sie löst sich im Nu auf. Ich muss mich entspannen. Sicherheitshalber lasse ich noch eine Tablette hineinfallen.

»Habe mich für heiße Schokolade entschieden«, sage ich und setze mich wieder. »Der Automat hat zwei ausgegeben. Können Sie mir eine abnehmen?« Argwöhnisch sieht Paul mich an. Dann streckt er die Hand aus.

»Gern, danke.« Er nimmt den Pappbecher und führt ihn zum Mund.

»Für Automatenkakao ist er nicht übel«, sage ich. »Besser als nichts. Es ist kalt hier drin heute.« Meine Stimme klingt fröhlich. Ich will diesen Mann unbedingt für mich einnehmen.

»Hier herrscht totales Chaos. Haben Sie das eben gehört?« Er blickt zu einem Dreiergrüppchen, das an einer Seite des Raums steht; einer der Männer trägt Perücke und Talar. »Ein Chinesisch-Dolmetscher kommt zu spät. Da wäre ein Job für Sie. Sie sprechen nicht zufällig Mandarin, hm?« Er lacht. Wahrscheinlich denkt er, ich sei nicht qualifiziert zu dolmetschen, egal, für welche Sprache.

»Nein. Ich habe versucht, es zu erlernen. Ich glaube, mittlerweile muss ich die Niederlage einräumen.« Gierig trinke ich von meinem Kakao und stelle mir vor, wie das Beruhigungsmittel meine Nerven streichelt.

Dann geht mir auf: Ich habe die Tabletten in den Becher in meiner rechten Hand gerührt, und als ich mich setzte, habe ich diesen Becher Paul gegeben. *Er* hat die heiße Schokolade mit dem Beruhigungsmittel. Ich muss den Becher zurückbekommen.

»Dieser Kakao verlangt nach mehr Sirup«, verkünde ich. »Ich hole Ihnen auch einen Nachschlag.« Ich lege die Hand um seinen Becher und ziehe. Kakao schwappt über den Rand.

»Herrgott!«, sagt Paul verärgert. Ich gehe zurück zum Automaten. Das ist verrückt, ich habe diesen Mann versehentlich sediert. Wenn er nun den Becher komplett getrunken hätte, ehe ich es gemerkt hätte? Diese ganze Sache ist grotesk. Ich gehe, beschließe ich. Ich stelle die Becher ab, und im selben Augenblick vibriert mein Telefon. Eine neue Nachricht. Sie ist von derselben Person oder denselben Leuten wie die gestern Abend, und wieder sieht es so aus, als hätte ich sie mir selbst geschickt. Diesmal enthält sie keinen Text, nur ein Bild. Ein Foto von Elliots neuer Schule. Mein Mund füllt sich mit Essig. Der Erpresser weiß, dass ich ein Kind habe, und er weiß, auf welche Schule es geht. Obwohl Elliot erst seit gestern dorthin geht. Ich werde verfolgt. Wahrscheinlich weiß er auch, wo wir wohnen. Es muss ein Prozessanwalt sein, oder ein korrupter Polizist, der mir auf die Schliche gekommen ist. Jemand, der über Mittel und Wege verfügt, mich aufzuspüren. Paul Beaupert darf nicht in diese Gerichtsverhandlung gehen. Das Fläschchen mit den Beruhigungsmitteln drückt gegen den Saum meiner Tasche.

Nochmals hole ich die Kreditkarte hervor und ziehe zwei Kakao. Unauffällig zerkrümele ich in der Jackentasche ein paar Tabletten. Nach einem Mordprozess vor ein paar Jahren, bei dem ich für den Angeklagten dolmetschte, konnte ich überhaupt nicht mehr schlafen. Irgendwann verschrieb mir ein Allgemeinmediziner diese Tabletten, die so stark sind, dass ich morgens kaum wach wurde und den bleischweren Schädel nicht vom Kopfkissen heben konnte, obwohl mein Wecker immer lauter schrillte. Irgendwann ließen die meisten meiner Symptome von allein nach. Oder ich lernte, sie zu ignorieren, sie in meinem Inneren zu vergraben. Es dauert bis zu einer halben Stunde, bis das Medikament seine volle Wirkung entfaltet, aber falls ich ihn dazu bringen kann, den ganzen Becher zu trinken, wird er sicher schon früher etwas merken, hoffentlich so stark, dass er nach Hause will. Zuerst wird er einen angenehmen Schwindel hinter den Augen spüren, einen sanften Wink, dass er sie vielleicht schließen und sich kurz ausruhen möchte. Dann wird sein Kopf sehr schwer werden, und er wird das Gefühl haben, wenn er ihn jetzt nicht anlehnt, gibt sein Hals nach und bricht unter dem Gewicht durch. Er wird schwarze und weiße Punkte vor Augen sehen, seine Atmung wird sich verlangsamen, er wird Ruhe und Frieden empfinden und zu dem Schluss kommen, dass ihm dieses Gefühl sehr gefällt, dass er sich vielleicht gern immer so fühlen würde. Er wird nuscheln, aber das ist in Ordnung, denn er wird ohnehin nicht sprechen wollen, sondern viel lieber gleich hier auf dem Boden ein Nickerchen machen.

Will ich wirklich einen unschuldigen Fremden betäuben? Ich

weiß nicht, wozu mein Erpresser fähig ist, und er könnte jetzt schon an Elliots Schule sein. Ein Gerichtsdiener erscheint und ruft einen Prozess auf.

»Vergessen Sie meinen Kakao«, sagt Paul so laut, dass ich ihn am anderen Ende des Wartebereichs hören kann. »Das bin ich.« Mit dem Kinn deutet er auf den Gerichtsdiener.

Nein, nein, nein. Halte ihn auf. Stürz dich auf ihn. Er darf nicht in diesen Gerichtssaal gehen. Das ist mein Einsatz. Ich verfolge, wie Paul Beaupert etwas zum Gerichtsdiener sagt. Dann schnaubt er, lacht vielleicht über seinen eigenen Witz. Das Schnauben verwandelt sich in ein Husten. Ein Rasseln. Beaupert schlägt sich die Hand auf den Mund und legt den Kopf an die Schulter. »Verzeihung.« Sein Atem rasselt laut, es klingt, als hätte er eine Säge im Hals.

Ich gehe näher heran und höre den Gerichtsdiener fragen: »Alles in Ordnung, Sir?«

Beaupert winkt, schlägt sich eine Faust an den Hals; er kann nicht sprechen. Ich lasse die Getränke fallen und fange seine Tasche auf, als sie ihm von der Schulter rutscht. Das sind nicht die Tabletten. Die haben die entgegengesetzte Wirkung – Paul wirkt sekündlich erregter. Um uns herum bildet sich ein kleiner Kreis. Paul krallt die Finger in den Hals, und seine Lippen werden tiefrot und sind voller Bläschen.

»Ich glaube, das ist eine allergische Reaktion«, sagt eine Frau. O Gott.

Paul sitzt jetzt am Boden, den Kopf zwischen den Knien. Aber als er die Frau hört, bewegt er den Kopf auf und ab. Ein Nicken. »Ist das seine Tasche?«, fragt sie mich. Wieder einmal bin ich sprachlos und kann nicht reagieren. Ich schnappe nach Luft wie ein Fisch auf dem Trockenen, mein Verstand ist zu verzagt, ich bin zu langsam, um darauf zu kommen, was los ist. »Geben Sie her.« Sie nimmt Pauls Tasche an sich und leert sie auf den Boden aus. »EpiPen!«

Ich werde zur Seite geschoben, und die Frau sticht ihm den EpiPen in die Wade. Sofort entspannen sich die Muskeln in Pauls Hals, er öffnet den Mund weit und atmet tief ein.

»Rufen Sie einen Krankenwagen!«, fordert die Frau den Wachmann auf.

»Nüsse.« Pauls Stimme ist nur noch ein Krächzen.

Der Haselnusssirup ist schuld. Ich war das. Ich wusste nicht, dass er keine Nüsse essen darf, woher auch? Er ist ein erwachsener Mann mit einer gefährlichen Allergie; er sollte fragen, bevor er irgendetwas verzehrt. Aber ich habe sehr wohl versucht, ihn zu betäuben. Ich hätte das durchgezogen, wenn der Gerichtsdiener ihn nicht aufgerufen hätte. Ich wollte einen Mann mit Beruhigungsmitteln vergiften. Zuerst mache ich die Hoffnung eines Unschuldigen auf einen fairen Prozess und die Freiheit zunichte, und jetzt hätte ich beinahe jemanden getötet.

Als der Krankenwagen eintrifft, sammele ich Pauls Habseligkeiten auf und stecke sie wieder in seine Tasche. »In welches Krankenhaus bringen Sie ihn?«, frage ich den Sanitäter.

»Whittington.« Kommt er wieder in Ordnung? Ich könnte mir nicht mehr in die Augen sehen, falls nicht.

Ich blicke dem Krankenwagen hinterher, dann gehe ich mit meinem Dolmetscherausweis zum Court Listing Officer. Für Paul kann ich im Moment nichts tun. Ich muss mit dem weitermachen, weswegen ich hier bin, für Elliot. »Ich bin Französisch-Dolmetscherin. Ich war bei Paul, Paul Beaupert. Ich kann seinen Einsatz übernehmen.«

Sein Blick wandert über die Papiere auf seinem Schreibtisch. »Ah ja, Gerichtssaal sechs«, sagt er. »Prozessvorbereitender Termin mit Bekenntnis des Angeklagten – fällt aus. Der Angeklagte ist nicht anwesend. Sie – Paul – Sie können gehen.« Der Angeklagte ist nicht erschienen. Ich bin vergeblich hergekommen. Paul Beaupert wird für nichts und wieder nichts ins Krankenhaus eingeliefert.

Die zerkrümelten Tabletten in meiner Tasche fühlen sich zwischen meinen Fingern wie Sandkörner an. In der Mitte des Raums wurde ein gelbes Schild aufgestellt: *Vorsicht, Rutschgefahr!* Eine Reinigungskraft wischt mit einem Mopp Achten über den Boden. Das Wasser im Eimer nimmt mit jedem Ausdrücken einen dunkleren Braunton an. Die beiden Pappbecher rollen hin und her.

Ich nehme die hintere Treppe in den Keller. In diesem zweiten Kellerraum war ich seit vielen Jahren nicht mehr. Ich habe ganz vergessen, wie es dort aussieht. Der Schieferboden unter meinen nackten Füßen ist eisig, und die Decke zwingt mich, mich zu bücken. Der Raum hat eine schwere Holztür mit einem Eisenriegel. Ja, das wird sehr gut gehen.

Am Nachmittag nehme ich zwei Pinsel und zwei Dosen dunkelgraue Farbe und gehe zu meiner Schwester in den Hauswirtschaftsraum. »Komm«, sage ich lächelnd. »Du brauchst ein Projekt, das dich beschäftigt hält. Wir werden den zweiten Keller streichen. Du hast gesagt, im Gefängnis hast du gestrichen, da kannst du mir gleich zeigen, was du gelernt hast.«

Ich trage beide Dosen die Treppe hinab.

»Da drin sind tote Spinnen«, sagt sie, als wir unten angekommen sind. »Und mein Arm tut weh«, beklagt sie sich gleich darauf. »Ich hab dir doch gesagt, es hat mir gar nicht gefallen, dass ich den Gefängnisflügel streichen musste.«

»Probiere es wenigstens aus. Fünf Minuten. Vielleicht findest du es meditativ.«

Sie klatscht ein bisschen Farbe an die Wand und gibt sich nur mittelmäßig Mühe.

»Gott, ist das kalt hier unten«, sagt sie, und da weiß ich, das ist der richtige Augenblick.

»Ich hole dir eine Jacke.«

Dann gehe ich hinaus und schließe die Tür fest hinter mir. Mit einer souveränen Bewegung schiebe ich den Riegel vor.

Durch das Holz: »Was war das? Hast du mich eingesperrt?«

Diese Woche habe ich dem Rest meines Personals gekündigt, meine regelmäßigen Lieferungen storniert und dem Gärtner, der einmal pro Woche kommt, abgesagt. Ich kann jetzt niemanden in meiner Nähe dulden, der etwas sehen oder hören könnte, was er nicht mitbekommen soll. Ich habe nicht den Mut, meine eigene Blutsverwandte zu töten, und hier unten ist sie immerhin aus dem Weg. Falls sie in sich geht, falls sie ehrlich ihrer eigenen Seele gegenüber ist – wird sie akzeptieren, dass dies ihr Platz ist und man sie niemals aus dem Gefängnis hätte entlassen sollen. Eine lebenslange Haftstrafe, Bewährung ausgeschlossen.

Am Morgen stupse ich ihr das Frühstück unter der Tür durch. Sogar die Insassen des Todestrakts bekommen zu essen.

»Was ist das – Roggen?«, fragt sie. Sie wird das Wasser, das sich bereits im Raum befand, rationieren, und jeden Tag Toast und Pizza essen, es sei denn, mir fallen noch andere Speisen ein, die unter der Tür hindurchpassen. Sie zu öffnen werde ich nicht riskieren. »Komm schon, du hattest deinen Spaß. Jetzt lass mich raus!«

Ich antworte nicht, aber sie nimmt sicher wahr, dass ich nicht weggegangen bin.

»HALLO? Das kannst du nicht machen!« Jetzt hämmert sie gegen die Tür. »Lass mich raus!«

Falls sie reden möchte – das können wir machen.

»Erinnerst du dich auch nur an seinen Geburtstag?« Ich werde seinen Namen aussprechen. »An Johanns Geburtstag?«

»Er hört nicht auf diesen Namen.«

»Das heißt dann wohl nein.«

»Ich hasse diesen Namen! Er hasst diesen Namen!« Jetzt knurrt sie. »Ich wollte ihn nie so nennen!«

»Er bedeutet gnädig und gütig. Johanns Geburtstag war vor acht Monaten.«

»Das Essen reicht nicht!«, schreit sie.

»Wenn du noch Hunger hast, kannst du tote Spinnen essen.«

Es gibt eine in Südafrika heimische Spinnenart, bei der sich weniger als die Hälfte der Weibchen fortpflanzen. Diejenigen, die es nicht tun, umsorgen und schützen die Nachkommen ihrer Schwestern. Wenn die Jungen geschlüpft sind, füttert diese Röhrenspinne ihre Nichten oder Neffen mit dem Mund, bis ihr eigener Körper sich zu verflüssigen beginnt, und dann gestattet sie ihnen, sich an ihr gütlich zu tun, und ermuntert sie dazu, sie langsam bei lebendigem Leibe aufzufressen. Sie hat die Spinnenbabys nicht geboren, aber ihre Liebe zu ihnen ist unfassbar groß. Vergiss die bedingungslose Mutterliebe. Es ist die Tante, die du eigentlich fürchten musst.

Im Erdgeschoss werden die Schreie meiner Schwester vom Betonboden geschluckt. Alle Fenster und Türen sind gesichert. Ich bin allein, ich werde ungestört bleiben. Ich klappe den Laptop auf und verfolge, wie der blinkende rote Punkt, der Standort deines Mobiltelefons, über den Bildschirm wandert.

27

Erleichtert stürze ich hinaus auf die Straße vor dem Gericht. Dass der Angeklagte heute nicht erschienen ist, hat mich gerettet. Aber Elliot ist nicht bei mir. Ich entsperre mein Telefon und öffne die letzte erhaltene Nachricht mit dem Foto dieses Gebäudes. Ich habe es mir nicht eingebildet – ich erkenne das Tor und die Farbe des Steins –, dieses Bild zeigt unzweifelhaft die Vorderansicht seiner neuen Schule.

Beim zweiten Läuten meldet sich eine Frau mit einer angenehmen Stimme.

»Hallo. Ich bin Revelle Lee, die Mutter von Elliot, in der ersten Klasse, Leoparden und Panther. Ich muss wissen, dass im Moment alles in Ordnung ist mit ihm. Könnten Sie bitte nachschauen? Danke«, sprudele ich hervor, und als ich verstumme, bin ich atemlos.

»Guten Morgen. Verzeihung, Elliot, haben Sie gesagt? Geht es ihm heute nicht gut?«, fragt die Frau.

»Nein, er ist nicht krank, aber Sie müssen kurz nach ihm sehen. Vergewissern Sie sich bitte, ob er in diesem Augenblick sicher in seinem Klassenzimmer ist.«

»Rechnen Sie denn damit, dass er woanders ist? Wurde er heute Morgen zur Schule gebracht?«

»Ich habe ihn hingebracht, ja. Nein – er müsste in seinem Klassenzimmer sein, aber bitte sehen Sie nach, erste Klasse, Leoparden und Panther.« Ich bin der Hysterie nahe, aber wenn ich jetzt explodiere, wird diese Frau mir nicht helfen.

Ein Schweigen tritt ein. Im Hintergrund höre ich einen Drucker, dann wird Papier zusammengeknüllt. »Sie wollen wissen, ob er hier ist?«

»Könnten Sie *bitte* jetzt dorthin gehen und seinen Lehrer bitten, ihn Ihnen zu zeigen? Ich warte so lange.« In meiner Stimme ist ein Riss, er geht mitten hindurch.

»Erste Klasse, ja?«

»Leoparden und Panther!« Jetzt schreie ich doch, ich kann nicht anders. Ein Taxifahrer, der mit offenem Fenster an einer Ampel wartet, mustert mich, und eine Passantin sieht mich von der Seite an.

Einige Minuten später kommt die Frau wieder ans Telefon. »Hallo, sind Sie noch da?«

»Ja, ja! Ich bin hier.«

»Elliot Lee ist im Unterricht.«

»Ach, ich danke Ihnen.«

»Es geht ihm gut. Im Moment hilft er, ein Modell des Sonnensystems zu bauen. Er malt die Venus an.«

»Danke. Vielen Dank, dass Sie nachgesehen haben.« Ich lege auf und kann praktisch hören, wie die Schulsekretärin ihrer Kollegin diese Anekdote über die verrückte Mutter des neuesten Schülers erzählt. Es ist mir egal. Es geht ihm gut, und nur das zählt.

Wer mein Erpresser auch sein mag – bestimmt ist er an Elliot gar nicht interessiert. Er weiß, dass ich einmal falsch gedolmetscht habe, und benutzt ihn als Druckmittel gegen mich, das ist alles. Mittlerweile wird er mitbekommen haben, dass die heutige Verhandlung nicht stattgefunden hat; gänzlich unverschuldet konnte ich nicht tun, was er von mir verlangt hat. Unbehagen beschleicht mich hinterrücks. Was passiert jetzt wohl?

Ich fahre nach Hause, und als ich aus dem Treppenhaus in den Hausflur komme, sehe ich einen Zettel unter meiner Tür hervorlugen. Es ist die Antwort auf eine der beiden Nachrichten, die ich meinen Nachbarn gestern Abend geschrieben habe. Ich bleibe auf dem Flur stehen und lese mir die Antwort durch, und währenddessen wird die Tür rechts von mir geöffnet, und eine Frau kommt heraus.

»Ich bin Gurmeet.« Sie lächelt. Ich schätze sie auf sechzig plus.

»Können Sie meine Handschrift lesen? Ich bin froh, dass ich Sie erwische. Willkommen hier im Haus.«

»Ich bin Revelle. Danke. Wohnen Sie schon lange hier?«

»Fast dreißig Jahre.«

»Dann muss es Ihnen ja hier gefallen.«

»Es hat sich sehr verändert. Aber ja, für Monday und mich ist es zu Hause. Monday ist mein Zwergspitz.«

»Ich hatte mich schon gefragt, ob der Vermieter Haustiere erlaubt. Ich möchte meinem Sohn Elliot eins schenken. Er ist sechs.«

»Also, bis dahin kann er gern jederzeit zu uns kommen und mit Monday spielen.«

»Da freut er sich«, sage ich. Gurmeet scheint nett zu sein. Ich fühle mich gleich besser mit ihr als Nachbarin.

»Ich will Sie nicht aufhalten. Sie haben bestimmt zu tun.«

Wir verabschieden uns, und ich gehe hinein und schließe hinter mir ab.

Es ist kurz nach zwölf. Ich sollte mich bei Exia einloggen und versuchen, für heute Nachmittag Arbeit zu finden. Ich brauche das Geld. Aber wie soll ich weiter dolmetschen, während diese Erpressung über mir schwebt? Ich kann schlecht einen Einsatz annehmen und so tun, als wäre nichts, jedenfalls solange nicht klar ist, was der Erpresser will. Es könnte sogar jemand von der Agentur dahinterstecken. Aber warum?

Die nächsten zwei Stunden verbringe ich damit, im Geiste die Einsätze durchzugehen, bei denen ich falsch übersetzt habe, und eine Liste derjenigen zu erstellen, die dahinterstecken könnten. Es hat sich nichts geändert: der Prozess gegen den Jüngling wegen sexueller Nötigung und Adam Birchs Alibi-Überprüfung. Der Hindi sprechende Zeuge in Ersterem könnte bemerkt haben, dass ich seine Aussage im Kreuzverhör geändert habe, aber mich auf diese Weise zu erpressen, ergibt keinen Sinn. Warum kein Geld verlangen? Er ist ein Student, der für Uber fährt – warum sollte er wollen, dass ich jetzt in einem anderen Prozess etwas ändere? Vielleicht ist es ein Polizist, ein Detective. Nicht unbedingt jemand, der korrupt ist. Womöglich glaubt er, das Richtige zu tun, indem er ein Wort ändert und bewirkt, dass eine schuldige Person ins Gefängnis kommt – genau wie ich es glaubte. Mal sehen, wie er sich fühlt, wenn die falsche Person weggesperrt wird.

Um zwei Uhr mache ich mich auf den Fußweg zu Elliots Schule. Ich komme viel zu früh dort an, deshalb setze ich mich in ein Wartehäuschen auf der anderen Straßenseite. Jedes Mal, wenn sich jemand der Schule nähert, spanne ich unwillkürlich die Beinmuskulatur an, mache mich bereit, zu Elliot in die Schule zu rennen. Nach dem Klingeln kommt er im Bummeltempo heraus. Ich nehme seine Hand, und wir gehen nach Hause. »Alfie sagt, Stürmer ist die beste Position«, sagt Elliot. »Weil sie alles machen müssen, und sie müssen Tore schießen, sagt Alfie.« Ich will einfach nur zuhören, während er von der Schule erzählt, einen Tag lang, einen einzigen Nachmittag lang, ohne mich darum zu sorgen, ob er in Sicherheit ist oder ob ich ihn behalten darf.

»Alfie ist dein neuer Freund? In deiner Klasse?«

»Ja. Er ist in der Fußballmannschaft. Kann ich da mitmachen?«

»Natürlich, das klingt toll. Wir sehen es uns nachher an, wenn wir nach Hause kommen.« Als wir in unsere Straße einbiegen, klingelt mein Telefon. Es ist eine unterdrückte Rufnummer. O Gott. Ich nehme einfach nicht ab. Es verstummt und klingelt erneut. Das könnte Exia sein oder jemand vom Gericht, der weiß, was ich getan habe. Es hat keinen Zweck, dem auszuweichen.

»Hallo?«

»Sie wollten mit mir sprechen.« Die Stimme ist laut und klingt dringlich. »Ich bin der Sanitäter, der am sechzehnten September in Knightsbridge einen Obdachlosen behandelt hat. Jedenfalls habe ich es versucht.«

»Ach ja, richtig.« Adam. Ich habe den ganzen Tag kaum an ihn gedacht. »Er heißt Adam Birch.« War so mit meinen eigenen Problemen beschäftigt, dass ich keine Zeit hatte, an den unschuldigen

Mann zu denken, den ich wahrscheinlich lebenslang ins Gefängnis gebracht habe. Bitte lass es gute Neuigkeiten sein. Sanft drücke ich Elliots Hand.

»Entschuldigen Sie den Krach, ich stehe vor dem Pub. Ich hatte Nachtschicht. Da hätte ich Sie nur um drei Uhr nachts anrufen können. Hab gedacht, das wollen Sie nicht. Deshalb hat es so lange gedauert.«

»Schon gut, danke, dass Sie anrufen.« Ich schildere dem Sanitäter eine Version der Ereignisse. Ich sage, wir suchen nach Beweisen dafür, dass Adam am sechzehnten September so krank war, dass er körperlich nicht zu einem Einbruch in der Lage gewesen wäre und erst recht nicht zu einem anschließenden Mord. Mir ist klar, dass der Sanitäter keine Gelegenheit hatte, Adam richtig zu untersuchen, daher weiß ich nicht, ob er viel dazu sagen kann. Aber alles würde helfen.

»Verhaftet?«, fragt er. »Wegen Mordes?«

»Am selben Tag.«

»Aha, wow, okay.« Er klingt erschüttert. Kann es sein, dass er wirklich nichts darüber gehört oder gelesen hat? Dass er Adams Gesicht nicht gesehen und wiedererkannt hat? Vielleicht meidet er solche Nachrichten und Artikel ja; möglicherweise bekommt er bei der Arbeit genug Blut und Eingeweide zu sehen.

»Hören Sie. Was ich Ihnen sagen kann, ist, dass ich um 11:53 Uhr dort eintraf, um einen Obdachlosen zu behandeln«, sagt er. »In dieser Schicht war mein Partner der Fahrer und ich der Behandler – der mit Patienten redet und den Papierkram macht. Ihr Freund – Sie sagen, er heißt Adam Birch? Laut meinen Aufzeichnungen hat er eine Behandlung verweigert, hat sich geweigert, einen Ausweis vorzulegen oder in die Notfallambulanz mitzukommen«, sagt er, nunmehr in professionellem Tonfall. Dann, beinahe im Flüsterton: »Sie sagen, später hat dieser Mann jemanden getötet?«

»Nein, hat er nicht. Die Polizei glaubt das, aber ich bin mir sicher, dass er es nicht getan hat. Wann haben Sie ihn wieder verlassen?«

»Laut den Aufzeichnungen um 12:12 Uhr.«

»Hätte er sechs, sieben Stunden später die Kraft gehabt, jemanden zu überwältigen und die Treppe hinunterzustoßen?«

»Ich werd nicht mehr«, flüstert er.

»Er wird zu Unrecht angeklagt.«

»Hat er seinen Freund getötet? Diesen polnischen Burschen, der bei ihm war?« Er klingt auf eine neugierige Art aufgeregt, als wäre das hier harmloser Tratsch.

»Nein, *hören* Sie doch.« Elliot spürt, dass ich genervt bin, er lässt meine Hand los und geht langsamer. »Er hat niemanden getötet.« Jetzt flüstere ich, denn mir ist klar geworden, dass ich ganz offen über Mord gesprochen habe, während mein Sohn neben mir ist. »Eine Frau wurde getötet. In der Nähe in Knightsbridge. Adam Birch wird dafür verantwortlich gemacht.«

»In Knightsbridge? Aha.« Das letzte Wort klingt wie eine Frage, so als irritierte ihn irgendetwas.

»Sie wissen, von welchem Mord ich spreche? Sie müssen es in den Medien gesehen haben.«

»Klar.« Sein Tonfall ist unverbindlich, doch ich höre ihm trotz des Geräuschpegels im Hintergrund an, dass er etwas zurückhält.

»Ich weiß, juristisch … Mir ist klar, dass Sie offiziell wahrscheinlich nicht …«

»Heilige … wow.«

»Was? So sagen Sie doch«, zische ich und lege Elliot die Hand auf die Schulter, damit er weiß, meine Verärgerung gilt nicht ihm.

»Ich habe es gesehen.« Er hält inne. »Ich war … *da*«, sagt der Sanitäter.

»Wie meinen Sie das?«

»Jetzt, wo ich meine Aufzeichnungen noch mal lese, zähle ich zwei und zwei zusammen. Nachdem ich bei Ihrem Freund war, bin ich für eine Weile zurück zur Wache gefahren. Ich wurde raus zum Hyde Park gerufen, dann, kurz vor Schichtende, wieder nach Knightsbridge zu einer Frau. Jemand anders im Haus bei ihr hatte den Notruf gewählt. Ich konnte sie nicht für tot erklären, aber sie war ganz offensichtlich ... hören Sie, in meinen Aufzeichnungen steht ›violett+++‹. ›Violett+‹ bedeutet, mutmaßlich tot. Im Prinzip gilt, je mehr Pluszeichen, desto mutmaßlicher, wenn Sie verstehen, was ich meine.«

Sandra und Adam hatten denselben Sanitäter. »Sie meinen, Sie waren an diesem Tag bei Adam Birch *und* abends bei Sandra Ramos? Der ermordeten Frau?«

»Sieht so aus. Okay. Wow.« Er kam von Adam, und dann fuhr er zu Sandra.

Man muss feststellen, ob die DNA von jemand anderem an den Tatort übertragen wurde. Der spanische Rechtsmediziner bei meiner Übersetzung für die National Crime Agency. Der Sanitäter hat versucht, Adam wegen seiner Atemprobleme zu behandeln, dann hat er versucht, Sandra wiederzubeleben – er hat sie beide berührt. *Er* hat die DNA übertragen.

Jetzt wird der Sanitäter wieder förmlich. »Hören Sie, es gibt eine Rechtsabteilung. Ihr Anwalt kann einen Antrag auf Auskunft betreffend Zeugenaussagen und polizeiliche Ermittlungen stellen – Informationen dazu findet man auf der Website.«

Wenn man den DNA-Fund erklären kann, braucht Adam kein alternatives Alibi. An der Tasche hat die Polizei seine DNA nicht gefunden, und ohne die DNA an Sandras Leiche hat die Polizei jetzt kaum etwas in der Hand.

»Die Leute vom Patientenservice sagen, Sie wollten mir ein Geschenk zukommen lassen, eine Flasche Wein?«

Ich muss diese Information an Adams Anwalt weiterleiten. Ich notiere mir den vollen Namen des Sanitäters und eine Telefonnummer und verspreche, ihn zurückzurufen. »Wegen des Weins?«, fragt er.

»Sicher, ja. Ich rufe Sie wegen des Weins zurück.« Ich lege auf und wende mich an Elliot. »Es tut mir leid. Das war ein Mann von der Arbeit. Ich bin nicht böse auf ihn. Ich freue mich sogar, weil er gute Nachrichten für mich hatte.« Wir stehen jetzt vor unserer Wohnung, und ich schließe die Tür auf. Könnte es das wirklich sein? Die entscheidende Information, die die Polizei praktisch zwingt, die Vorwürfe gegen Adam Birch fallen zu lassen? Außer nach Knightsbridge zu fahren, wo ich ihn hoffentlich antreffe, habe ich keine Möglichkeit, Kontakt zu Mariusz aufzunehmen und ihm von der Neuigkeit zu berichten. Trotzdem muss ich diese Information Adams Anwalt zukommen lassen, damit er sie der Polizei präsentieren kann, und zwar ohne mich selbst zu belasten.

Ich setze mich, rufe Adams Anwalt in Wood Green an und hinterlasse eine Nachricht auf der Mailbox. Ich sage, dass ich für den Londoner Rettungsdienst arbeite, nenne ihm Namen und Telefonnummer des Sanitäters, mit dem ich gesprochen habe, und erkläre, diesem sei gerade erst klar geworden, dass er an dem Tag, an dem der Mord geschah, sowohl bei Adam Birch als auch bei Sandra Ramos war – vielleicht wolle der Anwalt prüfen, ob es einen DNA-Transfer gegeben habe. Dann rufe ich nochmals beim Rettungsdienst an und sage, dass ich für einen Anwalt arbeite, der mit dem Sanitäter darüber sprechen möchte, ob dieser möglicherweise unbeabsichtigt DNA-Spuren von einem Patienten zum anderen übertragen hat. Einer von beiden wird den anderen zurückrufen, und zusammen werden sie es hinbekommen. Niemand braucht zu erfahren, dass ich beteiligt war. Das ist der Durchbruch, nach dem ich gesucht habe. Ich strecke mich auf dem Sofa aus und lasse den Kopf über die Seite hängen. Entspann dich nicht zu sehr, sage ich mir, noch ist Adam nicht frei.

Doreen. Ich habe ihr noch nicht geantwortet. Ich öffne den Facebook-Messenger und schreibe ihr. Ich erlaube mir nicht, lange über meine Sätze oder meine Wortwahl nachzudenken. Ich muss einfach drauflostippen, alles niederschreiben, ungeschönt und ehrlich. Ich schicke die Nachricht ab und beiße mir auf die Lippe.

Unsere zwei Wochen in Griechenland änderten nichts. Fünf Minuten nach unserer Rückkehr nach Großbritannien war klar, dass der Medienrummel in unserer Abwesenheit weitergegangen war und die Hetzjagd auf Doreen fortgesetzt werden würde. Die Regenbogenpresse hatte beschlossen, einen offenen Krieg gegen die Jugend- und Sozialämter zu führen. Man rief nach einer gründlichen Überprüfung der Behörden und einer landesweiten Reform. Doreen war ihr Sündenbock. Da sie allein lebte, verabredeten wir, dass ich ihr zweimal am Tag schreiben würde, einmal morgens und einmal abends, um sozusagen nach ihr zu sehen. Sie war über Nacht berühmt geworden, stand abrupt im Rampenlicht. Es trug ihr weder Geld noch sonstige Vorteile ein, nur den völlig unangebrachten Hass Fremder. Wie viel davon konnte ein Mensch ertragen?

Am Abend unserer Rückkehr schrieb ich Doreen wie verabredet eine Textnachricht, und sie antwortete:

Mist, ich kann nicht auspacken. Mir ist speiübel von der ganzen Toblerone.

Am Morgen schickte ich ihr wieder eine Nachricht, und sie antwortete auch darauf. Aber am Abend: nichts. Als ich sie anrief, nahm sie nicht ab. Ich wartete bis zum Morgen ab. Ich dachte, vielleicht ging es ihr besser, und wollte sie nicht bedrängen, zumal wir gerade erst zwei Wochen lang fast rund um die Uhr zusammen gewesen waren. Ein weiterer Tag verging ohne Antwort, dann fuhr ich zu ihr nach Hause.

»Wie viel?« Doreen öffnete die Tür nur so weit, dass sie den Kopf hindurchstecken konnte. »Wie viel haben sie dir bezahlt?«

»Wer?«

»Für die Fotos. Oder meinst du, *wer*, weil du sie an mehr als eine Zeitung verkauft hast? An so viele, dass du den Überblick verloren hast.«

»Doreen, was ist los?«

»Du hast sie der *Mail* gegeben.«

»Was gegeben? Ich lese die *Mail* nicht mal. Gibt es einen Artikel? Einen neuen, über dich?« Ich zermarterte mir das Hirn – sprach sie von Fotos von dem toten Jungen? Glaubte sie, ich hätte Fotos gemacht an dem Tag, an dem ich bei seinem Treffen mit der Mutter gedolmetscht hatte?

»Jetzt hat ganz England Spaß an deinen fröhlichen Schnappschüssen von mir in Athen, an der Arkadiko-Brücke, auf der Akropolis … Die Schlagzeile der *Sun* gefällt mir am besten: ›Kaltschnäuzige Sozialarbeiterin macht Party nach Tod von Kind‹«, sagte Doreen.

Nein. Nein. Nein. »Du redest von Griechenland«, sagte ich. Sie hatte gewusst, dass ich diese Fotos machte. Sie hatte dafür posiert; die meisten waren sogar ihre Idee gewesen. Aber ich hatte sie auf Facebook gepostet. »O nein.« Ich rieb mir mit beiden Händen die Schläfen. Anfangs hatte ich nur zwei gepostet. Das war's. Aber sie waren nur für meine Freunde sichtbar, für Menschen, die ich von der Universität kannte, oder ehemalige Klassenkameradinnen meiner Dutzenden von Schulen überall auf der Welt; richtig befreundet war ich mit niemandem von denen. Ich hatte mit Doreen angeben wollen. Hatte ihnen – und mir selbst – beweisen wollen, dass es jemanden gab, der freiwillig Zeit mit mir verbrachte. Keine Mitstudentin von der Universität, die bloß Freunde sammeln will und mich nimmt, weil ich gerade verfügbar bin – Doreen war die Erste, deren Leben ich zu verbessern schien, einfach indem ich Teil davon wurde. Ich war in meiner Kindheit in Dutzenden fremder Länder gewesen, aber nie im Urlaub – es war immer um die Arbeit meiner Mutter gegangen. Doreen war fast so alt wie meine Mutter, und als einmal jemand von der Universität fragte, ob sie meine Mutter sei, sagte ich Ja und postete mehr Fotos.

»Ich habe sie nicht verkauft. Ich habe sie niemandem gegeben. Ich hatte nicht die Absicht, sie außer ein paar Freunden jemandem zu zeigen«, sagte ich. »Ich weiß nicht, wie die Zeitungen da rangekommen sind.«

»Ich dachte, wir wären Freundinnen«, sagte Doreen. Dann lachte sie bitter auf und äffte sich selbst nach. »Himmel, ›ich dachte, wir wären Freundinnen‹. Hör dir das an, *erbärmlich*. Ich klinge wie ein Teenager. Ich klinge wie meine Tochter.«

»Ich habe den Medien diese Fotos nicht geschickt, Doreen. Hör zu. Das ergibt doch keinen Sinn. Warum sollte ich das tun? Ich weiß nicht einmal mehr, welche ich auf Facebook gepostet habe. Welche Fotos haben sie denn?« Ich zog mein Telefon aus der Tasche und suchte nach dem Artikel. Ich machte mir Sorgen um Doreen, natürlich, aber ich machte mir genauso Sorgen darum, ob auch Bilder von mir in der Presse zu sehen waren. Ich konnte es mir nicht leisten, mit diesem kleinen Jungen in Verbindung gebracht zu werden. Mein Name stand als der der Dolmetscherin irgendwo in den Akten des Jugendamts, um die Richtigkeit des Berichts zu bestätigen; aber hier wäre ich an vorderster Front, das würde mich öffentlich mit dem Fall in Verbindung bringen, und mit Doreen.

»Ich weiß nicht, warum du das getan hast«, sagte sie. »Aber ich kenne dich wohl noch nicht so lange. Ich weiß nicht, wozu du fähig bist.«

»Können wir uns *bitte* setzen?« Als ich später auf Facebook nachsah, stellte ich fest, dass die Fotos tatsächlich nur für Freunde sichtbar waren. Ich habe nie herausgefunden, wer sie den Medien zugespielt hatte. »Lass mich rein, dann kann ich es dir erklären.« Da schlug sie mir die Tür vor der Nase zu. Das war vor acht Jahren.

Wenn sie mich damals in ihre Wohnung gelassen hätte, hätte ich es ihr dann gebeichtet? Ihr alles erzählt? Ich bezweifle es. Denn mittlerweile war klar, dass ich damit davonkommen würde. Und das machen wir Menschen nun mal, nicht wahr? Wir meiden Leid und Bestrafung. Psychologen nennen das das *Cheater's High* – den Kick des Schummelns. Wir fühlen uns gut, wenn wir mit etwas ungestraft davonkommen. Das ist evolutionsbedingt. Später mögen Schuldgefühle dazukommen, aber der Reiz, etwas Falsches zu tun und nicht erwischt zu werden, der Gerechtigkeit zu entgehen, macht uns süchtig. Die Schuldgefühle kamen tatsächlich, sie haben mich niedergeschmettert, und ich erwarte nicht, dass Doreen mir verzeiht. Es ist schwer zu akzeptieren, aber wenn all das nicht geschehen wäre, hätte ich Elliot wahrscheinlich nicht adoptiert, und er würde jetzt mit einem anderen Nachnamen in Croydon, Wimbledon oder Liverpool leben. Und ich? Ich weiß nicht, wo ich wäre, aber wahrscheinlich allein.

Jetzt kniet Elliot auf einem Stuhl am Esstisch und packt seine Schultasche aus. Ich kann mich heute nicht mit den Hausaufgaben befassen. »Elliot, nebenan wohnt ein kleiner Hund, der dich gern kennenlernen würde.«

Schon sind seine Schulsachen vergessen, und Elliot steht bei Gurmeet vor der Tür. Er kuschelt gerade mit Monday, als mein Telefon vibriert, weil eine Nachricht eingeht.

> Morgen. Old Bailey. Gerichtssaal 4, 10 h. Ersetzen Sie die Dolmetscherin Steffi Neumann. Tauschen Sie das Wort »Nummernschild« gegen »Tür« aus. Die Sprache ist Deutsch.

Ich gehe hinaus in den Hausflur; Gurmeet und Elliot sollen nicht über meinen Gesichtsausdruck erschrecken. Das Telefon fällt mir aus der Hand. Deutsch. Ich kann das nicht. Ich kann das, was der Erpresser verlangt, in keiner Sprache tun, aber auf Deutsch schon gar nicht. Ich lehne mich an die Wand und lasse mich zu Boden gleiten. Als ich mein Telefon aufhebe, sehe ich, dass unter der Nachricht wieder ein Foto ist. Von diesem Gebäude.

28

WER SIND SIE?, tippe ich und sende es ab. Auch diesmal geht meine Nachricht ins Leere. Ich schleudere das Telefon durch den Flur. Es prallt gegen die Wand und fällt auf den Teppich, zerbricht aber glücklicherweise nicht. Noch einmal lese ich die Nachricht. Verlangt der Erpresser, dass ich diese Wörter morgen vertausche, weil die heutige Verhandlung abgesagt wurde? Oder will er mich einfach bis in alle Ewigkeit erpressen? So ist das mit Erpressung: Jemand hat etwas gegen einen in der Hand, und dann noch etwas – hat er erst einmal Macht über einen gewonnen, gibt es kein Entrinnen. Ich hocke mich auf den Boden. Von hier unten aus wirkt die Decke sehr hoch und das Innere dieses Gebäudes höhlenartig. Zwölf Stockwerke, über hundert Wohnungen. Wir könnten hier verschwinden, Elliot und ich, mit den Wänden verschmelzen, und ich bin mir nicht sicher, ob uns überhaupt jemand vermissen würde.

Der Absender dieser Nachrichten weiß, wo Elliot zur Schule geht, und er hat unsere Adresse. Unsere Adresse, die ich nur der örtlichen Schulbehörde gegeben habe. Steckt der Detective aus Mariusz Dorobeks Alibi-Vernehmung dahinter? Mariusz kann es nicht sein. Der Detective hätte Zugang zu den Daten der öffentlichen Verwaltung und könnte meinen Mietvertrag für diese Wohnung ganz leicht finden, und auch Elliots Anmeldung an der Schule. Wenn der Detective bemerkt hat, dass in der unterzeichneten Alibi-Aussage andere Zeiten standen, hat er das vielleicht nicht für einen Fehler des Zeugen gehalten. Da er und ich darüber gesprochen hatten, ob Mariusz die Wahrheit gesagt hat, und er mir von den DNA-Spuren an Sandras Leiche erzählt hatte, mag er daraus geschlossen haben, dass ich Bürgerwehr gespielt habe, weil er selbst so etwas vielleicht auch schon getan hat. Ich habe ihm geholfen, diesen Fall abzuschließen, und jetzt will er, dass ich es noch einmal mache? Falls er dahintersteckt, was wird er dann wohl tun, wenn Adams DNA-Spuren an der Leiche entwertet werden? Ich hoffe, er versucht nicht, Adams Freilassung zu verhindern.

Dieser Mensch weiß, wo wir wohnen. Er macht deutlich, dass er an uns, an Elliot herankommt. Aber die direkten Drohungen gegen meinen Sohn haben aufgehört. Es wurden keine weiteren Ballons oder mit Organen gefüllte Stofftiere an seine Schule geschickt. Der Drogenhändler stand nie wieder bei uns vor der Tür, und die Adoptionspapiere vom Familiengericht sind wohlbehalten bei mir eingetroffen. Haben Elliots leibliche Eltern es zur selben Zeit aufgegeben, uns zu schikanieren, als diese Erpressungen anfingen? Das scheint mir zu viel Zufall zu sein. Hinter dem allen muss ein und dieselbe Person stecken. Aber woher sollten Elliots schwangere Mutter oder sein Vater im Gefängnis wissen, dass ich falsch gedolmetscht habe? Warum sollten sie von mir verlangen, bei einer Gerichtsverhandlung Wörter zu ändern? Das ergibt keinen Sinn. Und was soll ich morgen machen? Wir sind hier nicht sicher, und Elliot ist in der Schule nicht sicher. Ich muss es tun. Mir bleibt keine andere Wahl, als zum Gericht zu fahren und zu versuchen, die Forderung des Erpressers zu erfüllen. Ich gehe zurück in Gurmeets Wohnung. Gurmeet und Elliot sitzen auf dem Boden und lachen, während Monday, die Zwergspitzhündin, mit wedelndem Schwanz zwischen ihnen hin und her trottet. Ich sehe mich in der Wohnung um: Sie wirkt heimelig, ganz und gar normal und gemütlich.

»Okay, Elliot«, sage ich. »Wir machen dann jetzt mal Abendessen. Sag Monday und Gurmeet Auf Wiedersehen, und vielleicht darfst du ja morgen wiederkommen.«

»Ach, jederzeit.« Gurmeet lächelt. Elliot geht schon voraus in unsere Wohnung. Sobald er außer Hörweite ist, wende ich mich an unsere Nachbarin.

»Das ist jetzt sehr abrupt, ich weiß. Aber ich bin alleinerziehend, deshalb sind meine Möglichkeiten ziemlich eingeschränkt. Ich wollte Sie fragen, ob Sie morgen vielleicht einen halben Tag lang auf Elliot aufpassen würden. Ich muss arbeiten. Im Gericht – ich bin Dolmetscherin. Könnten Sie mir aus der Klemme helfen?«

»Oh«, sagt sie überrascht. »Na ja, sicher. Warum nicht?«

»Ich würde Sie natürlich bezahlen.«

»Nein, Unsinn, das ist doch nicht nötig. Aber ist er denn nicht in der Schule?«

»Offen gesagt, er wird dort gemobbt. Ich warte auf Nachricht von der Schulbehörde wegen eines Schulwechsels.« Die Wahrheit kann ich Gurmeet nicht sagen. Ich will nicht, dass sie denkt, ich bringe sie in Gefahr.

»Oje, das tut mir leid. Er ist so ein reizender Junge.«

Das darf so nicht weitergehen. Ich kann ihn nicht immer wieder aus der Schule nehmen und ständig mit ihm umziehen. Ich denke an die leer stehende Wohnung meiner Mutter in Singapur. Ein Umzug dorthin wäre vielleicht zu erwägen. Richard hat mir heute Morgen geschrieben. Er versucht, mir Geld zu schicken, aber ich glaube, Geld genügt nicht, damit wir uns aus dieser Lage befreien können, jedenfalls noch nicht. Ich danke Gurmeet, und wir verabreden, dass ich mich gleich morgen früh bei ihr melde.

Und was geschieht nach morgen? Elliot wurde seinen leiblichen Eltern weggenommen, damit er ein besseres Leben hat, und jetzt bringe ich ihn in eine solche Lage. Er hat noch keinen Pass, wir können also nicht nach Singapur. Sicher wird derjenige, der hinter alledem steckt, ihm nichts antun. Damit würde er nichts erreichen. Aber darf ich es darauf ankommen lassen? Ich renne in mein Schlafzimmer und werfe Kleidung in eine Tasche. Dann überlege ich, was wir sonst noch brauchen: Elliots Adoptionspapiere, unsere Ausweisdokumente, ein wenig Kleidung für ihn. Dann gehe ich in sein Zimmer, ziehe eine Schublade auf und stopfe Socken, Unterwäsche und T-Shirts in meine Tasche.

»Was machst du da?« Elliot, der auf dem Bett sitzt und ein Buch liest, blickt hoch.

»Wir machen einen Ausflug, okay? Einen spontanen kleinen Urlaub.«

»Was machst du mit meinen Sachen?«

»Na, die wirst du brauchen, nicht wahr? Nimm dein Buch mit. Zieh Schuhe an. Wir gehen unterwegs auch etwas essen«, sage ich und stecke einen Kamm und zwei Schulbücher ein – er wird eine Beschäftigung brauchen, egal, wohin wir fahren.

»Wir gehen *jetzt?*« Er macht keine Anstalten, aufzustehen. »*Wohin?*«

Ich weiß es nicht. Ich habe keine Ahnung, wohin wir fahren könnten, damit mein Erpresser uns nicht findet. Ich weiß ja nicht einmal, wer er oder sie ist oder warum ich ihm so wichtig bin. Elliot sieht mich über sein Buch hinweg an, verwirrt, vielleicht sogar ein bisschen ängstlich. Er ist verstört, und ich kann seine Angst an der Form seines Mundes ablesen. Denn mein Verhalten ist sprunghaft, ich stürze sein Leben ins Chaos, und das sollte er eigentlich hinter sich gelassen haben.

»Wir fahren nirgendwohin.« Ich stelle die Tasche ab. »Ich habe nur einen Witz gemacht. Nein, keinen Witz – wir üben für den Fall, dass wir weglaufen müssen. Eine Brandschutzübung. Hast du mal eine in der Schule mitgemacht?«

»Ja, in Greenwich. Aber du machst das falsch. Der Lehrer hat gesagt, bei Feuer dürfen wir unsere Taschen nicht mitnehmen, wir müssen alles im Klassenzimmer lassen, sogar unsere Lieblingssachen.«

»Das stimmt. Das ist völlig richtig. Siehst du – deshalb müssen wir das üben.«

»Die nächste Brandschutzübung sollte ich machen.«

Ich packe seine Sachen wieder aus. »Abgemacht.«

In meinem Zimmer lese ich mir die Textnachricht noch einmal durch. *Die Sprache ist Deutsch.*

Woher weiß dieser Mensch überhaupt, dass ich Deutsch spreche? Ich stand nur wenige Monate für diese Sprache im Dolmetscherverzeichnis, dann habe ich sie aus meinem Eintrag streichen lassen.

Ersetzen Sie die Dolmetscherin Steffi Neumann.

Wer bist du, Steffi Neumann? Ich sehe nach Elliot, der immer noch zufrieden in seinem Zimmer sitzt und liest, dann recherchiere ich online. Manche Dolmetscher sind geschäftstüchtig und haben eine eigene Website. Ihre Zielgruppe sind Unternehmen, sie arbeiten nicht für Agenturen, sondern setzen ihre Preise und Termine lieber selbst fest, ohne Vermittler. Steffi ist eine solche Dolmetscherin. Gott sei Dank. Aber wonach suche ich? Ich durchforste ihre Website, sehe mir ihr Angebot und ihre Honorarsätze an. Es gibt keinen Link zu Exia, auch andere Agenturen werden nicht erwähnt, und auf der Kontaktseite stehen eine persönliche E-Mail-Adresse und eine Mobilfunknummer. Okay, damit kann ich arbeiten. Steffi Neumanns Einsatz im Old Bailey morgen wurde wahrscheinlich direkt bei ihr gebucht. Das macht es mir leichter, aber es wird trotzdem nicht einfach, sie zu ersetzen. Sie scheint zwischen fünfzig und sechzig zu sein und ähnelt mir überhaupt nicht. Sie hat karamellblonde Locken wie aus der Shampoowerbung, eine kräftige Nase und gewölbte, akkurat gezupfte Augenbrauen. Ihr Eintrag im Verzeichnis der Dolmetscher für den öffentlichen Dienst lässt sich durchsuchen, und ich notiere mir ihre Registriernummer. Sie hat eine Antiterror-Sicherheitsüberprüfung des Innenministeriums, eine Sicherheitsüberprüfung des Verteidigungsministeriums und eine polizeiliche Sicherheitsüberprüfung auf einer so hohen Stufe, dass sie damit unbeaufsichtigt und uneingeschränkt Zugang zu den Räumlichkeiten und IT-Systemen der Polizei hat. Es liegt auf der Hand, warum sie sich mit Exia nicht abgibt – sie verfügt über jahrzehntelange Erfahrung und bekommt wahrscheinlich mehr Arbeitsangebote, als sie annehmen kann. Bei der Vorstellung, eine so versierte Kollegin gegen mich aufzubringen, bereitet mir das, was ich hier vorhabe, erst recht Sorgen. Ich kann sie nicht einfach bitten, mir ihren Auftrag abzutreten; das hat schon bei Paul Beaupert nicht funktioniert, und bei einem größeren Prozess im Old Bailey wird es erst recht nicht funktionieren. *Ersetzen Sie sie.* Ich werde sie *sein* müssen. O Gott, ich muss mich als diese Frau ausgeben.

Ich mache einen Screenshot von Steffis Ausweis im Online-Register und öffne ihn in Photoshop. Diese Software habe ich mir während meiner kurzen Laufbahn als Übersetzerin von Werbematerial für Werbeagenturen gekauft. Es erleichtert die Arbeit an Broschüren und Schildern oder Aufstellern, wenn man den Text direkt ins Layout schreiben kann. Aber ich hatte kein Training mit diesem Programm und benutze es so selten, dass ich jedes Mal ganz von vorn anfangen muss. Der Cursor zuckt kreuz und quer über den Bildschirm – ich erinnere mich einfach nicht mehr daran, wie man das macht.

Auf YouTube springe ich von einem Tutorial zum nächsten, bis ich mich ein bisschen schlaugemacht habe. Schließlich wechsele ich wieder zu Photoshop und spiele mit den Tools, bis ich die richtige Form finde, erzeuge einen schwarzen Kasten anstelle von Steffis Foto und füge darin das Foto aus meinem eigenen Ausweis ein. Dann wähle ich eine niedrigere Auflösung, damit der ganze Ausweis ein bisschen unscharf ist, und speichere ihn als JPEG auf meinem Telefon. Das ist kompletter Wahnsinn. Jeder wird sofort sehen, dass das ein Eigenbau ist.

Als Nächstes hole ich meinen physischen Dolmetscherausweis aus der Handtasche. Ich muss dafür sorgen, dass ich auf meinem Foto nicht mehr zu erkennen bin. Während meines ersten Studienjahrs waren die meisten von uns, die wir in den Studentenwohnheimen lebten, zum allerersten Mal von zu Hause weg und hatten keine Ahnung vom Putzen und Wäschewaschen. Die besten unter uns steckten ihre Jeans einmal im Trimester in die Waschmaschine. Und vergaßen unweigerlich, ihre Taschen auf Papiertaschentücher und Nachtklubtickets zu durchsuchen, die sich dann beim

Waschen auflösten, sodass man es sich praktisch hätte sparen können. Wir vergaßen auch, unsere Studentenausweise aus der Tasche zu nehmen. Auf dem Campus gab es den Witz, dass sämtliche Studierenden im ersten Jahr, die nicht mehr bei ihren Eltern wohnten, Geister-Ausweise hatten, deren Fotos nicht mehr zu erkennen und deren Namen und Studentenausweisnummern unleserlich geworden waren. Wenn man diese Ausweise einer Bibliothekarin oder einem Wachmann zeigte, seufzten die und empfahlen, sich kostenpflichtig einen neuen ausstellen zu lassen. Es wirkte ganz unschuldig: Wir hatten uns nicht absichtlich an unseren Ausweisen zu schaffen gemacht, wir waren bloß unbeholfen. Doch die Ausweise waren fast austauschbar. Wenn ich meinen Ausweis zu Hause vergaß, konnte ich einfach den von jemand anderem benutzen. Ja, das werde ich machen. Ich werfe meinen echten Ausweis in die Waschmaschine und schalte sie ein. Mal sehen, wie er nach einem Dreißig-Minuten-Waschgang in reichlich Seifenlauge aussieht.

Während die Maschine läuft, sehe ich mir die Aufstellung der Prozesse im Old Bailey für morgen an. In den meisten geht es um Mord. Zwei mit dem Messer, einer mit einer Machete. Ein Verfahren wegen Todes durch verkehrsgefährdendes Fahren, eines wegen Erpressung eines Unternehmens, bei dem der Name aus rechtlichen Gründen nicht genannt wird, eines wegen Handels mit harten Drogen.

Saal vier: Prozess gegen Christopher Ball wegen versuchten Mordes an seinem früheren Geschäftspartner Boris Behrens.

Bei dem Namen kann ich wohl davon ausgehen, dass das Opfer die deutsche Partei ist, also dolmetsche ich wahrscheinlich für einen Zeugen der Anklage. Mein Erpresser könnte meine Dienste als korrupte Dolmetscherin gegen Bezahlung anbieten und der Verteidigung sagen, man könne mich bestechen, damit ich helfe, einen Freispruch zu erwirken. Das würde Sinn ergeben: Steffi Neumann dolmetscht für einen Zeugen der Anklage, mein Erpresser will, dass ich dessen Aussage sabotiere, um der Verteidigung zu helfen. Aber wo ist da die Verbindung zu Elliots Adoption, zu seiner Herkunftsfamilie? Eine Durchsicht der Gerichtssitzungen der vergangenen Woche fördert zwei vorherige Erwähnungen von *Die Krone gegen Ball* zutage. Morgen ist der dritte Verhandlungstag. Selbst wenn ich mich irgendwie als Steffi Neumann ausgeben kann, kann ich da nicht einfach hineingehen und Deutsch sprechen. Ich weiß nicht, ob mein Körper mir gehorchen würde. Als die Großmutter und ihr Enkelkind im Thorpe Park vermisst wurden, wollte ich helfen, konnte es aber nicht.

Zwar habe ich sehr lange nicht mehr Deutsch gesprochen, doch ich bin durchaus mit dieser Sprache in Kontakt gekommen. Hier und da ein paar Sätze im Fernsehen, Gesprächsfragmente von Fremden, aufgeschnappt, wenn ich im Zentrum von London unterwegs war. Ich habe die Schlagzeilen von *Der Spiegel* im Zeitungshandel in Canary Wharf gelesen, der früher internationale Presse verkaufte. Aber vor acht Jahren gelobte ich mir, diese Sprache nie wieder zu sprechen, und daran habe ich mich gehalten.

»*Ich verspreche*«, sage ich leise auf Deutsch. Dann sage ich es noch einmal, und noch einmal, und noch einmal, jedes Mal ein bisschen lauter. Meine Wangen spannen sich an, um die richtigen Laute hervorzubringen, das Muskelgedächtnis wird allmählich aktiviert. Deutsch kommt hinten aus dem Rachen. Es ist eine Sprache, die Selbstvertrauen erfordert. Sie *gibt* einem Selbstvertrauen, weil sie gebieterisch und entschieden ist; nüchtern. Es gefällt mir, wie systematisch, regelbasiert und ordentlich sie ist. Lerne den korrekten Aufbau, und los geht's, du weißt, was zu tun ist. Englisch ist die grausame Sprache. Die Sprache, die einen mit endlosen Ausnahmen von der Regel und zufälligen, unlogischen Variationen zu Fall bringen will. Rüpelhaftes, dominantes Englisch, du glaubst, du regierst die Welt.

Nach der Wäsche ist mein Dolmetscherausweis verschrammt, und Details des Fotos wurden abgerieben, aber meine Registriernummer und mein Name sind immer noch gut zu lesen. Auch meine Unterschrift ist noch sichtbar. Frustriert werfe ich den Ausweis zu Boden. Ich schaffe das nicht. Wobei ich die Nummer mit der Waschmaschine ja wiederholen kann. Der Ausweis wandert zurück in die Trommel, diesmal im Waschgang für stark verschmutzte Wäsche. Diese zweite Runde führt zum gewünschten Ergebnis. Mit einem Buttermesser kratze ich die letzten verräterischen Buchstaben ab; ich rutsche ein paarmal ab und schneide mich. Das wird reichen müssen. Der Ausweis sieht furchtbar aus, aber eine andere Möglichkeit fällt mir nicht ein.

Ein Kratzen an der Wohnungstür lässt sämtliche Alarmglocken schrillen. Durch den Spion beobachte ich eine Frau, die sich am Schloss zu schaffen macht. Als sie etwas gegen den Griff drückt, schnappe ich nach Luft. Ohne die Frau aus den Augen zu lassen, beuge ich mich zur Arbeitsplatte und greife nach einer schweren Pfanne auf dem Abtropfgestell. Es ist eine Frau. Meine Erpresserin. Eine Verwandte von Elliot? Ist das seine Mutter? Ich muss die Polizei rufen, und ich muss alles gestehen. Vielleicht komme ich ins Gefängnis, aber wenigstens wird Elliot in Sicherheit sein. Meine Finger schließen sich um den Pfannenstiel.

»Das ist die falsche Wohnung, du dumme Kuh.« Ein Mann erscheint vor dem Spion.

»Oh, Mist!« Langsam dreht sie sich um und lässt sich von ihm wegführen, einen Stiefel am Fuß, den anderen in der Hand, die vor ihrem Körper hin und her zuckt, während sie durch den Flur schwankt. Mein Puls beruhigt sich. Sie sind betrunken, beide sind betrunken. Sie wohnen in einer dieser Wohnungen und haben sich in der Tür geirrt. Sie haben es nicht auf uns abgesehen. Ich halte mir die Pfanne an die Schläfe und lasse mich von dem kalten Metall beruhigen.

29

Beim Frühstück erkläre ich Elliot, dass er nicht zur Schule gehen kann, weil heute ein pädagogischer Planungstag sei.

»Davon hat gestern keiner was gesagt«, antwortet er.

»Ich weiß. Ich glaube, alle haben es vergessen.« Ich habe mich abgewendet und halte den Kopf in den Kühlschrank gestreckt, während ich das sage. Jetzt lüge ich ihn schon wieder an. Wie lange wird es dauern, bis er begreift, dass etwas ernsthaft nicht in Ordnung ist? Meine abgebrochene Flucht mit ihm gestern und die Erklärung mit der Brandschutzübung, von der ich nicht weiß, ob er sie mir wirklich abgenommen hat. Meine Augenlider zucken. Ich habe seit Wochen nicht vernünftig geschlafen, und ich bin eine miserable Mutter; vielleicht wäre Elliot besser dran, wenn er wieder in staatliche Obhut käme. »Und ich muss ein paar Stunden arbeiten. Tut mir wirklich leid, Batman. Ich werde vielleicht den halben Tag weg sein. Aber Gurmeet sagt, sie freut sich, wenn du sie besuchst. Und ihr mit Monday hilfst. Würde dir das gefallen?«

»Ich kann mit ihr Gassi gehen.«

Sofort habe ich vor Augen, wie Elliot das Gebäude verlässt und in einen dunklen Wagen gezerrt wird, während der Hund bellend am Straßenrand zurückbleibt.

»Wenn Gurmeet mit dir geht, ja, aber nicht zu weit.«

Ich reiche ihm eine zweite Scheibe Toast und suche auf dem Handy nach Nachrichten über Adam Birch. Nichts – es ist noch zu früh, die Polizei kann ihn noch nicht freigelassen und eine Verlautbarung herausgegeben haben. Wird die Erklärung mit dem DNA-Transfer genügen, um ihn freizubekommen? Bitte lass es genügen!

Beim Gedanken an Essen muss ich würgen, aber ich zwinge mich, ein Stück trockenen Toast zu kauen. Ich werde Energie brauchen und muss klar denken können, wenn ich eine Chance haben will, diese Irrsinnsnummer heute durchzuziehen. Langsam nage ich an der Kruste, und die getoasteten Krümel kratzen hinten im Rachen. Ich räume auf und bringe Elliot zu Gurmeet, dann bestelle ich mir für 9:15 Uhr ein Taxi. Die Zeit ist knapp bemessen an diesem Morgen, aber die übernächtigte, ewig verspätete Mutter ist genau der Look, auf den ich abziele. Um 9:01 Uhr unterdrücke ich meine Nummer in den Telefoneinstellungen und rufe die Mobilnummer auf Steffi Neumanns Website an. Los geht's. Mein Herz gerät aus dem Takt.

Es läutet. Und läutet.

Mailbox.

»Dies ist eine Nachricht für Steffi Neumann«, sage ich und bemühe mich um einen professionellen Ton. Meine Nachricht muss routiniert klingen. »Ich bin Court Listing Officer im Old Bailey.« Ich klinge wie ein Kind, das panische Angst hat. »Sie wurden für die Verhandlung in Gerichtssaal vier heute Morgen gebucht – Ihre Dienste werden nicht mehr benötigt. Sie werden trotzdem für den halben Tag bezahlt. Falls zu einem späteren Zeitpunkt in diesem Prozess ein Dolmetscher vonnöten ist, rufe ich Sie wieder an. Danke, und verzeihen Sie die Unannehmlichkeiten.«

Ich lege auf. Mein Blutdruck steigt rapide. Am Ende klang es okay, denke ich. Steffi wird verärgert sein, denn sie müsste bereits unterwegs zum Gericht sein; vermutlich ist sie in der U-Bahn und hat keinen Empfang. Absagen in letzter Minute kommen beim Gerichtsdolmetschen ständig vor, daher hat sie keine Veranlassung zu denken, dass diese Absage ungewöhnlich ist.

Mist. Eine Sprachnachricht. Ich habe nicht einmal mit Akzent gesprochen. Wenn heute etwas schiefgeht, habe ich selbst einen Tonbeweis gegen mich hinterlassen. Mein Oberkörper sackt auf die Arbeitsfläche. Jetzt ist es zu spät, sich deswegen zu grämen. Ich hoffe nur, dass Steffi die Nachricht rechtzeitig erhält und nicht bei Gericht erscheint. Was ist, wenn sie ihre Nachrichten nicht abhört?

Ich sollte ihr eine Textnachricht und eine E-Mail schicken – die sieht sie vielleicht eher, weil sie darüber benachrichtigt wird. Daran hätte ich gestern Abend denken und einen gefakten Mail-Account und eine gefakte Telefonnummer anlegen sollen. Zu spät. Ich balle die Fäuste. In fünf Minuten finde ich niemals heraus, wie man so etwas macht. Meine Lider zucken immer noch, schneller jetzt, als schlüge unter jedem Lid ein kleines Herz. Ich sehe vor mir, wie die echte Steffi Neumann doch im Gericht erscheint. Ich darf nicht erstarren – falls das passiert, darf ich nicht in Panik geraten. Also was dann? Ich halte mich an meine Geschichte: Ich bin Steffi Neumann – »Steffi« ist in Deutschland ein weitverbreiteter Name, »Neumann« ebenfalls. Ich werde behaupten, dass auch ich Steffi Neumann heiße und dies alles ein bizarrer Zufall ist, und dann mache ich, dass ich da wegkomme.

Mein Taxi ist da. Die Fahrt kommt mir endlos vor, doch als das Taxi anhält, wünschte ich, die Tür würde sich nicht öffnen. Ich kann das nicht durchziehen. Die Beine verweigern mir den Dienst. Der Fahrer sieht mich an und fragt, was los ist. Ich bezahle ihn und zwinge mich auszusteigen. Ich ziehe meine Bluse aus dem Bund und zerstrubbele mir das Haar. Gerichtssaal vier liegt im älteren Gebäudeteil. Ich stürze hinein.

»Morgen«, sage ich zum Wachmann, glücklicherweise keiner, den ich schon einmal gesehen habe. »*Omeingott* – ich bin Dolmetscherin. Saal vier. Ich bin spät dran.« Ich zeige meine Tasche vor und zücke gleichzeitig meinen gewaschenen Ausweis. »Er war mit den Sachen meines Sohnes in der Waschmaschine. Ich habe schon einen neuen angefordert. Omeingott, ich bin wirklich spät dran, was?« Ich bin ein Tornado, dem sich der Wachmann nicht in den Weg stellen will. Ich gehe direkt zum Court Listing Officer und lege ihm meinen echten Ausweis vor. Dann verschränke ich die Hände hinter dem Rücken, weil sie sichtlich zittern.

»Ich weiß, er ist nur schwer zu lesen. Ich hatte vergessen, dass er noch in meiner Jacke war, und habe ihn mitgewaschen. Ich warte *immer* noch auf Ersatz.« Um meine Worte zu unterstreichen, verdrehe ich die Augen. »Hier ist mein digitaler Ausweis.« Ich zeige ihm den gefälschten Ausweis auf meinem Telefon. Steffis Daten mit meinem Foto. Falls der Court Listing Officer beschließt, ihn mit dem Eintrag im Register abzugleichen, bin ich erledigt. Er wendet sich seinem Monitor zu. Nein, nein, nein. Bitte überprüfe meine Angaben nicht, nicht heute. »Es tut mir so leid, dass ich so spät dran bin. Mein Sohn war heute Morgen krank, und ich denke, ich sollte mich beeilen und meinen Klienten finden, man wird schon nach mir suchen, was? Tut mir leid, dass ich so drängele.«

Er sieht vom Computer zu mir und wieder zurück.

»Sie sind in Saal vier.« Dann reicht er mir ein Vergütungsformular.

Meine Fäuste in den Hosentaschen lösen sich. »Ja, danke.« Ich kenne Steffi Neumanns Kontodaten natürlich nicht, deshalb trage ich eine erfundene Kontonummer ein. Die Zahlung wird zurückgehen, und irgendwann wird jemand aus der Buchhaltung bei ihr anrufen, um die Angaben zu überprüfen. Die richtige Dolmetscherin wird trotzdem bezahlt werden.

»Hi, wir sind uns schon einmal begegnet, oder?« Eine freundliche Stimme beansprucht meine Aufmerksamkeit.

»Ja, ich ...« Ich sehe ihm in die Augen. Seinen Namen habe ich vergessen, aber sein Gesicht erkenne ich wieder. Er ist ein Dolmetscher, den ich vor vier, fünf Jahren bei einem Seminar kennengelernt habe. Normalerweise würde ich gern mit ihm plaudern, aber heute könnte er mein Untergang sein. Sag nicht meinen Namen, flehe ich ihn stumm an. Bitte erinnere dich nicht an meinen Namen, bitte sag ihn nicht in Gegenwart des Court Listing Officer! Hastig gebe ich das Formular zurück, dann wende ich mich ab. Als ich sicher bin, dass wir außer Hörweite sind, sage ich leise: »Hi. Lange nicht gesehen.«

»Wie ist es Ihnen ergangen?« Gut, er hat meinen Namen nicht genannt. Vielleicht weiß er ihn auch nicht mehr.

»Hören Sie – ich freue mich, Sie wiederzusehen, aber ich bin spät dran.«

»In welchem Saal sind Sie?«

Das ignoriere ich und frage meinerseits: »Wo sind Sie?« Ich muss wissen, ich welchem Gerichtssaal er ist, ohne ihm selbst etwas zu verraten. Manchmal gibt es bei einem Prozess zwei oder mehr Dolmetscher. Falls wir beim selben Prozess mitwirken, würde das alles noch komplizierter machen. Er mag sich nicht an meinen Namen erinnern, aber er könnte sich darüber wundern, dass es etwas so Deutsches wie Steffi Neumann ist.

»Erpressungsprozess in Saal zwei«, sagt er, und ich atme auf.

Okay. Ich kann weitermachen. Jetzt wird es Zeit für mich. »Tut mir leid, ich muss los«, sage ich. »Schön, Sie wiederzusehen.« Ich folge dem Flur zum Zeugenwarteraum.

»Steffi, nicht wahr?« Ich brauche einen Moment, bis mir einfällt, dass das heute mein Name ist. Ich drehe mich um. »Ja, ich bin Steffi«, sage ich zu der Prozessanwältin. Sie hat nur ein knappes geschäftsmäßiges Lächeln für mich, aber ich bin einfach froh, dass sie offenbar noch nie mit der echten Steffi Neumann zu tun hatte. »Tut mir leid, dass ich so spät dran bin.«

»Sind Sie auf dem neuesten Stand?« Sie meint die Gerichtsunterlagen.

»Nein.«

Sie verzieht den Mund, dann reicht sie mir einige Papiere, und ich lese sie gierig. Der Angeklagte in diesem Verfahren ist ein Brite namens Christopher Ball, der im Londoner Büro eines deutschen Autoherstellers arbeitet. Er ist des versuchten Mordes an einem deutschen Geschäftspartner angeklagt. Der Zeuge der Anklage, den ich dolmetschen werde, ist ein Kollege aus München. Jetzt ergibt die Verwendung von »Nummernschild« und »Tür« schon mehr Sinn. Will mein Erpresser, dass der Angeklagte freigesprochen wird? Vermutlich soll ich deshalb »Nummernschild« durch »Tür« ersetzen. Allerdings ist mir nach dem hastigen Überfliegen der Zeugenaussage nicht klar, wo diese Begriffe fallen werden. Der Erpresser muss es wissen. Er weiß davon, weil er beim Gericht arbeitet, ist es das? Oder er kennt einen der Prozessbeteiligten. Aber was ist die Verbindung zwischen diesem Fall und dem Bekenntnistermin in Wood Green? Und zu Elliots Adoption?

Die Anwältin lässt mich mit dem Zeugen allein. Ich muss feststellen, wie viel Englisch er versteht. Es ist unglaublich riskant, in einer öffentlichen Gerichtsverhandlung eine Zeugenaussage falsch zu dolmetschen. Falls ich die Worte vertausche und jemand den Fehler bemerkt, wird niemand daraus den Schluss ziehen, dass es Absicht war – man wird es mit Inkompetenz erklären und mich fortschicken. Aber wenn daraufhin unweigerlich Steffi Neumanns fachliche Qualifikation überprüft und eine Beschwerde eingereicht wird, wird ans Licht kommen, dass jemand ihre Identität gestohlen hat. Und dass dieser Jemand einen Betrug begangen hat und möglicherweise an einer Absprache zur Rechtsbeugung beteiligt war. Strafwürdige Verbrechen. Ich werde auf den Überwachungsbildern zu sehen sein. Und die echte Steffi hat meine Sprachnachricht als Beweis.

»Ich glaube, ich versuche mal, die Toiletten zu finden«, sage ich auf Deutsch zu meinem Klienten.

»Natürlich«, antwortet er und richtet zum fünften Mal seine Krawatte – auch er ist nervös.

»Durch diese Tür?«, frage ich auf Englisch und deute zum Ausgang.

»Wie bitte?«, fragt er auf Deutsch. Ich schalte wieder um.

»Oh, tut mir leid, falsche Sprache!« Ganz auf die joviale Tour. Ich verlasse den Raum und gebe vor, zur Toilette zu gehen. Na schön, ein rundum überzeugender Test war das noch nicht. Er könnte trotzdem das englische Wort für »Autotür« oder jedenfalls den Unterschied zu »Nummernschild« kennen. Das ist komplett irrsinnig – er wird es hören. Wenn ich diese Wörter vertausche – auch wenn es nur ein Wort ist –, wird es jemand merken.

Ich erinnere mich an Seminare während meines Masterstudiums, in denen uns die Dozentin Tonaufzeichnungen von berühmten Dolmetschfehlern vorspielte. Einige davon waren verblüffende, simple, unfassbare Fehler in Sälen voller hochkarätiger Politiker, Staatenlenker und Diplomaten. Und trotzdem fielen die Fehler niemandem auf.

Gerichtsverhandlungen sind langweilig. Sogar pikante Mordprozesse schleppen sich dahin. Boris Behrens könnte bilingual sein, aber angesichts seiner Nervosität und des Fachjargons bezweifle ich, dass er alles aufmerksam mitverfolgt. Mit Ausnahme der Juristen hören die Anwesenden meist nicht mit ungeteilter Aufmerksamkeit zu. Bei den meisten schweifen die Gedanken immer wieder ab, und sie horchen erst auf, wenn sie im Kreuzverhör spüren, dass eine Frage ins Schwarze trifft oder ein Knistern in der Luft liegt. Wenn ich »Nummernschild« und »Tür« vertausche – ein Wort, im Nu geschehen –, geht das vielleicht durch. Mein Klient ist Zeuge der Anklage. Er wird seine Antworten für die heutige Verhandlung geprobt und möglicherweise sogar auswendig gelernt haben. Er ist ein Schauspieler, der seine Zeilen aufsagt. Er wird mir gar nicht zuhören, wenn ich seine Worte dolmetsche; er wird sich auf das konzentrieren, was er sagt, und während ich spreche, wird er schon bei der nächsten Frage sein und meine Stimme kaum wahrnehmen. Bei den darauf folgenden Fragen wird sich vermutlich zeigen, dass irgendetwas verwechselt wurde, aber vielleicht ist es genau das, was mein Erpresser will. Eine kurze Verwirrung auslösen und den Zeugen in den Augen der Geschworenen diskreditieren. Dann ist meine Arbeit hoffentlich getan. Aber wird er Elliot und mich wirklich in Ruhe lassen? Wir werden wieder umziehen müssen, und diesmal viel weiter weg. Darum kümmere ich mich später.

Christopher Ball wird aus seiner Zelle hochgebracht. Er sieht in meine Richtung. Weiß er, was ich heute tun soll? Ist er eingeweiht, oder hat er das selbst arrangiert? Den Erpresser dafür bezahlt, dass der ihm zu einem Freispruch verhilft? Falls es hier um Geld geht, falls jemand in meinem Namen Bestechungsgelder annimmt, wer hätte dann dafür bezahlt, das Bekenntnis bei Paul Beauperts Einsatz in Wood Green zu ändern? Das ergibt keinen Sinn. Christopher Ball kann kein Verwandter von Elliot sein – oder?

Eine rothaarige Frau in der ersten Reihe der Zuschauerränge knöpft ihren blauen Ledermantel auf. Die Lederhandschuhe im Schoß, sieht sie zu dem Mann neben mir auf der Zeugenbank und taxiert ihn in einem einzigen Atemzug. Mir bricht der Schweiß aus. Geht es Elliot bei meiner Nachbarin gut? Wird der Erpresser merken, dass ich ihn nicht zur Schule geschickt habe? Mein Blick wandert über die Zuschauer. Der Erpresser könnte Elliot beobachten, oder er könnte hier sein. Er oder sie könnte jeder dieser Menschen sein.

Ich lasse mich vereidigen und flüstere dem Klienten auf Deutsch ins Ohr, was der Richter sagt. Er beantwortet die erste Frage, und als ich seine Antwort auf Englisch wiederhole, bricht meine Stimme.

»Gerichtsdiener, holen Sie der Dolmetscherin ein Glas Wasser.« Mir ist so schwindelig, dass ich nicht sagen kann, woher die Stimme kommt. Ein Glas wird mir in die Hand gedrückt und findet wundersamerweise den Weg zu meinem Mund.

Dann die zweite Frage. Ich dolmetsche korrekt, mein deutscher Wortschatz kehrt vollständig zurück.

Die dritte Frage. Nirgends »Nummernschild« oder »Tür«.

»Euer Ehren«, sagt einer der Prozessanwälte. »Eine Rechtsfrage ist aufgetreten.«

Die Perückenträger gehen zum Richtertisch und stecken die Köpfe zusammen. Eine Minute vergeht, dann noch eine. Das ist das Fegefeuer. Ich würde es lieber hinter mich bringen und direkt in die Hölle kommen.

»Die Verhandlung wird vertagt«, verkündet der Richter mit dröhnender Stimme. Mittagspause. Gott sei Dank. Ich kann es nicht erwarten, aus dem Gerichtssaal hinauskommen. Ich stehe auf und gehe zügig zum Ausgang, aber ich will nicht sofort nach draußen auf die Straße gehen. Ich habe das Gefühl zu ersticken und kann jetzt keine Menschen um mich haben; der Drang, allein zu sein, ist unbezähmbar. Ich suche nach den Toiletten. Sobald ich an der Reihe bin, stürze ich in eine Kabine.

Dann krümme ich mich auf dem Boden zusammen. Es ist mir gleich, ob mich jemand unter der Tür hindurch sieht, und ich denke auch nicht darüber nach, wie abstoßend diese Fliesen sind. Ich darf nicht ins Gefängnis kommen. Ich darf Elliot nicht verlieren.

Aber ich kann das auch nicht tun.

Keine neue Nachricht von meinem Erpresser. Aber Gurmeet hat mir eine geschickt, mit einem Foto, auf dem Elliot mit ihrem Hund auf dem Boden herumtollt. Es geht ihm gut. Er sieht glücklich aus. Fast könnte ich diese schmutzigen Fliesen küssen. Ich stemme mich auf die Ellbogen hoch. Es geht mir gut, ich kann das überleben, sage ich mir, noch einen Tag. Heute Nachmittag vertausche ich diese Wörter, und mir wird nichts geschehen, ich werde nicht erwischt. Ich werde clever sein und meine Worte mit Bedacht wählen, und morgen ist der Erpresser zufrieden, und das alles ist vorbei. So muss es sein.

Ich verlasse die Kabine und wasche mir die Hände. Vor dem Toilettenraum hat sich eine lange Schlange gebildet, und dass ich eine der Kabinen zehn Minuten lang belegt habe, hat es nicht besser gemacht. Ich höre einen deutschen Akzent. Die rothaarige Frau von den Zuschauerrängen.

»Der Abgabetermin beim Rechtsethik-Seminar ist absurd«, sagt sie. Ihr Akzent ist deutsch, aber ihr Englisch ist klar und deutlich.

»Hast du die Hausarbeit schon fertig?«, fragt ihre Freundin.

»Ich habe gestern angefangen.« Sie zuckt die Achseln. »Ich arbeite die Nacht durch.« Eine Jurastudentin. Sie ist zweisprachig.

Panik lodert in meinem Inneren auf. Ich halte die flachen Hände in den Händetrockner. Es ist gut möglich, dass sie nach der Pause nach Hause fährt oder in einen anderen Gerichtssaal wechselt. Jurastudierende sehen häufig bei Prozessen zu, aber die meisten wollen vor allem die Auftritte der Prozessanwälte sehen. Selbst wenn sie in meinen Gerichtssaal zurückkehrt, besteht die Möglichkeit, dass sie mir nicht so genau zuhört und meinen Wörtertausch gar nicht bemerkt. Aber sie ist Studentin – sie ist hier, um zu lernen, auch aus den Fehlern anderer. Meine Hände im Trockner brennen; ich reiße sie heraus. Ich beuge mich zum Spiegel vor, sehe mir tief in die Augen, und von meinem Atem beschlägt das Glas.

30

Jetzt bin ich so weit gekommen. Ich muss diesen Einsatz zu Ende bringen und zurück zu Elliot fahren. Ich muss dafür sorgen, dass der Studentin der Zutritt zum Gerichtssaal verweigert wird. Aus welchen Gründen wird man von den Zuschauerbänken verbannt? Wenn man isst, Fotos macht – zu nichts davon kann ich sie veranlassen. Ein klingelndes Telefon – den Zuschauern sind Mobiltelefone verboten. Ja, das könnte ich vielleicht arrangieren.

Ich dränge mich aus dem Toilettenraum und verlasse das Gericht. Ein Geldautomat. Ich muss Geld abheben. Da. Ich entdecke einen auf der anderen Straßenseite und sause zwischen zwei Autos hindurch. Die Geldscheine in der Hand, suche ich nach einem Telefonladen. Ich laufe in Richtung Holborn und finde einen Tesco Express. In Supermärkten werden normalerweise billige Telefone und SIM-Karten verkauft, aber in diesem Markt wimmelt es von Menschen, die ein preisgünstiges Mittagessen wollen; das würde zu lange dauern. Ich sehe auf die Uhr – in fünfundzwanzig Minuten muss ich zurück im Gericht sein. Wieder überquere ich die Straße und laufe auf der anderen Seite weiter. In der Nähe der U-Bahn-Station Embankment gibt es ein Carphone Warehouse, aber ich vermute, selbst im Taxi komme ich nicht rechtzeitig hin und wieder zurück, und sie könnten einen Ausweis verlangen. Auf dem Telefon rufe ich einen Stadtplan auf und suche. Der Empfang ist schwach. »Komm schon!« Ich versuche, das 4G-Signal mit reiner Willenskraft zu verstärken. In fünf Minuten zu Fuß wäre ich bei einem Three-Mobile-Laden, aber auch dort verlangen sie wahrscheinlich einen Ausweis. Ich brauche einen Kiosk, einen dieser kleinen Telefonzubehörläden. Auf der Karte wird mir einer angezeigt, der in der anderen Richtung liegt, aber in fünf Minuten zu Fuß erreichbar ist, wenn ich schnell bin. Aus polizeilichen Vernehmungen von Drogendealern weiß ich, dass diese Läden kein Ausweisdokument verlangen müssen. Ich stecke das Telefon ein und renne los.

Andere Fußgänger sehen meine gequälte Miene und weichen mir aus. »Entschuldigung«, forme ich mit den Lippen, nachdem ich beinahe mit einer Frau mit Buggy zusammengestoßen wäre. Dann entdecke ich den Laden, stürme hinein und gehe direkt zur Theke. »Hallo. Mein Telefon wurde gestohlen. Ich wurde überfallen. Ich brauche einen Ersatz. Ganz schnell. Könnten Sie mir rasch ein Wegwerfhandy einrichten? Datenverbindung brauche ich nicht«, sprudele ich hervor, ohne Luft zu holen. Schweigend hört der Mann hinter der Theke zu, dann dreht er sich um und wählt im Regal hinter sich einen Karton. Ich lehne mich auf die Theke und ruhe einen Moment aus.

Ich verdeutliche es mir noch einmal: Ich kaufe mit Bargeld ein nicht zurückzuverfolgendes Telefon, das ich einer Fremden irgendwie unterschieben will. Ich kann kaum fassen, dass das wirklich geschieht. Als Kind hatte ich oft dieses eigenartige Gefühl, nicht direkt ein Déjà-vu, aber etwas ähnlich Gruseliges. Ich war in der Schule oder zu Hause, war mit irgendetwas Belanglosem beschäftigt, und mit einem Mal fiel mein Blick auf meinen Arm mit der Schultasche oder der Fernbedienung, und er sah fremd aus, so als wäre er kein Teil von mir. Dann ließ ich den Blick über meinen restlichen Körper wandern und konnte nicht recht fassen, dass ich das alles unter Kontrolle hatte; jede Handlung mein Tun. Der Mann vor mir öffnet den Karton. Ein Teil von mir ist wie losgelöst und schwebt davon, will nichts mit diesem Wahnsinn zu tun haben.

»Es ist sofort funktionstüchtig, ja?«

Er nickt, sieht mich aber nicht an. Ich glaube, ich habe ihn mit meiner Dringlichkeit erschreckt. Er nimmt das Telefon aus der Kunststoffverpackung und entfernt mit sicherer Handbewegung die Rückseite. Ich beobachte, wie er eine SIM-Karte einsetzt und das Telefon einschaltet. »Aktivieren Sie es für mich? Damit ich gleich telefonieren kann?«

»Ja«, sagt er schließlich. »Der Akku ist allerdings nur zu sechzig Prozent geladen. Im Karton ist ein Ladegerät.«

»Das ist in Ordnung. Das genügt.«

»Neunundvierzig Pfund.«

»Okay, ja, Geld. Das habe ich.« Ich habe hundert Pfund abgehoben. Ich greife in die Tasche und reiche ihm das Geld. Er betätigt irgendwelche Knöpfe am Telefon. »Funktioniert es?« Ich sehe auf die Uhr. Noch zwölf Minuten.

»Es sucht nach dem Netz«, erklärt er und betrachtet das Display. Wie lautet eigentlich mein Plan – ich stecke der deutschen Studentin unauffällig das Telefon in die Tasche und rufe sie dann an? Das geht nicht. Es wird mir nicht möglich sein, im Gericht einen Anruf zu tätigen, ohne dass es jemand mitbekommt. Das Telefon muss ein Geräusch von sich geben, so laut, dass der Richter es hört und die Gerichtsdiener sie hinauswerfen. Die Weckfunktion.

»Man kann noch nicht damit telefonieren, aber was ist mit dem Wecker, funktioniert der?«

»Der Wecker? Ja, für den brauchen Sie nicht mal eine SIM-Karte.«

»Perfekt.« Ich reiße ihm das Telefon aus der Hand. Daran hätte ich längst denken sollen, ich habe kostbare Minuten vergeudet. »Danke. Ich habe es eilig!« Ich renne aus dem Laden.

Hektisch drücke ich so lange auf sämtliche Tasten am Telefon, bis ich heraushabe, wie der Wecker funktioniert. Dann stelle ich die maximale Lautstärke ein. Ich renne den ganzen Weg zurück zum Old Bailey. Einige Meter vor dem Eingang bleibe ich stehen, um wieder zu Atem zu kommen und mein zerzaustes Haar glatt zu streichen. So darf ich nicht hineingehen, es würde Aufmerksamkeit erregen. Als ich sicher bin, dass ich wieder passabel aussehe, gehe ich hinein.

Jetzt muss ich sie finden. Ich drehe eine Runde durch die Wartebereiche und die Damentoilette. Falls die deutsche Studentin nicht mehr auftaucht, umso besser – dann schalte ich das Telefon stumm und werfe es nach der Verhandlung in den Abfalleimer. In fünf Minuten muss ich im Zeugenwarteraum sein. Ich lehne mich in der Nähe des Eingangs an die Wand. Aber ich kann nicht einfach dastehen und alle anstarren. In meiner Handtasche finde ich ein altes Taschenbuch. Ich hole es heraus und klappe es so weit auf, dass der Rücken bricht.

Ihre Freundin kommt zurück. Dann rotes Haar. Ich halte mir das Buch vors Gesicht. Sie hat nur eine schmale Messengertasche bei sich, deren Klappe bei jedem Schritt in die Höhe fliegt. Sie stellt sich in der Schlange vor der Toilette an – das ist meine Chance. Ich rausche an ihr vorbei, hebe kurz die Klappe an und lasse das Telefon in die Tasche gleiten. O Gott, ich hatte noch nie die Finger in jemandes Tasche, habe noch nie etwas gestohlen. Sie hat nichts gespürt, nichts gesehen. Aber jemand anders. Eine ältere Frau, die auf dem Flur wartet, sieht mich finster an. Schon setzt sie sich in Bewegung; sie geht direkt zu der deutschen Studentin, und sie wird auf mich deuten.

»Hat ihr Portemonnaie verloren. Ich wollte keine Aufmerksamkeit darauf lenken«, flüstere ich, denn ich bin höflich und diskret. Die Frau bleibt stehen. Ich bin keine Diebin, sondern eine Wohltäterin. Sie sieht meine leeren Hände, und ihre Miene wird weich.

Nach dem heutigen Tag keine Lügen mehr.

Es ist Zeit, nach meinem Zeugen zu sehen.

Meine Schuhe scheinen am Boden festzukleben und bremsen meinen Rückweg in den Gerichtssaal. Mit keiner Faser möchte ich dort sein. Aber ich bin machtlos und lasse mich von den Menschenscharen mitziehen, finde den Zeugen, und gleich darauf werden wir wieder hineingerufen. Auf der Zeugenbank trinke ich einen Schluck Wasser und frage mich, wie viel ich trinken müsste, um zu ertrinken. Als die Zuschauerbänke sich wieder füllen, wird es laut im Saal. Die Freundin der rothaarigen Studentin tritt ein und setzt sich in die erste Reihe. Der Schweiß des Zeugen neben mir infiziert meine Haut. Dann schwingt rotes Haar. Nein, nein, nein. Die deutsche Jurastudentin lässt sich auf die Bank fallen. Ist das Telefon noch in ihrer Tasche? Zumindest von hier aus wirkt sie entspannt, und wenn sie ein unbekanntes Handy in ihrer Tasche gefunden hätte, wäre sie sicher ausgeflippt. Ich leere mein Wasserglas und ertrinke nicht. Ich klammere mich an der Sitzfläche fest, als könnte ich hinunterfallen.

Die Verhandlung in Saal vier wird mit Fragen der Anklage fortgesetzt. Mein Gesicht fühlt sich heiß an. Ich sehe mich nach einer Wärmequelle um, aber da ist nichts. So unauffällig wie möglich ziehe ich eine Kleidungsschicht aus, meine dunkelblaue Strickjacke. Es hilft nicht. Der Zeuge sitzt aufrecht und zuversichtlich da und spricht ins Mikrofon. Ich wiederhole seine Antworten auf Englisch und warte darauf, dass das Wort »Nummernschild« fällt. Diese zweisprachige Studentin muss aus dem Saal. Verstohlen sehe ich auf die Uhr. Der Wecker hätte schon vor einer Minute klingeln müssen. Es wird nicht funktionieren. Der Mann im Telefonladen hat sich geirrt, oder ich habe den Wecker nicht richtig eingestellt, oder das Telefon ist stumm geschaltet. Ich hätte wissen müssen, dass es nicht funktioniert, und jetzt kann ich diese Sache nicht durchziehen, weil die Deutsche es bemerken würde. Sie würde den Richter sofort darauf aufmerksam machen, oder vielleicht würde sie es auch erst später jemandem melden – so oder so würde ich entlarvt.

»Es gab eine Meinungsverschiedenheit mit Boris wegen der Nummernschilder an den Testwagen.« Die deutschen Worte beißen sich durch meine Gedanken. Da ist es. »Keine große Sache eigentlich«, fährt der Zeuge auf Deutsch fort. Er lehnt sich zurück, und jetzt bin ich an der Reihe. »Es gab eine Meinungsverschiedenheit mit Boris«, wiederhole ich auf Englisch. An dieser Stelle müsste ich sagen: »wegen der Türen«. Wird es der Jurastudentin auffallen?

Da ertönt ein gefälliges Zwitschern. Gerichtsdiener stürzen durch den Mittelgang.

»Mobiltelefone sind im Zuschauerbereich nicht gestattet!«, ruft der Richter. »Gerichtsdiener, bitte entfernen Sie die verantwortliche Person.«

Das Telefon klingelt weiter. Die deutsche Studentin blickt sich in ihrer Bankreihe um – der Stein des Anstoßes scheint ganz in der Nähe zu sein, aber sie findet nicht heraus, wo genau. Ein Gerichtsdiener nimmt ihre Schultertasche, und innen vibriert etwas. Sie wird aus dem Saal geführt, und ihre Freundin folgt ihr. Dankbar sehe ich ihnen hinterher. Es gibt keine Garantie dafür, dass sie die Einzige im Saal ist, die Deutsch beherrscht, aber wenigstens diese Bedrohung ist ausgeschaltet.

Während der Richter sich an die Zuschauer wendet, sehe ich verstohlen zu Christopher Ball auf der Anklagebank, und jetzt kann ich den Blick nicht mehr losreißen. Versuchter Mord bedeutet einfach, er ist ein Mörder, der es nicht hinbekommen hat. Will ich das wirklich tun? An der Aussage eines Zeugen der Anklage etwas zu ändern, wird nur der Verteidigung helfen und die Aussichten erhöhen, dass dieser verhinderte Mörder freigesprochen wird. Was ist mit dem Opfer? Offenbar kümmert mich die Gerechtigkeit überhaupt nicht mehr. Ich denke nur noch daran, Elliot und mich zu schützen, doch auch das Opfer hat eine Familie. Wenn ich heute ein Wort verändere und diesen Zeugen der Anklage diskreditiere, stehe ich der Gerechtigkeit im Weg. Ich sollte erwischt und angeklagt werden; ich sollte ins Gefängnis kommen. Nochmals sehe ich zu Christopher Ball hinüber.

Falls meine Aufgabe hier und heute den Zweck hat, dass Ball freigesprochen wird, warum hat mein Erpresser mir das dann nicht gesagt? Warum soll ich nur ein Wort ändern? »Nummernschild« zu »Tür« zu ändern führt womöglich nicht einmal zum gewünschten Ergebnis – und was dann? Falls diesem verhinderten Mörder ein Freispruch zugesagt wurde und er ihn nicht bekommt – vielleicht will er dann auch mich töten. Wieder umklammere ich die Sitzfläche. Elliot wird eines Morgens in der Schule krank und nach Hause geschickt, ich nehme ihn mit hierher, zu diesem Gericht, und nicht einmal zwei Monate später laufe ich Gefahr, alles zu verlieren. Ich weiß nicht, wer mir das wünschen könnte; wem ich wichtig genug sein könnte, auf die eine oder andere Art.

Nach dem Vorfall mit dem Mobiltelefon sind die Zuschauer unruhig.

»Ruhe bitte«, sagt der Richter.

Derjenige, der mich erpresst, hat Zugang zu Gerichtsinformationen – er weiß, welche Dolmetscher welchem Prozess zugeteilt sind. Jemand mit diesem Wissen versteht sicherlich auch etwas von gerichtlichen Verfahrensweisen. Er muss wissen, dass mit dem Austausch von »Nummernschild« und »Tür« nichts erreicht wird, außer dass ich erwischt werde. Das deutsche Wort für »Nummernschild« klingt sogar so ähnlich wie das englische *»number«*. Jeder im Saal, der Englisch spricht, wird merken, was ich getan habe, und alle Zweisprachigen sowieso. Kein Dolmetscher würde damit durchkommen. Falls ein Angestellter des Gerichts oder ein Polizist oder auch nur ein gerissener Verbrecher hinter dieser Sache steckt, dann ist ihm klar, dass es für mich die beste Strategie wäre, die Fragen der Anklage zu ändern, denn die flüstere ich dem Zeugen ins Ohr. Das alles ergibt keinen Sinn. Es ist, als wollte mein Erpresser nicht, dass mein Falschdolmetschen unbemerkt bleibt.

Ein schwarzes Körnchen schwebt vor mir durch die Luft. Ich folge ihm mit dem Blick, bis es auf meinem Knie landet. Ich glaube nicht, dass mein Erpresser wirklich einen Freispruch für Ball erreichen will, und der französische Angeklagte in Wood Green war ihm auch egal. Ich berühre mit den Fingern mein Knie, um das Körnchen zu entfernen – aber da ist nichts. Jetzt scheint das alles sonnenklar zu sein – ich habe nach einer Verbindung gesucht, die es nicht gibt. Es ging nie darum, einen Freispruch für Christopher Ball zu erwirken oder den Prozess in Wood Green zu behindern. Die Prozesse selbst sind unerheblich. Übersetze falsch in öffentlicher Verhandlung, bei einer Tonaufzeichnung, sodass alle es hören können. Stiehl die Identität einer anderen Dolmetscherin. Hinterlass eine Spur aus Beweisen.

Das Ziel bin ich.

Er will, dass ich erwischt werde.

Jetzt schweben Hunderte schwarzer Punkte durch die Luft, blinken wie Sterne um Mitternacht, und ich muss darum kämpfen, bei Bewusstsein zu bleiben. Es sei denn, das wäre mein Ausweg.

Meine Schulter schlägt zuerst auf dem Boden auf.

Ich konzentriere mich ganz darauf, stillzuliegen und die Augen geschlossen zu halten. Der gesamte Oberkörper tut mir weh. Ich weiß nicht, wie viel Zeit so vergeht, aber irgendwann denke ich, ich sollte mich bewegen, sonst glauben sie, ich sei tot. Ich öffne die Augen und stelle fest, dass ich von Menschen umringt bin. »Es geht mir gut«, krächze ich.

Der Richter verkündet, dass die Verhandlung vertagt wird. Jemand ruft einen Krankenwagen.

»Ich kann aufstehen«, sage ich.

Dann sehe ich mich im Gerichtssaal um: Die Zuschauer strömen hinaus. Mein Erpresser könnte unter ihnen sein, er könnte die ganze Zeit bei den Zuschauern gesessen haben.

»Ich muss nach Hause«, sage ich den Hilfswilligen um mich herum. Ein Prozessanwalt beugt sich über mich. Seine Perücke verströmt den Geruch von verschwitztem Rosshaar.

Ein Gerichtsdiener rennt herbei. »Der Rettungswagen ist da!« Man darf mich nicht hier festhalten. Mein Erpresser könnte hier sein und nur darauf warten zuzuschlagen. Oder er könnte direkt zu Elliot gefahren sein.

»Ich brauche keine ärztliche Hilfe. Es geht mir gut.« Die Umstehenden protestieren, doch ich sprinte aus dem Gerichtsgebäude, laufe am Old Bailey entlang und halte auf der Newgate Street ein Taxi an. Ich gebe der Fahrerin meine Adresse. Als wir Shepherd's Bush passieren, bitte ich sie, einen Umweg zu fahren und den Westway zu verlassen, nur für den Fall, dass ich verfolgt werde.

»Kein Problem.« Ich bin dankbar, dass sie mich nicht fragt, warum ich die langsamere Strecke nach Hause nehmen möchte. »Wie war Ihr Vormittag?«

»Okay«, krächze ich. »Und Ihrer?«

»Ach, ereignislos«, erwidert sie. Sie stellt das Radio ein, es läuft beschwingte Popmusik. Ich lehne den Kopf an und zähle stumm bis zehn. Das kann ich tun; ich kann bis zum Ende kommen. Neun. Zehn. Dann beginne ich von vorn.

Ich frage mich, wann es Pflicht wurde, dass die Türen automatisch verriegelt werden, sobald ein Black Cab sich in Bewegung setzt. Was war geschehen, damit die Behörden zu dem Schluss kamen, dass Fahrgäste zu ihrer eigenen Sicherheit im Auto einzusperren sind – damit sie nicht in den Tod springen, wenn das Fahrzeug beschleunigt oder um eine Ecke biegt? Kann eine Fahrt wirklich so schlimm sein, dass sie einen zum Selbstmord treibt? Klack. Klack. Da ist die Verriegelung. Es gefällt mir, dass du hier drin bei mir gefangen bist. Aber hier geht es nicht um mich, rufe ich mir in Erinnerung. Es spielt keine Rolle, was ich am Ende dieser Sache empfinde. Das Wichtige – das Einzige, was zählt – ist, dass du das Gefühl hast, als bräche die Oberfläche der Welt auf, und dann gar nichts mehr fühlst.

Man muss drei bis vier Jahre lernen, bis man die Prüfung ablegen und Fahrer eines Black Cab in London werden kann. Wenn du einem von ihnen sein Jahresgehalt in bar bietest, es eine Belohnung für das Bestehen der Prüfung nennst, und ihm dann noch deinen eigenen Tesla als Sicherheit gibst, wird er dir seinen Wagen für ein, zwei Stunden leihen.

Normalerweise bin ich eine gewissenhafte Fahrerin, aber jetzt be-

trachte ich dich im Rückspiegel, anstatt auf die Straße zu sehen, und hätte schon zweimal beinahe ein Straßenschild gerammt. Du hast nichts bemerkt.

»Stört es Sie, wenn ich das Radio einschalte?«, frage ich mit meinem besten Cockney-Akzent.

»Nur zu.« Bist du nicht reizend?

Es ist nicht das Radio, das ich einschalte, sondern meine persönliche Playlist.

Der erste Song beginnt. »INXS. Meine Mutter fand diese Band toll.« Du hast es leise gesagt, und ich weiß nicht, ob ich das hören sollte: Ich drehe die Lautstärke auf. Du lehnst dich auf dem Ledersitz zurück, schließt die Augen und lauschst der Musik. Ich werde dich wecken, wenn wir da sind.

31

Ich öffne die Augen und blicke aus dem Autofenster. Wir sind immer noch eine Viertelstunde von zu Hause entfernt. Ich hätte die Fahrerin nicht bitten sollen, diesen Umweg zu fahren; ich muss zu Elliot zurück, sofort. Wir kommen an einer Aneinanderreihung von Geschäften, einer Bank, einem hell erleuchteten Eckladen vorüber. Vor einer gut besuchten Apotheke sitzt eine Frau auf dem Boden: roter Schlafsack, ein Einkaufswagen, in dem sich ihre Habseligkeiten türmen, die untere Hälfte eines Koffers. Adam. Mit dem Telefon suche ich nach Neuigkeiten zu seinem Fall. Da. Ein eine Stunde alter Nachrichtenartikel. Adam ist frei, die Anklage wurde fallen gelassen. Ich sinke mit der Stirn gegen die Scheibe, und meine Nackenmuskeln entspannen sich. Er ist draußen. Aber wo kann er hin? Ich drehe mich um und blicke durch die Heckscheibe zurück: Die Frau vor der Apotheke ist nur noch ein roter Fleck und gleich darauf gar nicht mehr zu sehen. Adam hat sein Leben zurück, das ist die Hauptsache, aber ich muss mehr für ihn tun, irgendwie. Ich überfliege einen Artikel im *Independent*, in dem steht, die Polizei wisse nicht, wer Sandra ermordet habe. Kein Wort über die Erbin. Damit kann ich mich jetzt nicht befassen. Adam ist frei, und ich muss mich darauf konzentrieren, Elliot vor demjenigen, der mich erpresst, zu schützen.

Mein Telefon zeigt keine neuen Nachrichten an. Der Erpresser könnte schon an unserer Wohnung sein. Ich kneife die Augen zu, um nicht vor mir zu sehen, was er tun könnte, wenn er bei uns ist. Ich muss herausfinden, wer mein Erpresser ist. Elliots leibliche Mutter? Oder jemand, der mit Elliots leiblichen Eltern in Verbindung steht? Jemand, der mich entlarven will, weil ich etwas geändert habe, was er oder jemand, der ihm wichtig ist, gesagt hat? Und das alles macht er, anstatt zur Polizei zu gehen. Warum? Weil er selbst bei der Polizei oder ein Verbrecher ist. Ich bin schon so lange Dolmetscherin für Polizei und Gerichte, dass er meint, man werde ihm nicht ohne Weiteres glauben. Er weiß, dass ich irgendwo einen Fehler gemacht habe, aber er kann nicht beweisen, dass es Absicht war. Das ist das fehlende Puzzleteilchen. Dieser Mensch wollte mich gar nicht erpressen oder den Ausgang eines Gerichtsverfahrens beeinflussen. Er will Gerechtigkeit. Er will, dass ich bestraft werde. Ich habe eine Alibi-Aussage verändert, was dazu hätte führen können, dass Adam zu einer lebenslangen Haftstrafe verurteilt wird, obwohl er unschuldig ist. War das womöglich nicht das einzige Mal, dass meine Handlungen zur Verurteilung eines Unschuldigen geführt haben? Der Jüngling in dem Prozess wegen sexueller Belästigung ist schuldig – mittlerweile haben sich fünf Frauen gemeldet. Er stammt eindeutig aus privilegierten Verhältnissen – er hatte den besten Verteidiger, den man für Geld bekommen kann. Wenn er mich im Verdacht hätte, wäre er die Sache nicht so angegangen, sondern hätte mich bereits verklagt, hätte das als Grund für eine Berufungsklage angeführt. Sein Prozess und Adams Alibi-Überprüfung sind die einzigen Gelegenheiten, bei denen ich falsch gedolmetscht habe; zweimal in acht Jahren. Zwei absichtliche, kalkulierte Fehler.

Unvermittelt rasen wir um eine Ecke, und ich halte mir die Ohren zu, weil links und rechts von uns gehupt wird. »Tut mir leid«, sagt die Fahrerin. »Komplett wahnsinnig, der Mann in dem BMW vor uns, haben Sie das gesehen?«

»Nein.« Ich habe nichts gesehen.

Ich bin die beste Dolmetscherin, die sie haben – wie oft habe ich das schon von Exia und von den Gerichten gehört? Ich sage nie einen einmal angenommenen Auftrag ab. Wenn sie die Beste brauchen, rufen sie mich an. Eine perfekte, unanfechtbare Übersetzung hängt von Revelle Lee ab. Sie vertrauen mir. Nur weil sie nicht wissen, was geschehen ist.

Mein Blick folgt der Straße draußen vor dem Fenster. Es sind immer noch etwa fünf Minuten bis zu mir. Ich muss an den Arzttermin denken, bei dem ich vor einigen Jahren gedolmetscht habe, für einen portugiesischen Patienten, bei dem eine Autoimmunerkrankung diagnostiziert worden war. Als ich die Worte des Facharztes übersetzte, kam mir der Gedanke, dass die Erfahrung dieser Krankheit ganz ähnlich wie ein katastrophaler Übersetzungsfehler ist. Nach einer Autoimmunreaktion nimmt man eine Schadensbewertung vor, ermittelt den Auslöser und weiß dann, was man meiden muss, was man nicht mehr tun darf; man lässt es sogar hinter sich, und an manchen Tagen vergisst man, dass es diese Autoimmunreaktion je gegeben hat. Aber hin und wieder wird man an sie erinnert. Man hat gelernt, mit der Krankheit zu leben, aber sie schlummert weiter in einem und kann jederzeit wieder auftreten. Bei manchen Patienten, so erklärte der Arzt, bei manchen Krankheiten, ist diese Angst, die Sorge, sie könne zurückkehren, das Schlimmste daran und womöglich sogar der Auslöser eines Rückfalls. Denn was einmal geschehen ist, kann wieder geschehen.

Wie hieß noch die Krankheit dieses Patienten? Ich kann mich nicht erinnern. Wieso kann ich mich nicht erinnern? Ich setze mich auf und streiche mir über den Kopf. Weder das englische noch das portugiesische Wort fallen mir ein. Aber wie habe ich es damals für den Patienten dolmetschen können? Denk nach, sage ich mir, doch mein Gedächtnis ist leer, völlig ausgetrocknet. Kannte ich damals den korrekten Terminus? Mein Atem verdichtet sich, bis er nicht mehr durch meine Brust strömen kann. Ich drücke drei Finger auf die Stelle, an der er festsitzt. Ich kann mich jetzt nicht an dieses Wort erinnern, aber habe ich es je gekannt? Portugiesischer Patient. Facharzt. Autoimmunerkrankung. Denk nach. Ich habe es vergessen. Die Masse unter meinem Schlüsselbein dehnt sich aus, und vielleicht habe ich diesen Begriff damals falsch übersetzt. Ich könnte die Worte des Arztes oder des Patienten falsch übersetzt haben, bei diesem Einsatz und bei so vielen anderen.

»Alles in Ordnung bei Ihnen?« Die Fahrerin mustert mich im Rückspiegel.

Ich nicke, denn sprechen kann ich gerade nicht.

Wie viele Fehler habe ich gemacht? Ich weiß es nicht. Ich kann sie nicht zählen. Zähle stattdessen bis zehn. Neun. Was kommt danach? Ich weiß es nicht, ich kann nicht denken. Ich spreche elf Sprachen, aber ich kenne für nichts das richtige Wort.

Mein Telefon gibt ein Geräusch von sich, das sich in mich hineinbohrt. Meine Finger sind wie Butter, das Gerät gleitet mir aus der Hand und fällt zu Boden. Ich greife danach und finde eine neue Benachrichtigung von Facebook. Ich habe eine Nachricht von Doreen. Sie hat mir zum zweiten Mal geantwortet.

> Revelle, seit Jahren denke ich jetzt, ich werde verfolgt. Beobachtet. Nicht jeden Tag, aber alle paar Wochen passiert etwas, was mich daran erinnert, dass da irgendwo jemand ist. Jemand hat mich gefunden, irgendwie. Einer der Irren, die sich damals, als der Fall durch die Medien ging, so in diese Sache verbissen haben, nehme ich an. Eine Zeit lang habe ich mich gefragt, ob du es bist.

Ich schreibe:

> Das bin ich nicht. Wo bist du? Was genau hat dich auf die Idee gebracht, dass dich jemand beobachtet?

Ich schicke die Nachricht ab.

Endlich hält das Taxi vor unserem Haus. Ich bezahle und laufe die Treppe hinauf, immer zwei Stufen auf einmal. Elliot steht bei unserer Nachbarin in der Küche auf einem Tritthocker an der Arbeitsfläche. Es geht ihm gut. Ich ziehe ihn an mich, und etwas von dem Mehl an seinen Armen bleibt an meinen haften.

»Hatten Sie einen guten Tag?«, fragt Gurmeet, die mit einem

Quirl in einer Schüssel kämpft. Auf einem Gitter kühlen Plätzchen ab.

»Ja.« Ich darf Gurmeet da nicht hineinziehen. In zehn Minuten sind Elliot und ich weg.

»Wir sind noch nicht fertig«, sagt Elliot zu mir. »Ich will noch nicht nach Hause.«

Ich werde Elliot noch ein paar Minuten hierlassen. Ohne ihn kann ich schneller packen. Ich hätte das Taxi bitten sollen zu warten. Ich eile an Gurmeets Balkontür und sehe hinunter – der Wagen ist schon weg.

»Ist alles in Ordnung?«, fragt Gurmeet.

Anstelle einer Antwort lächle ich.

»Noch fünf Minuten«, sage ich zu Elliot. »Wenn Ihnen das recht ist, Gurmeet.«

»Natürlich. Und Sie müssen ein paar von den Plätzchen mit nach Hause nehmen.« Wir haben kein Zuhause, und ich weiß nicht, wohin wir fahren werden.

Ich stecke den Schlüssel ins Schloss. Also dann. Ich öffne die Tür und erblicke eine leere Wohnung. Alles sieht so aus, wie ich es heute Morgen verlassen habe; niemand ist eingebrochen. Ich hole die Reisetasche von neulich und beginne, Kleidung und das Notwendigste hineinzustopfen. Als ich drei Paar von Elliots Socken in eine Ecke schiebe, finde ich dort ausgerechnet eine Seifenschale. Die habe ich gerade erst in der Hand gehabt und offenbar in die Tasche gesteckt. Ich nehme sie heraus und werfe sie zu Boden. Ich kann mich nicht darauf verlassen, dass ich das richtig mache, ich kann nicht klar denken. Hör auf, sage ich mir, mach dir zuerst eine Liste der Dinge, die ihr braucht. Wir kommen nicht mehr zurück, also muss ich es richtig machen. Dann klopft es leise an der Tür. Gurmeet hat Elliot zurückgebracht, aber ich bin noch nicht fertig mit Packen. Ich stürze durchs Wohnzimmer zur Tür und öffne einer Frau, die nicht unsere Nachbarin ist.

»Das haben Sie bei mir im Auto vergessen.« Es ist meine Taxifahrerin. »Das passiert den Leuten ständig. Ich sammle etwa drei Telefone pro Woche ein.« Sie lacht. »Ich sollte einen Verkaufsstand aufmachen.«

Sie hält ein Mobiltelefon in der Hand. Ich drehe mich um und sehe nach, ob mein Telefon an seinem üblichen Platz auf dem Couchtisch liegt. Nein. Es ist in der Tasche in meiner Hand, ich bin mir sicher, dass ich es gerade gesehen habe. »Ich glaube nicht, dass das meins ist«, erwidere ich. Woher wusste die Taxifahrerin, welches meine Wohnung ist? Sie hat mich vor einem Gebäude abgesetzt, das zwölf Stockwerke hat. »Ich habe mein Telefon.« Durch den Stoff meiner Tasche taste ich danach. »Ihres muss einem anderen Fahrgast gehören.« Ich blicke hoch und sehe das Telefon auf mich zukommen, aber sie hat noch etwas anderes in der Hand. Es schwingt aufwärts auf mein Gesicht zu, und ich frage mich immer noch, wie sie mich gefunden hat, da wird alles schwarz.

32

In einem städtischen Gebäude auf der anderen Straßenseite werde ich gleich meinen ersten Dolmetscheinsatz für eine Kommunalverwaltung absolvieren. Ich sitze mit Doreen, einer Sozialarbeiterin, die ich gerade kennengelernt habe, in einem Café. »Heiliger Bimbam, es ist eine Minute vor elf!«, sagt Doreen. Sie wirft einen Zehner auf den Tisch, und wir rennen über die Straße. Als sie mit dem Schuh am Rand eines Schlaglochs hängen bleibt und das letzte Stück humpeln muss, lacht sie bloß.

Ich bin jetzt seit drei Monaten freiberufliche Dolmetscherin und werde noch nicht so häufig gebucht. Ich bin bei drei verschiedenen Agenturen registriert, und ich weiß, dass es jede Menge Arbeit gibt, aber sie wird mir nicht angeboten. Hauptsächlich arbeite ich für die Polizei. Ich muss jeden Auftrag annehmen, den ich bekommen kann, muss Beziehungen knüpfen und mir eine Referenzliste aufbauen.

Der heutige Einsatz ist ein sogenannter begleiteter Besuchskontakt zwischen einer Mutter und ihrem Kind. Doreen führt mich ins oberste Stockwerk, und ich sehe, wie heruntergekommen dieses Gebäude ist. Letzte Woche hatte ich einen Einsatz in einer Anwaltskanzlei im Zentrum von London. Die Stühle im Besprechungszimmer waren echte Antiquitäten, in der Küche gab es eine Kaffeemaschine mit diesen Kapseln – man konnte sich da einen Flat White machen, der so gut war wie in jedem Café in East London –, außerdem hatten sie einen Zapfhahn für gekühltes Sprudelwasser, und jemand hatte dünne Zitronenschnitze geschnitten und auf einem Teller arrangiert.

Doreen geht auf und ab und sieht auf die Uhr. »Bis jetzt ist keiner von beiden da«, sagt sie und sieht mich an. »Sie wirken nervös.«

»Wirklich?«

»Oder sehen Sie immer so aus?«

Ich lache. »Ja, ich glaube schon.«

»Das war ein Scherz. Sie werden das großartig machen. Es müsste unkompliziert sein. Ich bin froh, dass Sie hier sind.« Es gefällt mir, dass sie so mütterlich ist, ohne gönnerhaft zu sein. Manche Menschen würden vermutlich sagen, dass ihr Verhalten beinahe unprofessionell ist, aber ich finde es schön, dass sie nicht so eine kühle Art hat.

Mein Kommentar war auch ein Scherz, denn ich bin tatsächlich ganz kribbelig.

»Also, Sie übersetzen mir alles, was auf Deutsch gesagt wird, alles, was der Junge und seine Mutter sagen. Sie müssen wahrscheinlich nicht direkt mit ihnen sprechen, also keine Sorge.« Wieder sieht sie auf die Uhr. »Wo bleiben die denn?!«

»Werden die Mutter und das Kind einfach nur hier sitzen und sich unterhalten?«, frage ich.

»Ja, sie werden sich bemühen, so zu tun, als wären wir nicht da, das ist die Idee. Der Junge, Max, ist vier – sie werden mit dem Spielzeug spielen, und wir werden im Grunde einfach dasitzen und zusehen.«

Ich betrachte die Spielzeugausstattung auf dem Teppich, einen zerknautschten roten Ball, von dem ich bezweifle, dass er noch rollt, und ein Leiterspiel, das eher wie ein Museumsstück wirkt als wie ein funktionstüchtiges Spielzeug. Doreen bemerkt meinen Blick. »Ich weiß. Das ist das, was wir haben.«

Ich schüttele unauffällig Arme und Beine, um meine Anspannung abzubauen. Sie bemerkt nichts, denn sie steht wieder am Fenster und blickt auf den Parkplatz unten. »Ich glaube, die Mutter ist da.«

»Das Kind kommt separat?«

Sie nickt. »Er lebt bei einer Pflegefamilie. Und sie ist in der *Genesung*.« Das letzte Wort flüstert sie. Dann tritt sie dicht an mich heran und spricht mir ins Ohr: »Ich versuche, nicht voreingenommen zu sein. Sie stammen aus einer wirklich guten Familie. Das Risiko, dass er zu Schaden kommt, ist wahrscheinlich niedrig.«

»Er kommt vielleicht zu ihr zurück?«

Doreen nickt. »Es sei denn, sie gibt mir heute einen Grund, der dagegenspricht.« Wieder blickt sie aus dem Fenster. »Das Kind ist auch da. Gut, wir müssen anfangen.« Sie rückt die Plastikstühle im Raum zurecht, klatscht in die Hände und sieht mir in die Augen: »Sind Sie bereit?«

Ich muss schon wieder zur Toilette, obwohl ich erst vor zehn Minuten im Café drüben war. Es ist mir zu peinlich, Doreen zu fragen, ob noch Zeit ist, also halte ich ein. Ich höre jemanden die Treppe heraufkommen und zupfe die Ärmel meines billigen neuen Kostüms zurecht, in dem ich mich fühle wie ein Kind, das Verkleiden spielt.

Ich werde noch einmal von Doreens Behörde gebucht. Außerdem habe ich zwei Einsätze auf Polizeiwachen in South und South-East London und fahre zu einer Gerichtsverhandlung nach Luton. Das ist der Gesamtertrag meiner Woche. Doreen ist nicht direkt mit dem Übersetzungseinsatz in ihrer Behörde befasst, aber sie schickt mir eine Textnachricht und fragt, ob ich hinterher mit ihr zu Mittag essen möchte. Der Auftrag ist einfach – ich arbeite einen kleinen Stapel Dokumente einer ungarischen Kinderschutzagentur durch, die einer mittlerweile in Großbritannien lebenden Familie gehört. Da ich früher als erwartet mit diesen Dokumenten fertig bin, sehe ich mich auf der Exia-Website eine Weile nach verfügbaren Aufträgen für den Nachmittag um.

Unvermittelt wird mir etwas klar. Unmöglich zu sagen, wo es sich bisher verborgen hat oder warum es sich ausgerechnet jetzt zu erkennen gibt. Wie der Titel eines Buchs oder eines Films, an den man sich seit Wochen zu erinnern versucht, und mit einem Mal sieht man ihn vor sich.

Kitzeln.

Bei dem Einsatz letzte Woche für Doreen: *Mami, bitte nicht mehr kitzeln!* Das war es, was ich den vierjährigen Max auf Deutsch zu seiner Mutter sagen hörte; so dolmetschte ich es für die Sozialarbeiterin.

Kitzeln. Kitzeln. Kitzeln.

So hat sie es sich notiert.

Aber das deutsche Wort war *schlagen.*

Ich habe es mit *kitzeln* wiedergegeben.

Nicht einmal nahe dran – weder die deutschen noch die englischen Wörter ähneln sich vom Klang her.

Schlagen hat Max zu seiner Mutter gesagt. *Mami, bitte nicht mehr schlagen!*

Wie ist es möglich, dass ich diese beiden Wörter verwechselt habe? Ein katastrophaler Totalaussetzer.

Ich habe es verbockt. Mein erster Dolmetscheinsatz bei einer lokalen Behörde, und ich habe bei etwas ganz Einfachem einen peinlichen Fehler gemacht. Wie konnte ich nur so bescheuert sein? Ich habe das Gefühl, auf einen Meter zusammenzuschrumpfen. Ich liebe Deutsch. Es ist eine meiner stärksten Sprachen. Ich habe auch so schon Schwierigkeiten, genügend Arbeit zu finden, um ein volles Einkommen zu erzielen, und dann gehe ich hin und mache so etwas.

Ich nehme mir die ungarischen Dokumente und meine englischen Übersetzungen wieder vor. Ich werde sie noch einmal durchgehen, zweimal, um sicherzugehen, dass mir nicht etwas Ähnliches unterlaufen ist. Langsam und methodisch lese ich meine Arbeit, finde aber keine Fehler. Okay, sage ich mir, die heutige Arbeit ist in Ordnung. Ich habe es gut gemacht; ich verliere nicht den Verstand. Letzte Woche hatte ich einfach einen schlechten Tag. Das Jugendamt wollte mich heute wieder haben, sie haben speziell darum gebeten, dass man diesen Ungarisch-Auftrag mir gibt. Mein Fehler letzte Woche ist niemandem aufgefallen, wird mir klar. Wie denn auch? Doreens Aufzeichnungen sind die einzige Dokumentation dieser Sitzung. Sie hat meine englische Übersetzung aufgeschrieben – über das, was Mutter und Kind auf Deutsch gesagt haben, gibt es keine Aufzeichnungen. Entdeckt werden könnte mein Fehler nur, falls Max' Mutter sich die Aufzeichnungen ansähe und Bescheid gäbe, dass ihr Sohn sie ihrer Erinnerung nach gebeten hatte, ihn nicht zu *schlagen*, und das wird sie wohl kaum tun.

Doreen kommt an meinen Schreibtisch. »Fertig zum Essen?«

»Klar.« Ich logge mich aus dem Computer aus.

»Um die Ecke gibt es ein fantastisches Thai-Restaurant. Ich esse da bestimmt dreimal die Woche, ich kann mich einfach nicht beherrschen.«

Zu diesem Restaurant gehen wir, und ich erwäge, es ihr zu erklären, sobald wir sitzen. Ich werde mich entschuldigen, und Doreen kann ihre Aufzeichnungen korrigieren. Vermutlich wird sie mich danach nicht mehr weiterempfehlen, und ich werde nie mehr für diese Behörde arbeiten. Wird sie mir böse sein? Ich hätte diese Einladung zum Mittagessen nicht annehmen sollen. Es wird unbehaglich werden, nachdem ich es ihr erzählt habe.

Im Thai-Restaurant sitzen wir so nah an der Küche, dass wir den Köchen beim Hantieren mit den schweren Woks über einem Feuer zusehen können. Wir bestellen beide Kokosnusssaft, und unsere Getränke kommen schnell.

»Nachdem wir uns letzten Donnerstag kennengelernt hatten«, erzählt Doreen, »war bei mir noch der Teufel los. Mein Hund hatte eine meiner Socken gefressen und musste notoperiert werden. Zweitausend Pfund. Ist das zu fassen?«

»Was macht man denn, wenn man sich das nicht leisten kann?«

Sie zuckte die Achseln. »Das Tier in ein Heim geben, schätze ich.«

»Danke, dass Sie mich für diesen Ungarisch-Auftrag heute Vormittag empfohlen haben«, sage ich. »Ich weiß diese Arbeit zu schätzen.«

»Danke, dass Sie letzte Woche so geduldig waren. Mir ist klar, dass wir da massiv überzogen haben.«

Ich kann nicht glauben, dass ich das zur Sprache bringen und einen so elementaren Fehler eingestehen muss. In meinem Saft sind dicke Kokosnussstücke, und ich spieße sie mit dem Strohhalm auf. Ich war nervös vor diesem Einsatz, aber selbst dann – so einfache Wörter, »schlagen« und »kitzeln«. Was ist mit mir los? Da muss ich an einen Vorfall mit meiner Mutter denken. Als wir in Wien lebten, freundete sie sich mit einem pensionierten Geografieprofessor an, der einwilligte, ihr seine Sammlung seltener historischer Landkarten zu leihen. Es war Samstag, und sie studierte schon den ganzen Tag diese kostbaren Karten, die sie in unserem Wohnzimmer auf dem Teppich ausgebreitet hatte. Auf einer Fußbank machte sie sich Notizen. Ich langweilte mich. Ich hatte in Österreich keine Freunde, und ich sprach nicht gut genug Deutsch, um irgendetwas unternehmen zu können. Der Tag schleppte sich endlos dahin. Mit verschiedenen Strategien versuchte ich, die Aufmerksamkeit meiner Mutter von ihrer Arbeit wegzulenken. Ich erzählte ihr Witze, die ich auf meiner internationalen Schule gehört hatte, ich schlug ein paarmal Rad und machte Faxen dabei – nichts funktionierte. Ich war so eifersüchtig auf diese Landkarten, so neidisch darauf, dass diese zweihundert Jahre alten Papierfetzen ihre Aufmerksamkeit fesseln konnten, wie es mir niemals gelang. Ich kauerte mich hinter meiner Mutter auf den Teppich, schob meine Hände unter ihre Arme und kitzelte sie. Meine Mutter bäumte sich unwillkürlich auf und schrie mich an, ich solle aufhören, aber ich kitzelte sie nur umso heftiger. Als sie versuchte, mich abzuschütteln, trat sie mit dem Fuß gegen ein Glas Mineralwasser – ein Glas, das sich überhaupt nicht in der Nähe dieser kostbaren Karten hätte befinden dürfen. Wasser tränkte zwei der Landkarten. Meine Mutter schrie. Sie hob die Karten auf, drückte sie an die Brust und rannte zum Esstisch, wo sie sie ausbreitete und stundenlang mit Löschpapier abtupfte. Sie brachte diesen Karten eine Zärtlichkeit entgegen, die sie mir gegenüber nie an den Tag legte. Später, als sie akzeptierte, dass eine der Landkarten nicht zu retten war, schlug sie mich: eine feste Ohrfeige quer über die Wange. Es war nicht die Ohrfeige, die mir zu schaffen machte, es war ihr Blick. Als sie das ganze Ausmaß des Schadens überblickte, sah ich an diesem Blick, dass sie erkannte, was aus ihrem Leben geworden war. In diesem Moment begriff meine Mutter erst wirklich das Unabänderliche an ihrer Situation: mich.

»Sehen Sie, wie groß die Narbe ist?« Doreen zeigt mir auf dem Telefon ein Foto ihres Hundes. Das Tier liegt auf dem Rücken, über seinen Bauch verläuft eine lange vertikale Naht.

»Armes Ding«, sage ich. »Hey, was ist übrigens aus dem kleinen Jungen von letzter Woche geworden? Aus Max.«

»Das darf ich eigentlich nicht sagen.« Sie senkt den Blick und steckt das Telefon ein.

»Natürlich, tut mir leid, das weiß ich. Es ist vertraulich. Ich erzähle auch niemandem von meinen Einsätzen, das versichere ich Ihnen.« Ich hätte sie nicht so direkt fragen dürfen.

»Schon gut, ganz ruhig.« Sie blickt sich im Restaurant um, vermutlich um zu sehen, ob jemand aus ihrer Behörde da ist. »Er ist wieder bei seiner Mutter. Ich bin mir nicht sicher bei ihr, aber man kann jemandem nicht auf ein Bauchgefühl hin das Kind wegnehmen.« Doreen erreicht den Boden ihres Saftglases und erzeugt ein schlürfendes Geräusch. O Gott. Es ist zu spät. Das habe ich wirklich vermasselt. Dass der kleine Junge von »schlagen« sprach, war ein Alarmsignal, vielleicht genau das, was Doreen gebraucht hätte, um ihn in staatlicher Obhut zu lassen. Aber sie werden der Frau ihren Sohn nicht ein zweites Mal wegnehmen.

»Falls Sie noch Platz haben, sie machen hier ein phänomenales frittiertes Eis«, sagt Doreen. Was wäre, wenn ich meinen Fehler heute nicht bemerkt hätte? Die meisten Menschen, die Übersetzungsfehler machen, merken gar nicht, was sie getan haben. Ich hätte Doreen niemals nach Max gefragt und somit nicht erfahren, dass er wieder bei seiner Mutter ist. Wenn Doreen es aus irgendeinem Grund erwähnt hätte, hätte ich das nicht mit mir in Verbindung gebracht. Der Augenblick ist vorüber. Wenn ich es Doreen jetzt sage, wird es sie sehr aufregen, aber wahrscheinlich kann sie nichts mehr tun. Es ist für alle am besten, wenn ich mich völlig ahnungslos gebe. Das kann ich. Und außerdem: Sollte ein Kind nicht bei seiner Mutter sein? Selbst wenn sie einen schlägt, liebt man sie noch.

»Was machen Sie nächsten Samstag?«, fragt Doreen. »Ich will auf meinen Geburtstag anstoßen.«

»Da habe ich noch nichts vor. Ich komme sehr gern.« Ich versuche, mir eine Karriere aufzubauen, ein Leben, und vielleicht – endlich – eine echte Freundin zu finden.

33

Fasern kratzen meine Lider wach. Winzige Schlingen mit Krümeln und Staub – Teppich. Ich sehe die Beine des Couchtisches, und eine einzelne Socke von Elliot liegt direkt in meinem Blickfeld, doch ich reiche nicht heran. Ich bin in meinem Wohnzimmer. Aber der Raum ist das Oberdeck eines Ozeanriesen, und ich werde mal zur einen, mal zur anderen Seite geworfen; ich bin einer schweren See ausgeliefert. Ich muss ausgeglitten sein und mir den Kopf angeschlagen haben. Die ganzen vorgetäuschten Ohnmachten haben reale Auswirkungen. Die Taxifahrerin. Mein Mobiltelefon. Woher wusste sie, in welcher Wohnung ich bin?

Ich stehe auf, wobei meine Arme die ganze Arbeit leisten. Die Wohnungstür ist geschlossen. Die Balkontür ebenfalls. Bis auf mein rasendes Herz ist es völlig still. Die Taxifahrerin ist fort. Ich hangele mich von Möbelstück zu Möbelstück. Den Couchtisch lasse ich erst los, als ich das Sofa erreicht habe, dann stütze ich mich am Bücherregal ab und schließlich am Rahmen der Schlafzimmertür. Wo ist Elliot?

Mir kommt der Gedanke, dass man mit einer Kopfverletzung nicht schlafen soll. Eine Gehirnerschütterung kann sich festsetzen, wenn man ihr die Gelegenheit gibt; fordere sie heraus, und sie wird dich hinunterziehen. Ich bemühe mich, die Augen offen zu halten, aber die Lider sind wie Magneten. Füreinander geschaffen.

Eine Gestalt an der Tür. Da ist er. Vor Erleichterung entspannt sich mein Nacken: Meinem Jungen geht es gut. Nein, so groß ist er nicht – nicht Elliot, sondern eine Frau steht dort.

»Wer sind Sie?«, frage ich. Sie ist groß und schlank. »Wie sind Sie hier reingekommen?« Kenne ich sie? Sie wirkt vage vertraut, aber mein Hirn ist umnebelt. Elliot, denke ich, als ich auf den Teppich blicke. Elliot, als meine Augen sich zur Decke verdrehen. Ich denke an meinen Sohn, während ich versuche, die rätselhafte Fremde vor mir einzuordnen. Er ist nebenan. Er ist bei unserer Nachbarin. Ich muss Gurmeet anrufen und warnen, sie sollen wegbleiben. Aber mein Telefon ist nicht hier. Da ist eine Kerze in einem schweren Glas, und ich denke, es ist eine gute Idee, die in der Hand zu halten. Es ist die Taxifahrerin, wird mir klar. Sie kam hoch, um mir das Mobiltelefon zu bringen, das nicht meins ist, und sie ist immer noch hier. Ich falle rücklings auf das Bett, und die Kerze fällt mir aus der Hand und rollt davon, meine Waffe außer Reichweite. Im nächsten Augenblick packt die Frau meine Knöchel und reißt mich auf den Boden.

»Wo ist er?«, fragt sie.

»Ich weiß nicht, was hier los ist.«

»Wo ist er?« Jetzt schreit sie. »Wahrscheinlich weißt du es nicht einmal, nicht wahr? Ihm könnte alles Mögliche zustoßen.« Ein schwerer Absatz klemmt meinen Knöchel am Boden fest. »Die Welt ist voller bestialischer Mütter.«

Mein Inneres besteht aus zähflüssigem Sirup, alles klebt zusammen. Ich kann mich nicht rühren, kann nichts tun, aber ich muss zu Elliot. Ich versuche, zur Tür zu rollen. Zwischen mir und Gurmeets Wohnung sind nur wenige Zentimeter Gipswand. Ich spitze die Ohren und lausche auf meinen Sohn. »Manche Mütter würden sich für ihre Kinder das Herz aus der Brust reißen. Aber nicht du.«

Ich habe mein Telefon nicht in ihrem Auto vergessen. Sie ist keine echte Taxifahrerin. Sie wusste, in welcher Wohnung ich lebe, weil sie mich schon die ganze Zeit verfolgt und schikaniert.

»Elliots Mutter.« Meine Worte verbluten. Blut. Von meinem Schädel regnet es mir ins Auge. Entweder habe ich schreckliche Kopfschmerzen oder bin völlig betäubt.

»Das hast du dir selbst zuzuschreiben«, sagt sie, während ich mich erneut der Dunkelheit ergebe. »Adoptieren. *Du!* Es mir unter die Nase zu reiben.« Ihre Worte dringen in meinen Schlaf. Ich möchte schreien, laut um Hilfe rufen. Aber falls Gurmeet wirklich kommt, läuft Elliot ihr womöglich hinterher, und dann hätte ich seine Mutter direkt zu ihm geführt. Ich kann sowieso nicht schreien. Denn sie schiebt mir eine Nadel in den Arm, die mich mit unsichtbaren Gurten fesselt.

»Ich bin jetzt seine Mutter«, sage ich, aber es kommt als Gurgeln heraus, und ich befürchte, ich werde ihn nie wiedersehen. »Ich versichere Ihnen, ich liebe ihn von ganzem Herzen. Ich würde alles für ihn tun.« Meine Augen brennen. Hinter jedem Lid Hunderte winziger Klingen. Ich verstumme, denn eine ihrer Hände ist unter meinem Kinn, die andere drückt mir die Nase zusammen. Sie ist stark genug, um meine Luftröhre zu verschließen, und mir bleibt nur für wenige Sekunden Sauerstoff.

Sie wird mich töten, und dann holt sie sich Elliot.

Ich nehme alle Kraft zusammen; ich muss sie abwehren. Ich öffne die Augen, ein Lid nach dem anderen, und beiße die Zähne zusammen. Ihr Bauch befindet sich direkt vor meinen Augen. Ist sie nicht angeblich schwanger? Ich mustere ihren flachen Bauch. Er ist fast konkav. Lydia hat gesagt, sie sei hochschwanger. Sie muss ihr Baby verloren haben. Vielleicht war das der Tropfen, der das Fass zum Überlaufen und sie um den Verstand gebracht hat, und deshalb ist sie jetzt hier und will Elliot. Ich sehe Falten um ihre Augen, Schatten unter ihrem Kinn. Ich schätze sie auf Anfang fünfzig – sie war nicht kürzlich schwanger. In meinen Ohren klingelt es unablässig, und ich kann nicht denken; aus ihren Worten werde ich nicht schlau, aber ich nehme einen Akzent wahr. Ganz schwach, aber er ist da. Deutsch.

O Gott.

Das kann nicht sein. Max Grafs Mutter ist im Gefängnis. Sie wurde wegen fahrlässiger Tötung verurteilt.

»Wie fühlt sich das an?« Der Mund der Frau ist jetzt praktisch in meinem Ohr. »Wenn man erstickt?« Ich drehe den Kopf nach rechts, doch ihr Griff lockert sich nicht. »Was ist am schlimmsten? Dass du keine Luft bekommst?« Sie klingt aufrichtig neugierig.

»Oder ist es die Panik? Wenn du erkennst, dass du nichts tun kannst. Ich habe Ärzte gefragt. Ich habe eine zweite, dritte und vierte Meinung eingeholt. Ich musste es in Erfahrung bringen. Ich musste wissen, ob er in seinem Alter begriffen hat, was geschah.«

Wehr dich, sage ich mir, bleib am Leben. Sie wird ermüden. Ich muss durchhalten.

»Seine kleinen Fäuste an der Scheibe. Die gegen die abgeschlossenen Türen drücken. Die gnadenlose Sonne am Himmel an diesem Tag. Hat er wohl verstanden, dass der Tod nahe war? Dass die Hitze im Auto ihn gleich vernichten würde?« Ihre Finger lösen sich von meinem Hals, und ich atme gierig ein. »So schnell gehst du nicht. Das war nur ein kleiner Vorgeschmack.«

»Max.«

»Er heißt *Johann*. Er sollte ein neues Leben bei mir haben. Ein sicheres, schönes Leben.« Sie hat ihren eigenen Sohn getötet.

»Gefängnis«, sage ich, denn anscheinend kann ich keinen vollständigen Satz bilden.

»Du bist diejenige, die ins Gefängnis gehört.« Ihr Gesicht ist so dicht an meinem, dass unsere Wangen sich berühren, und sie schnuppert an mir wie ein Tier. »Ich bin seine Tante, du dämliche Idiotin.« Vor meinem geistigen Auge sehe ich ihr jüngeres Gesicht, ich kenne es aus den Nachrichten nach Max' Tod. Mellie Graf. Abgesehen von seiner Mutter ist sie die einzige bekannte Angehörige des Jungen. Ein Journalist fotografierte sie, als sie aus dem Untersuchungsgericht kam, jetzt erinnere ich mich. So dünn, als könnte sie durchbrechen, wenn man sie anhauchte. Sie trug den dicksten Mantel, den ich je gesehen habe, ein von Metallfäden durchzogenes Gewebe, wie der Schild eines Ritters quer über ihrem Rücken. Man sah gleich, dass sie wohlhabend war. Sie hätte Max ein schönes Leben geboten. Er würde jetzt in ihrer Villa leben, Luxuskinderkleidung tragen, die beste Schulbildung genießen, in einem fort Urlaub im Ausland machen, ihm stünde alles offen. Wenn ich nicht gewesen wäre.

Jetzt geht Mellie Graf zu meinem Balkon; der Teppich dämpft ihre Schritte. Sie öffnet die Tür. Frische Luft ohrfeigt meine Wangen. Was ist nebenan los? Ich habe Gurmeet gesagt, ich würde Elliot in fünf Minuten abholen. Ich habe kein Zeitgefühl mehr, aber das muss mindestens zwanzig Minuten her sein.

»Meine Schwester kam gerade aus der Drogentherapie, zum *dritten* Mal. Es war nur eine Frage der Zeit, wann sie wieder konsumieren würde. Und das Jugendamt gibt ihr einfach ihren Sohn zurück, einfach so.« Mellie schnippt mit den Fingern, und ich fahre zusammen. »Ich nahm an, es läge irgendeine Verwechslung vor; man hätte in der Verwaltung Max' Akte mit der eines anderen Kindes vertauscht. Ich habe mit denen diskutiert. Ich habe das Sorgerecht meiner Schwester angefochten, ich habe drei Anwälte engagiert. Es half alles nichts – das Jugendamt weigerte sich, mir zuzuhören, und am Ende hatte ich nur meine Schwester so gegen mich aufgebracht, dass sie mir jeglichen Kontakt zu Max untersagte.« Sie läuft zwischen mir und dem Balkon auf und ab. Sie wird mich vom Balkon werfen, so will sie mich töten. Sie wird mir einen Stoß versetzen, sodass ich elf Stockwerke in die Tiefe stürze.

»Dann, eines Tages, ein Anruf. Ich *wusste* es. Irgendwie wusste ich vom ersten Klingeln an, was die Nachricht sein würde.« Sie wird mich aus dem Weg räumen, und dann wird sie sich Elliot holen. »Nachdem sie wegen Mordes verhaftet worden war, *da* wollte meine Schwester Kontakt zu mir aufnehmen. Sie wollte natürlich Geld. Ich weigerte mich und sagte ihr, sie solle Prozesskostenhilfe beantragen. Ihr Verteidiger riet ihr offenbar, sich schuldig zu bekennen, um eine mildere Strafe zu bekommen. Also hat sie das getan, und nach der Verurteilung rief sie mich aus dem Gefängnis an. Ich wollte nicht mit ihr sprechen, nur dieses eine Mal. Ich wollte sie wissen lassen, wie sehr ich mich darüber freute, dass sie weggesperrt war.«

Nebenan höre ich Gurmeets Hund bellen. Komm nicht herein,

sende ich meiner Nachbarin eine stumme Botschaft. Bring Elliot nicht her.

»Meine Schwester sagte, sie habe sich schuldig bekannt, weil ihr der Anwalt dazu geraten hatte, aber Max' Tod sei gar nicht ihre Schuld. Sie behauptete, das Jugendamt sei nachlässig gewesen. Sie hätten ihr Max niemals zurückgeben dürfen. Während der Untersuchungshaft hatte sie sich sämtliche Berichte angesehen, die gesamten Unterlagen des Jugendamts, und dabei hatte sie etwas gefunden. In der Dokumentation eines begleiteten Besuchskontakts, bei dem Max gesagt haben sollte: ›Mami, bitte nicht mehr kitzeln.‹ Das sei falsch, sagte meine Schwester. Er habe damals ›schlagen‹ gesagt. Und ich weiß, dass meine Schwester die Wahrheit sagt, denn sie hat ihn niemals gekitzelt, aber geschlagen hat sie ihn, denn sie ist ein Ungeheuer.« Mellie Graf läuft immer noch auf und ab. Das Klingeln in meinen Ohren lässt allmählich nach. Ich meine, durch die Wand Elliot drüben bei Gurmeet lachen zu hören.

»Meine Schwester hat den Anwalt auf das alles hingewiesen, aber ich vermute, er hat ihr nicht geglaubt. Er hat sie davon überzeugt, dass es am besten ist, wenn sie vor Gericht die volle Verantwortung übernimmt und Reue zeigt, damit sie nur die Mindeststrafe bekommt.« Jetzt wedelt Mellie mit einem Stoß Papiere; messerklingengleich schneidet die Kante durch die Luft. *Sie haben ein Wort geändert.* Die Textnachrichten. Es ging die ganze Zeit um meinen Fehler. »Entweder *du* hast das Wort falsch verstanden, oder die Sozialarbeiterin war es. Wen von euch soll ich also töten?« Der Wind bläst herein und peitscht mir mein offenes Haar ins Gesicht. Ich werde auf dem Beton aufschlagen und sterben. Und ich werde nicht da sein, um Elliot zu beschützen.

Mellie Graf kommt zurück zu mir und streckt mir ihr Telefon entgegen. Auf dem Display sehe ich ein Schwarz-Weiß-Bild. Eine Frau steht mit einer Schüssel und einem Löffel in der Hand an einer Arbeitsplatte irgendwo in einer Küche. Auf einem Tisch steht eine Plastiktüte mit Einkäufen, wie es aussieht. Das ist Doreen. Wo ist sie? Das Bild wechselt zwischen zwei Ansichten – eine zeigt sie von vorn, die andere von hinten. Einen Ton gibt es nicht. Doreen blickt nicht hoch. Sie weiß nichts von den Kameras.

Doreens Nachricht vorhin:

Revelle, seit Jahren denke ich jetzt, ich werde verfolgt. Beobachtet. Nicht jeden Tag, aber alle paar Wochen passiert etwas, was mich daran erinnert, dass da irgendwo jemand ist. Jemand hat mich gefunden, irgendwie. Einer der Irren, die sich damals, als der Fall durch die Medien ging, so in diese Sache verbissen haben, nehme ich an. Eine Zeit lang habe ich mich gefragt, ob du es bist.

»Bitte tun Sie Doreen nichts«, sage ich.

»Wer hat das Wort falsch verstanden? Du oder sie? Eine von euch muss sterben.« Sie reibt mir mit der Kante des Telefons grob über die Stirn. Ich werde für Doreen tun, was ich kann, aber ich muss diese Frau von meinem Sohn fernhalten. »Oder beide. Euch beide zu töten, ist auch eine Möglichkeit. Wenn eine Aufgabe der Mühe wert ist, hat mein Vater immer gesagt, ist sie es auch wert, dass man sie gründlich erledigt.«

Auf dem Display spült Doreen jetzt eine Schüssel aus. Ihr Mund bewegt sich. Sie dreht sich um. Ist da jemand bei ihr? Die Schüssel fällt ihr aus der Hand und zerschellt am Boden.

»Bitte tun Sie das nicht.«

Mellie Graf lacht und wirbelt wieder zu meinem Balkon herum.

Muss. Weg.

Während sie mir den Rücken zukehrt, komme ich auf die Knie hoch und stelle dann die Füße auf, erst den einen, dann den anderen. Drei große Schritte, und ich bin an der Wohnungstür. Ich strecke die Hand aus, packe den Griff und ziehe gerade daran, da bekomme ich einen wuchtigen Schlag auf den Kopf. Die Welt wird nicht komplett schwarz, aber ich habe weißgraue Wolken vor Augen. Der Teppich schürft mir die Haut auf, und meine Knochen werden zu Pudding. Sie schleift mich zurück, hievt und schiebt mich bäuchlings durch den Raum; mein Kopf holpert über den Boden. Jetzt beugt Mellie sich über mich. Ich beobachte, wie sie sich wieder an der Spritze zu schaffen macht – oder ist das eine neue? Sie will mich für das bestrafen, was ich ihr, ihrem Neffen angetan habe. Sie glaubt, ich bin damit davongekommen. Und so ist es ja auch. Mehr Blut läuft mir ins Auge, ich reibe es mit dem Daumen weg. Jetzt sehe ich wieder Farben, sodass ich sie besser erkennen kann. Mellie nimmt die Spritze auseinander, testet sie, hält sie hoch ins Licht. Ich warte bis zum letzten Augenblick, nehme alle Kraft zusammen, trete mit dem rechten Fuß gegen die Spritze, und sie zerbricht. »Scheiße!«, schreit Mellie. »Du dumme kleine Schlampe.« Vor sich hin murmelnd versucht sie, die Spritze zu reparieren. Fast tut sie mir leid.

Meine Kraft kehrt zurück. Ich könnte wieder aufstehen. Ich glaube, ich könnte es zur Wohnungstür schaffen. Jetzt. Los, sage ich mir. Muss mich schneller bewegen. Darf die Augen nicht zumachen. Muss zu Elliot. Das schwarze Nichts ist so köstlich, es ist unglaublich verlockend, mich und alles, was ich getan habe, davon auslöschen zu lassen. Ich weiß, es ist das, was ich will, tief drinnen, und was ich verdiene. Ich sollte dem nachgeben. Nein. Mein Sohn. Ich würde mir das Herz herausreißen für ihn, das würde ich, genau wie Mellie gesagt hat. Ich stelle mir vor, Zahnstocher hielten meine Augen offen. Ich habe Elliot, und ich muss zu ihm.

Meine Beine wollen unter mir weggleiten. Aber ich bin auf den Füßen. Jetzt, Bewegung.

Ich drehe mich zur Tür um und entdecke Gurmeet. Und Elliot ist auch da.

»Was ist …« Gurmeet sieht mein verletztes Gesicht, dann Mellie, und dann entdeckt sie die Nadel in deren Hand.

»Zurück!« Mellie deutet mit der halb zerlegten Spritze auf meine Nachbarin.

Aber Gurmeet stürzt sich auf sie und stößt Mellie zu Boden. Ich werde nicht erstarren. Nicht diesmal. Mellie ist auf den Knien, sie richtet sich auf, kommt auf die Füße. Ich greife nach dem schwersten Gegenstand in Reichweite: der Stehlampe. Mit beiden Armen drücke ich sie an die Brust und hebe sie an. Ich bin schnell, aber nicht schnell genug. Mellie sieht, was ich tue, und tritt mir gegen die Knöchel. Ich schwanke, meine Beine knicken ein. Es gelingt mir, mich im Sturz zu drehen, ohne die schwere Lampe loszulassen. Dann falle ich gegen Mellie, und ein unfassbar heftiger Schmerz zuckt durch meinen linken Unterarm. Aber die Lampe drückt mich nieder, hilft mir, Mellie am Boden zu halten. Die Kerze. Das Glas mit der Kerze ist unter den Couchtisch gerollt. Ich richte den Blick darauf, und Gurmeet versteht den Wink. Mit der rechten Hand hebt sie das Glas auf, kneift die Augen zu und schlägt Mellie damit auf den Kopf. Dann lässt sie es so abrupt fallen, als hätte sie einen elektrischen Schlag erhalten. »O mein Gott«, sagt sie. »Was habe ich da getan?« Bei Mellie ist alles in Ordnung; sie ist nur halb bei Bewusstsein, aber sie lebt. Ich schiebe die Lampe von mir und rappele mich hoch.

»Der Balkon«, sage ich. Ich nehme eines von Mellies Beinen und bedeute Gurmeet, das andere zu nehmen. Wir benötigen unsere gesamte Kraft, um die Frau nach draußen zu ziehen. Ich schließe die Balkontür und sperre Mellie aus. Gleich darauf kommt sie zu sich, knurrt und schlägt gegen die Scheibe.

»Wer ist das?«, fragt Gurmeet, aber ich wende mich vom Balkon ab und sehe Elliot in die Augen. Er hat sich auf dem Boden vor unserer Wohnungstür zusammengerollt wie in Schockstarre. Ich lasse mich neben ihm zu Boden fallen.

»Es ist alles gut, Schatz«, sage ich. Hinter mir höre ich Gurmeet die Polizei rufen. Ich nehme Elliot in die Arme und drücke ihn an mich, schließe die Augen und stelle mir vor, wie er direkt in meinen Brustkorb schlüpft und in Sicherheit ist. »Diese Dame ist krank.« Ich versuche, Elliot die Sicht auf Mellie zu versperren. »Wir besorgen ihr Hilfe.« Mein übel zugerichtetes Gesicht scheint ihm Angst zu machen. »Das ist nicht schlimm, das geht wieder ab – siehst du?« Ich reibe das Gröbste mit dem Ärmel ab, um es ihm zu demonstrieren.

»Die Polizei ist in zwei Minuten da«, sagt Gurmeet. »Ein Krankenwagen ist auch unterwegs.«

Ich nicke und stehe auf. Elliot klammert sich an mich. Wir drei gehen zurück in Gurmeets Wohnung, und Elliot umarmt Monday. Ich stehe an der Tür Wache. Wenige Minuten später hören wir Sirenen. Gurmeet versteht, dass ich Elliot jetzt nicht allein lassen will, daher bietet sie an, die Polizei in meiner Wohnung zu empfangen, während ich hierbleibe und angespannt warte, bis ich Handschellen klicken höre.

»Du hast meine Plätzchen noch nicht probiert«, sagt Elliot. Ich folge seinem Blick zu Gurmeets Küche. Die quadratischen Gebäckstücke sind mit Zuckerguss verziert und ruhen auf einem Gitter.

»Ich hätte gern eins.« Ich hole uns einen Teller.

34

Nach seinem Fußballspiel verabschiedet Elliot sich von Alfie, und wir gehen zu Fuß über den Markt nach Hause. »Such dir etwas zum Mittagessen aus«, sage ich. »Sie haben hier Pies und Pasteten.« Wir stehen vor einem kleinen Stand mit Backwaren, und es riecht nach warmem Zimt und karamellisiertem Zucker. Ich denke an Mariusz und seine abgebrochene berufliche Laufbahn.

»Kann ich Ihnen helfen?«, fragt eine Frau, nachdem ich eine ganze Weile das Plundergebäck betrachtet habe. An dem Tag, an dem ich Mariusz zum Essen einlud, gab er mir aus dem Gedächtnis ein Rezept für polnischen Honigkuchen mit Pflaumenmus. Ich hätte es aufschreiben sollen.

»Ich nehme eins von jedem«, sage ich.

Zu Hause mache ich Elliot erst einmal gründlich sauber, wische ihm die Matschschlieren von den Beinen und zupfe ihm das Gras aus dem Haar. Wir essen unsere Pies, und Elliot hebt sich einen Donut für später auf. »Lass uns ein bisschen nach draußen gehen«, sage ich zu ihm. »Und einen Freund besuchen.«

In Knightsbridge steigen Elliot und ich aus der U-Bahn, aber Mariusz ist nicht im Tunnel. »Wen suchen Sie denn?«, fragt eine Frau, die sich in eine Decke gehüllt hat. Diese Woche liegen die Temperaturen um die sieben Grad. Ich hoffe, diese Frau kann nachts irgendwohin.

»Mariusz Dorobek. Er ist normalerweise genau hier.«

»Er ist in die Unterkunft auf der Fulham Road gegangen.«

»Danke.« Ich drücke Elliot einen Zehnpfundschein in die Hand. Er legt ihn in ihre Wollmütze.

Elliot und ich gehen zu Fuß dorthin und folgen dabei der Karte auf meinem Telefon. Als wir ankommen, erkläre ich dem Mann am Empfang, ich wolle ein Geschenk für einen der Bewohner abgeben. Mariusz ist ganz in der Nähe und bemerkt uns. Ich winke und gehe zu ihm in einen großen Gemeinschaftsraum, wo im Fernsehen Fußball läuft.

»Sie erinnern sich an meinen Sohn Elliot«, sage ich.

»Hallo«, sagt Mariusz auf Englisch. Wie beim ersten Mal reicht er Elliot die Hand.

»Du sprichst wieder deine andere Sprache«, sagt Elliot zu mir. Er weiß, was ich beruflich mache, aber er hat mich wohl noch nie länger in einer anderen Sprache reden hören außer auf Polnisch an dem Tag, an dem wir mit Mariusz Mittagessen waren.

»Er glaubt, ich spreche nur Englisch und Polnisch«, erkläre ich Mariusz.

»Polnisch ist Ihre Lieblingssprache, nicht wahr?« Mariusz zwinkert.

»Ich will das auch lernen«, sagt Elliot. Mariusz begreift den Tenor dessen, was mein Sohn gesagt hat. Mit Gesten versucht er, die Sprachkluft zu überwinden und Elliot beizubringen, wie man sagt: »Ich heiße Elliot.«

Ich reiche Mariusz den Karton mit dem Gebäck vom Markt. »Das ist ja toll, danke«, sagt er und nimmt ihn mir ab. Dann sehe ich ihn, auf einem blauen Sofa vor dem Fernseher: Adam Birch. Ich erkenne ihn aus der Zeitung wieder. Ich muss gehen.

»Gehen wir, Elliot.« Ich will ihn zum Ausgang führen.

»Moment, Moment«, sagt Mariusz auf Polnisch. »Ich will Ihnen jemanden vorstellen …« Dann ruft er seinen Freund. »Adam! Komm her!«

Ich kann nicht lächeln und Hallo sagen, als hätte ich diesem Mann niemals Unrecht getan.

»Er schaut Fußball. Ich will Sie nicht stören, ich wollte nur das Gebäck vorbeibringen – wir sollten gehen.« Ich wende mich zum Ausgang, aber Elliot ist nicht mehr bei mir. Er hat sich mir entwunden und sitzt jetzt dicht vor dem Fernseher auf dem Boden.

»Den bekommen Sie nicht vor der Halbzeitpause zurück.« Mariusz lacht. Ich kann hier nicht bleiben. Ich kann mich nicht mit diesem Mann unterhalten. Aber Adam sieht mich an und reicht mir die Hand, und mir bleibt keine Wahl, als sie zu ergreifen.

»Hi, es ist schön, Sie kennenzulernen«, sagt er. Ich schüttele dem Mann, den ich beinahe lebenslang hinter Gitter gebracht hätte, die Hand.

»Freut mich, Sie kennenzulernen.«

»Ich wollte Ihnen danken. Mariusz hat mir erzählt, dass Sie nach seiner polizeilichen Befragung versucht haben zu helfen.«

»O nein. Ich habe nichts weiter getan.«

»Ich bin Ihnen sehr dankbar.« Er versteht meine Abwehr als Bescheidenheit. Es ist mir unerträglich, ihn zu täuschen.

»Es ist wirklich schön, Sie kennenzulernen. Aber ich muss gehen.« Meine Wangen sind gerötet, das weiß ich. Er sieht es mir an, an meiner Stirn klebt ein grelles Neonschild, das ihm sagt, was ich getan habe! »Elliot!«, rufe ich, aber mein Sohn tut so, als könnte er mich nicht hören.

»Lassen Sie ihn das Spiel anschauen«, sagt Mariusz. »Entspannen Sie sich einen Moment. Nehmen Sie eins von denen.« Er öffnet den Karton und reicht ihn mir.

»Nein, die sind doch für Sie.«

»Das ist Ihr Sohn?«, fragt Adam und sieht zu Elliot.

»Elliot. Er ist sechs. Sechsdreiviertel, wenn Sie ihn fragen.«

»Schönes Alter. Meine Tochter wird bald neun.« Das kleine Mädchen im Schlüsselanhänger mit der Brille und dem Arsenal-Schal.

»Hatten Sie schon Gelegenheit, sie zu sehen, seit Sie entlassen wurden?« Innerlich zucke ich selbst zusammen; offensichtlich wohnt er nicht bei ihr. Aber ich möchte wissen, ob sie noch zu seinem Leben gehört.

»Noch nicht. Aber ich sehe sie nächste Woche. Sie ist unten in Brighton.«

»Ach, das ist ja schön. Wirklich.«

»Hat Ihr kleiner Mann Geschwister?«

»Nein, ich habe nur das eine Kind bekommen.«

»Ich auch.« Er grinst. Vor ein paar Tagen kam eine kurze E-Mail von Lydia mit der Nachricht, dass Elliots Mutter ihr Baby bekommen hat, ein kleines Mädchen. Das Kind wurde sofort in staatliche Obhut genommen, und jetzt sucht man nach Adoptiveltern. Eine Schwester für Elliot. Sein Vater ist immer noch im Gefängnis. Es gab einen Augenblick, da erwog ich, Lydia anzurufen und ihr zu sagen, dass ich das Mädchen nehmen würde, aber ich wusste, das wäre Wahnsinn; ich kann unmöglich allein zwei Kinder versorgen. Wenn das Baby in eine Familie gegeben wird und ein bisschen älter ist, werde ich mich melden und arrangieren, dass Elliot seine Halbschwester kennenlernt. Sie können sich schreiben und sich in den Schulferien besuchen. Ich werde dafür sorgen, dass sie eine möglichst gute Beziehung haben.

»Tja, danke für alles«, sagt Adam. Er geht zurück zum Fernseher und setzt sich neben Elliot auf den Boden.

»Ehrlich gesagt«, sagt Mariusz, »müssen Sie schon deshalb bleiben, damit ich mich mit jemandem unterhalten kann, während das läuft. Ich habe noch nie im Leben ein Fußballspiel angeschaut.« Ich kann nicht in diesem Raum bleiben. Ich kann nicht nett mit diesen Männern plaudern und so tun, als wäre ich unschuldig. Unterdessen gibt es eine Spielunterbrechung, und Adam ergreift die Gelegenheit, Mariusz und mir die Regeln und den Zustand der beiden Mannschaften zu erklären.

»Schauen Sie es sich fünf Minuten an, fünf Minuten!«, sagt Adam. »Es wird Ihnen gefallen, versprochen.«

»Dann müssen wir aber gehen, Elliot«, sage ich.

Ich frage mich, ob Mariusz und Adam schon die ganze Woche in der Obdachlosenunterkunft sind und hier im Fernsehen die Abendnachrichten gezeigt werden. Die gerichtliche Untersuchung von Sandras Tod hat am Donnerstag geendet, und an den meisten Abenden wurde in den Nachrichten darüber berichtet. Die Polizei hat ihren wahren Mörder nicht gefasst, weil es keinen gibt – der Coroner hat auf Tod durch Unfall erkannt. Er kam zu dem Ergebnis, dass Sandra gestolpert und die Treppe hinuntergefallen ist. Sie hatte es wahrscheinlich eilig, ins Erdgeschoss zu kommen, wo die Personaltoilette ist, die einzige Toilette im Haus, die die Erbin ihr zu benutzen erlaubte. Sandra stolperte und stieß irgendeinen Gegenstand aus Glas um – was man anfangs als Anzeichen eines Kampfs gewertet hatte. Die schattenhafte Gestalt im Überwachungsvideo aus dem Garten der Erbin hält man für denselben Obdachlosen mit der Tasche, der auf den Bildern von der Straße zu sehen ist. Sandra hatte die Tür zum Garten offen gelassen und ging mehrmals zu den Mülltonnen, weil sie sonntags nicht arbeitete und der Müll am Montag geleert wurde. Der Obdachlose mit der Tasche lief durch das Viertel, wie er es an den Abenden vor der Leerung der Recyclingtonnen immer tat, und sammelte Schraubgläser und Glasflaschen ein. Die bringt er dann zu einem Supermarkt mit Leergutautomat, wo er zehn Pence pro Stück bekommt. Die Nachbarn hatten also tatsächlich recht damit, dass sie diesen Mann häufig in der Gegend gesehen hatten. Sie konnten ihn und Adam bloß nicht auseinanderhalten – für sie verschwimmen alle Obdachlosen zu einer Person. Der Obdachlose mit der Tasche wurde ohne Anklage freigelassen – die Polizei hat kein Verlangen danach, einen Obdachlosen dafür festzunehmen, dass er reiche Anwohner um ihren Müll erleichtert.

Schweigen senkt sich zwischen Mariusz und mir herab. Sein Blick wandert zum Fernseher, und meiner folgt. Ich frage mich, ob Adam die Nachrichten gesehen und sie ihm übersetzt hat. Was die Erbin betrifft, so hat sie Sandra zwar nicht getötet, aber dass sie nicht hören konnte, was in der Küche geschah, war gelogen; ihre Geschichte, sie sei im Obergeschoss gewesen und habe über Kopfhörer Musik gehört, stimmte nicht. Während der gerichtlichen Untersuchung musste sie zugeben, dass sie an diesem Tag Glas splittern gehört hatte; sie hatte Sandra aufschreien und stürzen gehört. Sie nahm an, ein Einbrecher sei im Haus, und versteckte sich aus Angst um ihre eigene Sicherheit unter dem Bett, anstatt ihrer Angestellten zu Hilfe zu eilen. Nachdem es zwei Stunden lang still geblieben war, fühlte sie sich sicher genug, um hervorzukommen und in die Küche zu gehen, fand Sandra und rief einen Krankenwagen. Die Geschichte mit Spotify und den Kopfhörern erzählte sie der Polizei, weil sie sich schämte. Jetzt heißt es, sie werde angeklagt, der Polizei Falschinformationen gegeben zu haben.

Das halbe Dutzend Männer um den Fernseher jubelt. Jemand hat ein Tor geschossen. Elliot springt auf, und er und Adam heben die Hände und klatschen sich ab. Ohne nachzudenken, ziehe ich das Telefon aus der Gesäßtasche und mache ein Foto davon. Ich darf kein Foto von meinem Sohn mit dem Mann haben, dessen Leben ich fast zerstört hätte. Ich will es schon löschen, aber es ist ziemlich perfekt. Elliots Füße sind beide in der Luft, und sein Gesichtsausdruck ist völlig unbeschwert – einfach ein kurzer Augenblick reiner Freude. Ich hänge es an eine E-Mail an und schicke es Richard mit einem Kamera- und einem Fußball-Emoji und zwei verschiedenen Smileys.

Richard beharrt immer noch darauf, dass er nichts vom Vermögen meiner Mutter haben möchte. Er will mich weiterhin unbedingt als seine Testamentsvollstreckerin, und ich habe mir von ihm versichern lassen, dass er nicht etwa krank ist oder irgendetwas hat, wovon er mir nichts erzählt. Der Verkauf der Wohnung meiner Mutter in Singapur ist gestern über die Bühne gegangen. Als Erstes werde ich meine Kreditkartenschulden abbezahlen, und dann werde ich über Elliots Zukunft nachdenken. Außerdem werde ich eine Möglichkeit finden, Sandras Tochter Geld zukommen zu lassen, irgendwie. Ich werde eine von Sandras Freundinnen online kontaktieren.

»Jetzt können Sie genauso gut bis zur Halbzeit bleiben«, sagt Adam und dreht sich zu mir um. »Das sind nur noch zehn Minuten.«

»Au ja!«, sagt Elliot. Irgendwie ist eine halbe Stunde vergangen. Ich habe mit Mariusz geplaudert und nicht auf die Zeit geachtet.

»Noch zwei Teilchen übrig«, sagt Mariusz. »Ihre letzte Chance.« Er schiebt mir den Karton zu. »Sie haben es verdient.«

Meine Hand schwebt kurz darüber, dann nehme ich mir eins.

Als die erste Zahlung aus Singapur auf meinem Konto eingeht, gebe ich in der Obdachlosenunterkunft anonym zwei Geschenke ab: ein Saisonticket für Arsenal für Adam und einen Geschenkgutschein für Marks & Spencer für Mariusz. Elliot fragt, wann wir wieder zur Obdachlosenunterkunft gehen und ein weiteres Fußballspiel anschauen können. »Das ist ihr Zuhause, Schatz«, sage ich. »Wir können uns nicht ständig zum Fernsehen bei ihnen einladen, aber ich sage dir was: Such dir ein Fußballspiel aus, und ich besorge uns Tickets, ja?« Er entscheidet sich für ein Spiel zwischen Arsenal und dem deutschen FC Nürnberg im Emirates Stadium.

Unterwegs zum Stadion bittet Elliot mich, ihm ein paar deutsche Wörter beizubringen, damit er sie der Nürnberger Mannschaft von unseren Plätzen aus zurufen kann. Ich habe nie gesagt, dass ich Deutsch spreche. Allerdings habe ich ihm erklärt, dass ich mehr Fremdsprachen als nur Polnisch beherrsche, und jetzt nimmt er an, dass ich alle spreche, und glaubt mir nicht, wenn er mich bittet, ihm etwas in einer Sprache zu sagen, die ich nicht beherrsche. Im Gedränge beim Einlass ins Stadion halte ich ihn fest an der Hand. *»Danke schön«*, sagt er sich immer wieder auf Deutsch vor.

Während wir in der Schlange weiter auf das Gelände vorrücken, will Elliot alle zwei Minuten für ein Foto stehen bleiben. Er streckt die Zunge heraus, und ich drücke ab. Gestern habe ich Doreen nach unserem Telefonat ein ähnliches Foto von Elliot im London Eye geschickt. Wir haben über alles gesprochen, was passiert ist; ich habe ihr von Mellies Verhaftung erzählt, und jetzt fühlt Doreen sich wenigstens sicher. Es stellte sich heraus, dass Mellie einen zwielichtigen Privatdetektiv engagiert hatte, der Doreen seit Jahren gefolgt war. Vor Kurzem ließ Mellie ihn in Doreens Wohnung Kameras anbringen. Wir wissen nicht, ob er ihr etwas angetan hätte, falls Mellie es ihm befohlen hätte. Er wurde wegen Stalking und einer Reihe anderer Vergehen verhaftet.

Ich weiß nicht, ob Doreen und ich noch einmal miteinander sprechen werden, nicht weil sie noch immer sonderlich wütend auf mich wäre, sondern weil man eine alte Freundschaft nicht einfach da wieder aufnehmen kann, wo man sie vor Jahren abgebrochen hat, und ich erwarte nicht von ihr, dass sie mir vollständig verzeiht. Sie hat die Sozialarbeit aufgegeben, England verlassen und ein neues Leben begonnen. Ich habe ihr gesagt, dass ich nicht mehr dolmetsche und nicht weiß, ob ich irgendwann in diesen Beruf zurückkehre. Das Geld aus dem Nachlass meiner Mutter ermöglicht mir, eine Weile nicht zu arbeiten. Während Elliot in der Schule ist, verbringe ich meine Zeit in einem Gemeindezentrum in North-West London, wo man Einwanderern hilft, sich in Großbritannien einzuleben. Ich bin Menschen, die noch Englisch lernen, mit der Behördensprache auf den staatlichen Websites, beim Ausfüllen von Formularen und bei der Antragstellung behilflich. Die Arbeit beinhaltet auch ein soziales Element. Manche Menschen kommen ganz allein nach Großbritannien, ohne eine Familie oder eine feste Gemeinschaft, in die sie sich eingliedern könnten. Ich habe nicht damit gerechnet, wie schön es sein würde, nichts mehr mit Verbrechen zu tun zu haben. Streng genommen ist es keine Arbeit; ich bin als Ehrenamtliche dort. Ich bin jetzt eine Helferin, und ich habe meine eigenen Geschichten zu erzählen und Eigenes zu sagen, bin nicht mehr nur das menschliche Wörterbuch. Eine Frau mit einem Namen, nicht nur die Dolmetscherin.

Elliot und ich nehmen unsere Plätze ein, und das Fußballspiel beginnt unter ohrenbetäubendem Gebrüll der Zuschauer. Elliot ist ganz aus dem Häuschen, und es ist ein Kampf, ihn auf seinem Sitz zu halten.

»Mum, hast du das gesehen?!« Ich habe keine Ahnung, was er meint, aber ich stimme ihm zu, dass es fantastisch war. Ich frage mich, ob Adam auch hier ist und sein Saisonticket nutzt. Wir scheinen in einem Bereich mit einer hohen Konzentration deutscher Fans zu sein. Ich nahm an, Elliot würde zu Arsenal halten, aber er scheint für die Deutschen zu sein. *»Danke schön!«*, ruft er auf Deutsch, den Blick auf das Spielfeld gerichtet. Er ist der höflichste Fußball-Hooligan der Welt.

Im Lauf des Spiels bringt ihm ein freundlicher Deutscher, der vor Elliot sitzt, ein paar weitere Worte bei, damit er bei den Sprechgesängen der deutschen Fans mitmachen kann. Der Mann nimmt Elliot regelrecht unter seine Fittiche, und ich muss grinsen und lache über die Bemühungen meines Sohnes, die deutschen Worte richtig auszusprechen. Der FC Nürnberg schießt noch ein Tor. Überall um uns herum springen jubelnde deutsche Fans auf und singen ihre Vereinshymne. Elliot zieht mich vom Sitz hoch. Der Text dieses deutschen Lieds ist leicht zu lernen. Neben mir singt Elliot aus voller Kehle. Ach, warum nicht. Ich falle mit ein.

Jetzt ist Halbzeit im Emirates Stadium. Ich locke Elliot von seinen neuen deutschen Freunden fort, um im oberen Teil der Tribüne Getränke zu kaufen. In der Schlange am Getränkestand erklärt Elliot mir das Spiel, aber ich bin von einem Mann abgelenkt, der ganz in der Nähe sitzt. Er belästigt schon die ganzen zehn Minuten, die wir jetzt hier stehen, eine junge Ordnerin, macht sowohl auf Englisch als auch auf Deutsch anzügliche und unangemessene Bemerkungen. Die Jugendliche versucht, ihn mit einem gezwungenen Lächeln zu ignorieren, aber ich merke, dass es ihr sehr unangenehm ist. Will er sie etwa das ganze Spiel über sexuell belästigen? Ich konzentriere mich auf Elliot und versuche, die anstößigen deutschen Worte in unverständliches Gebrabbel zu verwandeln.

Wir bekommen unsere Getränke und setzen uns wieder. Elliot beschließt, in der Zeit bis zum erneuten Spielbeginn ein Bild seines deutschen Lieblingsspielers zu malen. Ich gebe ihm meinen

Notizblock und einen Stift, und er schlägt ein leeres Blatt auf. Ich blicke die Tribüne hinauf und stelle fest, dass der Mann die Ordnerin immer noch belästigt. Ihr Vorgesetzter hat sie wohl für die Dauer des Spiels für diesen Platz eingeteilt, und deshalb kann sie sich nicht von diesem Mann entfernen. Die Spieler laufen zurück aufs Feld. Vor dem Belästiger sitzt ein sehr massiger Mann, der den Arm um seine Freundin oder Frau gelegt hat. »Bleib hier«, sage ich zu Elliot. »Ich bin gleich wieder da.«

Ich renne den Gang hinauf.

»Verzeihung«, sage ich zu dem muskulösen Mann.

»Ja?« Er hat einen englischen Akzent.

»Ich spreche Deutsch«, sage ich, beinahe ohne die Lippen zu bewegen. »Genauer gesagt bin ich Dolmetscherin. Ich muss Ihnen sagen, der Herr hinter Ihnen macht schon seit Beginn des Spiels sexuell anzügliche Bemerkungen über Ihre Partnerin. Richtig widerlich. Ich dachte, das sollten Sie wissen.«

Ich sitze schon wieder, als der erste Fausthieb sein Ziel trifft. Zwei Wachmänner drängen sich durch die Menschenansammlung, die sich sofort bildet. Der Belästiger wird hinausbegleitet. Ich sehe zu der Ordnerin, die noch an dem ihr zugeteilten Platz steht. Ein Lächeln huscht über ihr Gesicht, das sogleich unterdrückt wird: sehr professionell. Aber ich habe es gesehen; sie hat das genossen. Mit hoch erhobenem Kinn beobachtet sie wieder aufmerksam die Zuschauer.

Elliot hat von dem Vorfall nichts mitbekommen. Er hat seinem deutschen Lieblingsspieler einen übergroßen Fuß gemalt. Der Stürmer.

»Das ist wirklich schön, Elliot.« Bewundernd halte ich die Zeichnung in die Höhe. »Was ist mit seinem anderen Fuß? Du hast ihm nur einen gegeben.«

Er reicht mir den Bleistift, und ich zeichne den Fuß ein.

»Na bitte«, sage ich. »Jetzt ist es ausgeglichen.«

DANKSAGUNG

Als Erstes möchte ich der Dolmetscherin Lauren Shadi danken, die vor einigen Jahren im *Guardian* in der Rubrik »Experience« ihre Geschichte erzählt hat. Ohne sie hätte ich mir niemals Gedanken über diesen faszinierenden Beruf gemacht und wäre gar nicht auf die Idee zu diesem Roman gekommen.

Mein Dank gilt auch dem schottischen internationalen Krimifestival Bloody Scotland, wo ich 2020 im Format »Pitch Perfect« mein Projekt vorstellen durfte, und der Jury, die mir das Selbstvertrauen gab, dieses Buch endlich zu schreiben.

Ein Riesendank geht an meine Agentin Katie Greenstreet, bei der Entwicklung und Präsentation, Verkauf und Veröffentlichung eines Buchs total mühelos aussehen. Man denkt unwillkürlich an das Bild einer ruhig dahingleitenden Ente, von deren fieberhaftem Paddeln unter der Wasseroberfläche nichts zu sehen ist. Es war mir ein großes Vergnügen. Danke für alles. Ein dickes Dankeschön geht auch an Catherine Cho bei der Literaturagentur Paper Literary. Ich bin so froh, dass ich bei euch beiden gelandet bin. Ganz ähnlich wirkte Luke Speed irgendeinen Buch-zu-Leinwand-Zauber. Auch beim ihm sieht alles kinderleicht aus. Ich danke Lukes gesamtem Team.

Gott sei Dank, sage ich mir immer wieder – täglich –, dass dieses Buch bei Katie Ellis-Brown im Verlag Harvill Secker gelandet ist. Katie ist die beste, leidenschaftlichste Streiterin für ein Buch, die man sich erhoffen kann. Emily Griffin bei Harper ist die zweite Hälfte unseres fabelhaften transatlantischen Lektorinnenteams. Ich danke dir, Emily, für deine unerschöpfliche Begeisterung und Hingabe.

Die Leidenschaft, die diesem Buch vom gesamten Team bei Harvill Secker/Vintage entgegengebracht wurde, macht einen wirklich demütig und ist so viel mehr, als ich je zu hoffen gewagt hätte. Ein Riesendank gilt Kate Fogg, Liz Foley, Hannah Telfer, Sophie Painter, Mia Quibell-Smith und Graeme Hall. Ich danke auch Malissa Mistry, Nathaniel Breakwell, Caitlin Knight, Rohan Hope, Jade Perez, Justin Ward-Turner, Amy Carruthers, Charlotte Owens und Sophie Ramage. Ein ganz besonderer Dank geht an Sania Riaz, die auf den genialen Slogan zum Buch gekommen ist!

Hayley Shepherd hat mit seinem hervorragenden Lektorat weit mehr als das Übliche getan, ebenso wie Sarah-Jane Forder, die sorgfältig Korrektur gelesen hat. Vielen Dank.

Meine Recherche für dieses Buch erfolgte größtenteils in begutachteten wissenschaftlichen Artikeln und stützt sich auf die Arbeit forensischer Linguisten an Universitäten in aller Welt. Für alle, die mehr zu diesem Thema lesen wollen, greife ich Folgendes heraus: Die Bücher und die Forschungsarbeit von Professor Sandra Beatriz Hale von der University of New South Wales waren für mich von unschätzbarem Wert. Falls Sie gern etwas von einer echten Dolmetscherin lesen wollen, die in London arbeitet: Cordelia Novaks *View from the Dock, Diary of a Court Interpreter* (Ansichten von der Anklagebank, Tagebuch einer Gerichtsdolmetscherin), auf Amazon erhältlich, war sehr hilfreich. Danke, dass Sie uns Ihre Geschichte erzählen, Cordelia. Ich hoffe, Sie schreiben noch ein Buch.

Ich danke Lyndon Smith und Kolleg:innen, die meine Fragen zur Polizeiarbeit so gründlich und engagiert beantwortet haben. Ewig dankbar bin ich den ganz realen Dolmetscher:innen, die meine Fragen anonym auf Twitter, per E-Mail, in Internetforen, in denen ich mich herumtrieb, und über den Verband der Polizei- und Gerichtsdolmetscher:innen beantwortet haben. Wie Revelle habe ich um der Dramatik willen einige absichtliche Fehler gemacht, also verzeihen Sie mir das bitte.

Ein weiterer Dank geht an Dr. Lili Pâquet und Dr. Sophia Waters von der University of New England in Australien für ihre

Begeisterung, Freundlichkeit und Großzügigkeit. Das nationale australische Schriftstellerhaus Varuna und die Stadtbibliotheken von Melbourne waren mir in diesen letzten Jahren eine enorme Hilfe. Danke.

Schließlich danke ich meinen Freundinnen und Freunden und meiner Familie, besonders Gabriella Margo, die mir mit dem Ungarischen geholfen hat.